现代性的想象

——从晚清到当下

李欧梵 著

季 进 编

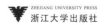

浙江大学出版社

目　录

晚清文化、文学与现代性

首先我要讲到的是现代性的问题，事实上这个问题已经有不少相关的论述，我自己也曾在《对于现代性的追求》这篇文章中进行过探讨。"现代性"（modernity）是一个学术名词，也可以说是一个理论上的概念，在历史上并没有这个名词，甚至文学上的"现代主义"（modernism）一词也是后人提出的。也就是说，这是后来的学者和批评家对一些历史文化现象在理论的层次上所做的一种概括性的描述。据我了解，中文"现代性"这个词是近十几年才造出来的，甚至可能是杰姆逊（Fredric Jameson）教授来北京大学做关于后现代性的演讲时，连带把现代性的概念一并介绍过来的。

目前，modernity 的使用频率非常高，研究现代性的理论家也大有人在，其中我只提一位学者：加拿大的查尔斯·泰勒（Charles Taylor）。他写过一篇文章——《两种现代性》，综合了一般国外学者对于现代性的理解，提出现代性的两种模式。一种模式是从马克斯·韦伯（Max Weber）的思路发展出来的，即所谓现代性就是着重于西方自启蒙运动以来发展出的一套关于科学技术现代化的理论，这个传统，查尔斯·泰勒称之为"科技的传统"。这个理论的出发点在于，所谓现代性的发展是一种不可避免的现象。从西方的启蒙主义以后，理性的发展，工具理性、工业革命，到科技发展，甚至到民族国家的建立，到市场经济的发展，加上资本主义，这一系列的潮流似乎已遍及世界各地，无论你是否喜欢它，是否反抗它，这个潮流是不可避免的。韦伯当时创出了一个名词，叫作"合理化"（rationalization）。其时，他非常矛盾，他认为这种趋势的发展会打破中古欧洲原有的精神世界、宗教世界，因此他一方面提出"合理化"的观点，另一方面又提出所谓中古世界观的破产和解除（disenchantment）。这个传统后来常为一般的社会学家所用——无论他们是否喜欢"现代化"这个字眼，他们认为这是现代性的一个主要发展。另外一种模式是泰勒自己所做的模式，这是从他的一本书中演变出来的。这本书叫作 Sources of the Self，即《个体的来源》，其中把西方从古到今所有关于个人、个体、主观等一系列问题的思考的各个支脉、源流都进行了梳理。他认为，所谓现代性，表面看来是从欧洲发展而来的，事实上它蕴含着非常复杂的文化内涵。而西方的这一套现代性又是充满矛盾的，其中包括了理性、科学，但是也包括了其他因素，如个人因素、主体性因素、语言和现实的因素，甚至还有民族国家的模式是否能在第三世界国家行得通的问题，等等。他认为这种文化模式是不可能放之四海而皆准的，所以当它接触到其他文化之时，很自然就会产生不同的变化。有人认为像中国、印度、日本这些国家，其现代性都源自西方。表面上看似乎如此，但是事实上，在文化的内涵上却很难说西方现代性的理论、现代性的发源对这些国家的文化和现代性的发展有主宰作用。最近我到印度参加了一次会议，这次会议的题目叫作 Alternative Modernity，即"另类的现代性"，意指有所谓西方的现代性，也有非西方的现代性。但是与会的学者都认为"另类"这个词毫无必要，世界根本上就存在着多种现代性，无所谓"另类"。

这就引起了我个人目前反思的问题：如果现代性理论已经脱离了西方一元化、霸权式的理论体系，那么多种现代性又是如何各有其面貌的？这种不同的来源和发展是怎么样的？我想其间产生的诸多问题应该运用比较文学，或者更广泛一点，运用比较文化的方法进行研究。此外，如果我们研究的是多种的现代性，那么事实上理论是不能架空的。要借助比较扎实的史料进行研究和思考，或是多种文体的比较，或是多种资料的累积，慢慢呈现出现代性发展的面貌。我们的一个研究小组目前的主题是 imaginary，台湾地区学者译为"想象"，其实它不仅意味着想象，更是一种"想象的风貌"，比如当我们想要呈现中国的现代性的风貌时，是要依靠扎实的多方面的研究才能完成的。当然，我们无法对复杂的历史现象做出非常详尽的描述，我们更多的还是要做一些概括性的工作。但是我个人认为，在概括的过程中需要相当丰富的史料作为基础，然后再与当前西方关于现代性的几种比较重要的理论进行对话和交流。我认为我自己所做的是一种中介性的、协调性的工作，将各种来源的资料和思想理论进行协调。因此，我很难讲出自己的一套模式，这里我只是向各位介绍我自己的一种基本的研究方法。既然讲到多种现代性，那么什么是中国的现代性呢？这个问题正像是鸡和蛋的问题，所谓"鸡"的说法，就是先提出一套理论的语言，然后再用史料来检验；所谓"蛋"的说法，就是先找出一大堆史料，再从史料中概括出一个理论轮廓。我的做法是综合式的。我认为从中国文化的范畴来谈，现代性的基本来源是"现代"这两个字，"现"是现今的现，"现代"或说"现世"，这两个词是与"近代"或"近世"合而分、分而合的，恐怕都是由日本引进，均属日本明治维新时期创造出的字眼，它们显然都是表示时间，代表了一种新的时间观念。这种新的时间观念当然受到了西方的影响，其主轴放在现代，趋势是直线前进的。这种观念认为，现在是对于将来的一种开创，历史因为可以展示将来而具有了新的意义。从这里就产生了五四时期"厚今薄古"的观念，以及对于"古"和"今"的两分法。中国以前虽有"古今之争"，但是没有这样的两分法。我认为这种现代性的观念实际上是从晚清到五四逐渐酝酿出来的，一出现就产生了极大的影响，尤其是对于历史观、进化的观念和进步的观念。其产生的文化土壤有赖于晚清时期，具体来讲，可以追溯到梁启超，因为任何观念在学理上的划分都是学界人士和知识分子创造出来的，创造出来之后就要看它是否在广义的文化圈子中有所反应。现代中的创造如果以梁启超为主的话，我们就要检视一下梁启超那个时代的人对于时间观念有怎样的新看法。

大家都知道梁启超发展出新的史学方法和历史观，但是梁启超究竟是从什么时候开始对现代中国和现代世界提出了自己的景观、自己的想象，对自己在中国所扮演的角色进行认定的呢？梁启超著作甚丰，文笔也非常生动，我这里要特别举出他写于 1899 年的游记《汗漫录》（又名《夏威夷游记》，附在《新大陆游记》之后，见《饮冰室合集》第五册）。在序言中他说："余乡人也，九岁后始游他县，十七岁后始游他省，了无大志，惛惛然不知有天下事。曾几何时，为 19 世纪世界大风潮之势力所颠簸，所冲击，所驱遣，使我不得不为国人焉，不得不为世界人焉。"他追溯自己成为世界人的过程，是因为戊戌政变流亡日本，目睹了日本的明治维新，又要从亚洲的第一先进国到美国去，在这个过程中写下了《汗漫录》。但是他到达夏威夷后因为种种原因竟未成行，真正到达新大陆是两三年以后的事。在这篇游记中，他标明时间是西历 12 月 19 日，中历十一月十七日，正是 19 世纪最后那几天。就在游记的第一页，他说自己要开始做世界人，并表示要使用西历，我认为这是非常具有象征意义的一个时间点，尽管在其后的《新大陆游记》中他并未坚持使用西历。他之所以冒被指斥为"不爱国"的风险使用西历，主要是求其方便。他说中国已经与世界交流，应该使用大家公用的东西。其后他提到哥伦布发现新大陆，"少怀壮志""任重道远"等，他用了一系列空间的意象，把自己想象的范围推广到全世界。因此，时间的坐标轴也就自然而然改为西历，已经超越了所谓"天朝的世界观"。梁启超是一个很注重象征意义的人物，他常常领风气之先，但这并不是说他创造了一套哲学的系统或是时间的系统。我最近在写一篇文章，就是探讨西方的时间观念究竟是如何在中国落实的。中历与西历之间的区别主要在于"世纪"的观念，中国人只讲十年、百年，但是在西方"世纪"是非常重要的。梁启超特别提到了 19 世纪，这完全是一个西方的观念。其后"星期"的引进，"礼拜六"休息日的影响也非常值得关注。1912 年民国政府要使用新纪元时遭到群起反对，包括商会、农民。这种新的时间观念的提出者是梁启超，虽然他并不是第一个使用西历的人，但他是用日记把自己的思想风貌和时间观念联系起来的第一人。如果进一步寻找，在公开场合中同时使用中、西历的是《申报》。梁启超在中国现代史中扮演了一个极为重要的角色，他在 1899 年的登高一呼，在其后十年、二十年间几乎改变了中国上层知识分子对于时间观念的看法。到五四时期，再到 20 世纪 20 年代，中国的城市中已经接受了新的纪元。但是中国人的文化潜意识中仍然保留了一些旧有的观念，因此我认为中国现代生活中存在着两套时间观念。

梁启超的另一个非常重要的贡献就是提出了对于中国国家新的风貌的想象。所谓 Imagined Community 这个论点的提出想必大家都非常熟悉，差不多十年以前，研究东南亚历史的学者本尼迪克特·安德森（Benedict Anderson）写过一本书，叫作 *Imagined Communities*——《想象的社群——对于民族国家兴起的反思》❶。在这本书的第二章中，他提出了一个重要的观点：一个新的民族国家在兴起之前有一个想象的过程，这个想象的过程也就是一种公开化、社群化的过程。这一过程依靠两种非常重要的媒体，一是小说，一是报纸。在一个现在的时间里面，一群人可以经过共同的想象产生一种抽象的共时性，这里"虚空的共时性"一词是借用本雅明（Walter Benjamin）的概念。我们在阅读报纸时，就会觉得大家共同生活在一个空间之中，有共同的日常生活，而这种共同的日常生活是由共同的时间来控制的，共同的社群也由此形成。有了这种抽象的想象，才有民族国家的基础。与政治学的论述不同，安德森的这种观点非常新颖。他提出促成这种想象的是印刷媒体，这对于现代民族国家的建立是不可或缺的。现代民族国家的产生，不是先有大地、人民和政府，而是先有想象。而这种想象如何使得同一社群的人信服，也要靠印刷媒体。我们可以借用安德森的观点，但还必须做一些补充。另外一个大家所熟知的抽象模式就是哈贝马斯（Jürgen Habermas）提出的公共领域的问题。公共领域背后的框架也是现代性。在西方 17、18 世纪现代性产生以后，西方的中产阶级社会构成了一种所谓的"民间社会"（civil society），这是一个抽象的概念。有了民间社会之后，才会产生一些公共领域的场所，可以使不同阶层、不同背景的人对政治进行理性的、批判性的探讨。哈贝

---

❶ 也译作《想象的共同体：民族主义的起源与散布》。——编者注

马斯举出的实例就是英国、法国 18 世纪的一些小杂志，这些小杂志源于沙龙，其所载文章大多出自沙龙谈天。谈天的空间、舆论的空间与印刷的空间逐渐构成了所谓的公共领域。从哈贝马斯的立场来讲，公共领域的造成基本依靠的仍旧是印刷媒体——报纸和小说。对他来说，小说更为重要，因为小说中的时空模式恰恰符合欧洲 18、19 世纪中产阶级的行为生活模式。他的这一观点很大程度上借用了西方写实主义小说的研究成果。

民族国家的想象空间和公共领域的空间，其构成基本上都与印刷媒体有关。印刷媒体的功用有赖于其抽象性和散播性，印刷媒体制造出的空间事实上是可以无限扩大的，不像我们现在这种面对面的空间，一份报纸究竟有多少读者是很难精确计算的。美国立国宪章的制定、一整套民主制度的讨论，完全依靠印刷媒体，美国宪法之所以能行诸全国而皆准，靠的就是印刷媒体的抽象性，而不是靠面对面式的政治模式。我认为中国的政治基本上还是面对面式的，从梁启超到毛泽东，皆是如此。

如果将以上两种观念挪用到梁启超的时代，我们就会发现这两种观念本身有许多不足之处；而当我们开始从这两种观念的立场来审视梁启超的所作所为，就会发现中国的情况要复杂得多，远远超出安德森和哈贝马斯提出的问题。哈贝马斯从欧洲的政治制度等很自然地发展到自己的理论；安德森虽然提到了民族国家背后的背景（比如背后是帝国，像中国、欧洲和拉美），但是他并未对民族国家背后复杂的文化传统有所理解。而我认为中国最复杂的正在于其文化传统的复杂性，也就是说一些新观念在进入中国晚清社会时，它们对中国本身的文化产生了一系列非常复杂的冲击，这种冲击最后就成为中国现代性

的基础。这个说法非常接近陈平原先生的论述。西方事物、观念的进
入是一种冲击，也是一种启迪，但并不表示它直接影响到了中国的变化。
投石入水，可能会有许多不同的波纹，我们不能仅从西方的来源审视
这些波纹。

　　这里，我提出所谓中国的现代性或中国文化的现代性问题，恐怕
还得从中国文化的角度做进一步的了解。这时我们就要借助一些学者
的研究资料，以便探讨梁启超的贡献。我们如果要把现代性的抽象观
念和文化做一些连接，那么用于连接的工具又是什么呢？比如说，你
一方面讲现代性，一方面讲晚清小说、报纸、杂志，二者应当如何连
接起来呢？我觉得，从文学的意义上来说，最重要的是叙述的问题，
即用什么样的语言和模式把故事叙述出来。安德森说，任何一个新的
民族国家被想象出来之后，势必要为自己造出一套神话，这套神话就
称为"大叙述"（grand narrative），这种"大叙述"是建立在记忆和
遗忘的基础之上的。任何一个民族国家的立国都要有一套"大叙述"，
然后才会在想象的空间中使得国民对自己的国家有所认同。至于"大
叙述"，我们暂且不谈实质内容，只谈形式问题，这就与小说有关了。
安德森举的例子是菲律宾的一部小说，大意是说通过想象的共时性，
一件事情会广为人知。安德森不是文学家，因此他的分析中有许多东
西没有展示出来。其实这里面还牵涉文本和读者的问题，读者也是想
象出来的，在一个新的想象产生之时，还应该想象出一个读者群，而
这个读者群，我认为就是想象社群的主要人物。梁启超办报之初，提
出了一个重要的说法——"新民说"，要通过报纸重新塑造中国的"新
民"，希望能够经由某种最有效的印刷媒体创造出读者群来，并由此
开民智。这种看法是相当精英式的，他关于小说的所有言论都是以这

种看法为大背景的。在《论小说与群治之关系》等重要的文章中，他提出的观点都与小说本身的形式问题无关，而直接关注小说的影响力，所谓"熏""浸""提""刺"等。读者之所以如此重要，就是因为梁启超想象的读者和他想象的中国是一回事，我们甚至可以说晚清时期中国知识分子同时在缔造两样东西：公共领域和民族国家。当然，在中国土壤中所生成的模式必定与西方不同。从这一角度来理解梁启超的叙事非常有意思，我提出了一个非常大胆的假设，这是我从另外一本理论著作中获得的灵感，这本书是我的同事多里斯·索玛（Doris Sommer）写的，题为 Foundational Fiction——《立国基础的小说》。这本书提到，19 世纪初期，在拉丁美洲，几个国家不约而同地产生了好几本"大小说"，后来都成为中学教材，广为人知。故事大多是写一男一女经过重重波折最终得到妥协与和解，成婚生子，再现了拉美民族国家兴起的历程。当时拉美国家克服重重障碍即将建国，因此这些半神话的人物就被创造出来，成为国家的代表。如果用这种观点来审视中国小说，我们可以发现中国没有这种浪漫的建国小说，勉强可算的是梁启超未完成的《新中国未来记》。

梁启超非常注重小说的叙事功能，试图以小说中的故事展现其雄才大略，所以说故事的人都是大政治家，而不是贩夫走卒所能为。梁启超是孤独的，在中国的小说创作中没有一位作者是雄才大略的政治家。他所采用的模式显然来自日本，他在去往日本的船上看到了柴四郎的《佳人奇遇》，爱不释手。值得注意的是，明治时代广受欢迎的几部翻译小说都出自大政治家手笔，如迪士累利等，而创作小说的作者也都是明治思想界的重要人物，如德富兄弟等。这些小说不只是政治小说，梁启超将之定名为政治小说，是试图以之影响中国读者，而其想象也最终借以达成。据我的一位同事研究，《佳人奇遇》出版于1901年左右，同时平内逍遥关于小说精髓的论著也刚刚面世，日后被视作日本最早的小说理论。平内逍遥非常不喜欢《佳人奇遇》，受他的影响，日本许多理论家都不喜欢这部小说。但是这部小说在日本非常轰动。《佳人奇遇》是用典雅的汉文写出的，是一种精英体的写法，同时包含许多演说，非常符合日本明治时代上层知识分子的欣赏需要，梁启超翻译起来得心应手。故事开头发生在美国费城，主人公名为东海散士，划船时遇到两位美女，完全是桃花源式的，但是这里的桃花源是在象征着独立、自由的美国。梁启超的《新中国未来记》很明显是套用了这个模式，同时也受到了英国小说《百年一觉》的影响，把一个理想的故事放在五十年或一百年以后，再从那个时间往回看。这种做法与现代性的时间观密切相合。梁启超构思《新中国未来记》用了将近五年的时间，他在构思上所下的功夫远远超过这部小说创作上呈现出的成果。事实上，成果并不重要，重要的在于他的构思。夏晓虹讲得非常有道理：这部小说是一个多文体的整合，不只是叙述文体，也包括演说、对话等，直到第五章才有点像晚清小说。它第一次为中国塑造了一个政治形体，在梁启超的小说中所有的人都会说中文，大家都在博览会上听孔博士的演讲。日本学者清水贤一郎特别研究了这部小说，指出眉批也很重要，这种眉批直接把叙事与读者联系起来。小说中孔博士的演讲是从将来的立场出发的，而眉批和注则是从现在的立场出发的。眉批有两个功用，一是半上层的建筑，另一功用则与想象社群相关。我们可以说，梁启超写《新中国未来记》是煞费周章的，他要殚精竭虑用从未用过的方法说一个从未说过的故事，这些方法虽有本源，但他对这些方法的运用已经打破了一些中国重要的传统。

然而他的努力并不特别有效，因为他所想象的读者实际的阅读习惯与他的写作方法格格不入。

这就牵涉到一个很重要的问题：读者群的阅读习惯究竟是什么？目前还没人能够解答。如果读者群的阅读习惯与作家、作者的想象不合的话，那么所谓民族国家想象社群的建设工作就会大打折扣。就我个人理解，当时读者群看报纸、看杂志的阅读习惯是与传统阅读习惯一致的，他们看的仍旧是才子佳人小说，这些小说大多用文言写成，如《花月痕》《玉梨魂》等。小说以"佳人"为主，才子总是处于弱势，常见的模式是一男两女，互相迁就。我们很难想象这种才子佳人，会变成英雄豪杰，其间的距离非常巨大。换言之，你很难使当时的中国读者想象出像梁启超笔下的李去病、黄克强之类的"创世英雄"形象。《新中国未来记》中有一位女将，只见其名，未见其人，如果这部小说没有中道而折的话，这位女将很可能就会上场，我想她的形象应该很像此后妇女杂志塑造出来的一些人物，是精通诗词歌赋的巾帼英雄，受过教育，思想开放，为国捐躯。后来真的出现了这样的人物，就是秋瑾。我们可以看出，当胆识过人者如梁启超，要开始对一种新的民族想象做大叙事的时候，他并未预料到中国读者群将会不合作。但是梁启超又何以产生如此深远的影响？这就牵涉到我下面即将提到的两个观点。

中国的现代性不可能只从一个精英的观点来看待，精英只能登高一呼，至于社群共同的想象，其风貌和内容不可能是一两个人建立起来的，需要无数人的努力。而其所借助的印刷媒体，如报章杂志，在晚清种类繁多，这又不禁使我们关注为这些报章杂志写稿的人。中国和日本、美国最大的不同就在于，美国建国时代的报纸撰稿人都是第一流的名人，用化名写稿，互相讨论政治，这被公认为是美国的公共空间，是非常明显的公共领域模式；日本明治时期的报纸，尤其是大报，总主笔也都是第一流的人物。中国的报人中，梁启超算是一流人物，但是其余大多数人就很难说了。随着科举制度在 1905 年的终结，知识分子已无法在科举入仕之途中获得满足，参与办报撰文的大部分是不受重视的"半吊子"文人，但是我认为恰恰就是他们完成了晚清现代性的初步想象。这些人并不像梁启超那样有雄才大略、想象力丰富，他们基本上都是文化工作者，或画画，或写文章，从大量的文化资源中移花接木，迅速地营造出一系列意象。如果我们要深入研究这些问题，则必须关注文本，要大量地阅读晚清小说和报章杂志，正像陈平原先生在《二十世纪中国小说史》的附记中所提到的方法，比如他在一张表格中把年代、创作小说、翻译小说、小说论文、文化背景全部列出，深为我所钦佩和激赏。

根据他的研究成果，我得出这样一个结论：当时中国的想象就是靠这些人在报章杂志中营造出来的，其中又产生了中国传统小说中最为重要的东西——文体，每种文体都有自己的模式。他们在翻译小说时，又不完全是直译，常常套用中国的文体模式，《茶花女》之所以风行一时，主要是因为它很像中国传统的才子佳人小说，《茶花女》与《玉梨魂》中的女主人公非常相像，并且都采用日记体。中国的文体与西方的内容结合起来，有时会限制我们对西方的了解，但是西方内容又会对中国文体产生某种刺激。这种文体的变化是研究晚清小说最重要的关节点，目前除陈平原先生之外还没有人关注。我认为，在描述性的研究之上还需要理论方面的提升。由此，我找到了一种理论上的可能性。美国一位新历史主义的理论学家弗朗科·莫雷蒂（Franco Moretti），他目前并不太受人重视，但是我认为他的一本叫作 *Modern Epic* 的书是非常了不起的著作。这本书主要探讨《浮士德》和《尤利西斯》。他认为这两部巨著都是史诗型的，但是史诗这种古典的东西何以产生于现代欧洲社会呢？他认为现代西方的文化想象已经是一种世界系统，有许多因素都来自殖民地，《尤利西斯》中就包含了 20 世纪英国的几乎全部想象，这种史诗是世界体系的一种呈现，而不是小说。

小说，根据卢卡契（Georg Lukacs）的定义，是一种永远与历史存在矛盾关系的文体。小说永远不可能捕捉到历史的全貌，小说中的英雄始终与历史产生距离。而史诗则不同，内容包罗万象，比如《尤利西斯》中有许多民歌小调。莫雷蒂说他相信达尔文主义，认为许多新事物并非出于独创，而是脱胎于旧事物，旧文体的一些模式往往会改头换面，所谓 refunctionalization，重新转变文体的功能。转变之后产生了新的作用，恰好能与当时的文化状况相呼应。梁启超对于晚清的各种文体不屑一顾，不知道如何进行转化；而晚清小说家如李伯元、吴沃尧，不知不觉在文体中做了一些非常重要的转化，中国现代性文化的缔造因此得以在小说中显现出来。晚清小说最繁荣的时期差不多是在《新中国未来记》问世之后，即 1902 年之后，尤其是 1906 年、1907 年，晚清最重要的四部小说都是在这时出现的，此外还有《恨海》《劫余灰》《文明小史》等。它们都跟在梁启超的脚后，完成他的大业，而其完成的方式与梁启超的想象截然不同。它们表面上都在学梁启超，都在讲"改良群治"，骨子里却是把中国原有的模式移花接木。其中最为成功的有两部小说：《二十年目睹之怪现状》和《文明小史》。

一般人会把《官场现形记》与《二十年目睹之怪现状》作对照，但是我认为《官场现形记》主要集中在官场，而晚清想象社群的问题则远远超出官场的范围，民族国家的想象已经不是官场所能应付得了的。《二十年目睹之怪现状》则涉及官场和官场之外的所谓"江湖"。当时的作者在其文本中对当时的社会都有一套看法，表现在小说最前面的是作者的价值观，但是这并不那么重要。用卢卡契的观点解释，巴尔扎克（Honoré de Balzac）是保皇党，但是他的价值并不在此，作者个人的政治取向与小说所展示出的是两码事。我们可以用同样的立场来审视晚清的几位小说家。我个人认为，刘铁云本人也许并不是那么保守，但是《老残游记》中的思想相当保守，他在行文中所展示的是他认为最宝贵、最美丽的东西，比如山东一带的风景，对于前途则认为是乱世将至。

在我的权衡之下，《文明小史》最足以概括当时中国现代文化方兴未艾而又错综复杂的面貌，基本上是一个史诗型的写法。表面看，其手法非常传统，故事庞杂，没有统一的观点，自述主旨为记录"文明世界的功臣"，"殊不负他们这一片苦心"。一位英国学者将这部小说的题目译为 *Modern Times*，而这个"现代"当指中国晚清心目中的现代，不是我们所谓的现代。那时的"现代"是指"新政""新学""维新"等，来自戊戌变法，令人眼花缭乱。如何将这种眼花缭乱的世界勾勒出来，这是一个了不起的大工程。小说的视野非常广阔，故事发生的地点都与晚清的新政有关，从湖北、广东到直隶、上海，全书的重心放在上海，因为上海是当时现代文化最眼花缭乱的所在。

如果我们如此审视当时晚清的通俗小说，只要牵涉到维新和现代的问题，几乎每本小说的背景中都有上海。而上海的所谓时空性就是四马路、书院加妓院，大部分鸳鸯蝴蝶派小说的故事都发生在四马路，因为当时生活在上海的作家大都住在那里，晚睡迟起，下午会友，晚饭叫局，抽鸦片，在报馆里写文章，这是他们的典型生活。从这个方向重新勾画中国的现代性问题，就会关涉到晚清小说所真正代表的那个层次的都市小说读者的世界，他们的世界也正是小说文本试图展示的世界。《文明小史》正是为这些人而作。他们都不是做官的人，一方面因为新政而踏入新的生活领域，一方面又无法进入新政的权力系统，非常矛盾。其中描画的人物逐渐与读者的面貌相吻合，同时又出现了一些新人物，如"假洋鬼子"式的人。最重要的一点是，这部小说是晚清小说中洋人形象最多的，有意大利的工程师、俄国的武官、德国的教练、英国的传教士等，甚至行文间出现了英文和德文，文体上也是五花八门、相互混杂。它所展现的正是中国刚刚开始的摩登世界。这个世界是都市人生活的世界，在这个世界中他们营造出一种想象，最后在20世纪30年代的上海集其大成，形成了中国通俗文化中的现代性。

晚清文学和文化研究的新课题*

前言：在历史研究与文学研究交会处

今年，我在台湾"中研院"申请到一个四个月的研究计划，从五月做到八月，刚刚结束。我打算明年再做四个月，加起来八个月，看能不能写出一本小书。关于晚清的文学和文化，王德威已经写了一本大书，我想我写一本小书也够了。我的研究的方式和王德威有点不同，因为我本来是学近代思想史的，后来改行做文学，可是并没有忘情于历史，所以就把文学和历史合在一起做。这样的做法，我觉得对研究晚清蛮适合的，如果把这两个学科合在一起，中间混杂的那一块就是广义的文化史。

我对于晚清的兴趣，是从文化史的角度开始的。特别是关于印刷的问题。我记得多年前在"中研院"做了三次讲演，就是用罗伯特·达恩顿（Robert Darnton）的理念作为参考。他讲法国大革命时代的印刷和书本对于思想和社会变迁的影响，还有其他几位研究印刷史和法国大革命的学者——如罗杰·夏蒂埃（Roger Chartier）的专著。后来开始从跟思想史有点儿关系的文化史来研究晚清的文学。我开始研究的

---

* 本文由何立行据 2012 年 10 月 31 日作者于清华大学人文社会学院之讲演记录整理而成。

时候，问的都是一些广义的文化史的问题。我做学问常常会把问题想半天，甚至几年，如果搞不清楚，就不敢贸然下手，所以一直拖了很久。就在这个时候，王德威的书出版了。❶他可以说是把晚清重要的文学文本都做了一种非常深刻而有意义的解读，跟随这个路径，能再做的不多。后来我因为指导学生，涉猎到了一点在思想史和社会史方面研究晚清的学术著作。

我所谓"新课题"的意思，其实就是希望找到一些比较新的approach，也就是新的方法、视野或者介入点，走一条我个人认为比较新的路，可是这马上就产生一个吊诡：很多新课题，都是要从旧课题开始的。

就晚清而言，在台湾大家研究过的一个旧课题，就是民族想象或家国想象，这个课题大部分是从梁启超那里来的。梁启超对晚清的影响非常大，我个人也是从梁启超开始认识晚清在思想史和社会史上的重要性：如何缔造一个想象中的新中国，一个新的社群——"民族国家"（nation-state）。从梁启超开始看，再从思想史上找到一些线索，看他们如何从传统里面逐渐挣脱出来，又如何受到很多外来的影响，产生很多复杂的思想纠葛。还有晚清女性思想的研究，非常重要。在座的各位，有些是这方面的专家。也有不少台湾学者研究康、梁以外晚清的其他思想家，如"中研院"黄克武，是继我的老师史华慈（Beniamin Schwartz）之后，研究严复翻译的重量级学者。后来，"中研院"文哲所在我鼓动之下，彭小妍等一些人也开始做跨文化和翻译的研究。

---

❶ David Der-wei Wang, *Fin-de-Siècle Splendor: Repressed Modernities of Late Qing Fiction, 1849–1911*, Standford: Standford University Press, 1997；王德威：《晚清小说新论：被压抑的现代性》，宋伟杰译，台北：麦田出版社，2003 年。

晚清的史料里面，若从文学或新知方面来讲的话，翻译至少占一半，甚至更多。很多关于新知的书，都是经过翻译的。不只是从欧洲语言翻过来，很多是经过日文转译过来的。这里面又牵涉到一个很明显的西方文本的旅程：西方的理论也好、思想也好，怎么样经过明治时期的日本传到晚清的中国，这一个旅程本身就非常有意思。这里面值得研究的课题很多，如果在座各位有懂得日文的，我非常鼓励各位把中文数据跟日文数据一起拿来研究。

我先介绍自己思考的两个大问题，再进而讨论几个小问题。对我来讲，大和小都是互为因果的。

一、"帝制末"与"世纪末"

晚清这一块（我用一种空间的说法叫"这一块"），在时间上的定义是什么？严格说来，从 1895 年到辛亥革命（1911）应该算是狭义的晚清。如果稍微往后多加几年，就把这一块弄得更大一点，可以一直拉到五四的前夕。五四和晚清的关系也非常密切。中国大陆以五四来区分中国"近代文学"和"现代文学"，我和王德威都反对。我们觉得中国"现代文学"绝对应该从晚清开始。我甚至觉得应该从晚明开始，从前没人信，最近有几位教授开始感兴趣，"中研院"也以晚明和晚清的对照为主题开过学术研讨会。

我们想打破以五四为分水岭的看法。如果从五四立场往回看，晚清很多现代性的因素就会被压抑了。我想这是王德威那本书最基本的出发点，所以书名叫作《被压抑的现代性》。

这本书的第一章非常难懂，因为他把很多理论上的问题压缩在他自己的语言里面。光是"压抑"就解释了好多次，肢解成各式各样的论题。它们被一些外加的"主旋律"或者 discourse（论述）所宰制，所以被压抑掉了。王德威又用 liminal（阈限）这个人类学的观念来解释。晚清似乎在各种主流现代性讨论里面，变成一个边缘的位置。但是边缘跟中心的关系是什么？书中第一章里最难懂的名词，就是所谓"involution"，中文该译成"回转"吧？不应该翻译成"轮回"。所以各位如果看英文原著再对照中文版就有意思了，"revolution" vs "involution"，两个英文单词是押尾韵的，革命叫作"revolution"，"革命与回转"，就是它的吊诡的一面。历史所钟月岑教授回应："好像翻成'内卷'。""内卷"？不错不错，我这边可能抄错了，"内卷"的现象是"先延伸、卷曲而内耗于自身的一种运动"，这是王德威自己的定义，"常和后退的动作连在一起"❶，可是，"不是反动"。这个句子，我觉得可以好好讨论。这是从理论上来解释晚清的一种现象，也可以说是更深化了马泰·卡林内斯库（Matei Călinescu）的那个说法："进步的另外一个面孔就是颓废。"那么，进步和颓废的某种吊诡的表现就是"内卷"，就是"先延伸、卷曲"，"内耗于自身"。这个"内耗于自身"的"自身"到底是什么呢？我个人认为就是传统中国文化思想。这个"内耗"本身是有建设性的，不见得全是破坏。有时甚至产生新的革命性的东西，所以它的吊诡性就是从旧的传统里面可以找出不自觉的，或是自觉的、新的端倪。这些新的端倪就使得晚清非常有意义。这点我基本上是同意王德威的，但各人的解释方法不完全一样。

我的解释的方法是先从历史着手。我从我这一辈的思想史家，特

---

❶ "involution"一词宋伟杰中译本翻成"回转"，见王德威《晚清小说新论：被压抑的现代性》，第 52 页。钟教授补充指出，一般现代史著作多翻为"内卷"。

别是林毓生那里，得到一些灵感。中国到了清末已经进入"帝制末"，整个传统的秩序开始解体，因而带动了五四知识分子的"全盘式"的思想模式。这个模式看来是更新，但它的基本结构仍然是传统式的。林毓生用的名词是"totalistic antitraditionalism"（整体性反传统主义），他又用"universal order"来涵盖整个的中国传统，这个"传统秩序"的衰落，其象征就是 1905 年科举制度的废除。如果从一个文化史或文学史的角度来探讨的话，这个衰落甚至会带一点儿抒情的味道——换言之，就是"帝制末"是不是可以看成一种中国式的"世纪末"？我知道"世纪末"这个名词本来在中国是没有的。我非常自觉这是一种挪用。这个词的法文是"fin de siècle"，主要指的是 19 世纪末，尤其是"世纪末"文化发展得最光辉灿烂的维也纳。这个学术根据就是卡尔·休斯克（Carl Schorske）的那本名著，在台湾地区有译本，就叫作《世纪末的维也纳》。这本书最出色的几章，就是关于建筑、绘画和弗洛伊德的讨论。从这本书各位就会发现，为什么在整个贵族阶级凋零、资产阶级兴起的关键时刻，就在维也纳，突然出现那么多思想家、艺术家、音乐家和文化人。他们几乎是十年之内，改变了整个欧洲的思想世界，从语言学到心理学，到艺术，到文学，等等。所以有人认为，欧洲现代主义的兴起，就是应该从维也纳世纪末那个时候开始。晚清不可能像维也纳一样出现这样的东西，可是，难道晚清一点所谓世纪末的辉煌都没有吗？甚至于文化上的回光返照都没有吗？如果真的没有，两三千年的文化传统怎么一下子，在一夕之间，就荡然无存？连一点儿追悼的表现也没有吗？这个问题和五四的进步思想，要打破帝制、打破中国传统，刚好是对应的，是互为表里的。

于是我就从晚清的文学作品里面，挖出几个文本，来印证最近王德威所研究的课题：中国文学的抒情传统。大家也许看过他那本最近出版的书，《现代抒情传统四论》❶。他是从中国最古老的《诗经》传统，一直讲到沈从文。不过，也许是因为从前写过晚清了，所以晚清这一块就没讲。如果要讲，就是如何把捷克汉学家普实克（Jaroslav Prusek）所谓的史诗式（epic）和抒情式（lyrical）的叙述模式，吊诡式地合在一起，这是他一个基本的论点。那么，我就从这个角度出发。晚清有两本小说，是同时出版的（1906），而且同样在《绣像小说》这个杂志连载：一是《老残游记》，一是《文明小史》。后者甚至还抄了前者的一小段。根据日本学者樽本照雄的研究，《文明小史》第五十九回盗用了《老残游记》第十一回五十五个字。我曾经写过一篇短文章，登在"中研院"的通讯簿里面，也是一个讲演的记录。❷这两个文本，一个是仿真史诗式的作品。因为中国没有史诗的类型，作者用小说的手法，内容太多，形式实在负荷不住。他的范围是当时因新政而生的各种新事物，故事的时间就只有两三年，但是小说空间容不下这么多丰富的数据，所以看起来好像写得乱七八糟的。可是，用王德威的话来讲，却充满了所谓的"众声喧哗"。故事最后不了了之，结尾有点儿像是《水浒传》"收编式"的结尾——一个清朝大员要出国考察，就说："各位的故事和各位的高论我都收进来了。"

　　但不自觉地，这本小说的作者李伯元"摸"出了一个新的叙事模式：这个小说里面传统叙事者的地位不见了，那个说书人，好像是作者自己，

---

❶　王德威:《现代抒情传统四论》，台北：台湾大学出版中心，2011年，根据北大八场演讲中的四讲编修而成。见王德威:《抒情传统与中国的现代性：在北大的八堂课》，北京：生活·读书·新知三联书店，2010年。

❷　李欧梵:《帝制末日的喧哗——晚清文学重探》，《中国文哲研究通讯》2010年第20卷第2期，第211—221页。

可是他是一种模拟式的作者。到最后好像觉得这个作者也在为这位清朝大员服务一样，于是就把他们的故事改写成小说，最后把这本小说交给这位虚构出来的清朝大员（可能也有真人的影子）。当然真有这个故事的背景，因为再过一两年，清朝第一次派几个大臣出外考察。如果再继续写的话，显然就会变成《孽海花》。《孽海花》，叶凯蒂（Catherine Vance Yeh）已经研究得很多。我觉得如果我们从一个新的视野来看的话，有些熟悉的文本好像突然产生了一些没有预想到的意义。

对照来看，《老残游记》的意义我认为更重要。因为真正能够表现我所谓的这种中国式的世纪末抒情的，就是《老残游记》。这本小说的形式也是混杂体，包括游记、小说，最后还有探案。如果慢慢看这本小说，就会觉得，它是一种文人田园式的抒情，可是故事的大部分发生在黄河结冰的冬天，很明显有寓言意义：中国文化已经进入秋冬季了。因为中国式的象征方式是四季：春代表什么，秋代表什么。例如"秋决"，秋天才杀人，才处决。那么冬天代表什么呢？所以黄河结冰的意象，对我来讲，很明显地带着一些文化上的寓意，甚至是政治寓言。我们或许可以从"世纪末"的角度来探讨，到底这个文本所描写的场景背后的深意是什么？

一般研究《老残游记》的人都说这本书谈的是"三教合一"，揭橥的是刘鹗自己的思想。我以前也写过这类文章。最近又重读里面中间那三回，就是第八到第十回，从"申子平登山遇虎"开始，另有感受。我每次读都发现一些新的东西。第一次读，就是照传统的《老残游记》式的读法，里面那首怪诗，是不是很反动？是反对孙中山的革命？所谓"北拳南革"，影射的是拳匪之乱和即将发生的辛亥革命。然而革命也有"变"的意思，就是说六十年一甲子，必会大变，应了中国

式的轮回观念：一"治"之后必有一"乱"，"治"和"乱"是一个
cycle（循环）。后来再读，我就觉得，这三回的抒情境界远远超过它
的政治寓言意义，全篇完全是一幅国画，像是用叙述文字在画山水画。
所以我后来在香港讲演，台湾的大块文化把它变成一本小书，就叫作"帝
国末日的山水画"，是出版商郝先生取的名字。❶ 可是我最近又重读，
在第十回发现我以前从来没有注意到的一个细节：这里面有音乐，而
且是四重奏。我把这段给余少华（我在香港中文大学志同道合的好朋
友，研究中国音乐传统的）看，我问他什么叫箜篌，他说箜篌大概是
一种古琴式的乐器。书里面还有两个神仙，一个叫玙姑，一个叫黄龙子。
另外还有邻居桑家的扈姑、胜姑。四个人，奏四种乐器：一个是箜篌，
一个是吹的角，一个是敲的磬，一个是摇的铃。箜篌、角、铃、磬同奏，
黄龙子同时又吟唱。于是我的音乐怪灵感就出来了，忽然想到阿诺尔
德·勋伯格（Arnold Schoenberg）的第二号弦乐四重奏，里面不也有
一个女高音吟唱吗？勋伯格写此曲的时间（1908）恰好也是那个时候，
是一首离经叛道的革命之作。

当然，两者差别太大了。为什么？因为勋伯格的那首四重奏基本
上是要推翻至少一百多年的西方音乐传统，而刘鹗却是把中国的整个
音乐的美学传统凝聚在这四个乐器上，把文化和历史凝聚在这个时辰。
在当时的中国，现实中已经做不到这种音乐上的美感，只有创造一个
神仙的境界。可是他这个神仙境界不是科幻小说里的神仙，而是中国
传统诗词里面的画面，就在这座山上，画中有诗，诗中有画，而两者
都用小说体描写了出来。武侠小说里练功一定是要跑到山上的。但他

---

❶ 〔清〕刘鹗:《帝国末日的山水画——老残游记》，李欧梵导读，台北：网络与书，
　2010年。

申子平登上这个仙山，发现连老虎都变了，都不吃人了。山下的现实世界中，恶政如猛虎，可是到了山上，老虎的本性就回来了。所以整个四重奏的表演本身，就构成一个寓言。这是中国文化结晶的艺术展示，其在这三回里面表现出来了，非常精彩，没有任何一位晚清的作家及得上，只此一家，别无分号。可是这三回是多年来最受歧视的。为什么呢？因为它思想反动。在大陆出版的英文译本里面，杨宪益和他夫人翻译的时候，就把这三回去掉了。杨宪益亲自告诉我，他们觉得内容太封建，所以去掉了。我以前看不出来，我现在这么看也可能受到批评。也许我讲得有一点儿过分，可是我的理论根据是，往往是在这种世纪末或帝制末的时候，才会出现这类颓废的、抒情的文本，才有这种艺术性的总结，才可以出现一种现代性的端倪。新的东西不是从天而降的，也不是完全从西方进来的，而往往是从对旧文化的反省和哀悼中逼出来的。这是我对于王德威的"involution"的解释。所谓内耗，一定不要把它作为一种非常消极的东西，以为耗尽了，没有了。中国文化不是那么一下就会没有的。问题是它怎么样成为一种"吊诡式的土壤"，用英文说很清楚，dialectic ground，ground 可以是实质的，也可以是抽象的，翻译成中文该怎么说倒是需要斟酌。

　　总之，我在做互相考证的时候，发现这两本小说刚好代表了晚清文学的两面，广义来讲就是社会史和文化史的纠葛。可是他们的位置似乎是不定的，因为他们似乎无法从传统的模式中钻出来。这点王德威说得很对。换句话说，就是叙事的时间观念不像五四式的，一路直线前进，走向某一种光明的前途，linear progress（线性进步观）这个西方"进步"的观念，在晚清传进来了，可是还没有渗进小说的叙述结构中。晚清少数知识分子开始采用，就像康有为，他的"三世"说似乎一跳就跳到大同世界。可是，"升平世"跟"大同世"不同，"大同世"是跳跃式的，跳到一个将来，例如那个时候有以几个月为期的交好之约。可是"升平世"的问题反而更严重。这就是说，当时晚清对于 progressive thinking——不断的进步，一个阶段进步到另一个阶段，一直往前走——的这种思想还是拿捏得不太稳，有这种想法的人还不多。在晚清小说文本里面，这种不稳定的情况倒是不少，但现在无法详细讨论。

二、晚清的时空观念

我的第二个大问题，就是晚清的时空观念。时空观念，如果能够把思想、文化、文本连在一起比较，既有意义，也有一点儿抽象意味，牵涉到理论的考虑。现在大家因为是生活在后现代的时代，每个人都讲空间——我需要自己的空间，我需要话语的空间，什么都是空间——空间被滥用了。可是很少人由此联想到时间问题，因为时间早已习以为常。我常举的例子是，现在每个人都戴表，中国人什么时候开始看表，用这个西洋玩意儿来计算时间？我自己也搞不清楚。时间的观念，我觉得对小说的影响至关重要，特别是写实主义。西方的写实主义小说，它的叙事形式和时间是连在一起的，甚至于可以说，西方的现代小说，之所以注意语言，注意内心，甚至像弗吉尼亚·伍尔芙（Virginia Woolf）这样注意女性的自觉，基本上都是反抗 19 世纪那种布尔乔亚的时间观念的。这个现代化的时间观念，在中国并不成立。中国传统的时间观念，像不像西方的时间观念呢？又像又不像。因为中国一年也差不多有 365 天，是根据月亮的运转来算的，所以有闰月；西方是根据太阳算的。晚清知识分子主动介绍西方的观念进到中国的第一人是梁启超，而且讲得非常明显，我常常引他的《夏威夷游记》，又叫作《汗漫录》。这个资料是我的朋友兼学生陈建华在我的 seminar（研讨班）上跟我说的，他关心的是梁启超提倡的诗界革命，那时候他在我班上也以此为题写论文。我反而被书中的时间观念迷住了，所以他写他的诗界革命，我就研究为什么梁启超提倡西方的时间观念。他写那本游记的那年恰是 1899 年，19 世纪最后的一年，他在船上写这段日记的时候，已是 12 月底。梁启超说我们现在要开始用西方的、世界各国都常用的时间，就是公历。他说是为了方便，这个很明显就显示了一个新视野：要把中国看成世界的一部分，所以在时间上要连在一起。我想他当时只是说说而已，在 1899 年到 20 世纪初的十年，还没有太多人响应；讨论这个问题的，据我所知，好像也不多。如果各位知道有其他数据和论文的话，我非常希望知道，也许我忽略了。晚清有个杂志叫《新启蒙》，里面提到过，可是我觉得那里面讨论的地理知识比较多。

中国什么时候才真正逐渐接受了西方世界的时间观念？包括月历、日历这种东西？我认为是 20 世纪 30 年代，那个时候的上海就很明显。当我写《上海摩登》的时候，我就看到月份牌这类的东西。我在书里用的一张是 1933 年的，它前排是公历，后排是农历。你看月份牌里面，前面是公历几月几号，后面是农历的秋分冬至，这个双重的时间观念持续很久，甚至到现在。现在大家基本上都是用西方的时间。中华民国元年是 1912 年，是照公历算的。当时民国政府大力推行要用公历，可是还受到抵制。所以需要经由印刷媒体，用普及的方式来介绍新历法。我找到一些像"东方文库"之类的小册子，甚至于《新青年》这类杂志，都特别介绍这个东西。所以这个时间的观念，在实际的历史运作了至少有二三十年，才逐渐成型，上海的商人才开始戴表、看表。至少，如果不看表的话，钟就很重要——就是上海外滩税关处的那个大钟，那是英国从事殖民主义的钟，可是它敲出了时间。钟的下面是两个石头狮子，摸摸狮子有财运，它象征资本主义到来了。当时摸摸狮子，后来就演变到现在的 stocks，股票。总而言之，新的时间观念进来，在晚清文化里面逐渐渗透实现，恐怕至少还要到民国初年。所以，从这个角度来看，我就会问，到底时间的观念是不是影响了晚清小说的叙事结构？这是我最关心的问题。

大部分晚清的小说，基本上的结构还承续了旧小说，这些小说家似乎无法从传统中走出来。确实不可能马上走得出来，就好像一个传统不可能一夕之间就完全消失。各位可以看得出来，当时的那些文人，各个受的都是中国传统式的教育。他们看的小说，最熟的小说，也都是各种传统文类，除了小说戏曲，还包括诗词歌赋和八股文章。有人认为这些晚清作家，好像做了一场晚明的梦，梦醒了就跑到晚清。既然如此，你就可以把本雅明（Walter Benjamin）的那一套理论搬出来对照。本雅明讲的是每个时代都梦到将来，中国的梦是梦到过去。可是将来和过去变成了一种吊诡。那么，在梦里面，时间观念是什么？这又是一个大问题。所以我就开始找，中国的传统小说里面有哪一本提到时间的问题？我找到一本，就是《西游补》。《西游补》里面那个孙悟空，做梦翻跟斗，他有一次翻到一个未来世界去了。可是怎么从现在的世界，翻到将来世界，却语焉不详。孙悟空做梦梦到以前的世界，描写得很多，但怎么掉到一个未来的世界，董说似乎没有办法解释，因为当时没有"进步"的时间概念，没有时间直线前进的观念。

没有这种时间观念就不可能有科幻小说。这里非常吊诡的就是，书里有几段话非常发人深省。好像说从过去一滚滚到现在的时候容易，可是从现在滚到将来，或者从将来滚回现在不大容易。这就是表示传统的小说里面，事实上遭遇到一个时间的困难，因为中国传统小说的写法就是从古一直写下来，写到某一个现在，甚至于把现在的故事放在古代，例如说《金瓶梅》，明明是明朝的，却写成宋朝的。唯一的例外就是《红楼梦》，可是《红楼梦》是独一无二的。故事开端的和尚和道士怎么出来的？那种开始，是中国文学中独一无二的。当然，你也可以说它跟这个《西游补》有些关系，但是间接关系，不是一个直接的关系。

到了晚清，每个文人都看过《西游补》和《红楼梦》，那些文人的基本的（用我们现在时髦的说法）"文化资本"就是那些东西。所以当他们写科幻小说的时候，就只能想到《说唐》这类的神怪小说。有些晚清的小说家，看到外国来的翻译，才突然感觉到原来故事可以倒过来写。福尔摩斯的贡献就在于有时用倒叙手法。他们是从林琴南（林纾，字琴南）或者是其他人的翻译得来的，或是从大量的维多利亚小说里面找到的。于是吴趼人就开始用这种叙事手法写《九命奇冤》。另外一个手法，我最近才发现，就是文本中的文本，以前的传统小说运用得不多，《红楼梦》又是一个大例外。《红楼梦》的石头是第一个文本，然后石头里面又出现一个故事，故事中的故事。可是维多利亚小说里面很多。我最近研究的那个哈葛德（Henry Rider Haggard），就煞费周章，大玩文本中的文本游戏：本来是非洲历险的故事，他怕读者不相信，因为里面有很多神话传奇，于是就说这个人物失踪了，失踪了之后有人找到一个文本，把它邮寄给作者，于是作者就把这个小说刊出来给各位看看。所以这里面叙事的问题就复杂起来，牵涉的时间观念也非常复杂。晚清的有些小说家也如法炮制，想要打破原有的叙事疆界。可是，怎么打破呢？我觉得已经到了没办法的地步，所以需要五四的文学革命。叙事者纠缠不清，或者叙事者的复杂性，以及时间的复杂性，这两个问题，使得五四的短篇小说在形式上开始创新。

当然，鲁迅可能又是一个例外。鲁迅的贡献就是，他对于叙事者的角色一开始就做试验。在他的短篇小说里面，往往时间就是很短暂的一点"现在"，就是那个时辰，例如《在酒楼上》，然后就从那一点倒叙回去，回到过去。他就是抓到了一个抒情式的时辰，很有现代感。此外他也用比较传统的手法，但往往假借模仿传统来讽刺传统，如《阿Q正传》：故事的叙述者从头开始讲，阿Q叫什么名字等，然后他基本上是故意把时间先停下来。本来一个传统社会里面就没有什么时间的变动，只有春夏秋冬而已。可是突然革命来了，革命的变动也带动时间上的变动。所以，背后的吊诡反而就是：这些传统世界里面的人是不可能适应新的时间的。所以鲁迅就把阿Q枪决了。不论鲁迅事后有何托辞，这个结尾是免不了的。这个时间问题很值得继续研究下去，我只是开一个头。

我最近又开始研究空间观念。这两个观念当然是合在一起的。如果晚清小说家在时间上冲不出去的话，最容易做的就是往空间上发展。所以晚清突然出现了一大堆科幻小说。可是各位如果研究的话，就会觉得，每一本小说都没写完，或者是中间漏了很多细节，然后突然就不知所终地结尾。原因是什么呢？表面上就是它在杂志上连载时说停就停了。比如有一篇小说非常有意思，叫作《乌托邦游记》，讲坐空中飞艇旅行的故事，把飞艇的内部介绍得非常仔细。里面也可以看杂志，看电影，等等，还提到托马斯·莫尔（Thomas More）的原著《乌托邦》（*Utopia*）。我觉得这个人真厉害，竟然知道托马斯·莫尔！然而只写了两三回，突然没有了，编者发表声明说这篇小说"宗旨不合"，所以把它停掉了。我到现在还搞不清楚是为了什么。

所以从这里就可以看得出来，为什么中国的科幻小说不可能有一个完整的 closure，一个结束。我觉得其中一个原因就是，在当时它没有突破时间问题，而仅从空间的幻想扩展，就有某种极限。中国以前的神怪小说，也有类似的幻想，但它的故事到最后是回归到现实世界。像唐传奇里面，一个凡人到海龙王宫，娶了海龙王的女儿，最后还是回来了；或者描写一个人在树里面看到蚂蚁，就进入蚂蚁的世界，最后又回到人间等。这种例子很多，唐传奇是非常有意思的。故事发展到最后必定回归到现实，这是一个很普通的做法。另外一个做法就是，你进了一个神话世界，见了一个神话人物，这个人物在故事结尾就会失踪，如虬髯客，那是个半神话式的人物。因为真命天子出现了，这个人物就失踪了。有点像《基督山恩仇记》里面的基督山带着他的女朋友扬长而去。可是我觉得，晚清的小说家从传统小说得到最大的灵感还是空间。因为中国传统小说中有很多仙境故事，包括《老残游记》中的仙境。而这个仙境，往往有田园式的深山大泽等，也有"地理式"的——地理式的就是说，譬如秦始皇到东海蓬莱岛去求长生不老之术。东边代表什么，西边代表什么，都是有意义的。落实到神怪小说里面，西边就有什么昆仑山西王母啦；而东边，隐隐约约的，大家意识到是有海，海上有仙岛，有仙山，于是有人可以去求长生不老。有人认为中国人对日本的想象是从这里开始的。所以后来晚清小说里面就有很多这一类的小说，就是一下子坐飞艇跑到一个仙山或仙岛上。我也不记得了，看多了就忘。我有一个学生现在开始在研究这个课题：例如，中国最早的空间观念是什么？最近有好几本学术专著出版了。又譬如中国人的文化想象中，"天地"的形状大致是什么？好像是一个扁圆形式的东西。

那么又怎么样使得小说人物从现世的中国一下子进到另一个世界，进到一个异类空间呢？想象的也好，地理的扩展也好，我觉得地理的成分比较多——就是通过新的科技。晚清小说中的新科技不外乎几样东西：最多的就是飞艇，第二多的就是潜水艇。飞艇是陈平原做过的，他那篇名文就是从《点石斋画报》里面画的气球和飞艇开始研究的。而真正飞艇在西方的发明，要是根据好莱坞电影的说法，可以追溯到18世纪。你们看过最新版的《新三剑客》电影吗？是3D版的，里面就有飞艇，最后一场大战就在飞艇上开始，一直打到地上。在晚清那个时候，绝对有真的飞艇。有个庞然大物，叫"兴登堡飞艇"（LZ 129 Hindenburg）在空中爆炸，事故发生在1937年，而在此之前，也有很多实例记载。例如薛福成（1838—1894）在巴黎坐过气球上天。记录太多了。这些西方的经验，怎么传播到中国人的脑海中呢？答案当然是印刷媒体，是画报，还有照片。印刷媒体的发达，使得这些晚清的小说里出现一种新的空间的想象。但飞艇的速度很快，他们不知道怎么描写速度，就一下子在地球上飞来飞去。更有意思的是潜水艇，或者说是海底或地下的科技，这是他们从凡尔纳（Jules Verne）的科幻小说中学来的，最著名的几本都译成中文了：《地底旅行》《月界旅行》《八十日环游记》。

各位知道《八十日环游记》的主人公坐的是气球。非常明显就是，故事说的是现代性的时间观念：八十天，赌博就赌八十天。可是故事的视野是地理的，从英国到欧陆，到非洲，到香港，又从香港到日本，最后到了美国，在美国碰到印第安人，最后又回到英国。这个空间的环游也变成了世界地理，晚清新知里面的一个重点就是地理知识。这方面研究的人很多。复旦大学的历史学家邹振环，最近还来过台湾讲学，写过《影响中国近代社会的一百本译作》，他现在就研究晚清地理学。晚清地理学就是从晚清文本里找到的东西，例如，五大洲的观念是什么时候开始的？以前中国人只知道有一大洲，后来逐渐形成五大洲的世界观。这五大洲是什么？大家的了解程度不齐，知道有欧亚美非澳，但当时对非洲和澳洲的了解非常模糊。刚刚我知道有位学者研究晚清文本中的非洲，这个太重要了，是很珍贵的资料。美洲了解得多一点，因为 1904 年华工禁案，报章上可以看到美洲的报道。晚清派使节到美洲，美国跟秘鲁是同一个大使。所以很明显对于美国和美洲这个知识比较多一点。欧洲当然更多，因为欧洲列强侵略过来，必须要知道。比较少的是澳洲和非洲。非洲对我来讲是最迷人的。为什么呢？因为很多科幻，至少有一本很重要的科幻小说，就是梁启超翻译的那个《世界末日记》，里面重要的场景就是在非洲。最后太阳没有了，欧亚大陆结冻，就从锡兰（斯里兰卡的旧称）坐飞船，跑到非洲去。可是最后就剩下一男一女，还是没办法，相拥而死，世界就毁灭了。

所以，科幻小说既可以讲将来的世界，也可以讲世界的终结（世纪末）。我个人认为这同样是科幻小说的两面。"将来"可以说是最理想、最光明的乌托邦，也可以说是世界末日。可是清末文人对世界末日的想象，像包天笑，像梁启超，他们的想象都是很模糊的。不像西方对于世界末日那么关注，特别是现今这一年（2012），西方有人预测世界末日就要来临，12 月 21 号是吧？最近几天纽约有狂风，大家都开始想到那个电影，*The Day After Tomorrow*（《后天》，2004），这个明显就是末日的想象。晚清对此是很模糊的。时空的想象凑在一起的话，造成了一个很不稳定的，很不完整的小说文体——科幻小说。换言之，没有什么"科"好讲，"幻"是有一点。所谓"科"，就是科学的思考，是没有的。不像我们现在知道的科幻小说，好的像亚瑟·克拉克（Arthur Clarke）的《二○○一太空历险记》，他自己就是一个科学家。他要把科学普及起来，所以他那个时候已经预测到将来可以 space travel（太空旅行）。可是当年的晚清科幻小说，根本就是好玩，是从一个在中国传统不受重视的文类——神仙鬼怪——引申出来的，科学知识仅系皮毛而已。

总之，我的想法就是，研究晚清文学不能从新批评角度着手找一个文本出来细读，越分析就越觉得有价值——这样做你会很失望。因为那里面没有什么深意。晚清有什么伟大的作品？一本都没有。勉强说，大概最多就是我自己比较偏爱的《老残游记》。也有人批评《老残游记》不完整，而且老是讲老残，有点自怜，还钟情妓女。《老残游记》的续集就不行了，不过续集的《后记》太有意思了，作者自己说：我现在在这里，一百年之后还有人知道老残是谁吗？他问的就是这个时间问题。我记得我在香港讲演的时候，刚好是刘鹗逝世一百周年纪念。我就问台下听众你们各位谁知道刘鹗这个人，结果完全没有人知道。看来他猜对了。

晚清对我来说，是一种"未完成的现代性"，有的被压抑，有的乱七八糟，可是它的重要性在哪里呢？就是王德威所说的："没有晚清，何来五四？"晚清正是把中国传统里的各种东西，做了一些充满矛盾的、纠葛性的处理，希望能够挣脱，进到另外一个新世界，可是走不出来。而走不出来的原因正在于中国传统的持续影响力。不能说传统是在"西方的影响，中国的响应"的方式下衰退的，这个说法太简单了。中国的传统，即使没有外力来，自己也差不多了，就是到了一个最成熟，也是最颓废的"世纪末"时刻。怎么从这里产生一种新的创作的力量、新的思考、新的认知出来？这个问题，很难回答。

如果做一个文化上的对位式的比较，我的参照点就是维也纳。维也纳的现代性艺术完全是从对传统的思考和反抗中开创出来的。特别是勋伯格，他是一位作曲家，他教和声，他说传统的和声已经到了头了，非变成十二音律不可。可是他永远是尊敬勃拉姆斯（Johannes Brahms）的，他后来流亡美国，没饭吃就教勃拉姆斯。他对传统还是很尊敬的。这个模式，在晚清不能适用，因为恰好就在这个时候，西学进来了，但晚清的知识分子又不像五四那一代人一样，用西学取代传统。西学新知进来，对晚清这一批文人，有很大的困难。第一个问题就是，到底什么是西学？西学被消化到变成所谓新知的时候，变成了什么样的文本？现在开始有年轻的学者在研究，昨天见到一位北大来清华念书的硕士生，就跟我谈，说她研究这个问题。其实鲁迅做教育部金事的时候，就因为周瘦鹃翻译那些东西，给他一个奖。把西学介绍进来的绝对不只是维新派的人物，守旧派照样介绍。据陈建华的研究，最早介绍美国电影的就是周瘦鹃。西学和新知，似乎是给这些在自己传统的世界生长的人开了一个新境界，然后就很自然地融到他们自己的论述里面。可是这个论述是"四不像"的。写得最完整、最吸引人的就是梁启超，所以梁启超那么受人重视。可是梁启超是最糟的小说家，他的《新中国未来记》写得一塌糊涂，根本比不上《老残游记》。为什么呢？因为他不会写。只有第一章精彩，后面几章，有人说是别人帮他写的，有待求证。其他人，研究的学者也非常多，在此不必介绍了。晚清对我来讲，有意思的地方正在于它"乱七八糟"的混杂性。

三、晚清的翻译

下面，我再讲一个小课题，就是我自己今年从5月到8月在"中研院"所做的研究。对于晚清，我个人多年来一直想做的就是晚清的翻译。翻译的范围这么大，怎么做？而且翻译理论这么多，怎么办？我又想做时间问题，有一个美国人名叫贝拉米（Edward Bellamy），写了一本科幻小说《回头看》，英文叫作 *Looking Backward*，最能够证明时间的吊诡。故事讲波士顿的一个商人，在2000年醒了，讲到一个波士顿的新世界，新世界里是一种美国式的社会主义。没有钱币，大家刷卡，货物各取所需。那里有多功能的电话，睡觉的时候就可以听电话中的古典音乐等。他描写的是一种美国式的乌托邦。那本小说是由李提摩太（Timothy Richard）介绍到中国来的。李提摩太的目的是把这当作一个所谓"向清廷献计"的模式，要维新就应该采用这个蓝图。

李提摩太介绍进来的另外一个版本，也是跟时间有关的，和历史的时间更有关的，就是《泰西新史揽要》，后来马上变成小说《泰西历史演义》。连载的杂志也是《绣像小说》，和《文明小史》《老残游记》一样。《泰西新史揽要》原本是一个很帝国主义式的写法，作者麦肯齐（Robert Mackenzie），书名叫作 *The Nineteenth Century: A History*。汤恩比（Arnold Joseph Toynbee）曾经批评过这本书。这本书的观点很保守，先写拿破仑造成的战乱破坏了欧洲的和平，中间几章写英国的典章制度怎么好，下面再写其他欧洲各国，最后是波兰和俄国。把这么一部书介绍到中国，李提摩太很明显地想把它作为历史教科书，献给清廷，以备科举考试之用。李提摩太是有政治野心的，想让清廷重用他，然后可以把西学带进来。可是，晚清的小说家马上把它化为演义，中国式的历史演义，于是无意间颠覆了他整个那套帝国主义。为什么呢？拿破仑在演义中变成了英雄。那里面最精彩的就是前头那段拿破仑生平的描写，文字照抄《史记·项羽本纪》。拿破仑本人最多也不过五尺吧？但写的是洋洋七八尺。然后照抄《项羽本纪》开始的那几段，说拿破仑学剑不成学兵法等，跟项羽一模一样！这也许是一个偶合。我本来想做这个题目，被陈建华捷足先登，各位可以看他的相关论文，写得很好。

那么，我该做什么呢？也许我应该学女性主义的学者，研究晚清的翻译小说中以女性为主的故事。于是我专门找那些维多利亚文学中没有女性自觉的二流小说，研究它们为什么流行。那些二三流小说家的东西，现在没有人看了，可是当年在印度非常流行。我有一个很奇怪的设想，就是往往一本流行小说的跨文化流通过程，会不自觉地解构了原来西方的意识形态，不管原来的传统是保守或现代。我看到一位印度学者 Priya Joshi 写的一本书，叫作 *In Another Country*，她就是用印度图书馆里面的借书量来查证，在那个时候（也就是中国晚清的时候）印度人借的英国的小说，哪一本借得最多。她的一个惊人的发现就是，借得最多的竟是维多利亚式的言情小说，是以女性为主的小说。这方面现在大概只有潘少瑜一个人做研究，她的博士论文就讲周瘦鹃和林琴南。她只做林琴南翻译哈葛德写的言情小说如何流传到中国。晚清时期讨论得最多的是《迦茵小传》（*Joan Haste*），原著如今已是湮没无闻。既然她做了，我就回归我的男性本色，去做一个最糟的男性中心主义者，一个殖民者，就是哈葛德。

　　我原想颠覆哈葛德,不料后来发现自己颠覆的是后殖民的理论家。因为我一开始看的关于哈葛德的研究,全部是后殖民主义者写的,其把哈葛德骂得体无完肤。我想,既然是这么糟的作家,这么糟的文本,为什么却是林琴南翻译最多的?一共有二十余本,是他译的所有西方小说之首。哈葛德写的小说将近有六十本,在当时非常畅销。有些一直到现在还畅销。他最有名的一本小说叫作 She(林琴南译作《三千年艳尸记》),讲非洲一个古代女王长生不老的故事。She 被拍成电影四五次,最后又借尸还魂,变成最近的通俗电影 The Mummy(《木乃伊》)。The Mummy 就是以这个故事为原型,只不过把本来的女神变成男神,那个怪物僵尸是个大坏蛋,把人杀了就变成人形,有血有肉,和男女主角斗来斗去——然而内容却是非常殖民主义式的,比哈葛德的原著还厉害。我觉得这个题目虽然政治不正确,却太有意思了,就开始研究。但哈葛德比较容易处理的一面就是他的意识形态,你把各种的数据拉进来,很容易解释他为什么是这样;哈葛德比较难做的是他惊人的产量。我看不了那么多小说,只看了三四本而已:他最有名的小说 King Solomon's Mines(林译为《钟乳髑髅》),还有 She,还有一本小说,名字就是主人翁的名字,Allan Quatermain(林译为《斐洲烟水愁城录》,在日本也有翻译,最近中国台湾地区有学者在研究)。可是,我个人觉得,他自己最用心写的,是一本以黑人为主角的小说,讲苏噜族(Zulu)的一个英雄,名叫 Nada the Lily(林译《鬼山狼侠传》)。这是一部非洲的英雄史诗。他歌颂这个英雄,也凭吊这个最后被白人灭掉的黑人民族。哈葛德自己是白人,所以你也可以说,他既是非洲殖民主义者,又是绝对的男性中心,可是他并不见得把非洲黑人视为奴隶。哈葛德自己与维多利亚社会不合。他觉得维多利亚时代的绅士

（gentlemen）太过文质彬彬，根本不足以支撑大英帝国主义，所以他想创造一个另类的英雄人物。当然，你也可以说他更是一个军国主义者。可是另外一方面，也可以说，他在非洲住了很久之后，研究非洲的民俗，所以不自觉地就歌颂他的敌人，或者说他同情被压迫的黑人——苏噜族。苏噜族王国有点儿像西夏王国那样，经过波尔战争以后，整个被英国和荷兰灭掉了。现在南非经白人统治了一百多年后，黑人才平反。可是现在的黑人后代已经不是苏噜族了，已经很多混血。所以哈葛德的这本小说，我觉得很有意思。我发现林琴南最用心翻译的哈葛德作品，除了《迦茵小传》之外，就是这本小说。

这就产生一个非常有意思的问题：林琴南自己的种族论点究竟如何？他作为一个晚清最后的老式文人，而且坚持用古文翻译，他又不懂外文，他到底对当时知识分子最关心的问题怎么看？中国面临亡国灭种的危机，必须创设新的民族国家，但又如何"想象"？在此我的林琴南研究面临一个最大的挑战，那就是：我觉得林琴南最大的优点，也是他最大的限制，就是他的古文。古文不是小说，严格来说，古文并不代表文言写的小说。如果只是笼统地把古文视为文言，古文本身就没有意义了，就无所谓唐宋古文八大家了。到了清末的古文，基本上大家只是讲桐城和文选，然而这并不是那么简单的问题。因为林琴南自己不认为他是桐城派，不认为是曾国藩的门徒，他对方苞和姚鼐也不见得那么崇信。他自己觉得他自成一体。他最尊敬的古文大家是他的同乡严复。所以这就牵涉到另外一个问题：严复的古文有没有人研究过？我想一定有。那么为什么严复要用那种古文文体来翻译他认为重要的西洋经典？我觉得汪晖讲得有道理，就是他要为中国建立一种新的学问，所以必须用古文写，一种能够合于中国的四书五经的传统文体，至少能够对等。毕竟进到现代了，不能完全拟古，必须自成一格。可是古文的文字和文章不能丢弃，因为中国文章的载体就是古文。我觉得严复和林琴南最后要抓住的这个东西就是"文"，对文人来说，你应该具备的基本功就是作文；中国的文字，你一放掉或写不好就完蛋了。我觉得他最大的局限，就在于太过坚持古文。他用古文来翻译西方的小说的时候，这两个文体不可能那么相合。他没有办法从中国古文小说里得到足够的资源，用古文来译西方小说的时候必须掺杂其他文体。

所以有人认为，林琴南的贡献就在于此：第一，他把小说的地位提高了，因为用的是古文；第二，他把古文的范围扩大了。这两个说法都很有道理，是一种比较同情的正面说法。可是这样解释的话你似乎就忽略了古文本身的传统，到了晚清，它的价值是什么？我并不那么赞成以上的说法。我甚至认为，林琴南如果能够开放一点，文白兼用，或像梁启超一样，把古文改头换面，创造一种笔锋常带情感的文体的话，可能影响更大。因为他的翻译贡献绝对超过梁启超。他翻译西方的各种知识：包括一本德国人写的《民种学》，包括拿破仑的故事，还有很多历史小说、探险小说及其他小说文类，还有福尔摩斯侦探小说。这些东西有好有坏，但他无形中已经把西方两个世纪以来的通俗小说中重要的东西全部都带进来了。可是他的方式是古文。林琴南的古文，很明显也有好有坏，并不是所有的翻译都很好，有的实在是坏得难以卒读，犯了鲁迅犯的毛病，就是直译，不懂的就把它通通直译，让人搞不清他在讲什么东西。可是当他翻得最好的时候，文笔绝对超过哈葛德。

中国古文写得最好的时候，写景和写情都了不起，这是中国固有的抒情传统。哈葛德最差的就是写景，他写非洲的风景其实乏善可陈。哈葛德用心的地方也是古文，英国式的古文，也就是古英文（old English），因为他要假造一个古世界。他非常喜欢古埃及、古罗马的神话和历史，然后他故意用考古方法，把这些古文明移到了非洲。吊诡的是，这最蛮荒的非洲，反而变成了西方文明的起源。在这一方面，他是受安德鲁·朗格（Andrew Lang）的影响，认为古文明的遗址都在非洲，到非洲去挖宝，也就是挖掘古文明。别人批评他挖的"所罗门王的宝藏"，完全暴露了帝国主义和资本主义的企图，把南非的金矿挖回去了，是非常明显的经济剥削。可是，为什么小说用"所罗门王"的名字？因为他的兴趣在于这个古老传说中的所罗门王。我觉得这无意间泄漏了一个矛盾：他的帝国主义思想的背后是对于古文明的向往。同样的，*She*也是如此，小说中的女王用的语言是用古英文翻译出来的古波斯文。大家如果知道以前的希腊神话故事：埃涅阿斯（Aeneas）这位英雄，在特洛伊战争（Trojan War）以后，逃到一个岛上，爱上岛上的女王狄多（Dido），女王也爱上他，可是他还是跑掉了，因为他有天命去建立罗马，于是那个女王就自杀了。那个故事和那个女王，都被哈葛德改头换面，进到了*She*这本小说里。哈葛德就喜欢用那些古老的东西，可是他的那种"古"是神话式的古。他文体的糟处正是林琴南的优点，他虽想用英国古文来描写这类人物的口气，但写得很糟。因为他自己念古文就不用功，可是一定要模拟古英文的写法。在《所罗门王的宝藏》里那个苏噜族的真正国王打赢了，他高歌一曲，用的也是古文，因为苏噜族的贵族也用他们自己的古文，是苏噜族话里面的古文。所以我认为这两种古文对照起来太好玩了。妙的就是：林琴南并没有完全用中国古文的章法来对应哈葛德的古文，这中间有很大的隔阂。问题正在于林琴南对西方古文没有自觉，而他的口译对此也漫不经心。当他译得精彩的时候，写情写景甚至是写到香艳的地方，特别是*She*中的女王如何引诱这些白人英雄，都十分传神。她引诱的时候用的古文语言，林琴南翻译得非常大胆，比哈葛德还大胆。这就是从中国香艳小说里借用进来的。所以你也可以说，林琴南的古文翻译在不自觉之间，已经把古文的本身的纯洁的传统混杂化了。但他不承认，他认为他翻的这几本小说——也是哈葛德最流行的小说——是雕虫小技，不足观。为什么他还要翻？原因就是有人喜欢看。钱锺书就承认自己小时候最喜欢看的就是*She*这本小说。

我做这个研究，搞得头昏脑涨的，写了一个多月还写不好。因为引起的问题太复杂了。为什么复杂？我觉得正反映出研究晚清文学的一个基本问题：晚清文学不能够当作思想史来研究，它没有那个深度；也不能够当作历史的印证，因为它里面幻想的成分不少。而且晚清小说已经包括了很多翻译——基本上是翻译加改写，所以也不能当作纯翻译研究。因为它和原文差别很大，误译太多，变成一个"四不像"的东西。应该怎么样来判断？怎么样来研究？我基本上是把它当作一种思想性的通俗文学：所谓思想性就是把新知带进了小说文本。新知不只是一个口号而已，因为1905年科举废除以后，新的资源从哪里来呢？于是一系列新的通俗性的知识就进来了。或者说这是一种知识的生产，商务印书馆扮演了最重要的角色，它出版的杂志和教科书，还有字典，对新知的传播贡献很大。现在台湾有位学者蔡祝青正在研究当时的字典。另外就是通俗性的科学知识和历史地理知识，印出来大量的小册子，叫"东方文库"，除此之外，还有大批类似教科书之类的东西。因为新的学校设立了，需要大量这样的教材。于是王云五就提倡可以在任何城乡设立小图书馆，只要把一套"东方文库"摆进来就可以了。

　　所以这种大量的知识生产，变成晚清的文化的背景，这是历史原因造成的。这个东西太大了，我现在已经没有能力做了。连我想研究的科幻小说这个小问题都研究不了，就是因为我问的大问题，自己不能解决，看各位有没有办法帮帮我，就是：有关科学的新知从哪里来？内容大致如何？飞艇也好，潜水艇也好，它代表、象征的是什么呢？一定是当时维多利亚科学里面比较注重的东西，到底是什么？是不是天文学？我不知道，大概不是。可是有一样东西我知道，就是地质学极端重要,geology，因为鲁迅在南京看了查尔斯·莱伊尔爵士（Sir Charles Lyell）的那本书，《地质学原理》（*Principles of Geology*），我后来问哈佛的一位同事，研究科学史的，她说这是一本极端重要的书，竟然当时中国已经有翻译了。达尔文进化论之后，当时第二种重要的科学知识就是geology——就是从一层一层的地层，可以看出人类的进化。为什么鲁迅学地质学，也是有道理的。我觉得地质学间接带动了科幻小说的幻想：到地底旅行，要靠地质学。于是凡尔纳的《地底旅行》就出来了，后来还改编成电影。地底世界是掉回头的进化论，最后连恐龙也跑出来了。另外一种新知就是地质学折射过来的地理学。没有地理学就没有非洲的想象，南美的想象，或文明和野蛮的对比。这些知识混在一起了，我也不知道怎么办。我最大的一个局限就是对科学所知太少，所以到处在找研究维多利亚科学新知的学者。❶恐怕要到国外去找才行，我在这里找不到。

------

❶　钟月岑教授补充，或可见 George Stocking, *Victorian Anthropology*, New York: The Free Press, 1987。

讨 论

李怡严教授（清华大学物理系退休教授）：

您刚才讲到林琴南翻译的小说，我觉得有的好有的坏是不是因为他自己不懂外文？跟他对译的那个人对他是不是会有影响？比如说刚刚提到的《拿破仑本纪》，或者是《撒克逊劫后英雄略》，据我知道都是魏易跟他对译的。魏易他自己水平就很高。其他跟他对译的人，很可能没有魏易的水平。林译中的缺陷，对译者也许需要负一大部分责任？

另外一点，您刚提到了时间，提到《西游补》，在那时候是不是受到了佛教的影响？因为佛教提到过去未来。这是第二点。

还有刚才想到一点，就是在清末的时候，当然是很乱了，但事实上还不是最乱的，最乱的恐怕是明末。明末那时候，最大的思想就是王阳明的思想，可是泰州学派到清末好像又起来了。尤其是那个《老残游记》里面，那个玙姑，是不是也有它的影响？当然还有别的影响，比如说龚自珍的公羊学派啦，或者什么，这些都是和以前不见得完全符合，不过，抓到一两点，就放进来，那时候会不会是拿它来附会？我就想到这几点，向您请教。

李欧梵教授：

非常感谢！我要一一去做研究求证。我觉得非常可能，我几乎可以肯定。特别是佛教这个因素。因为梁启超翻译的《世界末日记》做的那个批注，也完全是讲佛教的，我刚刚没有想到。佛教里面有过去、现在、未来，甚至也讲现实的问题。这个学问太大了，大家可以看得出来我的困难。这正是代表中国传统的多元性，非常复杂。你如果把它的元素一一挖出来的话，真的没完没了，只是看晚清文学怎么包装这些东西。我想龚自珍的影响也是绝对可能的，明末方面要请您多指教一下。

李怡严教授：

我刚才想到，比如说《豆棚闲话》就谈到当时已经没有办法了，就是骂老天爷"你年纪太大了，眼睛又花，耳朵又聋。你不会做天，天塌了吧！" ❶

李欧梵教授：

这是一首歌，还是诗，还是寓言？因为后来有一首歌就是这样子说的。

李怡严教授：

是，歌就是从这边来的，《豆棚闲话》。

李欧梵教授：

喔！《豆棚闲话》。这我还没看，真的多谢。

刚刚您说的那个口译者，绝对的。魏易很优秀。可是帮他翻译哈葛德的，基本上是曾宗巩……这个人也翻译过查尔斯·兰姆（Charles Lamb）的莎士比亚故事，也翻译过托尔斯泰，可能那个时候，他们两个都是在京师译书局做事，业余时间就翻小说，翻得很快，两个人都粗制滥造。可是魏易很精彩，《迦茵小传》就是靠魏易。这些口译者背景的详细资料很难找。我自己也扮演过口译者的角色，我是把中文译成英

---

❶ 见《豆棚闲话》第十一则，《边调儿歌》："老天爷，你年纪大，耳又聋来眼又花。你看不见人，听不见话，杀人放火的想着荣华，吃素看经的活活饿杀。老天爷，你不会做天，你塌了罢！老天爷，你不会做天，你塌了罢！"

文，译给我一个朋友，戴维·阿库什（David Arkush），我把一些中国
知识分子旅行美国的记载译给他，然后他实时写成英文，我就发现我译
得一塌糊涂，因为口译者要硬译，以存其真。当我译得很差，文字一塌
糊涂的时候，他就不听我的了，就用他的英语写出来。我猜林琴南也有
不听口译者的时候，他就自己把意思写出来了，而且林琴南写得非常快。
从这个角度来批评林琴南的人不多，因为他没有英语功力。只有钱锺书
另有观点，他那篇文章对我启发非常大。❶ 不过这个古文问题我还没有
解决。我想以后各位有研究古文的，再请教一下。谢谢！

还有哪一位研究科幻小说的？我想交换一点意见。

晚清小说所根据的原来的文本，可以找到的最出名的，就是凡尔
纳，他的作品都可以找到，其他的还没找到，我想请教一下这些东西
的来源。凡尔纳很容易找，难的就是有些连原作者也搞不清楚是谁。
我正在找《梦游二十一世纪》的原作者，一位荷兰作家，我到处问，
包括鲁道夫·瓦格纳（Rudolph Wagner）都不知道是谁，他的化名叫
作狄奥斯科里迪斯（Dioscorides）。《梦游二十一世纪》是明治维新
时日本翻译的第一本西方小说，我想求证这本书为什么那么重要，不
知道各位看过没有。这个是我的一个悬案。

林健群（中文系博士候选人）：

老师，我可以有一些意见，其实在座颜健富老师做的研究也跟科
幻有关。老师刚才提到科学新知从哪里来，这是很难去求证的。比较
专业的知识来源可能就是教科书，如果是比较通俗的科学知识，可能
通过长期累积的杂志传播。但是，我们很难去找出科幻小说的作者的

---

❶ 见钱锺书：《林纾的翻译》，《七缀集》，台北：书林出版有限公司，1990年，第
83—122页。

知识来源，很难找到证据。大概只能说，他刚好在这个小说杂志里面当编辑，可能涉猎过。此外提供一个小的数据，就是老师刚说在空间上，对于非洲，了解比较少。可是有一本小说《飞行记》，它的副标题就是"非洲内地飞行记"。

李欧梵：

喔？是翻译的还是写的？

林健群：

在晚清时期，1907年谢圻翻译的。此外，就译本来讲，刚才老师提到作者是谁，这个问题也不好解决。但是我有另一个想法。像之前我看安德鲁·琼斯（Andrew Jones）的 *Developmental Fairy Tales: Evolutionary Thinking and Modern Chinese Culture*（《发展的童话：进化论与现代中国》），里面提到有一些译作与原著的比较，可是我觉得现在研究晚清科学小说译本的来源，其实很多都是从日译本直接翻译过来的，但是有些学者可能忽略掉这个环节，直接就去找到原文，或找到对应的英译本，忽略了晚清那时候所看到的大多是日译本，并不是原文或英译本。所以，直接找日译本可能更贴切，有一些已经被找出来了。这些日译本，在日本国立国会图书馆网站上有日译原文，可以直接拿来对照。所以就像老师您刚说的，如果有人懂日文的话，可以从这个角度切入，目前还没有人做这一块。

李欧梵教授：

如果有网络的话，我很容易找到，刚刚我要解释的，这是所谓英文叫作nitty-gritty，最细微的这种末节，可是有时候从一个细节一下子可以找一个东西出来。我说的这个明治的第一本翻译，中文叫作《梦游二十一世纪》，有日译书名可能不同。可是英文文献里可以找得到翻译者的名字，也许从这里，这个我们可以再来讨论。这个以后我们再来做，好像做侦探一样，一点一点地推，有时候会有惊人的发现。

何立行：

Pieter Harting？是这个名字吗？光绪二十九年（1903）四月。

李欧梵教授：

你说日文本上说的？

何立行：

不是。中译本上面写的作者。

李欧梵教授：

我也从网上查到这个荷兰名字，但他的背景不详。

李欧梵教授：

Kando Yoshiki日文应该怎么写？因为我是英文的资料，1801—1880。他这个翻译好像是1868年还是什么时候出来的。❶现在日本有人研究这个。日本也翻译了大量的英文书，有的影响很大的。 像塞缪尔·斯迈尔斯（Samuel Smiles）的《自助》，*Self-help*，在日本畅销。这些比较有名的文本都找出来了。晚清科幻小说难搞就在于，它的来源绝对不是中国自己出来的，总是外国来的，很多是日本来的，包括日本的科幻作家。有的是假造的，其实是中国自己出的，一看就看得出来。《后石头记》里面也有飞船，还有贾宝玉在坐潜水艇。这本书Huters（Theodore Huters，胡志德）研究过。作者是吴沃尧（吴趼人）。前面完全是把《红楼梦》主要人物放在当今，后半部才进入"科幻"场景，后面就变了。细节上等一下我们再交换一下。

---

❶ 日译本《新未来记》译者为近藤真琴（Kondo Makoto），出版时间为1868年。

钟月岑教授：

我提一个问题，讲一个意见。刚刚谈到科学新知从哪里来，我想就是那个时候的格致书院傅兰雅（John Fryer）的翻译是相当风行的。这是一个有关科学新知的翻译资源。另外一部分当然就是像梁启超跟康有为，他们从日本那边接受，再翻成中文。教科书也好，或者日本人翻译的新知也好，他们 pick up（学会）很多 scientific terminology（科学术语）。这个时候大概是 19 世纪 90 年代，如果作为介绍新知的体系来看的话，一个流行的形式是翻译。因为到后来，新式的学堂、大学才慢慢建立。可是在这之前，在技术的层面，中国的士人，或者说中生代的知识分子，他能够马上从翻译里面 pick up，可以学到。谭汝谦的《中国译日本书综合目录》，大概可以 quantify（确定数量）有多少。

李欧梵教授：

谭汝谦那本？

钟月岑教授：

对。他分很多，有科学类、文化类、文学类等，这个书目我想大概有两大册，可以去看。我自己的研究局限在科学。另外一个 comment（评论）就是说，科学新知应该是我们定义的信息的问题。如果我们谈到再生产的话，这只是一个信息，但当时那一群中生代的士人可以直接挪用，同时他们已经慢慢把年轻一辈的学生送出去读书了。等他们回来，要到 1910、1920 年开始。这个时候才能 reproduce（再生产），重新训练他们自己的研究生人才，各种制度性的科学机构才建立起来。如果从这里去思考的话，晚清就非常重要，因为不管科幻也好，或者他们种种的想象，在画报里出来的，呈现你认为乱七八糟的也罢，他们当时事实上有很多来源，从西方 *Popular Science*（《科技新时代》）期刊来的介绍，我想这也是一个来源。晚清是一个非常

fascinating（吸引人的）的时代，如果讨论科学知识的生产跟生根，晚清扮演一个播种的重要阶段（角色）。在人才来看的话，有中生代、新生代，还有更年轻的小孩子。他们的翻译，terminology（术语）怎么样慢慢地普及，从教科书、日常的媒体所读到的杂志的介绍。后来中国科普的杂志的发行是比较晚一点，20世纪20年代到30年代。另外，我刚刚听得不太清楚的就是说：你认为林琴南的翻译里头，古文对他来讲是一个限制？这个限制是说他很容易就套招了，因为他太丰富了，对古文的知识太熟练了，或者是他对古文的genre（体裁）太熟练了，所以他碰到一个不同种类的翻译的东西，他就马上套进去了，好像传统变成对他来讲是一个compartment，是一个cluster of compartment，他就直接拿这个东西来换那个东西？

李欧梵教授：

对，我认为是这样。

钟月岑教授：

所以他本身没有太多的创造，这是您的解释？

李欧梵教授：

对，这是我的解释。

钟月岑教授：

所以这个限制在这里？

李欧梵教授：

对。譬如说我举个例子，他最好的译本就是，和古文的资源刚好凑合，就是《撒克逊劫后英雄略》，那个我还没写，那个要独立成一章。中国古文里面，他可以找到，他最崇拜的两个人，一个就是韩愈，还有就是太史公。他引用很多《史记》的资料。历史小说他可以和《史记》凑合得来，他可以找到。神怪小说最麻烦，因为古文里面写神怪的，最好的就是唐传奇，其他很糟的他根本不看在眼里。所以哈葛德的神怪小说怎么处理？譬如说林琴南把哈葛德讲的非洲，比作《史记》里面的西域。他认为太史公是一流的，可是班固是二流。韩愈是古文里面各种招数都有，这类古文，他非常熟悉。可是，不自觉地，或者自觉地，他有些地方没有办法用古文处理的话，他势必要借鉴香艳小说，甚至于借鉴梁启超翻译，或别人翻译的东西。可是他不承认，他的序言和他的实践上中间有距离。有的序言写得冠冕堂皇，翻译得也冠冕堂皇，凑在一起，很成功的例子就是我刚讲的《鬼山狼侠传》。有的是，翻译得其实不错的，可是序言就说这本原著小说不行的，你可以当作《齐谐》来看啦。他连《子不语》❶都看不起，清朝文人他很多都看不起的。所以这个我觉得变成他的一个局限。

当然倒过来讲，有人认为，你再要执著于这种古文的纯洁性，再要模仿太史公还是韩愈的手法，是做不到的，因为外来的资料总要带进来。所以也许你可以说，林琴南不自觉地创造了一种古文的通俗小说的文体。这里面我就想，恐怕需要再去仔细研究他的言情小说的翻译。我觉得他下的功夫比较大的是《迦茵小传》和另外一本哈氏的小说。我现在还没看，那本小说被公认是很糟的。哈葛德写言情小说本来就很糟，我看过那本《迦茵小传》的原著 *Joan Haste*，实在很平庸。可是，中国人特别喜欢，这可能是因为魏易，也可能是《茶花女》轰动一时。包天笑也翻译了《迦茵小传》。可是《迦茵小传》的故事里面有迦因怀孕的一段，没有结婚就怀孕了，这个典故其实根本是一个很无聊的典故，因为它是从哈代（Thomas Hardy）抄过来的。可是当时包天笑他们没翻，但林琴南照翻。当时碰到一些所谓在性别上

---

❶ 《子不语》，又名《新齐谐》，〔清〕袁枚著。

和身体上相当大胆犯忌的问题，他照翻，而且翻得相当精彩，很成熟。那从哪里来的？古文我觉得是没有的，所以他很不自觉就采用元明的戏曲小说，无形中把古文的范围拉大了，可是他自己从头到尾不承认。所以这变成很奇怪的一种道德评价。你如果把尺度稍微放松一点的话，就自然了。可是为什么他一定要拘泥于这个东西？因为他觉得自己是最后一个古文家了。他坚决反对白话的原因就是，他说古文这个传统一完，整个中国文化的生命线就没有了。他曾经这么说过。所以他说你用白话什么都可以，但学白话也要从古文开始。他有很多证明，他说人家英国人连拉丁文也学。他用这种理论来讲，不无道理，你不能说他完全没有道理。

我们如果回到西方的小说文体本身，特别是哈葛德的小说，他反对的是维多利亚式的家庭伦理小说文体。他揭橥的是一个更早一点，也更有阳刚气的romance传统，他在英国文学上的英雄是谁呢？就是司各特（Walter Scott）。所以两个人有一个共通点，都是复古主义者。我下回要研究的，就是这个历史小说的文类。我觉得司各特的小说可能是林琴南翻得最好的作品。我后来听说，好像上一辈的人都很尊敬司各特的小说。现在历史小说又回来啦。中间有很长的一段时间，在西方理论界不讨论历史小说，最近佩里·安德森（Perry Anderson）在《伦敦书评》（*London Review of Books*）发表的 "From Progress to Catastrophe: Perry Anderson on Historical Novel"，一篇文章就把历史小说带回来了，整个改变了西方左派理论界对历史小说的看法。

你刚刚讲的那个，我要回去找找，特别是傅兰雅的那个资料，他不是在翻译局吗，我恐怕能力做不到，我会去找我的研究生帮忙。绝对是很重要的，还有一个就是日本的数据，谭汝谦的那本。谢谢。

钟月岑教授：

谭汝谦，实藤惠秀的也是。

李欧梵教授：

谢谢。

刘人鹏教授：

透过李欧梵老师的讲演，我们发现晚清真的是一个非常迷人的时代。李老师提出了很多新角度，可以再从他所谓"乱七八糟"里看到非常有趣的东西。我们谢谢李老师，讲演到此结束，谢谢大家。

林纾与哈葛德
——翻译的文化政治

一、前言：林纾翻译的跨文化历史背景

林纾（字琴南，号畏庐居士）翻译的所有西洋文学著作中，占绝大多数的是哈葛德（H.Rider Haggard）的作品，根据马泰来的权威研究，计有二十三种之多，另外还有未刊两种。[居第二位的英国作家是柯南·道尔（Arthur Conan Doyle，林译科南达利），只有七种，狄更斯（Charles Dickens，林译迭更司）和莎士比亚（William Shakespeare）各五种，司各特（Walter Scott，林译司各德）只有三种。][1]然而，研究林译哈氏作品的学者似乎绝无仅有。我想原因之一就是哈氏一向被视为二流的通俗作家，研究起来吃力而不讨好，况且他的作品内容"政治不正确"，似乎在宣扬大英帝国主义，所以近来被英美的后殖民主义学者批评得体无完肤。

[1] 马泰来：《林纾翻译作品全目》，收入钱锺书等著：《林纾的翻译》，北京：商务印书馆，1981年，第60—68页。在此特别鸣谢马泰来博士对本文的大力协助和指正。在此也要向我的研究助手、香港中文大学的博士生崔文东致谢，他为我在网上找到上海商务印书馆出版的林译小说原版和哈氏数本小说的英文重印本，以及其他相关资料。

　　我以这个题目作为我研究晚清翻译文学的起点，是有一定的原因的。四十多年前写博士论文时，不自量力，把林纾也放在论文之中，变成专章，把他定位为中国现代浪漫文人的前驱者之一，而把他的翻译视作他的浪漫心态的表现。❶我当时选了狄更斯和哈葛德作为这种浪漫心态的两个面向——情感（sentimentalism）和动力（dynamism）。但顾此失彼，把林琴南的翻译和晚清文化的关系忽视了，而且对于他的译文的分析也不够深入。由于近年来学界对于跨学科文化和翻译研究的风气已开，我也借此还愿，弥补多年前的学术缺失。

　　另一个原因是我对于晚清文学和文化的兴趣，多年不衰，我觉得晚清——特别是20世纪初的十年——是一个关键时期，出版业飞黄腾达，对新知和西学的翻译和介绍达到前所未有的高峰，晚清小说和翻译更是分不开，在这个领域，林纾的贡献不容置疑。就在这个关键时刻，林氏的翻译精力特别旺盛，一本一本地出版，形成一种美国学者韩嵩文（Michael Hill）所谓的"林纾企业"（Lin Shu, Inc.）❷。商务印书馆为之集成"林译小说丛书"，流行晚清民初文坛。

（一）林纾为什么翻译哈葛德？

　　为什么林纾翻译这么多哈葛德的小说？从文化史的观点来看，当然是哈氏的作品在英国当时很受欢迎，而且流行甚广，经由当时的通商路线传到中国来了。至少林纾和他的口译者拥有不少哈氏小说的英

---

❶ Leo Ou-fan Lee, *The Romantic Generation of Modern Chinese Writers*（Cambridge: Harvard University Press, 1974），Chap. 3；李欧梵：《中国现代作家的浪漫一代》，王志宏等译，北京：新星出版社，2005 年，第 3 章。

❷ Michael Gibbs Hill, *Lin Shu, Inc.: Translation and the Making of Modern Chinese Culture*（Oxford & New York: Oxford University Press, 2012）。

文版本。我从印度和澳洲学者的研究调查中，也发现，在这个时期，哈氏作品赫然出现在印度和澳洲的公共图书馆的目录中，而且往往是最常被借出的英国作家作品之一。❶ 大英帝国向外扩张的文化路线和文化流传（cultural circulation），颇值得研究，我估计当时哈氏小说之类的畅销书，在各殖民通商口岸——包括香港——都买得到❷。据印度学者的研究，甚至有英国书商，如 Macmillain 公司，会特别在印度发行"殖民图书系列"。❸ 那么，我顺理成章的问题是：这些英文小说，当时在中国沿海通商口岸——特别在上海——如何流传？晚清的杂志中所刊载的大量翻译作品的来源何在？至今我还无法解答这个问题。我的猜测是：当时的英国通俗杂志——如 *The Strand*，*The Spectator*，还有当初连载哈氏小说的两种画报 *The Graphic* 和 *London Illustrated News*——在上海都能看到，也说不定出版"林译小说丛书"的商务印

---

❶ Priya Joshi, *In Another Country* （New York: Columbia University Press, 2002），p.110; Tim Dolin, "Fiction and the Australian Reading Public, 1889–1914, "in Beth Palmer and Adelene Buckland eds., *A Return to the Reader: Print Culture and the Novel, 1850–1900* （Surrey, Endland: Ashgate, 2011），pp.151–182.

❷ 在英殖民地香港，直到 20 世纪 50 年代，英文中学用的读物 *Longman's Simplified Readers*，还包括三本哈葛德的小说改写本：*King Solomon's Mines*, *Allan Quatermain*, *Morning Star*; 最后一本林纾未译。信息来自马泰来给笔者的电邮（2012 年 8 月 21 日）。在台湾，哈氏的小说 *She* 也被改写成简易的中文附加注音符号，改名为《洞窟女王》，列入"世界文学名著儿童版"第二十六种，亨利·赖德·赫加原著，王静新改写（台北：黎明文化事业公司，1998 年）。感谢友人"中研院"欧美所的单德兴提供的此项资料。

❸ Joshi，Chap.3.

书馆的图书馆（后被日本飞机炸毁）都有收藏，有待行家继续研究。❶

通俗小说之所以能"通俗"流行，必和当时的媒体境况、读者口味和文化心态有关。清末民初的大量翻译作品，来自英国的占大多数，它们大多是维多利亚时代（Victorian era, 1837—1901）的文化产物，所以研究晚清文学的翻译，势必也要探讨这个早已衰落的"大清帝国"和维多利亚时代大英帝国的文化关系。这是一个大题目，林译哈葛德是其中的一个小小的个案，其他的个案——有待深入研究的——至少还有狄更斯、柯南·道尔和稍早的司各特。我对于这个中英跨文化的初步理解是：这两大帝国在当时的相互地位是对等的，虽然英国国力强盛，仍然执西方殖民主义国家之牛耳，在世纪之交对晚清的没落帝国构成最大的威胁，然而正因如此，英国的文化势力和内涵也备受晚清朝野重视，甚至像林纾这种保守知识分子都感受到其影响，他翻译了如此大量的英国作品，是理所当然的。

（二）林译哈氏作品的数量与次序

根据林氏弟子朱羲胄所编的林纾著述年表和马泰来的《林纾翻译作品全目》，林纾总共翻译了二十三部哈氏作品，尚有未完或未刊者，总量可谓惊人。❷ 就所有翻译的哈氏作品内容而言，属于言情的只有七

---

❶ 根据 Rudolph Wagner 及其海德堡研究小组的研究，《点石斋画报》的吴友如所画的曾纪泽像，即源于 *London Illustrated News*；而且 *The Graphic* 也引用了《点石斋画报》的一幅画，见 Wagner, "Joining the Global Imaginaire: The Shanghai Illustrated Newspaper Dianshizhai Huabao," in Wagner ed., *Joining the Global Public: Word, Image, and City in Early Chinese Newspapers*（Albany, N.Y.: State University of New York Press, 2007），pp.136, 141.

❶ 朱羲胄：《林琴南先生学行谱记四种》（卷一），台北：世界书局，1965 年；马泰来：《林纾翻译作品全目》，第 61—65 页。

种，而探险（adventure）及神话和历史传奇（romance）的有十六种，后者显然占绝大多数。从林纾的序跋和朱羲胄的介绍来揣测，林纾最初接触哈氏作品的时候，可能较欣赏言情作品，如 *Joan Haste*（林译《迦茵小传》）和 *Dawn*（林译《橡湖仙影》），但后来还是被哈氏另外一个小说世界所吸引，所译的哈葛德小说以探险和荒诞神奇的作品为主，这倒与哈葛德在英国的名声相符。与他合作的口译者是魏易、曾宗巩和陈家麟。哈氏的言情小说大多出自魏易，而探险小说则出自曾宗巩和陈家麟。这三位口译者的背景，我们所知有限：魏易的英文修养似乎较好，曾在上海圣约翰大学学习，后任学部翻译官，曾宗巩曾就读于福建水师学堂，后与魏易和林纾同任职于京师译书局。据郭延礼的考察，林译小说中的优秀之作，如狄更斯和司各特的作品，皆是出自魏易的口译，但曾宗巩除了哈氏之外也翻译过《鲁滨孙漂流记》（*Robinson Crusoe*）等名著。陈家麟也精通英语，与林纾合译的小说有五十多种，陈氏口译的哈氏小说多属探险和神怪的二流之作。

再从翻译的次序来看，林纾最早接触到的哈氏作品可能是《埃司兰情侠传》（*Eric Brighteyes*, 1891, 魏易口译, 出版于 1904 年）和《埃及金塔剖尸记》（*Cleopatra*, 1889, 曾宗巩口译, 出版于 1905 年 3 月, 但可能译于 1904 年），然后的次序大概是（皆出版于 1905 年）：《迦茵小传》（*Joan Haste*, 1895, 魏易口译, 2 月），《英孝子火山报仇录》（*Montezuma's Daughter*, 1893, 魏易口译, 6 月），《斐洲烟水愁城录》（*Allan Quatermain*, 1887, 曾宗巩口译, 10 月），《鬼山狼侠传》（*Nada the Lily*, 1892, 曾宗巩口译, 未注月份）和《玉雪留痕》（*Mr. Meeson's Will*, 1888, 魏易口译, 季冬）。次年（1906），他又陆续译了五本哈氏小说，主题为言情或探险；两年总共有十一种，可谓多产，是他翻译的鼎盛期，也恰是晚清报纸杂志等出版物的高峰时期。

值得注意的是：这个翻译的次序和哈氏原作的出版次序分歧很大，也直接影响了他对哈氏整个作品的接受态度，和西方读者的反应也大相径庭。哈氏在西方最享盛名的两部作品都是他早年之作：成名作 *King Solomon's Mines*（1885）以及最受评者和后世学者注目的 *She*（1886）。这两本书，林纾翻译得较迟：前者《钟乳髑髅》译于 1908 年，后者《三千年艳尸记》译于 1910 年，似乎没有什么新奇感了，序跋写得最短，草草了事。此时他已经翻译了司各特的三本小说和狄更斯的四本名著，还有柯南·道尔的侦探小说和笛福（Daniel Defoe）的《鲁滨孙漂流记》，有了比较，他对英国文学的品味提高了。林纾虽然不懂英文，但在风格上也能看出优劣，他终于承认哈氏的文笔实在比不上狄更斯。然而他并没有放弃哈葛德，仍然陆陆续续译下去，明知其内容"荒渺不可稽诘"而"笔墨结构去迭更司固远"，为何还要翻译？他只能勉强说这两位作家"取径不同，面目亦异"❶，一叙社会，一传神怪和冒险，各得其所。真正的原因可能和销路有关，到了民国初年、五四前夕（1911—1916），"英国文豪"哈葛德的大名和照片已经出现在上海的通俗杂志上❷，证明林纾译的哈葛德小说已经大为流行。

我们无由得知当时的中国读者反应如何。哈葛德的非洲蛮荒世界可能满足一种"猎奇"的心理，正因为它"新奇"，所以有趣，而小说中又包含了怪诞和诡异的世界，更引人入胜。不论如何，到了民国初年商务印书馆出版"说部丛书"和"林译小说丛书"的时候（1914），

---

❶ 林纾：《〈三千年艳尸记〉跋》，收于钱谷融主编、吴俊标校：《林琴南书话》，杭州：浙江人民出版社，1999 年，第 104 页。

❷ 例如《月月小说》第 1 卷第 1 期（1906），《进步》第 3 卷第 1 期（1912），《游戏画报》第 5 期（1914），《礼拜六》第 20 及 38 期（1914，1915）。

林译哈氏小说已经占了一席之地，拥有大批读者，包括幼年的钱锺书（见后文）。至于林纾自己，从他译文所写的序跋看来，对哈氏的小说最初所采取的是一种严肃"高调"的态度，他的诠释也颇有洞见。民国成立以后，他虽然继续翻译哈葛德，但高潮期已过，他变成了一个古文家，译述似乎成了赚钱的饭碗，态度也转而轻薄，他承认哈氏小说中言神鬼的太多，读者可以消遣视之，然而字里行间也不免有牵强附会和自相矛盾之处。

我的探讨从三方面着手。先从林的序跋中探讨他对哈葛德小说主旨的看法：这些探险故事背后流露了什么意识形态？林纾站在一个不同的文化背景作何解释？再进一步探讨翻译的文体和形式问题：林纾如何把哈氏小说中的情景和人物以古文表现出来？在中英两种不同文体冲撞之下，激出何种火花？最后才比较这两位同时代的作家的保守心态和复古思想在各自文化领域里扮演的是什么角色？在这个世纪之交"现代性"开始席卷全球的关键时刻，有何意义？

研究林氏翻译的学者都知道，阅读他所有的翻译作品几乎不可能，而研究哈葛德也是如此：他的全部作品，据学者统计共有六十八种之多，内中小说就有五十多本。我只能选择西方学者公认的代表作品，特别是 *King Solomon's Mines*（1885），*She*（1886）和 *Allan Quatermain*（1887），另外参考林纾较看重（序跋写得较详细）的小说，如 *Nada the Lily*（1892）、*People of the Mist*（1894）等。至于哈氏所写的大量言情小说（西方学者称之为 mundane melodrama），林纾翻译了约有七八本，只好留待以后再说，好在其他年轻学者已有人开始研究了❶。

---

❶ 潘少瑜：《清末民初翻译言情小说研究——以林纾与周瘦鹃为中心》，台北：台湾大学中国文学研究所博士论文，2008 年。

二、林纾序跋中所见的哈葛德

（一）大英帝国殖民主义的作家哈葛德

哈葛德可以说是一个不折不扣的大英帝国殖民主义的产物。[1] 他早年到过英属南非，在当时的英总督手下任职，做一个殖民官员，并曾在当地经营农场，他对非洲的兴趣也和这段经验有关。19 世纪末正是欧洲各强国"瓜分非洲"的时代。两次所谓布尔战争（Anglo-Boer Wars）[2] 使他无法久留非洲，只好结束农场生意而归国，转向写作。因为他曾在纳塔尔的英殖民总督手下做过官，又参加占领德兰士瓦省（Transvaal）时的典礼，当然站在英帝国的立场，他写的第一本书，就是为英国殖民政策辩解的 *Cetywayo and His White Neighbors*，但林纾并没有翻译过这本书。[3] 他虽为英国的殖民政策辩护，但也流露对于苏噜族文化习俗的兴趣和同情。这段非洲经验，使得他回国后对维多利亚社会不能适应，他大力提倡的土地和农耕政策也未能被采纳，因此寄情于小说写作。最初两本——*Dawn* 和 *The Witch's Head*（1884；林译《铁匣头颅》，1919）——未受注意，后与其弟打赌，可以写出

---

[1] 关于哈氏生平和著作的传记，英文方面有：Morton N. Cohen, *Rider Haggard: His Life and Works* (London: Hutchinson，1960)。此外尚有他的自传：*The Days of My Life* (1926)，我至今尚未读到。中文方面资料最详尽、分析最仔细的是关诗佩的长文：《哈葛德少男文学与林纾少年文学：殖民主义与晚清中国国族观念的建立》，载于王宏志主编：《翻译史研究》第 1 辑，上海：复旦大学出版社，2011 年，第 138—169 页。哈氏生平部分见第 141—144 页。关博士的着眼点与笔者不尽相同，但笔者十分感谢文中提供的丰富资料。

[2] 哈氏的小说 *Jess* (1887) 即以此为背景，林纾译为《玑司刺虎记》（1909），并在序言中认为英国人因骄傲而败，并与之和庚子之乱清廷的态度相比。见《林琴南书话》，第 101 页。

[3] 马泰来：《林纾翻译作品全目》，第 62 页。以前的研究者误把林译的《鬼山狼侠传》（*Nada the Lily*）视为此书，因此以讹传讹，直到马泰来与原文对照，才纠正错误。

比美史蒂文森（Robert Louis Stevenson）的《金银岛》（*The Treasure
Island*）的探险小说，数周之间完成 *King Solomon's Mines*，一炮而红。
从此著作不绝，大多以极快速度——甚至口述，由秘书抄写或打字——
完成。因此他的小说语言往往"不修边幅"，备受批评。❶

　　哈氏的小说只有少数是严格意义上的 novel。在维多利亚的文学成
规中，novel 指的是以"写实小说"为主的文类，其较通俗的模式是所
谓"domestic fiction"（家庭小说），这些作品往往先在杂志刊物连载，
然后包装成廉价的"三卷"（three-decker）版，三本合在一起发售。
哈氏自己似乎只把内容是言情的作品称为 novel 或 fiction，但更重视自
己的非言情类的作品，他称之为"romance"（或"fantasy"或"adventure"，
例如 *She* 这本小说原来的副标题就叫作"A History of Adventure"）。
这个次文类的内容与宗教、神话、冒险和历史演义有关，他自己推崇
的作品是：《天方夜谭》（*Arabian Nights*），《格列佛游记》（*Gulliver's
Travels*），《天路历程》（*The Pilgrim's Progress*），《鲁滨孙漂流记》；
除此之外，我们在他的这类作品中还可以发现荷马史诗《圣经·旧约》、
希腊罗马神话和早期英国传奇如亚瑟王（King Arthur）和圣杯（Holy
Grail）之类的影子。

　　哈氏偏好这个文类，而对当时流行的"家庭小说"——也可说是
从简·奥斯汀（Jane Austen）到无数通俗作家所写的以家庭为主的言情
和爱情小说——十分反感，甚至公开指桑骂槐，批评美国的此类主流小
说弱不禁风，只是给十六岁的小女孩看的，他也批评法国左拉之流的"自

---

❶　关于哈氏写作背景的一手资料，包括当时英国文坛的批评，可参见：Lindy Stiber
　　ed，*Lives of Victorian Literary Figures VII*：*Joseph Conrad*，*H.Rider Haggard and
　　Rudyard Kipling*，Vol.2：H.Rider Haggard（London：Pickering & Chatto，2009）。

然主义"作品，认为琐碎不堪卒读，引起文坛轩然大波。❶ 然而他也免不了写了不少此类"言情小说"，但不受欢迎，而他的 romance 作品则大为流行，全在于他把情节和人物置于陌生的非洲蛮荒远古神话世界，对当时习惯于阅读背景熟悉的家庭言情小说的英国国内读者而言，可谓大开眼界，于是他继续把同一个模式"如法炮制"，甚至不惜把早期畅销小说中的主要人物作"后续"（sequel）和"前续"（prequel），甚至拉进同一个文本（例如，*Allan's Wife*；*Ayesha*：*The Return of She*；*She and Allan*），但是名声已大不如前。

　　哈氏的探险小说表现了很明显的帝国主义心态，在这一方面，西方后殖民理论的学者已经作了很多分析。我看过的几本此类学术著作，皆采取同一策略：从文本精读分析中审视其内涵的种族主义和帝国主义因素 ❷。先下结论，再以分析证之。然而从跨文化或比较文化的角度

---

❶ 见他的 "About Fiction" 一文，收于 H.Rider Haggard: *King Solomon's Mines*, ed. Gerald Monsman（Peterborough, Ontario, Canada: Broadview Literary Texts, 2002），Appendix B, pp.269-273.

❷ Wendy R.Katz, *Rider Haggard and the Fiction of Empire*: *A Critical Study of British Imperial Fiction*（Cambridge: Cambridge University Press, 1987）；Laura Chrisman, *Rereading the Imperial Romance*: *British Imperialism and South African Resistance in Haggard, Schreiner, and Plaatje*（Oxford & New York: Oxford University Press, 2000）；Laura E.Franey, *Victorian Travel Writing and Imperial Violence*: *British Writing on Africa, 1855–1902*（New York: Palgrave Macmillan, 2003）；Paula M. Krebs, *Gender, Race, and the Writing of Empire*: *Public Discourse and the Boer War*（Cambridge: Cambridge University Press, 1999）；Patrick Brantlinger, *Rule of Darkness*: *British Literature and Imperialism, 1830–1914*（Ithaca, N.Y.: Cornell University Press, 1988）；Gail Ching-Liang Low, *White Skins, Black Masks*: *Representation and Colonialism*（London & New York: Routledge, 1996）；Peter Childs, *Modernism and the Post-colonial*: *Literature and Empire, 1895–1930*（London & New York: Continnum, 2007）.

来看，这种理论是否对于林琴南的研究有所启发？是否足以证明哈氏的帝国主义思想助长英国对中国的侵略企图？

（二）林纾在序跋中的解读：种族与文明、英雄主义和尚武精神

其实林纾在他的序跋中早已一目了然地看穿了哈氏小说背后的白人种族优越感和帝国主义。《雾中人》序（1906）足可作为代表。林纾开宗明义地说："古今中外英雄之士，其造端均行劫也。大者劫人之天下与国，次亦劫产，至无可劫，西人始创为探险之说。先以侦，后仍以劫。独劫弗行，则啸引国众以劫之。"这个劫的主题，很明显就是帝国主义。他又把西方行劫的创始英雄一一举了出来：从哥伦布到鲁滨孙，这两个"鼠窃之尤"，却被"奉为探险之渠魁"，到"十五世纪时，英所奉为杰烈之士"的英雄人物，其实都是以"累劫西班牙为能事"。接着他又义正词严地指出："今之厄我、吭我、挟我、辱我者，非犹五百年前之劫西班牙耶？"❶ 既然这一个侵略的历史系谱如此明显，他为何依然"肆其目力，以译小说，其于白人之蚕食斐洲，累累见之译笔"❷？

林纾译《雾中人》时，已经翻译了十一本哈葛德小说，得到这个西方劫掠非洲的结论毫不足为奇。然而他如何从这十一本哈氏小说中得到这个结论，还是值得仔细推敲。

上文提过，林氏接触最早的两部哈氏小说是《埃司兰情侠传》（*Eric Brighteyes*，1891）和《埃及金塔剖尸记》（Cleopatra，1889），这两本书叙说的都不是蛮荒的非洲，前者的历史背景是 10 世纪的冰岛，哈

---

❶ 林纾：《林琴南书话》，第 45 页。
❷ 林纾：《林琴南书话》，第 45 页。

氏的灵感来自冰岛的传奇（Icelandic Saga），和北欧维京（Vikings）
的传奇相似。所以，林纾论道"是书所述，多椎埋攻剽之事，于文明
轨辙，相去至远"，然而处处显露一种"阳刚"之气，"此足救吾种
之疲矣"！相形之下，中华古老文明太过"阴柔"，又"老惫不能任兵"，
所以必须"以阳刚振之"❶。这个主题几乎贯穿了林纾对哈氏探险小说
的总体看法。后者所叙的是埃及艳后 Cleopatra，哈氏在小说中让她借
尸还魂，但林纾在该书的译余剩语中对这位名震古今的埃及女王只字
不提，只谈古埃及：他看到的是与《埃司兰情侠传》恰好相反的文明
古国，于是不胜感叹地历数埃及的亡国史："始奴于希腊，再奴于罗
马，再奴于亚剌伯，再奴于土耳其，再奴于拿破仑，终乃奴英。"❷他
赞扬哈葛德是"古之振奇人也，雅不欲人种中有此久奴之种，且悯其
亡而不知恤，忽构奇想，为埃及遗老大张其桓"❸。换言之，这是对一
个古文明衰落的哀悼。林纾接触到的第三本哈氏探险小说《英孝子火
山报仇录》，叙述的又是一个古文明——墨西哥——灭亡的故事，书
中的英雄"英孝子"令他"哽咽而不能着笔"，由此又令他感慨："此
事出之西人，西人为有父矣，西人不尽不孝矣，西学可以学矣。"❹

这些评论背后的主题都是古国"亡国灭种"的悲哀。造成灭种之
忧的原因来自何处？看来不只是由于外来的侵略，而更出于这个文明
古国本身。这个结论自然令林纾反思：中华帝国目前所处的地位岂不
是可以和古埃及和古墨西哥画上等号？如何谋自救之道？他的答案是：
发扬和古老文明的"阴柔"恰好相反的"阳刚"之气及尚武精神。这

❶ 林纾：《林琴南书话》，第 130 页。
❷ 林纾：《林琴南书话》，第 22 页。
❸ 林纾：《林琴南书话》，第 22 页。
❹ 林纾：《林琴南书话》，第 27 页。

似乎提供了一个翻译哈葛德小说的充分理由，于是他振振有词地宣布：
"行将摭取壮侠之传，足以振吾国民尚武精神者，更译之问世。"❶ 于
是他又翻译了将近二十本哈葛德的小说。然而，这个早期的严肃态度，
到后来却被哈氏的另一特征——"好言神怪之事"——打了折扣。这
两者之间的矛盾，林纾似乎无法圆满解决。

有"阳刚之气"的"壮侠"何处寻？典型何在？随着一本又一本
的哈氏探险小说，林纾终于在非洲大陆发现了更有"武概"的英雄。然而，
哈氏小说中的英雄并非全是白人，也包括苏噜族（Zulu）的黑人。

《鬼山狼侠传》和《斐洲烟水愁城录》皆译于 1905 年。林纾几乎
把二者作互文式的阅读。《鬼山狼侠传》是一部哈氏歌颂苏噜族建国
的史诗，内中的英雄全是黑人，主要人物是开国始祖查革（Chaka）和"狼
侠"洛巴革（Umsloopogaas），他号称狼侠是因为他幼时与狼为伍❷。
此书写的是他在少年时代和青梅竹马的"莲花娘"——故事的女主角
Nada the Lily——的恋爱故事。林纾显然受这本小说的启发甚大，他在
序言中以洛巴革为例，大发议论：

> 是书精神，在狼侠洛巴革。洛巴革者，终始独立，不因人以
> 苟生者也。大凡野蛮之国，不具奴性，即具贼性。奴性者，大酋
> 一斤以死，则顿首俯伏……至于贼性，则无论势力不敌，亦必起角，
> 百死无馁，千败无怯，必复其自由而后已。虽贼性至厉，然用以
> 振作积弱之社会，颇足鼓动其死气。故西人说部，舍言情外，探
> 险及尚武两门，有曾偏右奴性之人否？明知不驯于法，足以兆乱，

---

❶ 林纾：《林琴南书话》，第 23 页。
❷ 后来 Kipling 由此得到灵感，写出他著名的儿童小说 *The Jungle Book*。

然横刀盘马，气概凛冽，读之未有不动色者……中国至下之奴才
也，火气全泯，槁然如死人无论矣……其败类之人，则茹柔吐刚，
往往侵蚀稚脆，以自鸣其勇。如今日畏外人而欺压良善者是矣。
脱令枭侠之士，学识交臻，知顺逆，明强弱，人人以国耻争，不
以私愤争，宁谓具贼性之无用耶？ ❶

如果仔细推敲林纾在此段中的含义，我们不难看出他的种族观的
另一面。他认为"野蛮之国"的国民只有"奴性"和"贼性"，而文
明古国的中华却只剩奴性，二者之间他宁愿要贼性，并引申其意，很
巧妙地将蛮夷的"贼性"换成值得肯定的价值，用来振兴积弱的中国
文明。这一套演绎，似乎把原著小说的主旨——苏噜族的开国神话——
和中国连在一起，变成中国的倒影。林纾不忘把"苏噜杀人之烈"比
作张献忠，而认为查革"自戕其子"之事与《汉书》中的赵皇后传所
记无异。似乎连哈氏小说中的野蛮英雄的暴力也完全"华化"了，甚
至振振有词地说："盗侠气概，吾民苟用以御外侮，则于社会又未尝
无益。"❷这个逻辑出自一个五十多岁的"文弱书生"之笔，颇令人震
撼，既然暴力中国自古有之，是否证明中国文化中也有野蛮的一面？
如果中国这个文明古国早已积弱，变得奴性深沉的话，是否只能用暴
力推动的"贼性"和尚武精神才可以全盘振兴？

《鬼山狼侠传》全书叙的都是非洲黑人，林纾照样歌颂其"盗
侠气概"，在同年翻译的《斐洲烟水愁城录》序文中，提到这是一本
类似《桃花源记》之作，写的却是失落在非洲火山穴底的一个白人部

---

❶ 林纾：《林琴南书话》，第32—33页。
❷ 林纾：《林琴南书话》，第32页。

落。不错，洛巴革在这部小说中又出现了，但却成了配角，主角是三个白人：叙述者戈德门（Allan Quatermain）与他的挚友亨利（Henry Curtis）和高德（John Good）。三人到非洲探险，发现蛮荒的深处有一个遗落的白人部落——一个古国"苏伟地"（Zu-Vendis）的遗民，统治者是两个姐妹花女王。故事发展到最后，在两位女王争位的斗争中，洛巴革为了捍卫好女王而慷慨捐躯，成了白人内斗的牺牲品。林纾在序文中把黑白英雄分辨得很清楚，洛巴革虽是"全篇的枢纽"，但真正的英雄却是白人："书中语语写洛巴革之勇，实则语语自描白种人之智。"他又说："哈氏此书，写白人一身胆勇，百险无惮，而与野蛮拼命之事，则仍委之黑人，白人则居中调度之，可谓自占胜着矣。"❶换言之，好勇斗狠还是不能成大事，必须要有智慧。白人的智慧来自何处？

哈氏的成名作是 *King Solomon's Mines*，林纾译于《斐洲烟水愁城录》三年之后（1908），改其名为《钟乳髑髅》，原来的次序颠倒了：《斐洲烟水愁城录》才是该书的续集，林氏迟译，似乎故事的新鲜感也少多了，对哈氏此类小说已经开始有点厌倦，所以序文写得很短，也甚牵强。

此书中的英雄又是一个黑人——安部巴（Umbopa），林纾在第三章中故意加上一个原著所无的"英雄系谱"，说他"受治于大斧洛巴格，洛巴格授我以武略"❷他先化身为三位白人主角戈德门、亨利和高德的随从，跟他们去寻找亨利失踪两年的兄弟左处（George），在途中

❶ 林纾：《林琴南书话》，第30—31页。

❷ ［英］哈葛德著，曾宗巩口译，林纾笔述：《钟乳髑髅》（卷上），"林译小说丛书"第2集第14编，上海：商务印书馆，1914年，第28页。（该书中"洛巴格"，林纾在《鬼山狼侠传》中译作"洛巴革"。——编者注）

才表明身份是苏噜逊王英奴西（Ignosi），最后在三人协助下恢复王位。在哈氏笔下，安部巴／英奴西这个苏噜逊王，真的成了亨利的朋友，所以在续集《斐洲烟水愁城录》中两人重逢，他也甘愿参加白人探险的队伍，最后竟然惹来杀身之祸。然而哈氏小说中的真正主角是白人亨利，这个角色的造型几乎完美无缺：金发，身躯健美，犹如神话英雄，叙事者戈德门（也是作者的自画像）反而长得平庸，其貌也不扬。❶ 林纾对于亨利这位完美的白人英雄并没有多加赞美，只提到他的"友爱"和兄弟之情，换言之，将之"儒家化"了，和前面提到的《英孝子火山报仇录》中的"孝道"遥相呼应。

后殖民理论的西方学者对这本书口诛笔伐，批评其内容过于歌颂残暴，而且三个白人英雄表面上是去寻亨利的兄弟，实际上利欲熏心，竟然找到所罗门王遗留下来的宝石，所以故事背后显示的是南非金矿（此书中是钻石）的发现，白人殖民者的贪心牟利十分明显。甚至连故事中的山脉风景——Queen Sheba's Breasts——也被视为白种男人欲强奸黑女的想象❷。故事中一个情节：白人测出日蚀而令黑人惊为"天人"。在后殖民理论家的眼中，这当然是白人以"工具理性"制服非洲土人的原有文化的明证。林纾在序中没有明言，但不难想象他会认为这是白人智慧的表现，"文明vs野蛮"换了另一种野蛮的方式在对决：故事发展到高潮，白人英雄亨利和篡位的黑人奸王以野蛮的方式

---

❶ 根据此书改编的好莱坞电影（1950）中的角色造型颠倒了：主角成了 Stewart Granger 饰演的 Quatermain，还加上他爱上 Henry 之妹（由 Deborah Kerr 饰演）的浪漫情节，而 Henry 反而成了无足轻重的角色，片中的决斗也由黑人 Umbopa／Ignosi 亲自出场。较早的一个 Cedric Hardwick 和黑人歌星 Paul Robeson 主演的电影版本（1937），反而更尊重原著。

❷ Gerald Monsman, "Introduction,"in H.Rider Haggard, *King Solomon's Mines*(Braodview Literary Texts, 2002), p.22. 本文所用引文，皆以此版本为据。

决斗，最后亨利挥巨斧将之斩首。林纾对于这种暴力没有评论，也许中国历史和小说中斩首早已司空见惯。他反而突出黑人安部巴的英雄本色，而且本来就和亨利两人惺惺相惜。书中第四章结尾安部巴对亨利说："We are men, thou and I." ❶林纾在译文里的语气更重："我与白人甚壮观，足称为勇士。"❷似乎不忘前文中的"尚武"主题。然而《鬼山狼侠传》序中的"贼性"不见了，在林纾眼中，白人和黑人英雄又居于平等地位。

从以上的例子可以看出来，林纾的种族看法并非如当今后殖民论述，即以身体肤色（body / race）作为主体性的标准，穷兵黩武乃经济侵略和帝国主义的体现，而国族的地位是介乎这二者之间的。林纾的种族看法显然把文明和文化置于前台，而背后所指的是他身处的中华帝国。林纾不自觉流露出来的"天朝"观，使得他的种族论述更注重文明和野蛮、柔弱和强悍的对比，而不把种族依附于新的民族国家建构之中。他似乎徘徊于"新"和"旧"之间：既希望中国人种可以"返老还童"（rejuvenation），也担心中华古文明的衰落无可挽回，前者的希望在于未来，他势须在文中有所激励，而后者则牵连到他自身的心态和自我定位问题，在这一方面，林纾所呈现的新旧矛盾心理，其实较梁启超和早年的鲁迅更复杂。

这一套论述，至少有两个来源：表面上完全呼应了当时刚介绍进来的社会达尔文主义——"适者生存，优胜劣汰"——的理论，但是他的"人种"学背后尚未看到全面"优生学"的讨论：究竟白人是否

---

❶ Gerald Monsman, "Introduction,"in H.Rider Haggard, *King Solomon's Mines*(Braodview Literary Texts, 2002), p.70.

❷ 《钟乳髑髅》（卷上），第 28 页 ;*King Soloman's Mines*， p.70.

比黄种人和黑种人优胜？在《雾中人》叙中他提到："今黄人之慧，乃不后于白人。将甘为红人之逊美洲乎？"❶然而在《黑奴吁天录》（Uncle Tom's Cabin）的序跋中又很明显地指出，美国政府在惩处华工的政策上是用处置黑奴的方法以处置黄人，对此林纾视为侮辱并引为切身之痛。中华帝国无论如何衰败，他并没有认为是较白人低一级的下等民族。关键不只在于体力（所以要尚武），而在于智慧。二者和"文明／野蛮"形成一个有趣的对比和吊诡。

林纾的种族论述另一个来源是他早在 1903 年和魏易合译的一本入门书《民种学》，原名叫 Volkerkunde，作者是德国人哈伯兰（Michael Haberlandt），林译是从鲁威（J.H.Loewe）的英文译本转译而来的。此书罕见，近年才经由马泰来发现，介绍"出土"❷。这本书（可能是京师译书局指定翻译）也为林纾的种族观提供了关键性的入门知识。它名为 Ethnology，却与现今此词的学术意义不尽相同，并非讨论（少数）民族文化的民族学，而是一种广泛的文化地理介绍。开宗明义就说："民种学者，辨地球上不分大小之民种族也，且详种中之德育智育体育。"❸并不以体质定种族的高下，而是决定于"外来的感受"和灵魂的内涵，"后者"亦自有"上趋与下缩之端倪。果上趋也，将因天时地利而愈胜，若缩而就下，即盛得外助之力，亦复和裨"❹。这句话也为林纾提供了一个理论的端倪，他在此书序中赞扬西人——"勇者西人"，但并非匹夫之勇，而是西人自古以来对外面世界的好奇心："西

---

❶ 林纾：《林琴南书话》，第 45 页。
❷ 马泰来：《林纾译书序文钩沉》，《清末小说研究》第 6 号（1982 年），第 676—677 页。
❸ 〔德〕哈伯兰原著，〔英〕鲁威原译，林纾、魏易译：《民种学》（卷上），北京：京师大学堂官书局印行，1903 年，第 1 页。
❹ 《民种学》（卷上），第 9 页。

人之脑力思虑有高绝于黄人者，在不封乎其所已飨，而力趣乎所未涉，因是威力遂方洋于全球之上，莫与扞格。"❶中国文明本来也有这个传统，他认为太史公司马迁"当日已据文明思想，无外视异族之心"❷，只不过后儒愈来愈闭关自守，所以民种学未能成为"鸿学"，殊为可惜。言下之意，这也是中国文明"下缩"之因，所以翻译此书，是让读者知道"西人殖民之心不能一日置乎震旦"，须要"惕励"❸。

该书在最后也论到"支那"：作者说中国虽地大物博，但"畛域之分至严，语言文化坚守其故，全国历史，悉载内乱之生灭，及攘斥北敌之事"❹，因此导致文明停滞而不能进步。很明显，作者之意是借西方国家的例子来宣扬文明进步的理论，但"民种学"并非"优生学"，林纾从中吸取的教训也是属于思想性和文化性的，体育虽重要，但德育和智育更重要。林纾此时的思想也并不保守，而是开放会"亡国灭种"的忧虑虽逼在眼前，但他并没有把西方帝国主义视为洪水猛兽，而希望从中找到西方富强的内在原因。这也可说是和他的同乡严复异曲同工。不过林的这套种族理论却是悟自一位二流的英国帝国主义作家"多荒渺不可稽诘"的探险小说之中，而非西方一流的政治和社会哲学经典，未始不是一个异数。

三、古文和小说：文体的参差

1910 年，林纾才译出哈氏最著名也是西方读者和学者最津津乐

---

❶ 林纾：《民种学》序，收入《民种学》（卷上），第 2 页。
❷ 林纾：《民种学》序，第 2 页。
❸ 林纾：《民种学》序，第 2 页。
❹ 《民种学》（卷下），第 22 页。

道的小说 *She*，名之曰《三千年艳尸记》［其实原著中 Ayesha（林译阿尔莎）是两千年前的"艳尸"复活］。此时距清帝国灭亡只剩一年了。我们从他的序文中，却看不出他当时的心态，他仍然继续翻译哈葛德的小说，直到 1920 年。在他后期的哈氏译作的序言中，冠冕堂皇的论调减少了，对哈氏小说的评价也愈来愈低，他对《三千年艳尸记》的整体评价只不过寥寥数语："哈氏之书，多荒渺不可稽诘，此种尤幻。笔墨结构去迭更司固远，然迭氏传社会，哈氏叙神怪，取径不同，面目亦异，读者视为《齐谐》可也。"❶ 显然已经把哈氏小说从"正道"推到"旁门左道"了。我们也势必转变策略，不以序跋为据，而从林氏翻译的实际操作着手。

我们的基本问题是：哈葛德的维多利亚英文小说文体如何被转换到林纾的古文文体？（且不论他的口译者的口语）古文，至少在林纾心目中，是属于"高调"的文体，而小说则是雕虫小技，不可与他敬仰的古文大师相提并论。换言之，这两种文体是不对称的，何况哈葛德小说的英文本来就是二流的，无法和林纾较仰慕的狄更斯和司各特相比。妙的是哈葛德在他的小说中也处处使用英国古文（old English），以应故事情节和人物品德需要，但不太成功，而林琴南的译文则是他自恃甚高的古文。他是否顾及哈氏的"古文"用心和文体上的不均衡？这是一个饶有风味的问题，鲜有学者研究。兹先从几个个案谈起。

众所周知，林纾以他的古文而享誉文坛，他尊崇《左传》《史记》《汉书》和唐宋八大家——尤其是韩愈——的正宗古文传统，自谓四十岁以前博览群书，凡唐宋小说家，无不搜括，但中年以后小说都不看了，

---

❶ 林纾：《林琴南书话》，第 104 页。

书桌上仅置古文大家的书和几本工具书。❶ 换言之，他用来翻译的"工具语言"是这类古文，而非文言小说——如魏晋志怪和唐传奇、《聊斋志异》和各种笔记小说——中的古文，至少在精神上维持"高调"，但在实际的翻译过程中是否行得通？

（一）"二流"英文 vs "高调"古文

哈葛德小说中的所谓"二流"英文，是对照现在学界认为的"一流"作家——如勃朗特姐妹，狄更斯，哈代（Thomas Hardy），艾略特（George Eliot），以及稍后的康拉德（Joseph Conrad）和亨利·詹姆斯（Henry James）——的语言而言。前文提过，哈葛德是靠 *King Solomon's Mines* 一炮走红。此书的文体模范是史蒂文森的《金银岛》。哈氏此书一出版，出版商大肆宣传，果然卖座，在哈氏有生之年，总共卖了五十万册之多 ❷。但同时也有不少批评家——包括史氏自己——指出哈氏写得太快，文笔远逊于史蒂文森。即便是同情哈氏的作家，如刘易斯（C.S.Lewis），也只把哈氏的小说列入"低眉"（lowbrow）通俗类"坏"作品中的好作品。❸

原因之一是哈葛德的写作习惯一向是速战速决，甚至后来往往用口述而由秘书打字，和林琴南恰好"隔洋对唱"，我们可以想象一个跨文化又"超现实"的"蒙太奇"画面：这两位同时代的文豪，一个

---

❶ 钱基博：《现代中国文学史》，台北：明伦出版社，1971 年，第 165 页。

❷ Haggard, *She: A History of Adventure*（New York: The Modern Library paperback, 2002），p.vii. 此书重印无数次，至今没有绝版。本文根据的版本是 *The Annotated She: A Critical Edition of H. Rider Haggard's Victorian Romance with Introduction and Notes by Norman Etherington*（Bloomington: Indiana University Press, 1991）。

❸ *Lives of Victorian Literary Figures VII*, Vol.2, p.307.

用维多利亚英语口述，一个用中华古文笔录，双方都不假思索，非但速度惊人，而且产量也惊人。然而文笔——如果英文和中文的 style 可以比较的话——高下立见。

哈氏对于自己文笔的缺陷，自有一番辩解。在 *King Solomon's Mines* 的序言结尾（林纾未译），他借叙述者 Allan Quatermain 的口气写道：

> And now it only remains for me to offer my apologies for my blunt way of writing. I can only say in excuse for it that I am more accustomed in handling a rifle than a pen, and cannot make my pretense to the grand literary flights and flourishes which I see in novels... I suppose they—flights and flourishes—are desirable，and I regret not being able to supply them; but at the same time I cannot help thinking that simple things are always the most impressive, and books are easier to understand when they are written in plain language, though I have perhaps no right to set up an opinion on such a matter.[1]

虽然上面这段话是经由 Allan Quatermain 这一介武夫之口说出，但也可作为哈氏自辩的借口。我们也可以用来作为哈氏的典型维多利亚式英文 style 的例子。他自称用的是"平凡朴素的语言"（plain language），但还是啰啰嗦嗦，毫无文采，也很不细心。从小说的技巧而言，文采不是"添油加醋"（literary flights and flourishes）的佐料，不能随意加减。诚然，以现代的文学品味而论，不少维多利亚时代的

---

[1] Haggard，*King Solomon's Mines*，p.40.

作品——包括狄更斯的在内——都显得啰嗦，句子往往太长，转弯抹角，但毕竟还是有好有坏。如从林纾的古文角度而论，问题就更大了。林氏在他的《论文》一文中特别指出："文忌直率。夫所谓直，盖放而不蓄之谓；所谓率，盖粗而无检之谓……拉杂牵扯，蝉联而下，外虽峥嵘，而内无主意。"❶这句话用来批评哈氏的文笔，可说是恰中要害。

　　林纾对哈葛德的文笔评价也不高，有时以太史公或班固《汉书》写法作参照，却并没有把哈氏小说放在同一等的至高平台，有时他也提到一些中国神怪小说，用作比较，但语带轻薄，甚至连唐宋小说他都认为"非病研习，及近荒渺"❷。他也没有把哈葛德放在与他最仰慕的几位西洋小说大师——小仲马、司各特、狄更斯——同等的地位。然而他翻译的哈氏小说有二十三种之多，远超过这三位大师的总和。

　　谈起林译哈氏作品的文笔，钱锺书先生的论说最具权威性，他曾有一篇长文仔细讨论林氏翻译的优劣之处❸，总的评价是：林纾早期的哈氏译文远较晚期的生动。钱先生最后说："林译除迭更司、欧文以外，前期的那几种哈葛德的小说也颇有它们的特色。我这一次发现自己宁可读林纾的译文，不乐意读哈葛德的原文，也许因为我已很熟悉原作的内容，而颇难忍受原作的文字。哈葛德的原文滞重粗烂，对话更呆板，尤其冒险小说里的对话常是古代英语和近代英语的杂拌。"❹

　　我深有同感。但需要先对钱先生的这一段话稍加说明和补充。钱先生认为："林纾的译笔说不上工致，但大体上比哈葛德的轻快明爽，

---

❶　林纾：《林琴南书话》，第 195 页。
❷　朱羲胄：《林琴南学行谱记四种》（卷一），第 31 页。
❸　钱锺书：《林纾的翻译》，收于薛绥之，张俊才编：《林纾研究资料》，福州：福建人民出版社，1983 年，第 292—323 页。
❹　钱锺书：《林纾的翻译》，第 317 页。

翻译者运用'归宿语言'的本领超过原作者运用'出发语言'的本领。"❶
钱先生所指的前期林译应该包括《钟乳髑髅》和《三千年艳尸记》，
他幼年看的第一本哈葛德的作品就是后者。我也发现前期林纾的译文
相当忠实，除了少数错误之外，没有背离原意，但确实把哈氏的邋遢
文笔紧缩（tighten up）了，去其糟杂，换来精简生动的效果。

　　钱先生举了《三千年艳尸记》第五章结尾狮子和鳄鱼搏斗的情节，
当年令他看得目瞪口呆。我且用同一章开头写景的场面为例：哈氏的
原文句子十分造作——"At length the heralds and forerunners of the royal
sun had done their work, and searching out the shadows，had caused them
to flee away"，林纾把这句啰嗦无味形容日出的句子译成"阳光既出，
群阴皆伏"，简单明了，也未失原意。稍前另一段写海上大风将起的情景，
林纾则特意下了一点小功夫，如先读译文，觉得颇有诗情画意："船
乘东北风，向南而行，左远大陆，右见奇峰……夜静风清，虽微噫其
气，人皆闻之。而波浪相推，时时入耳。至及于洪涛扑岸，厥声如鼓，
亦隐隐闻之。"❷再读哈氏英文原文，则显然犯了"不修边幅"和用词
尴尬的毛病：

We are running to the southward... between the mainland and the reef
that for hundreds of miles fringes this perilous coast. The night is quiet, so
quiet that a whisper can be heard fore and aft the flow; so quiet that a faint

---

❶　钱锺书：《林纾的翻译》，第 317 页。
❷　［英］哈葛德著，林纾、曾宗巩译：《三千年艳尸记》（卷上），"林译小说丛书"第 39
　　编，上海：商务印书馆，第 36, 42 页。标点为我所加，下同。

booming sound rolls across the water to us from the distance.❶

　　这类写景文字，哈氏显然没有用心，而林氏牛刀小试，已经高下立见。

　　比较困难的是哈氏小说中某些人物说的古代英语。钱先生揶揄哈氏的古英语修养不高明，用在人物对话中更糟。哈氏如此煞费周章的目的，其实是想以对等的古英语，来模拟像洛巴格这种贵族说的苏噜古语。

　　兹再举一例：在《钟乳髑髅》的第十四章高潮，安部巴显露皇家身份变成英奴西之后，和他的篡位者多拉（Twala）两军决战打败了对手。这场战争，哈氏写得的确精彩，而林纾翻译得更旗鼓相当，然而到了双方的对话，古语出来了，多拉要求两人以死决斗：

　　　　"And now, O King! I am ready to die, but I crave the boon of the Kukuana royal house to die fighting. Thou canst not refuse it..."
　　　　"It is granted. Choose——with whom wilt thou fight? Myself I cannot fight with thee, for the king fights not except in war."❷

　　林纾的译文是：

　　　　"王听之，吾已备一死，然尚须赐我以屈姑阿那应享之权利，

---

❶　*The Annotated She*, pp. 36, 42. 原文和译文的页数相当，表示林氏的译文并没有删节原文太多。

❷　Haggard, *King Solomon's Mines*, p.187.

当以斗死不能坐待诛戮，此事汝安得辞……"

英奴西曰："可，汝今与谁斗者，择之。惟吾身则不与汝地斗，以王尊贵，无是事也。"

两相对照之下，我们不难发现林纾的译文完全不顾原文中的古语用法，却有钱锺书所说的"增补原作"的痕迹，如添加"不能坐待诛戮"和"以王尊贵"，但却把原文国王不决斗的原因解释错了：原文的意思是照古俗国王只能在战场上与敌人斗，而此决斗并非战场，亨利深通此理，才挺身而出，代国王决斗。这个场景，可能使得林纾很难理解，因为它似乎和《撒克逊劫后英雄略》既相似而又不同，所以他的译文有点曲解原意：以国王之尊，所以不与常人斗，但又意犹未尽，在稍后加上一条注疏（不知是否曾宗巩的说法）：王族无就刑者，但与仇敌斗则百死而不辞云云 ❶。

在此章末尾，英奴西引颈高歌，歌词则是模仿荷马的史诗，如何翻译成对等的中文？歌词甚长，林纾还是勉为其难，但注明"以歌词长故但采其意" ❷。其实几乎是照章全译。林氏的译文不亚于哈氏原作，试选一节作为比较。

原文歌词有下列词句：

"And I——I! the King——like an eagle have I found my eyrie.

"Behold! Far have I wandered in the night time, yet have I returned to my little ones at the daybreak .

---

❶ 《钟乳髑髅》（卷下），第48—49页。

❷ 《钟乳髑髅》（卷下），第51页。

"Creep ye under the shadow of my wings, O people, and I will comfort ye, and ye shall not be dismayed" ❶

这段原文读来实在勉强，像是在故意模仿蛮夷人的古语，而林纾的译文反而把意思传达得很清楚，不过原文中的古诗意味也不见了：

> 吾今王矣。乃如鸷鸟高翔之得其巢也，汝辈视之，吾夜游绝远，迨未明而已归，则年未老也。汝百姓当悉依吾大翼之下，吾能使尔食息如恒状，无复祸害之及尔身。❷

读起来倒像是唐宋古文，然而林纾并非处处把诗句意译。《三千年艳尸记》第二十章，女王把情敌处死后，以古阿拉伯语唱出胜利之歌——原作中叫作 epithalamian，并注明 "exceedingly difficult to render into English" ——林译为 "新婚之歌"，并勉强用离骚体的古诗体译之。第一节开头是：

Love is like a flower in the desert.

It is like the aloe of Arabia that blooms but once and dies it blooms in the salt emptiness of life, and the brightness of its beauty is set upon the waste as a star is set upon a storm...

He plucketh it, yea, he plucketh the red cup that is full of honey, and beareth it away; away across the desert, away till the flower be

---

❶ Haggard, *King Solomon's Mines*, p.191.
❷ 《钟乳髑髅》（卷下），第 52 页。

withered, away till the desert be done.❶

英文原文读来像是散文，而且略嫌造作，但林纾的译文反而颇有古诗意味，但受限于原意而略嫌拘谨：

> 爱情之灼灼如沙上之华兮，华由亚剌伯芦茎，一开即落如麻兮，花开斥卤似无生之气兮，光华四烨若孤星之明天际兮……
>
> 采兮采兮，花房之上蜜交加兮，渡此沙漠归尔家兮，沙漠止兮情华死兮……❷

这一个对比，也使我们感受到翻译者的苦恼，即使像哈葛德这种通俗作家，文体照样有其困难之处，对译者是一大挑战。

从原作的形式方面而言，更大的挑战在于 *She* 和 *Allan Quatermain*，两本书的情节相似，皆以白人英雄入非洲探险为导引，在"火山穴底，得白人部落，其迹亦桃花源类也"。稍有不同的是前者的古代部落的统治者是一个"三千年艳尸"女王，而后者则有一对姐妹争王位。相较之下，前者的女王阿尔莎更独裁（She who must be obeyed），也更艳丽，是一个独一无二的尤物（femme fatale）。在第十二章，这位女王首次出现，她的美色把叙事者何利（Horace Holly）震住了。原书的描写完全出自白人男性——对女性厌恶（misogynist）而且甚为丑陋的中年人何利——的眼光，凝视背后的欲望呼之欲出，半人半神、非常人可比的女王变成了这个欲望的目标。然而哈氏基于

---

❶ Haggard, *The Annotated She*, p.154.
❷ 《三千年艳尸记》（卷下），第 178—179 页。

当时的道德尺度，还是不能写得太露骨。令人惊异的是满脑子仁义道德的林纾，译文竟然极尽挑逗，但又不失典雅。我们把原文和译文对照，后者似乎又略胜一着。原文和译文如下：

The curtain agitated itself a little, then suddenly between its folds there appeared a most beautiful white hand (white as snow)，and with long tapering fingers，ending in the pinkest nails. The hand grasped the curtain，and drew it aside, and as it did so I heard a voice, I think the softest and yet most silvery voice I ever heard. It reminded me of the murmur of a brook.

"Stranger," said the voice in Arabic，but much purer and more classical Arabic，than the Anlahagger talk——"stranger，wherefore art thou so much afraid?" ❶

> 已而帘动，出玉手如霜雪，指尖白而指甲红，搴帘而出，作娇柔之声，如金玉又如空山细泉之声。作亚剌伯语，呼曰："新客"，其声类亚剌伯中上流人语，语后复呼曰："新客，汝何恐之深……" ❷

两段对读，哈氏的原文显得呆板而平凡，而且第一句略嫌笨拙，林纾的译文简洁生动，第二句的译文显然比原文更有节奏感："空山细泉"颇有画龙点睛之妙。女王阿尔莎的艳丽肢体描写越来越露骨，在译文中更性感十足："筋骸支体寸寸皆美，柔艳夺目，至于无可比拟，

---

❶ Haggard, *The Annotated She*，p.96.
❷ 《三千年艳尸记》（卷下），第 101 页。

凡手足微动，则全身皆动，不能俯仰。又问曰：'新客，何恐之深？'此时较仙乐为尤美。"最后译者还加上一句："予不期色授魂与，无能自持。"到了下一章，何利坚持要女王揭开面纱（脱衣的比喻），中文译文比英文的挑逗性更强，诸如"二玉臂莹白如玉""酥胸如玉""汝之情欲不能自持""樱桃不能斗其娇艳"等等字眼陆续出现，想当年男性读者必想入非非。以今日的女性主义立场看来，这当然是典型的男性性幻想，甚至还有强奸的涵义。一个自命道德的古文大家竟然可以纡尊降贵，写出这种"香艳"文笔。

此类"香艳"词句显然来自不登大雅之堂的明清小说戏曲传统。虽然林纾认为中国的戏曲小说不足观，但还是不知不觉借用了内中的不少现成的词。近年来有学者论及林纾的古文，皆认为他的翻译无形中拓展了古文的范畴和内涵，也有的学者认为，林纾自己写的古文文章，本来就有阴柔的一面，他的大量翻译，正是因为全部用古文，所以也无形中提高了西洋小说的艺术地位，否则梁启超的新小说理论不会即刻一呼百应❶。换言之，林纾的翻译小说无形中把小说在中国文人心目中的地位提高了，至少起到了普及的作用。这一切当然言之成理，用意是在为林纾的古文辩护。

然而，正如钱锺书所言，并非所有文言的作品都是古文，狭义的古文指的是两方面：一是"古文家义法"，即叙述和描写的技巧，另一方面是语言，特别是源自桐城派的林纾，更受到不少"清规戒律"的限制，如戒用魏晋六朝人骈文隽语以及所有华丽雕饰的词汇，务求

---

❶ 邓伟：《分裂与建构：清末民初文学语言新变研究（1898—1917）》，北京：中国社会科学出版社，2009年，第五章，对此论述甚详。

保持语言的纯洁性❶。如以这个严谨尺度来衡量，林纾译书所用的文体已经不是严格意义的古文了，为了翻译起见，他显然借用了文言小说和笔记文体以及当时流行的报章杂志文体，而形成"他心目中认为较通俗、较随便、富于弹性的文言，它虽然保留若干古文的成分，但比'古文'自由得多，在词汇和句法上，规矩不严谨，收容量很宽大"❷。他有时甚至不避俚语和西洋名词，所以在实践上早已叛离桐城派的义法拘束。然而钱先生认为，这个权宜之计有时候也显示"古文的惯手的林纾和翻译新手的林纾之间仿佛有拉锯战或翘板戏"❸。换言之，古文用来翻译西洋小说，两种全然不同文体之间的矛盾依然存在，而且很难"协商"。

（二）叙事者的烦恼

钱先生的这一个洞见，值得我们仔细推敲。无论中西，古文都可以用来写小说，但不足以构成小说。小说这个文类（genre），在西方也自有至少两三百年的传统。林纾的古文是否可以应对西方小说本身的叙事结构和成规的挑战？人物的对话和用语只是其中的一环而已，更复杂的是小说叙事的结构和叙事者的声音和观点。在这一方面，林纾的处理方法是不自觉的，至少他没有说出具体的理由，但即便如此，也无形中改变了不少中国传统章回小说的成规。成规之一是每回之前必有两句对联，林译小说将之省掉了，去"回"而只用"章"，在他早期的翻译中，甚至还把每一章的题目翻译出来，为以后的翻译开了

❶ 钱锺书：《林纾的翻译》，第310—311页。
❷ 钱锺书：《林纾的翻译》，第311页。
❸ 钱锺书：《林纾的翻译》，第314页。

一个先例。另一个成规是叙事模式和叙事者的"声口"，这一个问题太麻烦，林纾往往为原著中较复杂的叙述模式所"逼"而不知所措，正因为他所推崇的古文义法在这一方面毫无先例可寻。

在我们讨论的三本最著名的哈葛德小说中，*King Solomon's Mines* 只用了一个叙事者 Allan Quatermain，故事由他口中说出，直线进行，平铺直叙。但前面还是有一篇哈氏自己的献词（Dedication）："This faithful and unpretending record of a remarkable adventure is hereby respectfully dedicated by the narrator, ALLAN QUATERMAIN, to all the big and little boys who read it."

这一段献词，遂令这本小说成了"男童读物"❶。林纾把它和随后的 Quatermain 的序言（Introduction）全部删除，全书由第一章开始，开头译者只加了一句"戈德门曰"，表示故事是从他的口中说出来的。然而到了 *She* 就有点复杂了：作者（哈氏自己）先写一个颇长的"Introduction"，自称在路上遇到一位素不相识的 Horace Holly 先生，后来收到 Holly 寄的书稿，请他为之出版，哈氏本人对文本没有作任何更动，以存其真。下面就是 Holly 书中的故事，是否可信，由读者自己裁决。这一个典型的叙事方式，是维多利亚时代小说的成规。林纾把这篇"小引"照译不误，又在第一章开头加上一句"何利曰"，把原书的主观口气交代一下。这一个叙事"招数"，后来被几位晚清小说家模仿，吴趼人即是其一。

到了 *Allan Quatermain*，叙事结构就复杂多了。作者先写了一段献词，把此书献给他的儿子，要他学习书中的两个主要人物——Allan

---

❶ 这一个主题及其延伸到林纾翻译的贡献，可参看关诗佩的长文：《哈葛德少男文学与林纾少年文学：殖民主义与晚清中国国族观念的建立》。

Quatermain 和 Henry Curtis——做一个真正的英国绅士，然后又加上叙事者 Allan Quatermain 的一篇长篇大论的序言，序言中先引一段日记谈到埋葬自己儿子的事，伤心之至❶。然后才叙述和 *King Solomon's Mines* 的两位老友 Henry Curtis 和 John Good 重逢，三人都厌倦英伦的生活，相约回到非洲探险，故事由此展开。到了快结尾的第二十三章，Allan 在章尾说 "I have spoken"（我说完了），写完病故，最后一章（第二十四章）的叙事者换成 Henry Curtis，说 Allan Quatermain 已死，他和 Good 决定长留 Zu-Vendis 桃花源，并说他已和女后生一子，做国王了。至此仍未完结，全书最后又加了一个附注，又换了一个叙述者——Henry 的兄弟 George，说他如何无端收到此书的书稿，原来是经由一个法国跟班厨子寄出的，Henry 和 Good 从此失踪，永远找不到了。

　　哈氏的这个手法迹近啰嗦，属于多重"包装"（framing）——一个文本中包着另一个或多个文本——也并非他首创。哈氏显然怕小说中的故事太过离奇，虽是虚构，但为了使读者相信故事的真实性（verisimilitude），所以用层层叙事者的口吻把故事带出来。这一套煞费周章的多重叙事的手法，对林纾而言似乎多此一举，他干脆把最前面的作者献词、最后 George 的附注和 Allan Quatermain 的序言全部删除，在第一章开头加上一个"戈德门曰"，表示故事是他说的，把整个叙事机构简化了❷。这个方法和《茶花女》开头的方法相似，把叙事者的

---

❶　此书完成后三年（1891）哈氏自己的儿子也死了，他从此患了忧郁病。*Lives of Victorian Literary Figures VII*, Vol. 2，p.xxxiv.

❷　［英］哈葛德著，林纾、曾宗巩译：《斐洲烟水愁城录》，"说部丛书"初集第 26 编，卷上，第 1 页。林纾在此书和《鬼山狼侠传》中，把原文每章的题目也翻译了出来，如此章是"领事闲谈"（The Consul's Yarn）。反而在后来译的《钟乳髑髅》和《三千年艳尸记》把章目省掉了。

身份表明在先，即便如此，无形中也改变了中国传统小说中的"说书人"在文本之外的客观地位，而把故事中的人物变成叙事者。这一个改变，看似轻微，但足以令晚清小说迈向"现代性"一小步。

　　林纾最崇拜的叙事大师是司马迁。他以《史记》中的《大宛列传》为例，说明太史公的叙事技巧如何出色，如何用一个"引线"的人物张骞把不同的"杂沓十余国"的各种情节连串起来："《大宛传》固极绵褷，然前半用博望侯为之引线，随处均着一张骞，则随处均联络；至半道张骞卒，则直接入汗血马。可见汉之通大宛诸国，一意专在马；而绵褷之局，又用马以联络矣。"于是他把哈氏小说中的洛巴革，既视为英雄人物，也当作一个叙事的"引线"，地位与张骞相当。❶

　　在《洪罕女郎传》（ Colonel Quaritch, V.C. ）的跋语中，他再次举出司马迁和韩愈为例：韩愈的叙事之作，少于太史公，但"匠心尤奇"，因为他的文章"巧于内转，故百变不穷其技。盖着纸之先，先有伏线，故往往用绕笔醒之，此昌黎绝技也"❷。"哈氏文章，亦恒有伏线处，用法颇同于《史记》。"❸韩愈是唐宋古文八大家之首，一向最受林纾尊重。把哈葛德抬到这个叙事技巧的高度，已经是最高评价，所以他在《斐洲烟水愁城录》的序中说："西人文体，何乃甚类我史迁也。"

---

❶　然而《大宛列传》所传的不只是张骞这个人物，也不完全是"天马"，而是汉朝的西域地理。最近上海的历史地理学者葛剑雄特别以这本经典为题写了一本小书：《从此葡萄入汉家》，着重的是古代中国的天下观和张骞突破汉代的地理知识。其实这篇列传也影射了汉帝向西域拓展的雄心。林纾是否看到和大英帝国向非洲拓展的相似之处：一在于马，一在于钻石和金矿？我们不得而知，但至少可以窥测到林纾的《史记》读法也是以"中朝"的天下观为中心。参见葛剑雄："导读"，《从此葡萄入汉家：史记大宛列传》，台北：大块文化，2010 年；林纾：《林琴南书话》，第 30—31 页。

❷　林纾：《林琴南书话》，第 40 页。

❸　林纾：《林琴南书话》，第 40—41 页。

他举太史公并不足奇，因为《史记》中的列传本身就是一种叙事体（narrative），很像小说，但《史记》的叙事多用全知观点，而叙事者就是司马迁本人，最后以"太史公曰"的评论作结束❶。换言之，《史记》的叙事并没有提供新的、较主观的叙事观点，但可以容纳各种人物，而且各人的个性鲜明，这是太史公的超群绝技。班固的《汉书》处处学他，但林纾认为相差远甚。韩愈的古文并非"列传"，少于叙事，林纾之所以赞其"百变不穷其技"，也是从古文义法的立场而论的。中国传统小说理论——如金圣叹评《水浒传》，张竹坡评《金瓶梅》——也谈"伏线"，但林纾似乎只顾古文而不顾小说理论，这又是一个他重古文而轻小说的例证。

纯以古文的尺度衡量，哈葛德的建树最多也不过是文中时有"伏线"和"引子"，能用一个关键人物将故事的情节串连在一起，不至于令文气委顿散漫而已。然而哈氏再三强调自己写的是"传奇"（romance），而不全是小说，它也自有其传统，是一种源自神话传说的通俗文类。林纾的高调处理手法，反而令他忽视中国的这个传统——从魏晋志怪，唐宋传奇，到明清的笔记小说，足以和西洋 romance 作对等的比较。他反而在狄更斯的写实作品中发现有时比《史记》更出色之处，因为"古文中叙事，叙家常平淡之事最难着笔"，况且"（太）史公之书亦不专为家常之事发也"。❷ 狄更斯的写实小说文体反而令林纾折服，正因为他惯用的古文用来刻画市井卑污小人物显然不足，因此他才觉得狄

---

❶ 林纾在翻译狄更斯的小说《贼史》时，采用了一种模拟"太史公曰"的手法，除了原书的叙事者之外，加上一个"外史氏"，在紧要关头把译者的论点直接插入故事情节。但在哈葛德的译文中没有采用。关于"外史氏"的分析，可参见 Michael Hill, *Lin Shu*, *Inc.*, Chap.4（Double Exposure）.

❷ 林纾：《林琴南书话》，第 78 页。

更斯的文体很新鲜，但却只字不提明末的描写市井生活的短篇小说"三言二拍"。显然又是他的"古文情结"在作祟。

著名的文学理论家弗莱（Northrop Frye）曾经在《世俗的经典》（*The Secular Scripture*）一书中，提出一个看法：他认为每一个时代的文学都被成规（conventions）所统治，作家们在"过去的重担"压迫之下拼命追踪前人而思改良自己的文体，直到成规被用滥了，于是文学就进入一种过渡时代，此时部分的成规被扬弃了，而"以传奇为其中心的通俗文学，再次进入前景"，变成文体改革的先锋，譬如英国 18 世纪末出现的"哥特式传奇"（Gothic romances）即是一例。当写实小说开始衰落时，又会有新的文体出现。❶ 如此看来，哈葛德反对写实主义小说而创出的"探险传奇"，又何尝不是一种走进"前景"的先锋通俗文学的例子？所以弗莱在此书中也数次提到哈葛德的作品。也许哈氏的 romances 出版得早了一点，还没有到英国写实小说衰竭的过渡时期。反过来看，林纾所处的正是中国文学的一个过渡时代，各种通俗小说开始盛行——甚至受林纾译文的影响而衍生，但他不屑与之为伍。偏偏他的译作大部分属于小说和传奇，而不是西洋散文大家——如约翰·德莱顿（John Dryden），亚历山大·蒲柏（Alexander Pope），塞缪尔·约翰逊（Samuel Johnson），或法国的蒙田（Montaigne）——所写的西方"古文"。这不啻是另一个不对称的"悖论"。

---

❶ Northrop Frye, *The Secular Scripture: A Study of the Structure of Romance* （Cambridge, MA.: Harvard University Press, 1976），pp.28–29.

（三）对称的阅读：《鬼山狼侠传》

如果我们在哈氏作品中找寻一个《史记》列传式的对称又不失英雄史诗气魄的文本，我认为只有《鬼山狼侠传》可以比拟。❶ 从林纾的序跋来揣测，他似乎也很看重《鬼山狼侠传》，因为这是一本描写苏噜族早期英雄的史诗，他在"缘起"中就直言："综全书，括之以一语曰，古战士之列传已耳。"❷ 即便其气概比不上太史公的《项羽列传》，至少勉可与《汉书》相媲美，所以他在序中明言："余间以《汉书》法写之，虽不及孟坚之高简劲折，然吾力亦用是罢矣。"❸ 查革杀其子的情节，他认为与《汉书·孝成赵皇后传》无异，却不提更通俗的《赵氏孤儿》，显然又是厚此薄彼，重古文而不重戏曲小说的例子。不论如何，林纾选了这本哈氏作品来"加工"，可谓慧眼独具，因为这也是哈氏的探险小说中最有史诗气派的一本。即便是原著，我认为也比《斐洲烟水愁城录》写得更生动，值得作为个案，稍加分析。

哈氏的原文包括一篇"献词"（Dedication），一篇"序"（Preface），另加一篇"缘起"（Author's Introduction），也是煞费周章。献词是献给 Theophilus Shepstone 爵士——苏噜土语称他为"Sompseu"；Shepstone 是哈葛德在非洲任殖民官时的顶头上司，也是他的"师傅"——英属纳塔尔（Natal）地区的总督。这个典故当然对林纾无甚意义，所以把它删掉了，然而他依然把原序和缘起照章译出。他在原序最后加了一个"译者记"："此文极冗长，然原作如是，不能不存

---

❶ 在此应该感谢马泰来的开山式的贡献，如果没有他纠正多年来林纾研究者将此书误以为是 *Cetywayo and His White Neighbors*，我也不会注意到这本小说。

❷ 林纾："缘起"，［英］哈葛德著，林纾、曾宗巩译：《鬼山狼侠传》（卷上），"林译小说丛书"第 6 编，第 4 页。

❸ 林纾：《林琴南书话》，第 32 页。

其真。译者于叙事之文，有时颇加芟节，惟论事之文，则不敢妄意裁减。故此文颇不中程，中西文法稍异，识者谅之。"❶ 言下之意是：虽然译文不尽善尽美，但他还是尊重原意，勉强译了，因为这是一篇议论文，而在他心目中的古文传统中，议论文当然较叙事文居更高的地位。

然而，林纾的译文却不尽忠实，部分译文距离原文甚远，甚至还有"添油加醋"之处，似乎是为了加强"尚武精神"的意含。例如内中一句，原序的"维多利亚"语言是："Perhaps it may be allowable to add a few words about the Zulu mysticism, magic，and superstition, to which there is some allusion in this romance."❷ 林纾的译文变成"平心论之，吾书多旷渺之谈，实则中含玄机，亦不能示人以兆，若云言逾其实，吾亦不即甘受"。哈葛德在序中大赞苏噜人"刚敢无敌之风概，赫然为天下奇观"，但这段史话也备极残忍，在枭侠杀革统治下"杀人不止一百兆"，连他的母亲也杀了，最后被Mopo（林译摩波，亦即盲人叙述者Zweete）报仇手刃而死。林纾在译文中又加上一句解释："吾书但撷采精华，期振作国民精神而止，且倍增其色，使观者神动。"❸

到了"作者导言"（Author's Introduction），哈氏又重施叙事者的故技，先叙一个白人牧者，雪夜赶牛到非洲一村落，因连夜大风雪，牛群失散，才遇见一位盲人巫师，询问牛群失落何处，这个名叫Zweete的苏噜老盲人，其实就是故事中的一个主要人物 Mopo，于是用他的口气"口述"这段惊心动魄的历史给白人听，让他写下来，以传后世。明眼人可以发现这个"叙述架构"（narrative setup）的灵感

---

❶ 《鬼山狼侠传》原序，第 6 页。
❷ H.Rider Haggard, *Nada the Lily*（London and Glasgow：Collins，1957），p.23.
❸ 《鬼山狼侠传》原序，第 4—5 页。

来自荷马史诗，哈葛德显然要为他研究甚久的苏噜族写一本史诗式的"列传"（epic saga），这似乎正对林纾的胃口，所以他在"缘起"篇尾又加了一句按语"按此白人者，托名也，即哈葛德自谓"，直截了当地解决了问题，而后世西方学者反而认为此人是 Allan Quatermain。相较之下，我宁愿相信林纾，用现代西方文论的语言来说，这个"哈葛德"就是隐含作者（implied author）。哈氏的这一"招"，倒也保存了非洲文化的口述传统（oral tradition）。

哈氏的这一套叙述策略，并没有白费心血，因为故事的确精彩动人，既有杀戮的暴力场面，又有洛巴革和莲花娘的儿女情长的爱情，是一本最合弗莱所论的 romance 结构模式的作品 ❶。它也甚合中国武侠小说的传统。虽然洛巴革少时"从狼群行猎"，似乎"荒谬之尤"，因为苏噜地区实在没有狼（哈氏的原序说应该是"hyenas"❷，林纾漏译），但"以识者观之，则壮士任侠，托为狼名"，无可厚非。❸ 林纾译笔，表面上是继承了《史记》和《汉书》的传统，但实际上却兼得《水浒传》和武侠小说的长处。难怪鲁迅和周作人两兄弟在日本留学时，读了林译的《埃及金塔剖尸记》和《鬼山狼侠传》颇感兴趣，也去译哈葛德的《世界的欲望》（*The World's Desire*, 1890），改名为《红星佚史》（林纾在 1920 年的译本名叫《金梭神女再生缘》），但是《鬼山狼侠传》

---

❶ 弗莱在 *The Secular Scripture* 中特别强调这个文类和神话与仪式的语言象征关系（见 p.55）。这本传奇小说的叙事模本本身就像是一种仪式。弗莱也引了哈氏的 *She*，视之为地底深处的"earth-mother"形象，而古埃及则是死亡和埋葬之乡（见 p.114）。

❷ Haggard, "Preface," in *Nada the Lily*, p.23. 即鲁迅《狂人日记》中所指的"海乙那"——鲁迅的这个典故，是否来自这本哈葛德小说，有待查证。

❸ 《鬼山狼侠传》原序，第 4 页。

才是他们的至爱，多年后在闲谈中还时常提起。❶也算是文坛一段佳话。

另一本林纾认为足可与《史记》媲美的作品是司各特的《撒克逊劫后英雄略》，此书可能是林纾最推崇的西洋历史演义，也远在哈葛德之上，本文无法详论。林氏在序言中说："古人为书，能积至十二万言之多，则其日月必绵久，事实必繁伙，人物必层出。"这些毛病，司各特都没有，"此篇为人不过十五，为日同之，而变幻离合，令读者若历十余年之久，此一妙也"。林纾又赞司各特描写各种人物的个性和语言惟妙惟肖，"虽每人出语，恒至千数百言，人亦无病其累复者，此又一妙也"❷。这段话可以说是林纾最接近小说技巧的评论。然而，在角色描写和造型方面，古文的资源依然有限，而林纾心目中的古文传统和小说传统是截然分开的。吊诡的是：如纯以人物语言生动而论，林纾认为可以和司各特比较的中国例子，却是来自民间的"口头文学"——他引的例子是他故乡的一个"为盲弹词"的艺人，而不是古文大家！

总而言之，林纾在序跋中处处以中国古文的标准和尺度来衡量哈葛德的小说，但在翻译的实践过程中早已逾越了古文的范畴。钱锺书所说的作为古文家和翻译家两种角色的矛盾，在序跋的意旨和译文的实践之间的不调和中已经充分显示出来。钱先生在文中最后指出他"重视古文而轻视翻译"，终其一生"不乐意人家称他为'译才'"，而只想做古文大家，希望别人"读了他的翻译，应该进而学他的古文"，而不是读了他的古文翻译进而学西洋小说。❸然而，众所周知，历史带

---

❶ 周启明：《鲁迅与清末文坛》，收于薛绥之，张俊才编：《林纾研究资料》，福州：福建人民出版社，1983 年，第 239—240 页。

❷ 林纾：《林琴南书话》，第 34 页。

❸ 钱锺书：《林纾的翻译》，第 319—321 页。

来的最大讽刺是，他还是以翻译大家而名传后世，传世的依然是翻译小说，而他的古文创作，似乎看的人愈来愈少了。

四、结论：两种"复古"主义

（一）哈葛德：对文明的不满

　　哈葛德和林琴南至少有一个共通点：两人都对于他们所处的时代和所看到的本国文明有所不满。哈氏的非洲小说英雄，不论是白人或黑人，都代表一种他认为同时代英国人所缺乏的一面——冒险犯难的精神。

　　诚然，如后殖民学者所说，这个精神背后的原动力是帝国主义的扩张，然而从哈氏本人的立场而言，他反而觉得支撑大英帝国的精英——所谓英国"绅士"阶级——太过文质彬彬，以至于弱不禁风。所以他把 *Allan Quatermain* 献给他的儿子，希望他以亨利爵士为榜样，学到"我认为可以达到的最高等级——英国绅士的地位和高贵"（to reach to what, with Sir Henry Curtis, I hold to be the highest rank whereto we can attain—the state and dignity of English gentleman）❶，暗含的目的就是批评当时的英国绅士阶层。他自己虽出身于同一阶层，拥有土地恒产（landed gentry），但由于他的非洲经验，自认居于这个阶层的边缘，连自己的父亲都不器重他。亨利才是哈氏心目中最完美无缺的绅士典型，允文允武，其高贵之处尤在于他的勇气（valor），恰似中古传奇中的武士，非但可以到非洲寻弟而历经艰险，而且在紧要关头也愿意代替黑人国王和僭越他王位的叔叔决斗，威武不能屈，以蛮人

---

❶　Haggard, "Front Piece," *in Allan Quatermain.*

武器将仇敌斩首。后世学者批评这是哈氏的暴力倾向的证据，然而西方自荷马史诗、中古武士传奇、冰岛神话，皆是描写同一类的"暴力"英雄，只不过这个英雄典型到了维多利亚时代早已过时了，在 19 世纪末的英国本土可谓"英雄无用武之地"。于是哈葛德需要把他搬到蛮荒的非洲大陆去，在苏噜人身上，他发现了这种豪侠的勇气。哈氏在 *Nada the Lily* 原序中，公开哀悼苏噜壮士（warrior）的尚武精神一去不复返，林纾的译文也铿然有声："刚敢无敌之风概，赫然为天下奇观者，竟瞥眼如飘风焉"，而"今则声影皆寂，白种人蟠据其地，蠹蚀其根，至于糜烂无余，而前此尚武之精神则凛凛莫之过焉"。❶

这还不够。虽然哈葛德的帝国主义的"地理观"可以从伦敦延伸到非洲，而他的历史观则必须从现代追索到远古。他在非洲蛮荒地穴下"发掘"出另一类源自上古的白人民族，虽然貌似英国人，但血缘却来自上古的埃及。蛮荒和远古，这两个神话式的世界构成了他小说的主要"宇宙观"。

哈氏自幼就对古埃及文化大感兴趣，养成了一种"考古癖"，或可称为"嗜古癖"（antiquarianism），他和神话学家安德鲁·朗格（Andrew Lang）结为好友，并且合著一本幻想小说 *The World's Desire*，内容就是改写荷马史诗《奥德赛》的故事，经由英雄奥德西斯的再度长征探险，把古希腊和古埃及的两个世界结合在一起。哈氏受到这位好友的影响，相信西方文明源自非洲，而古希腊和古罗马的遗迹也在非洲，古埃及更不必提，换句话说，这些古文化遗产反而保存在蛮荒的非洲，而不是在欧洲。这也代表了一个悖论：假如（像弗洛伊德在《文明及其不满》中所说）文明的背后是野蛮，那么野蛮的穴底下更存有文明。哈

---

❶ 《鬼山狼侠传》（卷上），第 1 页。

葛德让各种古文明所留下的废墟和踪迹借尸还魂，将其以怪诞的方式置于野蛮的非洲大地之中，不论是否成功，用心可谓良苦。然而后殖民理论家偏偏将哈氏的这个"考古情结"一笔勾销，只称哈氏的此类小说为"imperial Gothic"——帝国式的哥特神怪主义，语带轻贬❶，也有少数学者觉得它隐含了一种"反现代性"的意识，例如他在 *Allan Quatermain* 最后借 Henry Curtis 的告别词，对现代物质文明发展提出强烈的反对：

> I cannot see that gunpowder, telegraphs, steam, daily newspapers, universal suffrage, etc.etc.have made mankind one whit the happier than they used to be, and I am certain that they have brought many evils in their train.❷

　　总而言之，哈氏的浪漫传奇小说代表了一种对维多利亚时代逐渐工业化和世俗化的社会的"反动"，也暗含对于现代文明的不满。*She* 这本小说，从第一章起就涉及达尔文的进化论，不过是倒转的。故事情节反时序而行，似乎回到远古人类的源头，长生不老的"艳尸"女王最后又退化成像猿猴的老僵尸，她的长生不老之术并非来自"优胜劣汰"的进化，而是来自轮回（reincarnation），显然有东方佛教的色彩（甚至续集故事也搬到西藏）❸，这一切都和维多利亚时代的主流思潮不合。
　　也有学者从文化心理的角度去探讨这种不满。故事围绕着俄狄

❶　参阅 *Empire and the Gothic: The Politics of Genre*, ed. Andrew Smith and William Hughes（Palgrave Macmillan, 2003）.

❷　Haggard, *Allan Quatermain*, p.276.

❸　Norman Etherington, "Critical Introduction" to *The Annotated She*, pp. xxvii-xxxix.

浦斯情结，又处处连接爱（eros）与死（thanatos）两大主题，难怪弗洛伊德在他的名著《梦的解析》中特别提到哈氏的这本小说——"a strange book but full of hidden meaning"❶；荣格（Carl Jung）又把Ayesha当作"anima"——男性欲望中女性的原型❷。哈氏的这种"原型"式（archetypal）的想象力，连他自己都不知来自何处，*She*这本小说似乎自动地从他的下意识流了出来，六个礼拜就完成了，却创造了一个不断被后来的科幻作家复制的"永远的女性"，也赢得他同时代和后世不少作家的赞美——从吉卜林（Kipling），刘易斯，到亨利·米勒（Henry Miller），格雷厄姆·格林（Graham Greene）和玛格丽特·阿特伍德（Margaret Atwood），甚至被视为当代探险和科幻小说及电影的始祖。❸不管后世学者如何恶评，这本小说竟然永垂不朽，连中文译本都不止林氏的一种❹。

　　对于以上的各种诠释和信息，林琴南当然一无所知，即使知道也无动于衷，因为"尤物"之类的女王——从武则天到赵飞燕——在中国传统中都是坏女人；《穆天子传》中的西王母或可视为中国神话中的"earth-mother"，犹如阿尔莎，但没有后者的蛊惑魔力。总而言之，林纾并没有从怪诞中去挖掘文化心理的意义或探测女性的欲望。他在《三千年艳尸记》跋中要读者不必费心读这本小说，"视为《齐谐》

---

❶ *Lives of Victorian Literary Figures VII*, Vol.2, p. 586.

❷ Etherington, pp. xxii-xxxii.

❸ *Lives of Victorian Literary Figures VII, Vol.2,* pp. 317-320；Etherington, pp.xxix-xl; Margaret Atwood,"Introduction, " in *She*: *A History Adventure*（New York: the Modern Library, 2002），pp.xxii-xxiii.

❹ 另一种中译本名叫《长生术》，译者是曾广诠，曾在《时务报》及《昌言报》连载（1898—1899），后由昌言报馆出单行本（1899），译笔亦甚流畅。感谢郑怡庭教授提供此项资料。郑教授目前正在研究这个翻译，并将之和林纾的译文作互文比较。

可也"，在其他哈氏小说的序文中也数次提到《齐谐》。"齐谐"一词，源自庄子的《逍遥游》，后人用来意指志怪之书和敷衍此类的戏剧和笔记小说，如清代袁枚的《新齐谐》，又名《子不语》，书名讽刺的是儒家的"子不语怪力乱神"的说法，即一切怪异、暴力、悖乱、神鬼的事都绝口不提。林纾瞧不起袁枚的文章，反而坚守儒家的这个不谈鬼神的道德规范，因为他承认"于齐谐志怪之事，恒不属意，以为目所不见，理所难喻者，略之可也"❶。如果我们把林纾的这个态度与鲁迅《中国小说史略》的观点作比较，就可以看出来两人的看法恰好相反。鲁迅也是受古文教育，早期以古文翻译西洋文学，也读过林译的哈葛德小说，但他毕竟是一个小说家，所以在《中国小说史略》中，几乎以一半的篇幅来细述从远古神话传说到神鬼志怪的传统，视之为小说的起源。林纾并非不了解这个"小传统"，但在中年以后——也就是变成翻译家之时——却摒弃了这个传统，但又不得不"借用"其中的一些词语、典故和写法。在他的古文家和翻译家的矛盾背后，也隐藏了古文和小说之间，甚至古文和文学之间的矛盾。

美国学者胡志德（Theodore Huters）指出，晚清写作的内容和形式问题是和"文学"这个观念的演变密切相关的。中国自古以来，文学的定义总是和"文"分不开的，传统儒家精英分子视"文学"为"四科"之一（即德行、言语、政事、文学，见《论语·先进第三》）❷，意指教养与学问，并非现今语境所指的文学。然而，现代英语中的 literature 被翻译为"文学"的经过则更复杂，不仅经由日本，而且和传教士编

❶ 林纾：《林琴南书话》，第 106 页。
❷ Theodore Huters, *Bringing the World Home: Appropriating the West in Late Qing and Early Republican China*（Honolulu：University of Hawaii Press, 2005），pp.78~79.

的华英字典有关。据蔡祝青最近的研究，在早期传教士编的字典中，literature 往往被翻译成"文""文字""文墨"，甚至"古文"，"文学"一词第一次成为"literature"的中文译名，出现于 1866—1869 年出版的传教士罗成德（The Rev. W. Lobscheid）编的《英华字典》，但直到 1908 年出版的《英华大辞典》（颜惠庆根据英国 *Nuttall's Standard Dictionary of the English Language* 编成），文学/literature 的定义才包括现今使用的"小说"的意义："凡神灵思想为其资料，离奇变幻为其形式，或实记或杜撰者，皆文学也。"（that body of literary compositions which... are occupied mainly with that which is spiritual in its nature and imaginative in its form, whether in the world of fact or the world of fiction. ）❶

从这个复杂的文化翻译过程看来，林纾对于古文的执着和对于小说的轻视，甚至对于自己身份的困扰——作为古文大家或翻译文学的高手——都可以理解了。他并没有采用这个新的文学定义而自称"文学家"，因为当时没有这个名词和职业，"小说家"或"翻译家"也是后来五四时期才流行的。晚清文坛只有"文人"，林纾当然也算是文人之一，但他的古文情结却不屑以文人自居。值得注意的是：林纾在 1905 年写的《迦茵小传》小引中，特别提到友人魏冲叔（魏易）告诉他西方有"文家"这个名词，也就是"小说家"的意思，"小说固小道，而西人通称之曰文家，为品最贵。如福禄特尔、司各特、洛加德及仲马父子，均用此名世，未尝用外号自隐"❷。反观晚清的小说"文家"，如包天笑，却用外号自隐，也就是说，在五四以前的中国，做个"文家"

---

❶ 在此我要特别感谢蔡教授在一次非正式的小组讨论（2012 年 8 月 26 日）所提供的资料，对我有极大的启发。

❷ 林纾：《林琴南书话》，第 24 页。

或"文学家"为品并不尊贵。

　　林纾对于中国传统小说，虽然在译文中借用，但始终看不起，和严复一样，最多不过提提《水浒》《红楼》而已。五四时期，在他那篇著名的《致蔡鹤卿（元培）书》中就说，即使这两部小说是"白话之圣"，但"《水浒》中辞吻，多采岳珂之《金陀萃编》，《红楼》亦不止为一人手笔，作者均博览群书之人。总之，非读破万卷，不能为古文，亦并不能为白话"❶。这段话，可以说是他对于古文态度的最佳例证：他认为古今的白话小说，都需要古文的底子。现在看来，这种论调不无道理，然而在他的心目中，小说并不是现代人所谓的"文学"的一种，而依然是传统意义上的"道听途说"的旁门小道。他把狄更斯、司各特和一小部分的哈葛德小说与他最尊崇的古文经典《史记》相提并论，已经是对于西方"说部"的最高敬意了。

　　总而言之，在林纾那一代知识分子的眼中，古文的主导地位是不言自明（self-evident）的。这种态度，当然和梁启超提倡"新小说"和胡适倡导"活的（俗）文学"恰恰相反。林纾表面上对梁氏赞誉有加，其实还是看不起他。如果说梁氏的"新小说"带动了五四时期把小说视为新文学的"主流"的话，林纾的态度则是愈来愈"反潮流"了。

（二）两个不同的"复古"主义者

　　林琴南也是一位"复古"主义者，但其内容和态度与哈葛德的全然不同。美国学者 Michael Hill 在他研究林纾的新书中指出，林纾翻译了三本欧文（Washington Irving）的作品，似乎对欧文"怀旧"的情绪

---

❶　薛绥之，张俊才编：《林纾研究资料》，第 88 页。

深有共鸣。❶

他仰慕欧文《旅行述异》中的"名士"，并以此自况。在《拊掌录》的《圣诞夜宴》跋尾，他写下一段甚有意义的"复古"言论：

> 欧文华盛顿，古之伤心人也。在文明剧烈中，忽动古趣……为文明人一易其眼光……虽然，顽固之时代，于伦常中胶质甚多，故父子兄弟，恒有终身婉恋之致。至文明大昌，人人自立，于伦常转少恩意……须知狂獉时代，犹名花负冻而苞也，至春虽花开，则生气已尽发无余，故有心人每欲复古。盖古人元气，有厚于今人万倍者。必人到中年，方能领解……❷

这一段话恰好也可以用来作林译哈氏小说的注解。"文明剧烈"指的当然是"现代性"的冲击，在这个时代作复古的故事，叙"不经之事"，似乎与时代脱节，然而野蛮的狂獉时代犹如"名花负冻而苞"，自有其生气。

这个譬喻如再引申的话，则哈氏小说中的苏鲁族英雄，何尝不也是如此？但欧文所说的"古事"仍属英国传统之内的风俗习惯，没有描写非洲化外之民或史前文化，而哈氏小说中却到处流露着"古人元气厚于今人"的气概。这个"元气"林纾虽然没有发挥，却把现代文明比喻作春暖花开后"生气尽发无余"，因而开始衰退，可说与哈氏的思想异曲同工。哈葛德对维多利亚文明的不满，似乎也有此涵义，不但可以视为对达尔文进化论的"反动"，也是对于"现代性"时间

---

❶ Michael Hill, *Lin Shu, Inc.*, Chap.4.

❷ 林纾：《林琴南书话》，第 64 页。

观念的批判：历史并非直线前进，而是轮回的，进步的反面就是"回转"
（regression）❶。

　　林纾的"复古"资源是古文。从他的其他文章看来，对古文的重
视绝不限于文体的考虑，也不像欧文那么轻描淡写，"目以为谐妙……
则盖以文章自隐而发伤心之言"❷。林纾的古文议论直接指涉到中国传
统文化本身，他甚至说过"文运之盛衰，关国运也"❸。清王朝的衰落，
不仅是列强侵略的结果，而且代表这个五千年的悠久古文明的衰落，
所以古埃及的命运反而引起他的共鸣。前文引了他在《埃及金塔剖尸
记》译余剩语中说哈氏为埃及遗老作传，大张其桓，不禁感叹"呜呼！
埃及蠢蠢，有宁知所谓广国耶！"这一段话显然把中华古国置于古埃
及的地位，也为哈葛德辩解。林纾在文末提出一个令人玩味深思的悖
论："不知野蛮之反面，即为文明，知野蛮之所及，即知文明程度之
所及。"❹此句隐含的也是一种时间和历史的吊诡：一个国家的文明愈
古老，其野蛮的流弊愈多，埃及乃久奴之种，中国何尝不也如是？其
奴性到处可见。所以他翻译哈氏笔下的古埃及和埋藏非洲的失落文明，
也是为了悯其亡而令国人警醒。在这个比较历史的视野中，哈葛德和
林纾显然殊途同归了。

　　哈葛德的文笔虽然不佳，却没有限制他丰富的想象力，他的荒诞
幻想传奇的价值，正像他小说中的非洲古穴中的宝藏一样，待人挖掘，

---

❶　关于帝国和现代性更复杂的理论，可参阅美国学者亚当·巴罗斯（Adam Barrows）
　　的近著 *The Cosmic Time of Empire* 一书，有专章讨论哈氏和其他殖民主义小说家（如
　　Kipling 和吸血鬼 *Dracula* 的作者 Bram Stoker）如何处理西方以外的其他地区文化的
　　时间观念。
❷　林纾：《林琴南书话》，第 51 页。
❸　吴俊："叙略"，《林琴南书话》，第 1 页。
❹　林纾：《林琴南书话》，第 22—23 页。

甚而助长后世其他作家的"连带想象"。从柯南·道尔的《失落的世界》（*The Lost Continent*），凡尔纳（Jules Verne）的《地底旅行》（*Journey to the Center of the Earth*），到康拉德（Joseph Conrad）的《黑暗之心》（*The Heart of Darkness*），希尔顿（James Hilton）的《香格里拉》（*Shangri-la*），到泰山（Tarzan）故事，好莱坞"夺宝奇兵"（Indiana Jones）和"木乃伊"（The Mummy）系列影片，以及最近轰动一时的《魔戒》（*Lord of the Rings*），哈葛德人物和故事的"原型"不断地改头换面而生生不息，他的几本小说——特别是林纾最不看重的 *She*——似乎打进一代代人们的心理底层而不自知。也许哈葛德在通俗媒体"阴魂"不散的另一个原因是：现今的世界已经进入后现代的资本主义文化消费时代，对时间和历史早已断层，所以哈葛德小说中神话式的古代世界反而更有吸引力，因为可以经由视觉感官上的"并置"把远古的世界变成科幻的版图，于是也有人把哈葛德视为科幻小说作家的始祖之一❶，时间的指向不同，但"怪诞"的风格是一致的。不论如何，大英帝国主义的时代早已过去，哈葛德的保守主义和殖民主义也失去意义，反而是他怪诞的想象力跨越了时代的巨变，和当今西方通俗媒体制造出来的"大众想象"（popular imagination）接上了轨。这倒是一个他生前意想不到的后果。

　　林纾的情况刚好相反，他的古文修养和背后的文以载道的道德观似乎注定他对中国志怪和其他小说类型的偏见，也许他的译文把哈氏的二流英文提高了一等，然而并没有丰富他自己的古文"资本"，最多只不过拓宽了古文的叙事领域。事实上，他的各种译文——特别是他的二十三种哈葛德译文——早已令他的古文变质，不那么精纯了。

---

❶ Etheringto, "Critical Introduction" to *the Annotated She*, pp.xxxix-xl.

如果说梁启超创造了一个文白夹杂的新文体，林纾的翻译小说照样有此能耐，然而他并不看重，他后期译作的文笔显然已经到了强弩之末，失去了古文的生命力。

哈氏小说中的非洲黑人土著民族或失落在非洲的上古白人部落，皆生活在一种"非现代性"或"非时间性"（atemporal）的世界中，没有现代钟表计时。而大英帝国的统治时间观念是现代性的"共时"——全世界都生活在统一的"格林威治"标准时间的范畴之内，这个标准时间于 1884 年西方各国开会同意后才正式采用。那么这二者之间的时间观念的冲突如何解决？巴罗斯认为：哈氏的白人英雄虽受到非洲野蛮人的"另类"时空所吸引，但还是会用现代的帝国时间科技知识去征服它，如 *King Solomon's Mines* 中三个白人英雄以现代天文知识准确猜出日蚀，因而被土著视为"天人"，或者把荒诞人物处决，例如 *She* 的 Ayesha 焚死，打回原形，变成一具枯萎的老猴子僵尸。哈氏自认爱上了 Ayesha，但在小说情节最后必须把她处死，因为她是基督降生以前的古埃及人物，仍然生活在纪元前异教时的多神世界，而哈氏自己却是坚信上帝的基督徒，基督教的道德观是和现代性的帝国时间一脉相承的，这个帝国的时间意识形态终究统治了他的小说内容和形式。然而巴罗斯在书中没有讨论 *Allan Quatermain* 的两个白人英雄亨利和高德为何在故事结尾失踪了，并没有回到英帝国世界。难道哈氏完全受制于帝国主义和基督教的时空系统而毫无不满？

民国成立以后，新文化运动风起云涌，林纾反而公开提倡古文，并以古文大师的身份为商务印书馆编撰古文读本和教材，据韩嵩文研究，这些教材的内容选材反而甚为偏颇，只选他尊重的古文家，如归有光和唐宋八大家，不够全面。❶ 他也出版了数量颇丰的古文著作，包括《畏庐文集》，但这些成果并不能构成他的新"文化资本"。他的影响力依然来自译作，民国初年商务印书馆为他重印出版了"林译小说丛书"（1914），第一套就有五十本，其他两套"说部丛书"也包括数十部林氏翻译小说。这一个雄厚的文化资本，足可令他享尽殊荣，然而他坚持以古文家自居。后世论者吴俊认为："视白话为'引车卖浆之徒所操之语'的林琴南，恰恰是用文言小说催生了自己的掘墓人。这大概是他意想不到的。"❷ 最后被五四领袖们激将出来公开反对白话运动，似乎一笔抹杀了他多年来译述西方文学的贡献。这一个"失策"之举，众所周知，在此不必细论。

林纾的古文"反动"心态背后，依然存有一股遗老的"悲情"，这股悲情源自他对中国传统的感受。他眼看古文已衰，而真能振兴古文的人物，又有多少？他对自己的古文造诣自视甚高，甚至不承认是桐城派的后人，对桐城大师方苞、姚鼐，只称"略为寓目而已"❸。桐城派既不足道，他甚至把梁启超和章太炎的文章都"讥之为旁门左道"❹，也许在他心目中的当代古文大师恐怕只剩下严复一人！❺ 这种"正统"（orthodoxy）心态，反而成了他的致命伤，甚至限制了他自己的古文创作，又如何能像韩愈一样做"文起八代之衰"的文化振兴工作？妙的是他的《畏庐文集》出版于 1910 年，与《三千年艳尸记》

---

❶ Michael Hill, *Lin Shu, Inc.*, Chap.6（The National Classicist）.

❷ 吴俊："叙略"，《林琴南书话》，第 1 页。

❸ 林纾：《林琴南书话》，第 152 页。

❹ 林纾：《林琴南书话》，第 3 页。

❺ 钱锺书先生文最后提到，林纾在数篇文章中推崇严复，然而严复晚年并不怎么推崇林纾。见《林纾研究资料》，第 320 页，注 2。

同一年。^❶恐怕五四那一代学子更喜欢的读物反而是后者。

　　林纾的时代已经过去，然而，他的大量译作早已变成晚清文学遗产的一部分，也为中国现代文学开辟了一个翻译之风和小说的新境界，后世的翻译虽然用白话，然而林氏的古文经典译本犹存，像是哈葛德的"三千年艳尸"一样，随时可以借尸还魂，只不过我们尚未知在何时何地。

---

❶　参见张俊才：《林纾著译系年》，《林纾研究资料》，第 431—610 页。

历史演义小说的跨文化吊诡：林纾和司各特

一、序言

英国小说家司各特（Walter Scott，林译司各德）的小说 *Ivanhoe*
（1819），是我幼时接触到的第一个历史故事，并非来自教科书，而
是来自课余到戏院观看的一部同名影片（罗伯特·泰勒和伊丽莎白·泰
勒主演，1952），至今记忆犹新，特别是片中的那一场各路武士公开
竞技（jousting）的大场面和最后一场由侠盗罗宾汉（Robin Hood）率
众绿林好汉攻打城堡的镜头。在一个幼童的心目中，这些壮观的"古
装"场面就代表了"历史"——来自西洋的异国历史；换言之，历史
就是一种想象、一种壮观（spectacle），无所谓"史实"和"记载"。
当年没有英文字幕，只有幻灯打出来的剧情解说，我当时刚念初中，
初学英文，当然听不懂片中人物所说的英文，全靠屏幕旁边的剧情解
说和自己想象力的投射。观看后，对于该片的中文译名依然不得其解，
《撒克逊劫后英雄略》，什么是"撒克逊"？"劫后"又做何解？为
什么还加上一个"略"字？

多年之后，我才知道这个译名来自林纾（字琴南）的翻译，也引
起我阅读林译小说的兴趣。想不到又过多年后，我竟然把林琴南列入

博士论文的一章。[❶] 在此章中，我十分简略地把司各特和另一位英国作家哈葛德（H. Rider Haggard）[❷] 放在一起，用林纾的说法，作为西方文学"尚武"精神的代表作。

时至今日——距博士论文完成的时间又是四十多年了——我重新回顾当年的习作，觉得太过肤浅，没有探讨更重要的一个问题，就是司各特以此得享盛名的文类（literary genre）——历史小说——在中西文学传统中的定位和演变，因而造成司氏作品在各时代的不同评价。这本林译的《撒克逊劫后英雄略》，在晚清民初享誉一时，得到不少名人如郑振铎、茅盾和郭沫若等人的赞赏，[❸] 然至今几乎无人问津。为什么？

这几乎是一个不能回答的问题。从学术研究立场来推论，它牵涉到一个"文体"或"次文体"（sub-genre）的衍生和接受问题，更和一个时代的读者阅读习惯有关；更深一层的因素是文化语境和文化变迁的历史背景。这一系列的问题，目前只有几位西方马克思主义的学者——如杰姆逊（Fredric Jameson）、安德森（Perry Anderson）和莫莱悌（Franco Moretti）——感兴趣，而叙事学理论太重结构，反而忽略了历史和文化的因素。从中国文学的立场而言，"历史小说"这个名词是晚清文人的发明，也是晚清小说众多次文类的一种，似乎颇受读者欢迎，最主要的原因可能是它和梁启超经由日本引进的新文类"政

---

❶ 后出版成书：Leo Ou-fan Lee, *The Romantic Generation of Modern Chinese Writers*（Cambridge, MA.: Harvard University Press, 1973）.

❷ 见拙作：《林纾与哈葛德：翻译的文化政治》一文，收入彭小妍主编：《文化翻译与文本脉络——晚明以降的中国、日本与西方》，台北："中研院"中国文哲研究所，2013 年，第 21—69 页。

❸ 见郑振铎《林琴南先生》、寒光《林琴南》二文，收于薛绥之，张俊才编：《林纾研究资料》，第 143，185—186 页。

治小说"有关。另一个内在原因可能是它让人联想到中国文学传统中由正史到野史、由"正传"到"外传"而演变出来的"演义"❶，最著名的例子当然是《三国志》（〔晋〕陈寿撰）和《三国演义》（〔明〕罗贯中撰），而"演义"这个文类又特重英雄事迹，将之渲染，那么，演义中的历史又如何描述？它和正史的形式有何不同？是否必然经过一个想象和通俗化的过程？后文会详论。

如果用英文来翻译"演义"这个文类，较有对等意义的是historical romance，而非 historical novel。从西方文学史的角度来看，其文类的演变是由 romance 演变为 novel，前者兴盛于中古，含有不少神怪（sorcery）、传奇（legend）和"哥特式"（Gothic）的怪诞；而后者则是 18 世纪末 19 世纪初才开始兴起，而大盛于 19 世纪，成为文类主潮。这一个演变过程，在中国传统中并不明显，"小说"的范围更繁杂，举凡神仙鬼怪、道听途说、志怪传奇、杂俎笔记和历史演义，都可称之为"小说"或"说部"。次文类既杂，容量之内巧立新名目更方便，"旧瓶"装上了不少"新酒"，这是一个晚清文学的现象。

既然如此繁杂，理清也不容易。就以"历史小说"的翻译而言，西方文类和文体的跨界移植到了中土，在这个不同的文化土壤中不可能一成不变而植根，而是经过"双重文化过滤"——原文本在其本身文类中的演变和译文本在其本身文类的背景的互涉和互动。司各特的 *Ivanhoe* 可以成为一个研究这个"双重文化过滤"的典型个案。我希望借着这个机会一偿幼年的夙愿，重读多年来魂牵梦萦的一本小说。

---

❶　关于演义的内涵，又有两种不同意义：特指历史小说和泛指通俗小说。见李志宏：《"演义"——明代四大奇书叙事研究》，台北：大安出版社，2011年，第51页。本文讨论的出发点是前者。

二、理论

司各特在英国文学的地位，恰是由 historical romance 演变到
historical novel 的关键人物，不少学者认为他就是后者“历史小说”
的开创人物。将他的地位和贡献变为经典理论的人，就是匈牙利的马
克思主义理论家卢卡契（Georg Lukacs），他在 1937 年写的一本理论
名著 *The Historical Novel*❶ 如今也成了经典。在此书的第一章——The
Classical Form of the Historical Novel——就以司各特作为主要典范。
根据当代著名学者安德森的说法，司各特的历史小说至少有五个特点：
（一）它是一种历史变迁影响整个社会和人民生活的史诗性的“总体”
叙述（所谓 historical totality，是卢卡契的一个关键性的理论名词）；
（二）这个叙述形式往往以“中等人物”（middling characters）为主角，
重要历史人物反而作为陪衬，其目的就是从个人角度去反映两种极端
势力的冲突，而这个主角往往游离于这两极；（三）司各特历史小说
像一个戏剧舞台，展现了衰落和兴起的两种社会生活的模式，也忠实
地呈现了胜利者和失败者的历史必然性；（四）在社会和人物的冲突
中肯定了人类的进步和人性的解放；（五）历史小说文类本身并不固定，
它是一种开拓性的文体，是 19 世纪写实小说的先驱。❷ 以上五项特点，
安德森认为第四和第五项最重要。换言之，历史小说代表了一种西方
历史社会走向进步的历史过程，而非停滞于中古阴暗神秘的世界。

---

❶ Georg Lukacs, *The Historical Novel,* with an introduction by Fredric Jameson（Lincoln &
London: University of Nebraska Press, 1983）.

❷ Perry Anderson,"From Progress to Catastrophe: Perry Anderson on the Historical Novel,"
London Review of Books（July 28, 2011）, p. 24.

如用这个理论来分析 *Ivanhoe*，也有一定的道理。书中站在前台的主要人物是 Ivanhoe（林译挨梵诃），司各特的小说虽以他为名，却在他的个性的描写上着墨不多，也许卢卡契因此而看出他的"代表性"（typicality），而"代表性"的基础是历史的"整体"（totality），主角也必须体现（embody）某个社会阶层的"集体性格"。Ivanhoe 的出身是英国本土撒克逊的贵族世家，但却追随外来的征服者 Normans（林译脑门豆）的国王狮心王李察（Richard the "Lion-Heart"）参加十字军东征，所以为其父所不容，因此他身兼这两个阶级的特色和矛盾，恰好符合卢卡契理论的需要。然而卢卡契认为历史的整体性涵盖于 "novel" 文体本身结构的抽象层次中，小说的主人翁与环境之间存在一种疏离，❶ 换言之，小说的产生是刻有"时代的印记的"，中古的 romance 就不可能背负这种"历史"的重担，所以他的这本名著叫作 "The Historical Novel"，而不是 "A Historical Romance"，重点在 "novel"，范围更严谨，也更抽象。卢卡契完全没有顾及司各特作品背后的另一个文类因素——romance，然而 *Ivanhoe* 的副标题就是 "A Romance"。

卢卡契和不少研究历史小说的西方学者，当论到司各特时，所用的文本例子大多出自他的 Waverly 小说系列，共三十多本；这个系列从"中等人物"Waverly 的经验描塑苏格兰的历史和社会变迁；而非以中古为背景的 *Ivanhoe* 和与之相关的 *The Talisman*（1825）（林译《十字军英雄记》）和 *The Betrothed*（1825）（林译《剑底鸳鸯》），构成"十字军东征三部曲"。林纾所翻译的司各特小说，就此三本。这

---

❶ 见其另一本理论名著 *Theory of the Novel*。杰姆逊以此二书为基础，加上文化心理学理论，写成他的名著：*The Political Unconscious: History as a Symbolic Act*。

也是后来的另一位英国作家哈葛德景仰他的主要原因。林纾先译哈葛德小说六本——包括《鬼山狼侠传》和《斐洲烟水愁城录》❶ ——之后，于 1905 年译成出版《撒克逊劫后英雄略》，其他两本十字军小说则译于 1907 年。❷ 换言之，在这本历史小说中，历史背景和历史的真实性反而退居后台，变成一种点缀（decoration），前台展现的反而是更富传奇色彩的英雄儿女，因此历史小说也越来越趋向通俗化。这种通俗性的过程也可用卢卡契的解释：如杰姆逊在卢氏这本经典的序言所说，司各特作为小说家，本来就抓住这个历史时期普通人的意识形态，❸ 而且司各特本来就注重读者的接受程度，其实一点都不足为奇。例如小说中一个次要人物，本来该死的，因为一个读者投书抗议，于是又让他起死回生。

杰姆逊提到却未详论另一位理论家弗莱（Northrop Frye）的说法，弗莱最关心的文类不是小说而是 romance，他在《俗世经典》（*The Secular Scripture*）一书中，对司各特作品的分析更可圈可点。他认为所有通俗小说的结构基础是 romance（此处暂译为"传奇"），它是由人物和情节（plot）推动的，后者"从一个不相连的小节（episode）到另一个小节，描述发生在人物身上的事物，大部分是外在的"❹。西

---

❶ 见拙文《林纾与哈葛德——翻译的文化政治》。

❷ 马泰来：《林纾翻译作品全目》，收于钱锺书等著：《林纾的翻译》，北京：商务印书馆，1981 年，第 61—68 页。

❸ "The great yet enigmatic individual 'subjects of history' must be approached by way of the average, anonymous consciousness of ordinary witnesses and merely representative 'heroes' for whom the great men of history offer only fitful, episodic contacts. " "Introduction" to *The Historical Novel*, p.2.

❹ Northrop Frye, *The Secular Scripture: A Study of the Structure of Romance*（Cambridge, MA.: Harvard University Press, 1976）, p.47.

方传奇中的主要人物和情节都源自神话的原型，例如 *Ivanhoe* 中的两个女主角 Rowena 和 Rebecca，一明一暗，皆有原型可寻，而罗宾汉率领的绿林好汉犹如中古传奇中的秘密会社；故事中又突出女巫式的人物如 Ulrica， 会作预言；女主角被监禁于古堡的情节又令人想起神话中的 Prosepine，可以从地狱到人间作轮回等。❶ 虽有言之过火之处，但足以解释司各特的另一面，即他的复古情怀（antiquarianism）， 又印证了他的小说本身的通俗性。总而言之，尽管这两位理论大师对西方小说的着眼点不同，我们如果把他们的理论结合在一起，足可以解释西方历史小说的历史性和通俗性，以及它和西方传奇的关系。然而如果要将之转接到中国历史小说的传统，势必还要经过一道手续，因为这里面牵涉到语言的问题。

三、语言与叙事

众所周知，林纾用古文翻译西方小说，他在不少译著的序言中屡屡提到他最景仰的四种古文典范：《左传》《史记》《汉书》和韩愈的古文。他的徒弟陈希彭说："此四者，天下文章之祖庭也。"林纾处处引为圭臬。此四大家之中，三家可归于古文中的史传传统，而司马迁的《史记》尤其是他最推崇的古文。所以，在林纾的心目中，古文和历史著作是分不开的，《左传》可谓是中国历史的开山之作，但真正集大成的是《史记》；班固的《汉书》模仿《史记》但无法超越，而唯有韩愈的古文可以千变万化，他"文起八代之衰"，但唐宋八大家中也只有他异军独立，所以林纾后来编撰古文选的时候，韩愈的文

---

❶　Northrop Frye, *The Secular Scriture: A Stuay of the Structare of Romance* pp.85–87.

章选得特别多。❶

　　把古文作为翻译西方历史小说的文体是否适合，这是我最关心的问题。表面看来，二者似乎门当户对，但问题并不简单，因为古文有多种，其层次和程度有高有低，林纾认为《史记》代表了最高品位，所以翻译《撒克逊劫后英雄略》时，不知不觉以太史公的文笔为规范，他的徒弟陈希彭说"文不期古而近古，则吾师之本色也"，可能就是这个意思。林纾在此书的序言中也说，他的友人伍太守造访他，"纵谈英伦文家，则盛推司各特，以为可侪吾国之史迁"，而林纾刚好在译《撒克逊劫后英雄略》，"立检此稿示太守，自侥与太守见合"，二人于是大谈这本小说的隽妙所在，于是林纾举出七八点妙处，先谈文体，后谈内容。如果说他用的古文尺度是《史记》的话，那么司氏的造诣是否可比美史迁？我看并不尽然，他的比较对象不完全是《史记》，而是演义小说。例如序中提到"古人为书，能积至十二万言之多，则其日月必绵久，事实必繁伙，人物必层出"，指的不见得是《史记》，而是《三国演义》或《水浒传》，相形之下，司各特"此篇为人不过十五，为日同之，而变幻离合，令读者若历十余年之久，此一妙也"。❷林纾的这一个洞见，一语道破司各特的小说技巧：把历史时间模糊化，以使突出少数英雄和反派人物，并以人物来勾画社会阶级的矛盾和冲突，所以小说中的人物不算多，远较《三国》和《水浒》为少。

　　林纾在序言中论到的另一项司各特隽妙之处，也和小说的叙事方法有关，但他的参照系统依然是古文，他说："纾不通西文，然听述

---

❶ 请参照拙文《林纾与哈葛德——翻译的文化政治》。

❷ 林纾：《撒克逊劫后英雄略》序，［英］司各德著，林纾、魏易译：《撒克逊劫后英雄略》，上海：商务印书馆，"说部丛书"初集第27编，1914年，第1—2页。在此顺便感谢我的两位研究助理崔文东和赖佩暄的协助。

者叙传中事，往往于伏线接筍变调过脉处，大类吾古文家言"，换言之，他认为其感受到的司各特的"古文"叙事技巧可与韩愈相通。那么，司各特是否当得起英国文学史中的古文大家？他的英文古文是否真的崇高完美，可以和司马迁媲美？

对照阅读这两个文本，令我自己有料想不到的结果。开始时我先读英文原著，再以之和林纾的中译对照，但未几就被林纾的译笔吸引住了，原文越繁琐，我越要依赖中译本，如用翻译理论所谓的"宾语"（guest language）与"主语"（host language）来解释，其效果是"喧宾夺主"，林纾的古文处处占上风。这也许因为我的母语是中文使然。既是如此，林纾的弟子陈希彭所言非虚："吾师所译书……运笔如风落霓转，而每书咸有裁制。所难者，不加点窜，脱手成篇，此则近人所不经见者也。"❶换言之，司各特的英文语法被林纾纳入中国古文语法之中，古文的通顺流畅凌驾于英文原文的词句之上，陈氏所说的"每书咸有裁制"就是指此。"裁制"并非随意删减审改，而是基于林纾对于古文文体的考虑。非但把司各特长达十页的序言书信（Dedicatory Epistle to the Rev. Dr. Dryasdust）省略掉（也可能是口译者魏易的决定），而且在第一章开端，也把原文极为繁琐的三页历史背景介绍也删除了。对于一个不懂英国历史的人，司各特文中交代的历史细节——李察第一的统治缺席、英国贵族在亨利第二王朝的滥用特权，又追溯到更早的来自法国诺曼底的威廉大公于"黑斯廷斯大战"（Battle of Hastings，1055）后占领英国等史——都显得既繁琐又啰嗦，在林纾的译文中被"裁制"得恰到好处。他删节历史而就地理，善用古文写

---

❶ 陈系彭：《十字军英雄记》序，［英］司各德著，林纾、魏易译：《十字军英雄记》，上海：商务印书馆，"林译小说丛书"第 34 编，1914 年，第 2 页。

景的长处，处处发挥威力，把司各特小说中的英国风景写活了，较原
文描写得更出色。

开头第一段即见分晓。林纾的功力在第二句就发挥出来，他所
用的古字简劲有力。原文 "The remains of this extensive wood are still
to be seen at the noble seats of Wentworth, of wharncliffe Park, and around
Rotherham" 这句平淡无味的句子，在译文中变成"楼橹雉堞，均为绿
荫所被，至今老树凋残，尚有一二根株在焉"；原文 "Here haunted of
yore the fabulous Dragon of Wantley" 变成"相传古来有神龙窟蟠其地"。
林纾的"裁制"很得体，把原文中的专有名词——人名和地名一概删
去了，否则直译成中文读来必啰嗦，因此他的译文只保留了两个主要
地名："歇菲儿"（Sheffield）和"东加斯德"（Doncaster），足够了。

原文的下一句是 "and here flourished in ancient-times those bands
of gallant outlaws whose deeds have been rendered so popular in English
songs"，林纾在译文中稍加润饰，把一句平庸的英文句子写活了："而
绿林豪客，仗侠尚义，亦据为寨。至今诗人歌曲，恒举其事，播为美
谈。"我猜他译此句时已经知道这是"伏笔"，为后来的绿林豪侠罗
宾汉先铺路。这位英国和中国家喻户晓的好汉就是在这本小说中第一
次现身的。林纾在序言中所提到其友人伍太守大赞"壳漫黑司得善射，
乃高于养叔"，指的就是原书第十三章（林译第十四章）出现于竞技
场射箭比赛把对手击败的神射手 Locksley，也就是罗宾汉的本名。

在历史和地理背景交代后，故事由两个小人物开始。这两个小人
物，一个是弄儿汪霸（Wamba the Jester），一个是牧猪之奴歌斯（Gurth
the swine herd），林纾在序文赞司氏写这两个人物的语言生动，说他"文
心之幻，不亚孟坚"，于是又把司氏的历史小说抬举到班固《汉书》

的地位。他说"《汉书》东方曼倩传，叙曼倩对侏儒语"，但"为色
浓于史公，在余守旧人眼中观之，似西文必无是诙诡也"，然而司氏
笔下的汪霸"往往以简语泄天趣，令人捧腹"，可谓各有千秋。汪霸
和歌斯所说的是低俗的撒克逊土语，连原作都是一种"意译"，司各
特早已在书中表明：当年的土语现代人已经不懂，所以必须"译"成
他那个时代的英语（"But to give their conversation in the original would
convey but little information to the modern reader, for whose benefit we beg
to offer the following translation."❶）。林纾的译文讲得更明白："余书
若将撒克逊语成书，则众且莫辩，故亦译以通俗之语，以适观者之目。"
这一个语言雅俗层次的问题，林纾经由魏易得知一二，但又如何用中
国古文翻译司各特的现代撒克逊土语？下面一段比较，又可见二人功
力的高下。

司各特以较简易英文描写牧猪者歌斯骂猪，林纾用的仍然是古文。
此处司各特的原文是：

"The curse of St. Withold upon them and upon me!" said Gurth;
"if the two-legged wolf snap not up some of them ere nightfall, I am
no true man. Here, Fangs! Fangs!" He ejaculated at the top of his voice
to a ragged wolfish-looking dog...（p.31）❷

林纾将之翻译成：

---

❶ Walter Scott，*Ivanhoe: A Romance*, New York: Signet Classics, 2009, chap.1, p.30.
❷ *Ivanhoe*, p.31.

"如是蠢物，乃不秉吾号令。天黑都不归笠，狼且来，奈何？豕数当必短其二三。言如不验者，吾智绌也！"乃大声嗾狗曰："番斯！"❶

　　两相对照之下，司各特所用的俗谚俚语反而更生动，林纾的文言文则显得拘谨笨拙，全文只有几个字略似白话："天黑都不归笠。"稍后，弄儿汪霸开了一个自嘲式的双关语玩笑，"And swine is good Saxon...and pork, I think, is good Norman-French"，生时叫"猪"，死了成肉供征服者吃，就用法文叫"pork"（源自法文 porc），而林纾则把这两个字音译为"斯汪"和"泡克"。这一个小小的语言游戏点出用古文译英文小说的难处。林纾心目中的英国土语对话，究竟得自司各特的原文多少？魏易口译时有无模仿撒克逊口音？这始终是一个谜。林纾的序言特别提到他的故乡福建的一个盲弹词的能手，"词中遇越人则越语，吴人、楚人，则又变为吴、楚语，无论晋豫燕齐，一一皆肖，听者倾靡。此书亦然"，那么，在魏易口译时必定做过模仿土语的尝试？抑或是林纾从司各特原文行文中的"接笋、变调、过脉处"得其三昧？这一个文章的音调效果，在他和魏易译狄更斯（林译迭更司）时又重新出现，令得林纾在这个迭氏世界中，"日闻其口译，亦能区别其文章之流派，如辨家人之足音"❷。不少研究林纾的学者，引为佳话。然而，即便如此，是否达到语言的通俗性效果？

　　从低下人物到撒克逊和脑门豆的贵族和武士的世界，司各特以不

---

❶ 《撒克逊劫后英雄略》（卷上），第5页。

❷ 林纾：《〈孝女耐儿传〉序》，收于钱谷融主编、吴俊标校：《林琴南书话》，杭州：浙江人民出版社，1999年，第77页。

同的人物代表不同的社会阶层，并借此描绘征服者和被征服者之间的
关系。这个关系，司各特表面上当然站在被压迫者的撒克逊人的一方，
然而最终处理这两个种族和社会阶层的矛盾和冲突还是归于妥协。事
实上，司各特的处理相当模糊暧昧而浪漫 ❶。脑门豆国王狮心王李察长
年率领十字军征战在外，在本书中，他便装悄悄归国，以黑骑士面目
与罗宾汉连手攻陷脑门豆贵族武士的城堡，最后才显露身份。在他离
国期间，其弟约翰王僭位，联同贵族欺压百姓，并以武术的公开竞技
大会吸引各阶层观众，以缓和被压迫者的怨气，也借此展示他的权力。
因此，司各特把历史浓缩为几场壮观场面（spectacles），特别是前半
部的第七至十三章所描写的各路英雄武士连续数日的大竞技，把情节
推向一个高潮（也是我幼年所看的影片中最精彩的场面）。司各特描
写这几场武斗，使出戏剧性叙述的浑身解数，林纾的译文也不遑多让。
在英国文学中，这个体裁最佳的文体是史诗体（heroic verse），例如
描写更早期的亚瑟王和圆桌武士的故事，即用此文体。司各特有意把
它通俗化，用叙事的散文体描写场面和动作，而英雄之间的对话仍保
存了一种贵族的客气语调，这本来就是司氏文笔的本色，运用起来十
分熟练，远比哈葛德高明多了。然而林纾的古文更驾轻就熟，竞技场
中"无家英雄"（disinherited knight）挨梵诃单枪匹马挑战脑门豆三武
士的场面，在林纾笔下更形出色，且看下面一段场面：

> 夫以三人乘一，为势故固岌岌，幸观者呼曰："无家英雄慎
> 之！两敌集汝左右矣。"无家英雄立觉，虚扬其槊，立策马退；

---

❶ David Brown, *Walter Scott and the Historical Imagination*（London: Routledge & Kegan
Paul, 1079）, pp. 184-185.

二骑横冲而过，竟不一得。二骑既过，遂并其三骑三槊，同时而进；幸无家英雄马至调良，不尔亦立蹶。时白拉恩马已被创，而雷极那德及阿失司丹躯干壮硕，马不能任，又苦战竟日，马力瘠乏。独此英雄之马，驯扰如人，气力尤壮，虽三人同进，槊锋竟不攒聚其身，且马眼绝灵警，见敌之来，即飞掷趣避，乘敌不备，复闯然锐进。观者虽盛称英雄之勇，然以众敌寡，终亦必蹶……英雄行中忽有一壮士，黑甲黑马，躯既丰伟，马尤高大，盾上不署标识……观者争称之为"黑蜗牛"。此时见其首领坐困围中，忽趣其马，暴迅如电，曰："吾来救此英雄也！" ❶

这种笔法，读来铿锵有声，晚清读者读此惊心动魄的打斗场面，犹如看《三国演义》中的关公过五关斩六将，心情岂不振奋？！林纾深知此时不能用春秋大义的笔法，唯有借重通俗演义中的打斗场面和语气，使之更加简劲有力。我认为较原文 ❷ 稍带啰嗦的笔法更精彩。

司各特小说吸引人——特别是普通读者——之处，我认为不在于他的语言，而在于他的叙事技巧，特别是对于情节（plot）的掌握和人物的戏剧性刻画。正如弗莱所说，所有 romance 的主要因素就是情节，romance 中的人物描写是外在的而非内心的。*Ivanhoe* 到了第七章的比武竞技大会开始，就绝无冷场，一波刚过另一波又起，可谓惊心动魄。他又以比武和决斗来强化冲突和矛盾，这是典型的西方"武侠小说"（swashbuckling novel）的笔法，司各特可谓是开山者。❸ 为

---

❶　《撒克逊劫后英雄略》（卷上），第 80—81 页。

❷　原文见 *Ivanhoe*, chapter 12, pp.142-144。

❸　林纾也译过此类所谓"swashbuckling"的小说，如《大侠红蘩蕗传》（*The Scarlet Pimpernel*），也译于 1905 年。

了突显 12 世纪的英国骑士时代的历史背景，他除了阿什比（Ashby）竞技，特别加上一场天主教的大审和以决斗决定巫妇真假的高潮场面，后一场以 Rebecca（林译吕贝珈）为主角，恰是前一场以 Rowena（林译鲁温娜）为骑士花侯的对照。他的叙事手法也善用巴克汀（M. M. Bakhtin）的时空模式（chronotope），把中古传奇中的重要场景——如古堡、教堂、客栈和森林——作为情节高潮的重点，故事情节的起伏从这几个空间连续发展下去，而英国的森林 Sherwood 则成了侠盗罗宾汉及其绿林党羽出没之地。小说人物游离于这些时空之间，男女主角也被抬高到神话传奇的地位，变成了英雄和美人。这些特色，都不属于 19 世纪写实主义小说的传统，而更像 romance。

西方近期研究司各特的历史小说的学者，几乎不再留意他的语言和叙事技巧，只谈小说形式结构和历史背景。然而林纾似乎对于英国中古的社会结构毫无兴趣，单从语言叙事入手，这也可以说是和他的"古文情结"有关，所以在此书序言中又提到司各特的人物语言生动，"述英雄语，肖英雄也，述盗贼语，肖盗贼也，述顽固语，肖顽固也，虽每人出语，恒至千数百言，人亦无病其累复者，此又一妙也"。论点和狄更斯的译本如出一辙。他所以能窥此妙处，当然得之口述者魏易，❶ 林纾所译的英国小说，至少有卅多种出自魏易之口，包括六种哈葛德小说，七种柯南·道尔（Arthur Conan Doyle）的小说和五种狄更斯小说，可谓功不可没。然而，讽刺的是，司各特的仿古英语之所以生动，恰是因为他故意不用 12 世纪的古语，而将英国中古贵族的法文和中下阶层的撒克逊英文一概"翻译"成他那个时代（18、19 世纪之交）的"当代"英语。

---

❶ 见曾锦漳：《林译的原本》，收于薛绥之、张俊才编：《林纾研究资料》，北京：知识产权出版社，2010 年，第 282—299 页。

然而距今又有两百多年了，所以我读来仍然有古味。

司各特在*Ivanhoe*出版时，特别写了一篇书信式的序文，煞有介事地向一位当时的评论家德赖斯达斯特（Jonas Dryasdust）解释，说他不故意为了复古而用近人不懂的古字古语，但把中古的风俗习惯完全保留，即使和时代环境不同，古今人情和感情仍有不少相通之处。他又谦称自己的这本小说不能登大雅之堂，但仍受读者欢迎，一个功力更高、学问更好的作者必会写出更好的作品云云。可见司氏的说辞完全是为"历史小说"的通俗性辩护。❶司各特的这套说法，也可以解释成为19世纪兴起的通俗小说奠基，换言之，就是把历史小说化，有点像中国的历史通俗演义。甚至可以说，如果此书变成一部中国历史小说的话，司各特似乎也处处是在为演义说项。中国的历史演义非但属于小说的一种，而且往往是正史的通俗化模式，然而林纾在他的序言中，只论古文，却只字未提演义文体。

四、演义

严格来说，中国文学中没有西方文学中的romance这个文类。司各特所继承的这个欧洲文类传统，有强烈的中古宗教和神话意味，例如《亚瑟王与圆桌武士》（*King Arthur and Knights of the Round Table*）。中国文学中的对称文类是唐传奇，但内中没有宗教传统（勉强说只有道教，但未能构成一种宗教的伦理观），所以更适合作比较的文类是演义。也许林纾早已不自觉地把它当作一本历史演义来读，只不过他心目中的参照系统仍然是《史记》和《汉书》。《史记》的文

---

❶ *Ivanhoe*, p.13.

体"档次"当然远较演义为高，前者居于古文殿堂，后者属于通俗文学，他不看在眼里。司马迁以"太史公曰"的口吻对历史叙事作总结评论，林纾在译文中也把司各特的作者插话译为"外史氏曰"，作为对称。有时候译文更直接，干脆用第一人称"余"代替原书所用的"we"，例如在描写歌司和密勒格斗时加上一句："外史氏曰：此战固微，然亦英雄气概，因不传于世，遂尔沦殁。今无善诗之人铺扬其事，余故直纪之，以俟乎能诗者采摭作诗料焉。"这一个技巧上的细节可以说是林纾用仿"太史公曰"的手法来解决司各特的"后叙"（meta-narrative）式的小说修辞的方式，然而却无形中把原来文本中的"作者"地位提高了。司氏的手法，衍自18世纪小说家菲尔丁（Henry Fielding）和理查逊（Samuel Richardson）惯用的技巧——作者直接向读者说话解释；换言之，作者的角色还是一个讲故事的人（storyteller），不是一个历史家。 前文提到他把古撒克逊语翻译成现代英文的理由，完全是为了"现代读者"，在译文中林纾将之照译，却把司各特较客观的复数第一人称we直接变成单数第一人称"余"。 在林纾的译文中，"现代读者的语言"就是"通俗之语"，那么原来的撒克逊语又是什么？ 英国文言？ 法国味道的古英语？ 林纾当然不得而知，但他心目中已经把"现代语"和"通俗之语"画上等号了，所指的可能就是演义小说。

司各特有时候也会提醒读者， 故事前段讲到的情节如何，例如第十六章开头"The reader cannot have forgotten..."，林纾翻译为："读吾书者，犹忆……"又如原书第十七章最后一段"...we can only explain by resuming the adventures of another set of our characters..."，译文则干脆省略。如用中国通俗小说中说书人口吻，必会说"此处不表"

或"话分两头"等字眼，林纾不用此种通俗"声口"，也不用"看官"等字样，似乎故意把这本《撒克逊劫后英雄略》与中国的通俗演义分开，原因何在？也许是因为通俗演义中的说书人在文本中的地位远较《史记》中的"太史公"低得多，所以他不愿意用《水浒传》式的白话，然而如果从普通读者的立场推测，又当何论？

我执意把司各特的"romance"译为"演义"，灵感得自先师夏济安教授。他在早年写给其弟夏志清教授的书信中，就曾特别指出：中国有不少值得研究的romances，但够得上 novel 标准的只有《红楼梦》一种。夏先生认为romance 的特色是"它的人物与故事对于 popular imagination 的 hold，它的形式是不重要的"，和西方中世纪的 romance 一样，"忽诗忽散文，并无一定"。❶夏先生没有论到演义所用的语言问题，譬如《三国演义》的语言就是文白夹杂，时而高雅，如诸葛亮的《出师表》，时而通俗，如张飞的口语。《水浒传》的语言则小俗。其他演义的语言等次也不一致。夏先生对于中国romance 的类型，定义很广，包括才子佳人、武侠、神仙、历史演义和公案等，而对于novel 的定义则很狭，标准显然来自西方。他说："西洋从 romance 进步到 novel，需要很多时间，中国如产生 novel ，恐亦需稍待。"❷如就novel 的严格意义而言，司格德的历史小说也不成熟，我在前文中引用卢卡契和弗莱的理论作基础所论证的重点，是把司各特的*Ivanhoe*视为介乎 romance 与 novel 之间的过渡文体，书名虽作"romance"，但内容和形式兼有两者的特色。

台湾学者李志宏在其近著《"演义"——明代四大奇书叙事研究》

---

❶ 见夏志清：《爱情·社会·小说》，台北：纯文学出版社，1970 年，第 222—223 页。
❷ 夏志清：《爱情·社会·小说》，第 224 页。

中详论演义这个文类的用法和来源，认为这是宋元以来的一种通俗文学，把唐传奇的故事或历史野史"重写"。以"演义"直接命名小说者始自《三国志通俗演义》，而有关"演义"内涵的讨论，各家的理解往往游走在特指"历史小说"和泛指"通俗小说"两端。❶ 李氏又指出：这类小说的题名，往往"演义"与"传"兼行，如《三国志演义》的版本中，也出现《三国志传》《三国全传》《三国志史传》等名称，这种用法显然来自正史。❷ 如此看来，林纾对于这本司各特小说的命名的原因可想而知了。他不用"演义"，因为如此则把它看得太"俗"；不用"传"而用"略"，可能因为司各特此书不是正史，而是"野史"，是描写撒克逊人而不是脑门豆人的英雄的传记。不论是"传"或是"演义"，这种文类所标榜的一定是英雄。夏济安老师特别指出：在中国读者的"popular imagination"（普遍想象）中，《三国演义》中的关公绝对名列英雄榜首，还有"桃园三结义"的刘备和张飞；《隋唐演义》中的人物如秦叔宝也很受欢迎，然而《水浒传》中的草莽人物，在民间却不大受人推崇，因为一百零八将的下场众说纷纭。❸ 夏先生又提出另一个洞见：

> 中国的白话文，一直不是一件优良的工具，负担不起重大的任务。中国旧小说的作者，都不得不借用文言、诗、词、骈文、赋等，以充实内容。（《水浒传》的最早本子，也附有很多的诗，

---

❶ 李志宏：《"演义"——明代四大奇书叙事研究》，第49—51页。
❷ 李志宏：《"演义"——明代四大奇书叙事研究》，第57、59页。
❸ 夏志清：《爱情·社会·小说》，第229页。夏先生的洞见，无形中提高了《隋唐演义》，却贬低了《水浒》，可能影响夏志清教授的观点，夏教授高足 Robert Hegel 因之以《隋唐演义》作博士论文，说不定渊源于此。

一百十五回本。）纯白话的小说如《儒林外史》《儿女英雄传》《三侠五义》等（甚至今本《水浒》）却嫌内容贫乏，language 限制了作者的想象力。《红楼梦》是不在意人物的 type 的，但是它全书的成功，得力于文言之处很多。❶

这一段话，如果林纾读到，必定赞同。我们甚至可以推论，《撒克逊劫后英雄略》这本小说如此受林纾推崇，正是得力于它可以让译者发挥文言文的长处，只有像低下层人物如汪霸等的口语受到文言译文的限制。全书中的主要英雄人物以贵族居多，因此语言上可以用文言驾驭，绰绰有余。我认为这本小说的译文铿然有声的原因，部分也在于此，至少我这个现代读者有这种感觉。像《三国演义》或《隋唐演义》一样，《撒克逊劫后英雄略》应该属于一种英国的历史演义，而不是通俗小说，至少在林纾心目中的地位大致如此。林纾翻译的法国小说如《玉楼花劫》和《拿破仑本纪》等，反而与法国近代史上的大革命有关（林纾对于法国史的态度如何，需要另外研究）。至于一般读者是否把它看作英国中古的《史记》则另当别论。

五、英雄与美人

司各特的这本小说，除了英雄之外，又为中国读者添加了两个风姿绝佳的美人，作为英雄挨梵诃的爱情对象，这个"三角关系"很容易套进中国"才子佳人"的模式，然而"才子"型的文弱书生不见了，代替的是骑士挨梵诃与他的脑门豆贵族对手，还有一个原来出身也高

---

❶ 夏志清：《爱情·社会·小说》，第 230—231 页。

贵的草莽大盗罗宾汉。这些人物使得这本英国"演义"与中国通俗文学的俗套大异其趣。因此，这本《撒克逊劫后英雄略》最吸引中国的作者和读者之处，看来还是"英雄—美人"的 trope，它也是中古 romance 不可或缺的元素。然而，司各特在书中关于骑士精神（chivalry）的描写，却为林纾带来不少麻烦。骑士的英雄造型他还可以了解，甚至认同，然而两个"美人"在英雄心目中的崇高地位却使他大惑不解。

司各特对于中古"骑士"的传统念念不忘。他曾为《大英百科全书》写过一篇文章"Essay on Chivalry"，认为虽然在他那个时代骑士已经过时，但其精神——而非制度——还是有值得效法之处，因为骑士的世家和贵族出身并不重要，重要的是作为骑士的"个人功德"（personal merit）和"知识与道德操守"（intellectual and moral qualities），在英国历史上曾经"软化"了中古"野蛮时代的残忍"❶。然而他小说中大多数的骑士人物都不能达到这个理想，所以他也不吝批评，在 *Ivanhoe* 中他把骑士精神的正面价值表现了出来——特别是在主人翁挨梵诃身上，然而却不太成功，锋芒几乎被一个反派英雄盖住了。

故事中的反派英雄除了脑门豆贵族，还有其主约翰王和一个基督教教会组织（Templar）的领袖（grand master）。挨梵诃和其中一位最英勇的 Brain de Bois-Guilbert（林译白拉恩）两度决生死，都为了一个犹太美人 Rebecca，但在个性的刻画和对爱情的执着上，反而白拉恩居上，令读者印象深刻。相形之下，挨梵诃显得被动而"温吞水"，所以有评论家批评他的"主体性"（subjectivity）不强，甚至把他的

---

❶ Avrom Fleishman, *The English Historical Novel: Walter Scott to Virginia Woolf* (Baltimore: The Johns Hopkins Press, 1972), pp.52–53.

撒克逊人身份也取代了。❶ 挨梵诃在小说中唯一表现最激动的一场"戏"是他和热爱他的吕贝珈辩论，这位完美无缺的女郎看不起骑士好勇斗狠，觉得很不人道，挨梵诃在病榻上自辩道：

> "Rebecca," he replied, " thou knowest not how impossible it is for one trained to actions of chivalry, to remain passive as a priest, or a woman, when they are acting deeds of honor around him. The love of battle is the food upon which we live—the dust of the 'melee' is the breath of our nostrils! We live not—we wish not to live—longer than while we are victorious and renowned. Such, maiden, are the laws of chivalry to which we are sworn, and to which we offer all that we hold dear." ❷

这一段话中的关键词是 chivalry、deeds of honor 和 renowned，这恰是司各特要表扬的骑士理想，在西方来源已久，可以溯至荷马的史诗《伊利亚特》（ *The Iliad* ）中的主要英雄阿喀琉斯（Achilles）， 他就是一个典范，知道自己在战场上必死，但只有奋勇作战而死才有荣耀，才能留名。在中国传统中却不特别昭彰，也许《史记》中的项羽有点类似。且看林纾的译文：

> 挨梵诃大怒曰："女郎止！汝何知英雄行状？天下人品之贵

---

❶ Andrew Lincoln, *Walter Scott and Modernity* （Edinburgh: Edinburgh University Press, 2007）, pp.72–73.

❷ Ivanhoe, chapter. 29, p. 303.

贼即分别于此，国仇在胸不报，岂复男子？汝奈何以冷水沃此爝
火？我辈即凭此好名好勇之心，以保全吾爱国之素志……" ❶

此段林纾很明显地把骑士精神"chivalry"换为"爱国之素志"，"deeds
of honor"译成"英雄行状"，"renowned"译成"好名好勇之心"，
不能说完全解错了，但距离欧洲骑士精神的涵义相差甚远。然而，最
令林纾难解的是，骑士为什么对妇女顶礼膜拜。他在翻译的另一本司
各特小说《剑底鸳鸯》的序文中表达得最清楚："人固尚武，而恒为
妇人屈，其视贵胄美人，则尊礼如天神。即躬擐甲胄，一睹玉人，无
不投拜。故角力之场，必延美人临幸，胜者偶博一粲，已侈为终身之
荣宠。初亦无关于匹耦之望，殆风尚然也。" 但他还是不能了解这种
风尚。他在序文中提到《撒克逊劫后英雄略》："则爱梵阿之以勇得
妻也，身被重创，仍带甲长跽花侯膝下，恭受花环，此礼为中国四千
年之所无。" ❷

林纾把西方的英雄崇拜美人，视为一种西方的奇怪礼节，而不能
了解它背后的精神，也许情有可原，但也是这位道学先生的另一个保
守心态的表现。如从文本的脉络查寻，古文传统中谈英雄美人的也不
多，即使有，正面形象也只有拿美人来陪衬英雄。《史记·项羽本纪》
最后虞姬才出现，但没有交待，倒是各种通俗版本——包括《霸王别姬》
的京戏——才把这位美人的角色浪漫化，但并未凌驾在霸王之上。唐传
奇中也有"英雄美人"出现，如虬髯客和红拂女。在传统武侠小说（夏
先生也把它纳入演义）中，美人以侠客姿态出现的则屡见不鲜。然而

---

❶ 《撒克逊劫后英雄略》（卷下），第33页。
❷ 林纾：《剑底鸳鸯》序，卷上，上海：商务印书馆，1914年，第1页。

这一系列的民间通俗资源，似乎不在林纾眼里。

司各特在他的小说中创造出一个十全十美的犹太美人吕贝珈，颇引起争议。她在美色和操守方面皆较撒克逊贵族美人 Rowena 更出色，但作者为了保存历史的真实性，又不能让阶级和宗族不同的挨梵诃和吕贝珈成亲，而只好把花环送给同族的 Rowena，英国读者对于这种妥协式的安排反而不满意，甚至同声一叹。❶（中国读者何尝不也是如此？）研究司各特的学者认为，司各特故意美化吕贝珈，是为了补偿英国人的反犹太偏见：他不能修改历史，只能用小说的虚构对历史事实作批评，❷ 正好像他并不完全赞同狮心王李察的东征一样，所以在下一部《十字军英雄记》中把两个角色的价值系统颠倒，回教的色拉丁（Saladin）有西方骑士和绅士的文明美德，而李察王反而任性野蛮。在林纾眼中，这一切皆无关紧要。他在《撒克逊劫后英雄略》的序言中批评犹太人"乃知有家，而不知有国，抱金自殉，不知国为何物。此书果令黄种人读之，亦足生其畏惕之心"。但对于吕贝珈这个完美角色，他认为"在犹太中未必果有其人"，一语道破原著的虚构性。

林纾虽对妇人不免有偏见（我们可以称他是典型的男性沙文主义者），但在描写美人的文笔中却大露古文的锋芒。就以小说中吕贝珈护理受伤的挨梵诃的一景为例："The idea of so young and beautiful a person engaged in attendance on a sick-bed, or in dressing the wound of one of a different sex, was melted away and lost in that of a beneficent being contributing her effectual aid to brief pain, and to avert the stroke of death."

司各特的原文冗长而平庸，但到了林纾手中，这段话反而更见挑

❶ *Ivanhoe*, Afterword by Sharon Kay Penman, p.486.

❷ *Ivanhoe*, Foreword by Reyina Marler, pp.x-xi.

逗性："天下以少年美貌之女为伟男子开襟露膊，亲近蹀躞，乃不露其推情送媚之态，此女已大有道力矣。"下面的文字更是有声有色：吕贝珈以犹太语吩咐其奴，挨梵诃不懂，"然出之吕贝珈之口，觉柔脆如莺吭之流转。挨梵诃在卧榻中，见此美人丰态欲仙，而漾情款款，温婉中却带矜严，心滋为动……乃操阿拉伯语问之曰，女郎果谁，语至此，吕贝珈作倩笑，漩涡见于腮上，其状媚绝。"相较之下，司各特的古典英文则毫无起色：林纾以"声脆如莺吭之流转"八个字代替原文中一个极长的句子："The accents of an unknown tongue, however harsh they might have sounded when uttered by another, had, coming from the beautiful Rebecca, the romantic and pleasing effect which fancy ascribes to the charms pronounced by some beneficent fairy, unintelligible, indeed, to the ear, but from the sweetness of utterance and benignity of aspect which accompanied them touching and affecting to the heart." 内中像 beneficent / benignity 这类字眼，淡而无味，岂可比拟林文中的"温婉中却带矜严"，而 beneficent fairy 一词又何尝比得上语意双关的"丰态欲仙"？而吕贝珈"作倩笑，漩涡见于腮上，其状媚绝"，绝对比毫无魅力的原文"a smile which she could scarce suppress dimpling for an instant a face whose general expression was that of contemplative melancholy"动人多了，虽然把最后两个英文字"沉息哀愁"译成了"其状媚绝"！

　　以上这一个比较，也许太过琐碎，但足可证明作者和译者对于这位犹太美人的不同看法：司各特把她提高为贵族，所以用 beneficent being 和 beneficent fairy 等字眼，以显其高贵，而译者则信手从大量通俗艳情小说中拈来俗套（clichés），但以古文方法将之改头换面，显得艳而不俗。林纾的徒弟说他博览群书，"文笔恣肆，日能作七八千言"，就是这个意思。他虽用古文翻译，但古文的词汇资源显然更广更杂，他有时译来漫不经心（例如后期译的哈葛德），但因为尊重司各特，所以运用的古文颇费心机。妙的是他并不认为翻译的古文是真正的古文文章，所以他日能作七八千言译文，"然每为古文，或经月不得一字"❶。

林纾在序文中谦称"司氏词令之美，吾不测其所至矣"，因为自己不懂西文，"凡诸译书，均恃耳而屏目，则真吾生之大不幸矣。虽欲私淑，亦莫得所从"。我从上面细读所得的结论正好相反：司氏之书，词令不见得优美，反而林纾的译文"变幻陆离，伟为辞杰"，也只有古文造诣到达一定程度的读者，才能悟其妙处。我的古文程度不高，只能"恃耳而屏目"，从不断细读中窥见细节而得到乐趣。

六、结论：尚武精神

林纾在《剑底鸳鸯》的序言中把他译的三部司各特小说作了一个总结："余之译此，冀天下尚武也"，并解释为何英国的文化代表了这个尚武精神：

> 吾华开化早，人人咸以文胜，流极所至，往往出于荏弱。泰西自希腊罗马后，英法二国均蛮野，尚杀戮。一千五百年前，脑门人始长英国，撒克逊种人虽退轶为齐民，而不列颠仍蕃滋内地。是三族者，均以武力相尚……流风所被，人人尚武，能自立，故国力因以强伟……究之脑门人躬被文化，而又尚武，遂轶出撒克

---

❶ 陈希彭序，《十字军英雄记》，第 2 页。

逊不列颠之上。今日以区区三岛凌驾全球者，非此杂种人耶？故
究武而暴，则当范之以文，好文而衰，则又振之以武。今日之中国，
衰耗之中国也。恨余无学，不能著书以勉我国人，则但有多译西
产英雄之外传，俾吾种亦去其偝敝之习，追踪于猛敌之后，老怀
其以此少慰乎。❶

　　类似这一段文字，在他的哈葛德小说的序文中也可以见到。我在《林
纾与哈葛德》一文结论中提到，林纾的修辞背后所关心的是中国作为一
个文化和种族濒临衰落而灭亡的危机：一个历史悠久的文化——如埃及
——往往由盛而衰，开化愈早，现今衰退得愈明显；换言之，这是一套
文化帝国的衰亡论述，而不全是民族国家的想象或憧憬。他在这篇序文
中把英法两国放在前台，说此两国开化之初"均野蛮，尚杀戮"。英国
的脑门贵族，本系法国种，但允文允武，在统治英国本地的撒克逊和不
列颠两族之后，与之混成杂种，遂能武力凌驾全球。这是充分发扬三族
尚武文化的结果，所以林纾认为中国可以向"猛敌"英国学习。因此他
对于英国的贵族英雄——从挨梵诃到《十字军英雄记》中的卧豹将军，
以及《剑底鸳鸯》中的德瓦龙——也产生一种"勉强的敬意"（begrudging
respect）。所以他最终还是有限度地接受《撒克逊劫后英雄略》的骑士
尚武传统，中国欲图自强，势必学习挨梵诃所代表的尚武精神，虽然他
在此书序言中对挨梵诃只字未提，反而相当激赏反派英雄白拉恩。
　　如果我们从一个跨文化的角度把林纾和司各特作一个比较的话，
虽然他们相差一百多年，但政治立场不无相似之处，或者可以说是一
种意想不到的历史吊诡。

❶　林纾：《剑底鸳鸯》序，卷上，第1—3页。

司各特是一个苏格兰人，受苏格兰文化——包括苏格兰的启蒙主义 ❶ ——影响甚大，他的 Waverly 小说系列就以苏格兰的历史和地理为背景，但他不是一个苏格兰民族主义者。Ivanhoe 是他第一部为英格兰（不列颠）写的历史小说，所以他要讨好苏格兰以外的读者口味，非但地理视野扩大了，也把历史背景拉得很远。因此也作了某些妥协：表面上歌颂撒克逊人反脑门贵族的压迫，然而还是没有把脑门贵族视为外来的侵略者，而主张和英国本地的民族共存。事实上，英国历史的发展就是如此。苏格兰也有民族主义和反抗大英殖民主义的革命运动，但司各特的 Waverly 系列小说最多只把它当作背景。总而言之，在政治上，他是一个温和主义者。林纾在晚清的处境也很类似：他是汉人，然而并不鼓吹反满排满的种族革命，他服膺的是朝廷不得不实行的新政改革，但更强调中国这个古老帝国的文化传统。这个老传统的衰危，恰在于它太过文明，因而"荏弱"，所以他要提倡尚武。

然而林纾的中国和司各特的英国不同，由于尚"文"到了极致，上古的"武"传统早已消逝殆尽；《史记》《汉书》等正史中尚有项羽，但唐宋以后，重文轻武的价值系统早已根深蒂固。英雄尚武的精神只有在通俗演义小说中继承下来。这一方面，小说和历史的关系和司各特截然不同，不论后世学者批评他如何"政治不正确"，如何把英雄主义视为男性主义的特权，如何主张阶级妥协，但至少他可以很自然地把中古骑士传统带入小说，而且大受读者欢迎。他写的其实就是"历史演义"——romance 这个次文类，经他发扬光大后，很自然

---

❶ Harry E. Shaw, *The Forms of Historical Fiction: Sir Walter Scott and His Successors* (Ithaca and London: Cornell University Press, 1983). Also David Brown, *Walter Scott and the Historical Imagination*, Chapter 10.

地过渡到"历史小说"领域之中，逐渐通俗化。到了维多利亚时代（19世纪后半叶），romance 泛指的反而是通俗性的爱情小说之中的次文类，而历史小说也变成了通俗文学的一支，虽然在 20 世纪初叶略显衰退，最近又兴盛起来。

林纾为什么不干脆拉下"文以载道"的面具，承认自己开创了一个"西产历史演义"或"英雄别传"的光荣文类，大可与《三国演义》和《隋唐演义》相比美？我猜主要原因就是我在《林纾与哈葛德》一文中所详论的他的"古文情结"，此处不赘。作为一个师崇司马迁和韩愈的古文家，他无法容忍一个流传已久的通俗性次文体——历史演义。司各特把中古的撒克逊土语和贵族法文译成现代（18 世纪）的英文，林纾却没有把古文译成较浅显的演义语体。然而即使如此，林纾还是自觉或不自觉地打破了自己所定的藩篱，把古文和较通俗的演义小说文辞混在一起，变成了他独有的"林译小说体"，这是众人皆知，也是研究林纾的学者乐于称道的事实。

郑振铎说林纾的翻译对中国文学有三大贡献：一是让中国人对于世界的认识深刻了许多，改变以前的华夷观念，"也明白了中与西原不是两个绝然相异的名词"；二是把"中学为体，西学为用"的观念——以为中国文学是"世界上最高最美丽的，绝没有什么西洋作品，可以及得上我们的太史公、李白、杜甫"的偏见——打破了，欧美亦有"可以与太史公相比肩的作家"——司各特和狄更斯；三是把向来是小道的小说变成正道，"他以一个古文家动手去译欧洲的小说，且称他们的小说家为可以与太史公比肩，这确是很勇敢的举动"❶。《撒克逊劫后英雄略》的译文虽有小错和裁节，但基本保持原作的原貌，使得

---

❶ 《林纾研究资料》，第 144—145 页。

司各特这本有古文意味的历史小说在中国读者心目中脱颖而出，最受五四时期的作家和读者称道，甚至有一位 20 世纪 30 年代的论者认为：司各特在中国的地位和嚣俄（雨果）、仲马鼎足而三，是"仅有的中国所熟悉的西洋作家"，对他的认识和估价，"竟超过莎士比亚而上之"；司各特经林纾介绍进来，"其对于近世文化的意义，是绝不下于《天演论》和《原富》"。❶ 现在读来，有点过誉，但至少给了我一个"重探"幼时心爱的作品的理由。

---

❶ 凌昌言：《司各特逝世百年祭》，引自郑振铎文，见《林纾研究资料》，第 185 页。

见林又见树：晚清小说翻译研究方法的初步探讨*

　　晚清文学，小说是大宗，而小说产量中翻译小说的分量也极为可观。阿英的《晚清戏曲小说目》收录 1004 种小说，其中翻译小说 590种。日本学者樽本照雄的《新编清末民初小说目录》修正了阿英的统计，得出的数字更为惊人：在 1873—1912 年间近代翻译小说的总量是1101 种，而创作小说的总量竟达 1531 种之多。樽本特别指出：1907年以前，翻译的作品超过创作，1908 年以后，创作才逐渐超越翻译。然而二者的界限很难划分，不少翻译小说不是直接译，而是意译或改写，而创作小说中的内容（如科幻小说）也是直接抄袭翻译。❶ 所以我一向主张：这两种都是晚清文学的一部分。说来容易，仔细研究则十分困难，原因无他，卷帙繁复，而个人的能力和时间有限，不可能把全部或大部分作品读完。于是，近年来海峡两岸在翻译小说方面下了功夫的学者——特别在台湾——多从个案着手，作文本细读，有时作少数文本互读，或推及跨文化和跨地区之间的流通和互动。这种主流方法，

* 本文是根据在台湾清华大学和"中央大学"联合举办的学术研讨会"情生驿动：从情的东亚现代性到文本跨语境行旅"（2016 年 12 月 22—23 日）的口头主题发言而重新写就的论文。在此要感谢邀请我的两位主持人——颜健富和吕文翠教授。在写作的过程中，我的研究助理崔文东博士和老友陈建华教授鼎力协助，并提供宝贵资料，特此致谢。

❶ 樽本照雄：《清末小说研究集稿》，济南：齐鲁书社，2006 年，第 162—165 页。

原则上以"接受者"——即中国本土——的语言和文化为基础，而把原来的文本和其来源国的文化背景略略带过。而近年来，西方学者（特别在英美）在后殖民主义理论影响下，多把这个翻译过程作为西方殖民文化侵略的一部分，所以更强调"接受者"的"反扑"或"颠覆"。这种读法，基本上也是从文本着手，只不过从中读出意识形态的霸权阴影，虽然处处强调颠覆霸权，但往往因为语言所限，无法真正进入"接受者"的文化心态。

我个人的方法是先将文本的双方平等对待，用"对位法"（这个名词来自音乐）先做处理，在这个处理过程中，双方的文化背景（也就是文本的脉络和产生的外在历史环境）必须兼顾。然而微观式的文本细读和互动依然不足以处理文学史和文化史上的"潮流"和"演变"问题，所以必须做某一个程度的"宏观"研究，因为过度的文本细读，往往产生"见树不见林"的问题。如何既见树，又见林，这是我目前对晚清文学研究的思考前提。

一、"树"和"枝"

意大利学者莫莱悌（Franco Moretti）在他的一本小书中也提出一个类似的比喻：他不用"林"的说法，而把重心放在"树"上，"树"就是类型（genres），而文本（texts）只不过是"树枝"（branches），比文本更重要的是作品技巧上的"手法"（devices），这是他借用俄国形式主义理论的说法。所以他下了一个结论："极小和极大——这是塑造文学史的动力；是手法和类型，而不是文本。文本当然是研究

文学的对象……但不是文学史知识的正确对象。"❶

所以他反对只选一个文本作代表来分析整个类型的方法，因为类型本身是一个"分歧的光谱"（diversity spectrum），它内在的多元变化不是任何一个文本（包括经典著作）足以代表的。这个说法解决了我多年来研究晚清文学的困惑，虽然过去我也做了个别的文本研究，但总觉得不满意，不能"以偏概全"。然而，类型也意涵文本的共通性，否则不能构成类型。因此，如何在这两者之间做适当的调节和"协商"，变成了一个根本问题。

众所周知，晚清文学（包括翻译）的另一个明显的特色是从雅到俗，应有尽有，在短短十多年间（略自1895至1911，如果推到民初，则可以到1915年五四新文学革命前夕，约二十年；出版最旺盛的关键时期是1905—1915这十年），它像一棵生长极快的树，枝叶繁茂，然而原来严肃的政治和社会教化的目的被淡化了，娱乐和消闲性的通俗文学大行其道；换言之，就是通俗性的作品大为盛行。研究晚清文学和翻译，必须研究通俗作品，而且要雅俗并置，一视同仁。莫莱悌的理论，既然注重文学的类型，当然也雅俗并包，不分彼此，因为他认为文学的类型基本上是语言结构的形态（morphology），也就是这个类型的成规手法和技巧，而非文本本身的文学价值。一个作家用得好，其他作家竞相模仿，有时候一个独创性的小手法也可以牵动大局，启动整个类型的改变，衍生出一种新的类型。这也是俄国形式主义的经典说法，用来研究通俗文学特别受用。

莫莱悌又加上一个说法：任何一个类型的流行都是周期性的，它

---

❶ Franco Moretti, *Graphs, Maps, Trees: Abstract Models for Literary History*（London&New York: Verso, 2007），p.76.

可以流行一时，但只是一时，而后会被另一种类型所取代。他引用形式主义大师什克洛夫斯基（Shiklovsky）的名言：研究文学的演变，就是研究"新的形式如何取代已经活过了头，失去艺术用途的旧的形式"，而新的类型的出现也需要一段"潜伏期"，它必须在旧的形式开始式微之后才能产生。这不是靠少数文本的变化可以决定的，而需要研究观察大量的文本，才能看得出来，因此莫莱悌用了大量欧陆小说——特别是英国小说——的资料，放入电脑，把成果总结成一本小书 Graphs，Maps，Trees，书名既然有"树"的字眼，显然"类型学"是他的理论支柱。莫莱悌发现：在近代英国文学史上，每一种类型只能领风骚二三十年，然后会逐渐被另一种新的类型取代。例如英国文学史上先有"书信小说"（epistolary novels，1760—1790），再出现"哥特小说"（Gothic novels，1790—1815），然后是"历史小说"（historical novels，1815—1840s）。这种起伏的现象，他称之为"波浪"。他列了一个 1740—1900 年的小说类型流行榜，竟然有四十多种文类，而 1850 年后的流行文类至少也有二十多种，可惜的是 19 世纪 90 年代至 20 世纪 20 年代最流行的两种类型——侦探小说和科学小说，却没有包括在他的图表之内，需要将来另行处理。而这两个类型，恰恰也是晚清最流行的新类型。

然而，我认为他的方法还是不够用，因为它无法解释文学翻译的流动过程，更难梳理跨文化和跨语言的文学"构词形态"，连最细致的文学技巧也可能在翻译的过程中变了质。我认为晚清文学的跨文化研究（翻译乃其大宗）必须要考虑"接枝学"，也就是研究一棵外国的树如何在移植到中土后所产生的变化，其枝叶之间的分歧和接合（也就是莫莱悌所谓的"diversity"和"convergence"）最难处理，莫氏的理论支柱虽然是类型，但他的方法绝对是从技巧的细节，也就是"device"做起，二者之间的互动和吊诡才是他的方法的原动力。

下面是我参照莫莱悌理论所做的一系列初步探讨的研究报告（而非定论）。兹先从晚清翻译的类型谈起。

二、晚清翻译小说的类型问题

晚清小说和翻译最明显的一个现象，就是"栏目"分类繁多。开创者是梁启超，他早在《清议报》第一号（1898）就开辟了"政治小说"的栏目，将之独立出来，并规定栏目之下必须刊载的小说类型。❶ 这种考虑显然和小说形式的成规无关，而是要突显新的内容和主题。从此之后，各报纸杂志竞相模仿，栏目也越来越多，翻译和创作皆然。梁氏主编的《新小说》就列有外交、写情、历史、侦探、语怪、社会、冒险、答记、科学、政治、奇情、哲理、冒险、法律等 14 种，内中又以侦探小说最多（5），写／奇情（3）、历史（3）和答记（3）居次，政治小说只有两种，与社会和冒险小说相同。稍后出版的《绣像小说》（1903—1906），栏目较少，除了政治与科学小说以外，还加上军事、实业、教育和迷信四类，有的翻译小说，如《汗漫游》《梦游二十一世纪》等，并没有加上栏目。到了《月月小说》（1906—1909），栏目就多了，新的栏目包括警世、虚无党、国民、家庭、寓言、苦情、侠情、滑稽诙谐等，连短篇小说也算是一个栏目，由此可见该杂志揭橥短篇的形式，在文体上有开创作用。《小说林》（1904—1907）与之相仿，但栏目没有《月月小说》多；《新新小说》（1909—1911）则加上了心理小说、

---

❶ 阚文文：《晚清报刊上的翻译小说》，济南：齐鲁书社，2013 年，第 166—167 页。

战争小说、怪异小说和侠客谈。如果把同时期和民国初年其他报刊合在一起，则栏目更多。

据学者于润琦的统计，自 1872 年第一篇英人小说被介绍到中土，到五四前夕，共出现短篇小说近两万种，其中译作约有三千二百种，他主编的《清末民初小说书系》收集了短篇小说八百余篇，共分社会、侦探、武侠、爱国、笑话、家庭、警世、言情、科学、伦理十类。其实当年的小说门类有二百多种，除了上列之外，尚有教育、纪实、法律、广告、商业、历史、迷信、虚无党、拆白党小说等二百多种之多。❶内中当然是创作居大多数，但也不能排除意译和改写的作品。中国学者阚文文在近著《晚清报刊上的翻译小说》中将八大报刊各种小说数量统计比较，发现侦探小说（102 种）最多，占 39%，言情小说 60 种，占 22%，政治小说 24 种，占 9%，科学小说 20 种，占 7%，其他各类共 61 种，占 23%。我个人根据一本民初的杂志——《小说大观》（1915—1917）——一年的目录（1914）大约统计，小说种类计有 30 种，内中侦探小说和言情小说所占的比例最多。

我们如何解释这个现象？新栏目是否代表新的小说类型？中国传统小说大多被列入"笔记"或"杂说"，很少单独分类，惯用的不过是后人加上去的名称，如演义、警世（来自"三言二拍"）、香艳、武侠等。清末小说的新栏目本来为的是揭橥新的题材，如梁启超提倡的"政治小说"，但不到数年就出现这么多类别栏目，显然是为了迎合新的形势：一方面小说成了独立的文类，另一方面西方小说被大量引介进来，数目也极惊人，如何让读者分辨这些小说，也需要"巧立名

---

❶ 于润琦：《我国清末民初的短篇小说（代序）》，见于润琦主编：《清末民初小说书系：言情卷》上册，北京：中国文联出版社，1997 年，第 1—2 页。

目"。我对于这个现象的初步解释是，新的栏目也表现了一种文类的危机：中国传统小说的叙事模式已经无法容纳这么多新的事物了——不只事物，还有新的人物、名词、声光化电的新发明、船坚炮利的技术，以及来自异国的风土人情和习惯。这些东西都在短短的十几年间涌入晚清小说的版图之中。在翻译作品中，最新奇的"舶来品"有两样：科学和侦探。前者是前所未闻，从气球、飞船到潜艇、电光武器，从地底旅行到外星探险，这些作品扩展了中国人的想象视野。而后者则创造了一个新的典型——以福尔摩斯为代表的理性主体，其是社会上的新产物，和官场无关，所以并非包公案或狄公案之类人物的连续。而异国的风土人情和风俗习惯，则借着另一个小说类型传到中土——言情小说。除此之外，西洋的历史和地理也由另一种通俗类型——历史演义——转介过来。

就整个晚清文学的翻译产量而言，最多的是英国作家的作品，特别是维多利亚女皇时代（1837—1901）。所以研究翻译小说也脱离不了这个时代和稍后的英国小说，特别是通俗小说，其产量更为惊人。一位当代英国学者路易斯·詹姆斯（Louis James）引用了各种估计数字：在 1835—1900 年这段时期，小说总产量高达六万种，计有 900 位小说家。❶ 他自己在书中研究的关键性作家有 44 位，而小说类型也有四十多种。这统计数字并非绝对精确，但都显示了一个大的趋势：小说产量之多，令人咋舌！

19 世纪到 20 世纪初的英国，各种类型小说也大行其道。莫莱悌

---

❶ Louis James, *The Victorian Novel*（Oxford：Blackwell Publishing, 2006）. 1900 年时段，流行的类型至少有二十多种，其时间较久的有：家庭、煽情、幻想、帝国传奇（imperial romance）、侵略（invasion）、乌托邦、幼儿园（nursery）、帝国哥特（imperial Gothic）、自然主义等。

在书中列了一个表：在 1740—1900 年，有 44 种小说类型出现，但不是同时出现，而是周期性的。❶我从表中发现：约自 1850 至 1890 年左右开始最流行的侦探和科学小说没有计算在内。为什么在同一时期有这么多类型涌现？而更早时期却非如此？莫莱惕没有解答。也许原因很明显：18 世纪中叶以前小说并不发达，主要的文类是历史"传奇"（romance）。而小说的兴起，又和中产阶级的兴起有关，19 世纪英国小说的主要类型应该是"家庭小说"（domestic fiction）和发生在家庭中的"耸动小说"（sensation novel）。

晚清的译者并没有照抄上面所列的流行名目。他们"巧立名目"的背后原因可能已有一个商业目的：开辟新的市场，引起读者的好奇，而这种好奇心的历史背景则是清廷不得不推动的"新政"和由此而带动的"新学"和"新知"，如何从西洋小说中取得"新知"变成了一个冠冕堂皇的推销手段。然而小说这个文类本来就是通俗文学，在中国传统根深蒂固，即使林纾将狄更斯和司各特与韩愈和司马迁相比，一般读者还是倾向于从中取得乐趣——一种好奇心驱使下的阅读兴趣。这个文化背景，也为我的研究预设了一个大前提：单独文本的分析显然不足，因为见树不见林，而这个通俗小说之"林"却是由几棵大树（小说类型）构成的。现在已被公认为经典的作品，可以作单独文本细读来分析其文学价值，但了解一个时代的文学现象和文化知识，就需要另辟蹊径了。我的方法是从小说类型开始。在晚清最受欢迎的通俗小说大抵属于侦探和言情两大类。阿英文文根据晚清八大报刊的资料仔细调查研究，提出下列数量的比例：侦探小说：39%，言情小说：

---

❶ Franco Moretti, *Graphs*, *Maps*, *Trees*：*Abstract Models for Literary History*, p.19.

22%，政治小说：9%，科学小说：7%，其他：23%。❶ 我认为"其他"项目中的大宗是历史传奇小说。

研究晚清翻译小说，我认为必须从这几个大类型出发。关于侦探小说，我曾做过多次学术演讲，讨论"福尔摩斯在中国"，❷ 但内容不够全面，需要以后补足。而科学小说方面，我与日本学者桥本悟合写了一篇文章，讨论一个晚清科幻小说的文本《梦游二十一世纪》，显然也需要扩大至其他文本，才能梳理出一个脉络。❸ 本文只讨论言情小说。我思考问题的出发点是：言情小说一向是中国传统通俗小说的大宗，才子佳人式的小说比比皆是，为什么还需要巧立新的栏目，诸如言情、写情、奇情、哀情、苦情、艳情，应有尽有？这些栏目在英国小说中有无"他山之石"可以用来做比较？

三、英国著名小说家的名单

且让我先提出几个英国作家的名单。《月月小说》在 1906 年 11 月出版的第三号，列出一个"英国近三十年中最著名之大小说家"名单，并附有他们的中文译名❹，总共 23 位，排名是"以社会欢迎之多寡为次序"：

　　**Charles Dickens

　　W. M. Thackeray

---

❶ 阚文文：《晚清报刊上的翻译小说》，济南：齐鲁书社，2013 年，第 179 页。

❷ 李欧梵：《福尔摩斯在中国》，《当代作家评论》2004 年第 2 期，第 8—15 页。

❸ 李欧梵、桥本悟：《从一本小说看世界：〈梦游二十一世纪〉的意义》，《清华中文学报》（台湾新竹）第十二期（2014 年 12 月），第 7—43 页。

❹ 下表仅列出英文名。——编者注

Hall Caine

*Miss Marie Corelli

**Walter Scott

*Bulwer-Lytton

Rudyard Kipling

J. M. Barrie

Mrs. Humphrey Ward

**Robert Louis Stevenson

***Arthur Conan Doyle

*Stanley Weyman

*Charlotte Bronte

Anthony Trollope

I. Zangwill

**Mrs. Henry Wood

*Charles Reade

*Charles Kingsley

Henry James

George Meredith

Thomas Hardy

*Mrs. Braddon

*E. F. Benson❶

---

❶ * 表示至 1920 年为止，至少有一本中文翻译，包括意译和改写；** 表示数量在两本以上；*** 表示数量在十本以上；其他尚在查询中。

这个名单可能是中国最早的英国小说家名单，之前当然有单人照片和介绍，但没有长名单。有了这个名单，至少当时的文人和译者得以管窥英国文学的全貌，虽然它依然简陋，但至少为当时的"译家"提供了一份参考资料，以后可以按着这个名单去找寻这些作家的作品，译成中文，以飨读者。这个名单的来源未详，可能抄自伦敦的一个杂志，也可能来自上海的一份英文报刊（它转录了伦敦的杂志消息），因为《月月小说》的编者有一个附注："编者与上海益闻汇报（*Social Shanghai*）之主编 Mrs. S. H. Sharrock 周旋，故大抵以欧美丛报为模范。"如此推想，这类英文杂志绝非精英刊物，所列的"受社会欢迎"的作家必与作家本人的知名度和作品的销量有关。此中不乏现在已经被公认为经典的作家，如领衔的 Dickens 和 Thackeray，其他如 Scott、Kipling、Barrie、Stevenson、Bronte、Trollope、Hardy 等人，在文学史上依然有其地位。侦探小说大师 Conan Doyle 自不待言，他可能是晚清最受欢迎的英国作家。至于 Bulwer-Lytton，经韩南教授考证，他的小说 *Night and Morning* 就是中国第一部翻译的英国小说，早在 1873—1875 年就在《瀛寰琐记》连载，名曰《昕夕闲谈》。❶ 更引起我的研究兴趣的是几位如今不见经传的作家名字，如 Hall Caine、Marie Corelli、Mrs. Humphrey Ward、Stanley Weyman、I. Zangwill、Mrs. Henry Wood（Ellen Wood）、Charles Reade、Mrs.（Mary Elizabeth）Braddon 等人，这些作家是何许人也？我从来没有听过。从一个当代英国文学研究的精英角度而言，最出奇的是内中至少有两位今日被视为最有文学价值的作家——George Eliot 和 Henry James，其经典作品（如

---

❶ 韩南（Patrick Hanan）著，叶隽译：《谈第一部汉译小说》，《文学评论》2001 年第 3 期，第 132—142 页。

Eliot 的 *Middlemarch* 和 James 的 *The Portrait of a Lady*）在晚清民初无人问津，没有任何中文译本。《月月小说》在 1906 年的第四号又刊出两组英国现代小说家的照片（后一组被误认为美国作家），总共 16 位，清一色的男作家名列于后：

Anthony Hope

***Sir A. Conan Doyle

Hall Caine

***H. Rider Haggard

I. Zangwill

*E. F. Benson

Max Pemberton

*Andrew Lang

Edmund Goose

Owen Seaman

T. Quiler-Couch

Ian Maclaren

Percy White

*H. G. Wells

Rudyard Kipling

*Stanley J. Weyman

照片可能来自英国的杂志。名单上多了几个现在仍然知名的作家，如 Edmund Goose 和 H. G. Wells（以科幻小说知名），还有一位

Rider Haggard 则是林纾翻译最多的作家，此时已经名扬中土，《月月小说》的第一期（1906）就刊登了他的照片。其他人物如 Zangwill、Benson、Pemberton、Seaman、Quiler-Couch、Maclaren（John Watson 的笔名）、White、Weyman 等人，今日皆属冷门，除了专家学者外，恐怕一般读者都不知道。然而当年皆是知名畅销作家。这些人物加在一起，总数超过三十，而且雅俗兼顾，经典和通俗作家并列，这并不出奇。维多利亚时代的小说家车载斗量，在千人以上，而通俗性的杂志甚多，不少畅销作品都是先在杂志连载，然后出版价钱便宜的版本，当年流行的是长篇小说，以"三卷"（three-decker）的形式装订在一起，后来改为更便宜的纸面小型本。虽然我们尚未找到足够证据，但相信有不少此类便宜版本和通俗杂志很可能流传到上海。我找到的一个间接证据是稍后（1906—1907）《月月小说》刊出另外一个名单，这是一个"译书交通公会"的三篇报告。这个"公会"由周桂笙倡导，成立的目的就是把会员所翻译或待译的小说书目先列出来，而且"将次出版，海内译家幸勿复译"，换言之，也就是译者的版权。显然侦探小说占了大多数，可见当时翻译此类小说颇有市场，而"译家"变成了一个半职业的团体，这可能也是中国文学史上的第一次。可惜成立之后不到两年就停办了。❶

这个书单较长，现照抄部分如下：

Stolen Souls（William Le Queux）
Confessions of a Ladies' Man （William Le Queux）
The Mystery Men（Walter Hawes）

---

❶ 阚文文：《晚清报刊上的翻译小说》，第 150—151 页。

M.R.C.S.（B. Delannoy）

Nineteen Thousand Pounds（B. Delannoy）

The Sorceress of the Strand（L. T. Meade）

Scoundrels and Co.（C. Kernahan）

A Modern Wizard（R. Ottolengni）**❶**

In the Depths〔苏婉夫人著（Mrs. Southworth），为新会陈鸿璧女士所译，版权已归月月小说社〕

A Strange Disappearance（A. K. Green）

The Lost Witness（L. L. Lynch）

Sanctuary Club（L. T. Meade）

Pauline（Alexander Dumas）

A Race with the Sun（L.T.Meade）

Robin Hood the Outlaw（A Novel of Alexander Dumas，translated into English by Alfred Allinson；《大侠盗邯洛屏》，〔法〕杜末原著，〔英〕合立森初译）

The Goddess（Ronald March）

The Hunchback of West Mingtes（Wm. Le Queux）

Dead Men Tell No Tales（E. W. Homung）

A Moment's Error（A. W. Marchmont）

Caught in the Net（Emil Gaboriau）

The Champdoce Mystery（Emil Gaboriau）

---

❶ 以上书单见《月月小说》，No.2（1906）。

Marina（L. L. Lynch）**❶**

这个书单和上面的两个名单虽然登在同一个杂志上，但作家、作品和品位显然不同。这个书单所列的几乎十分之九的作品都是通俗侦探小说，然而内中柯南·道尔的作品不见了，可能早已被译完或被其他译家霸占，反而充斥了其他二流侦探作家的作品，有的还不止一本，如 Le Queux、Delannoy、Lynch、Meade、Gaboriau。Meade 竟 然 有三部小说已译或待译：*The Sorceress of the Strand*，*Sanctuary Club*，A *Race with the Sun*（此书莫莱悌也提过，认为他的手法笨拙之极**❷**）。内中还有一本法国作家大仲马写的历史传奇 *Robin Hood the Outlaw*，乃是从英译本转译，也算在里面。我们如何解释？显然侦探小说是晚清翻译小说中最受欢迎的类型，市场潜力极大，甚至连翻译者都要组织一个保障利益的"侦探俱乐部"。它似乎也显示：不同文类的作品"物以类聚"，自成一个世界。前面两个名单所列的三十多位作家中，除了柯南·道尔之外，没有一个侦探作家上榜。证明这位福尔摩斯探案的作者绝对出类拔萃，作品盛行不衰，享誉至今，而其他侦探作家早已烟消云散了。

然而前两个名单中至少也有一半作家失传。他们在维多利亚时代反而享有盛名，我初步研究发现，原来大多数都属于广义的言情小说作家，女性作家尤其如此。为了比较起见，我再提出第四个名单。这个名单来自一本研究英国小说在印度的学术专著 *In Another Country*，作者 Priya Joshi 原籍也是印度，她根据印度大城市的公共图书馆借书

---

❶ 以上书单见《月月小说》，No.3（1906）。
❷ Franco Moretti, *Graphs, Maps, Trees: Abstract Models for Literary History*, p.72.

的资料统计，也列了几个名单，我只引用一种。 ❶

Daniel Defoe

Jonathan Swift

Charles Dickens

Benjamin Disraeli

Edward Bulwer-Lytton

Sir Walter Scott

Sir Arthur Conan Doyle

Sir Rider Haggard

George Eliot

Robert Louis Stevenson

Wilkie Collins

Marie Corelli

George Reynolds

Marion Crawford

Charles Garvice

Charles Kingsley

Mary Elizabeth Braddon

Charles Reade

William Ainsworth

---

❶ Priya Joshi, *In Another Country*: *Colonialism, Culture, and the English Novel in India*（New York: Columbia University Press, 2002）, pp. 64–65.

Philip Meadows Taylor

Captain Frederick Marryat

G. P. R. James

Charles Lever

此一名单中不少作家和上列的中国名单雷同，只有少数作家没有出现过。第一部分列的皆是知名作家，第二部分所列的有些名字也出现在《月月小说》刊载的名单之中，如 Charles Reade，Marie Corelli，Mary Elizabeth Braddon。还有几位，如 George Reynolds（可能是在印度最受欢迎的英国小说家），Marion Crawford，Charles Garvice，William Ainsworth，Philip Taylor，Frederick Marrayat，G.P.R.James，Charles Lever 没有出现在《月月小说》的名单中，还有 Joshi 在书中再三提到的 Corelli，也就是《月月小说》名单中的"高兰丽女史"，也引起我的注意。

然而找寻这类作家的翻译资料，实在困难重重，主要的原因是当年的译者往往不注明作者英文姓名，我们必须从中文译名的读音去猜测，犹如瞎人摸象，这是一个吃力而不讨好的笨拙方法，但别无他途。好在樽本教授为我们做了奠基工作，他独家刊印的《新编清末民初小说目录》和《清末民初小说年表》至今依然是最全面也最有权威性的目录。最近樽本教授公布的《清末民初小说目录 X》电子版，更是吸纳了学界关于晚清翻译小说的最新考证成果。从这些名单和书目中，我选了和此次会议主题——"情生驿动"——密切相关的作家，并从可以找到的中译本中窥测这类作品的"原型"和其转"驿"到中文语境后的情况。基线当然是"言情小说"。现在经由我的研究助手崔文东博士的努力，得以把五位相关作家（Mrs. Henry Wood, Elizabeth Braddon, Marie Corelli, Wilkie Collins, Charles Garvice）的作品译本列出一个清单。

四、情生驿动：英国言情小说的翻译取向

维多利亚和晚清小说有一个基本共通点，就是特重家庭的普遍的价值观，如用英国的类型分类，就是家庭小说。然而这个主要类型之中，也有各种不同的"次文类"，最醒目的是所谓耸动小说。现在我就从这个"原型"出发，作初步的比较探讨。

在19世纪的英国文化中，"domesticity"是一个很重要的道德观念，所谓"home and hearth"（家庭与火炉，比喻家庭温暖）。维多利亚时代的社会支柱逐渐从贵族转为中产阶级，而中产家庭的单位是夫妇和子女，并非中国的五代同堂。因此促成家庭价值的原动力是婚姻和恋爱（"heart"这个英文字只较"hearth"少一个字母），"感情"的重要性逐渐取代了18世纪的家产和遗产，然而后者的阴影仍然遗留在小说情节之中，变成了一个"次主题"。这个学界公认的常识，对晚清翻译小说产生巨大的吸引作用，因为它表面上符合中国儒家传统重视家庭（"治国必先齐家"）的道德模式。与此密切相关的主题是女性在这个爱情、婚姻、家庭以及阶级背景中所扮演的主要角色，这是最近英美研究维多利亚文学的学者最关心的问题。19世纪的下半叶，英国的女作家愈来愈多，上面列的名单已见端倪。我最有兴趣的是：中国的译者和读者如何接受这个维多利亚小说的主题（家庭、婚姻）和变奏（女性自觉和自主）。

在维多利亚小说中，这两种不同女性造型，其张力构成了家庭小说的主旋律。我选的五位作家中有三位女作家，Marie Corelli，Mrs. Henry（Ellen）Wood 和 Elizabeth Braddon——皆是所谓耸动小说的能手。美国著名的女性主义学者 Elaine Showalter 在其开山名著 *A Literature of Their Own*（《她们自己的文学》）中，特辟专章（第六章）讨论这个言情小说的类型如何颠覆早期英国小说中以家庭为主轴的保守观念。她指出：在 19 世纪 60 年代涌起的第三代女作家中，领衔人物就是 Braddon，她们率先占领出版界，接掌几个通俗杂志，成为发表她们自己作品和其他作家作品的园地，然后极力写作以妇女读者为对象的小说，内中的另一个健将就是 Wood（晚清译者把她的姓名译作亨利·瓦特夫人），后来还有 Ouida，Florence Marryat，Charlotte Riddle，Rhoda Broughton，以及稍后的 Corelli。她们不但挑战上一代英国女作家（如奥斯汀）的观念——妇女一切以婚姻为目标，以嫁给门当户对或阶级更高的丈夫并得到财产保障为荣；而且颠覆男作家心目中的妇女形象——以妇女的贞洁和服从为美德。她们写出了"女性的愤怒、忧闷和性的精力"，流露的是妇女本身的欲望和浪漫的幻想。❶ 被公认为耸动小说的最佳代表作就是 Braddon 的 *Lady Audley's Secret*（《奥德丽夫人的秘密》，1861—1862）。虽然后世学者界定耸动小说的第一个文本是 Wilkie Collins 的 *Woman in White*（《白衣女郎》，1860），故事情节集煽情与侦探于一炉，但这位男性作者书中表露出对女性作者的态度依然保守。

英国耸动小说的潮流当然引起了我的好奇心：到底这些女性作

❶　Elaine Showalter, *A Literature of Their Own: British Women Novelists from Bronte to Lessing*（Princeton, N.J.: Princeton Univ. Press, 1977）, pp. 154–160.

家的作品在当时的中国是否有人介绍或翻译？以晚清的文化心态而言，这类以女性为主的"耸动"题材是否可以接受？然而 Braddon，Wood，Corelli 的大名赫然在第一个名单之中。此外尚有 Charlotte Bronte 和 Mrs. Humphrey Ward，后者作品的主题是宗教信仰，作品不多；前者的名著《简·爱》如今尽人皆知，它叙述主人公简·爱的成长和教育过程，后来到一个庄园做教师，最终和这个庄园的主人——一个年纪较大、地位比她高而有资产的男人结婚了。然而故事中有一个很突出的细节：阁楼上藏着一个疯女人，她原来是男主人翁的妻子，所以严格来说他犯了重婚罪。这一个细节也可以算是耸动小说的端倪，难怪变成了另一本女性主义的学术名著的书名（Sandra Gilbert and Susan Gubar, *The Madwoman in the Attic*: *The Woman Writer and the Nineteen-Century Literary Imagination*，1979）。至于 Wilkie Collins，他的名字只出现在印度名单之中，并没有被列入《月月小说》的名单。❶

最近两位华文女性学者——黄雪蕾和潘少瑜——不约而同地关注一个文本：Helen Wood 的 *East Lynne*❷，她们的研究也带动了我的兴趣。原来 *East Lynne* 在维多利亚文学史上也占有相当重要的地位，被视为耸动小说的"巨作"（最近的纸面复印版有七百页厚）❸，而且影响深

---

❶ 崔文东却从樽本的书目中找出两本他的其他著作的中译本。

❷ 黄雪蕾：《跨文化行旅，跨媒介翻译：从〈林恩东镇〉（*East Lynne*）到〈空谷兰〉，1861—1935》，《清华中文学报》（台湾新竹）第七期（2013 年 12 月），第 117—156 页；潘少瑜：《从言情走向教育：〈空谷兰〉的欧亚文学系谱与译写策略》，2013"中研院"明清研究国际学术研讨会会议论文（2013 年 12 月 5—6 日）。

❸ Ellen Wood, *East Lynne*, edited by Andrew Maunder（Peterborough, Ontario, Canada: Broadview Press, 2000）.

远，受到英美女性学者的注意和各种诠释。❶

这个文本的"跨文化"旅行却有一段不寻常的历史。中文本《空谷兰》（1908）一向被视为 East Lynne 的中译本，由包天笑根据日本作家黑岩泪香的《野之花》转译。直到最近才有一位旅美日本学者斋藤悟证明：黑岩根据的原本不是 Ellen Wood 的 East Lynne，而是另一位女作家 Bertha Clay 的 A Woman's Error。黑岩泪香是否读过 East Lynne？或者他只看过 Clay 的小说？显然 Clay 刻意模仿 Wood 小说的情节。潘少瑜已经指出：Clay 小说中的女主角温顺贤惠，任劳任怨，而且教子有方，所以这本小说的意旨是从言情走向教育。然而 Wood 的 East Lynne 并非如此，它的故事情节是女主人公 Isabel Vane 先和一个正直的律师结婚生子，但又和一个登徒子发生奸情而私奔，迫得其夫与其离婚，她和登徒子生了一个孩子，但他始乱终弃，害得她流离失所，又在一次车祸中毁容，私生子也死了。后来她竟然回到前夫家里，找到了一个女管家的职位，管教她和前夫生的孩子，而未被认出。故事的结局是她向前夫坦白一切，前夫也原谅了她，但最终没有破镜重圆，她还是死了。这个故事的主线当然是女主人公的"越轨"行为，她也为此付出了巨大的代价，她是否可以得到救赎？评者早已指出，在这本小说中作者的态度也是暧昧的：她以保守的道德尺度谴责女主人翁的不道德行为，但在情节上又处处同情她的遭遇。这一个模式似乎为 Bertha Clay 的小说和黑岩的改写提供了一个原型，与后来所有的舞台和银幕改编版本一样，重心完全放在 Isabel 的受难过程：她犯的错误越严重，所受的磨难也越长越多。然而无论是受难或赎罪，这个女人是故事的

---

❶ Lyn Pykett, The "Improper" Feminine: The Women's Sensation Novel and the New Women Writing（London & New York: Routledge, 1992），pp.114–136.

中心，男人只是陪衬的角色。

我和崔文东根据樽本的《清末民初小说目录 X》，发现中土译者对于 Mrs. Henry Wood（现称 Ellen Wood）的作品并不陌生，她的作品竟然有十四五种被陆续介绍到中土。其中至少有四五种是长篇小说，如《孤露佳人》（*Trevelyn Hold*）、《贤妮小传》（*Lady Grace*）和《模范家庭》（*The Channings*）。译者多人，包括包天笑、恽铁樵、陈坚等，而恽铁樵（笔名冷风）译的占大多数。这类小说或是在《小说月报》连载，或是出单行本，列入商务印书馆的"说部丛书"之中。

至于 Braddon，她的 *Lady Audley's Secret* 如今被收入牛津大学出版社的"世界文学经典"（Oxford World Classics）系列之中，享誉之高，绝对在 Wood 和 Clay 之上。此书的女主人公是一个不纯不正的女仆，她竟然摇身一变成了女管家，并赢得她的主人——一位公爵——的喜爱而成婚，发现她不可告人的"秘密"的是受害公爵的侄儿，因此情节更复杂，耸动小说的所有元素皆在，而最后连侦探和发疯的情节也放进去了。这本小说的女主角显然较 Wood 小说中的女主角更主动，她的操守和个性直接挑战道德成规，最后虽然害人的诡计没有得逞，她的"秘密"行为也几乎颠覆了所有维多利亚女性的操守。然而她的外形并不像"尤物"（femme fatale），而是一个貌不惊人、身材短小的女人。Braddon 似乎也有意挑战《简·爱》的模范。

Braddon 的名字虽然出现在《月月小说》的第一个名单中，但屈居倒数第二。由于西方学者对她的作品如此尊重，我一直好奇，想追踪她的作品是否有中译。然而遍寻无觅处，得来却不费功夫：在樽本的目录中偶尔发现"〔英〕白来登著"的《苦海余生录》（1907），放在"警世小说"栏目之中，原来作者就是 Braddon，原著书名为

Rupert Godwin。中文译本可能是节译，值得进一步研究。另外两本书，译名皆很典雅：一本是"白来顿"著的《曲中怨》，初刊于《新闻报》（1907），译者不详。另一本是《梅花落》，包天笑译述（1908—1909 年于《时报》连载，1913 年正中书局出版单行本，1916 年五版）。两书故事相同，经过崔文东的考证，应该译自黑岩泪香的《拾小舟》（1895）一书，而英文原著则是 Braddon 的 *Diavola*（1867），故事的要素竟然也包括女子与男爵的婚恋、侄子的破坏！

不过我们还是不能忽略一个事实：Wood 和 Braddon 的经典代表作的译本在当年皆付阙如，*East Lynne* 的第一个中文译本迟至 1986 年才出版 ❶，而 *Lady Audley's Secret* 的中文译本更迟至 1993 年。❷ 原因何在？是否晚清的读者真的无法接受这种出轨女人或坏女人？中国传统小说中的女性人物是否只能做贤妻良母，从来没有出轨和情人私奔？我立刻想到明末的"三言"小说，内中不乏主体性甚强的女性，夏志清教授还特别为此写过一篇名文。❸《喻世明言》的第一篇《蒋兴哥重会珍珠衫》的女主人公三巧儿，就是一个类似 *East Lynne* 中 Isabel 的人物。晚明的文化风气本来就注重"情"，晚明戏曲和小说中描写情和欲的作品屡屡可见。从明末到清末，风气是否转向保守？有了这个先例，我们不能全然断定英国耸动小说不合中国国情的说法，还需要继续推敲下去。

这就牵涉到耸动小说的一个主要形式架构："煽情剧"（melodrama，

---

❶ 亨利·伍德夫人著，庄绎传、戴侃、苏玲译：《东林怨》，北京：文化艺术出版社，1986 年。

❷ 玛丽·伊莉莎白·布雷登著，吴岩译：《奥德利夫人的秘密》，上海：上海译文出版社，1993 年。

❸ C. T. Hsia, "Self and Society in Ming Fiction," in *The Classic Chinese Novel: A Critical Introduction*（Hong Kong: Chinese Univ. Press, reissue, 2015）, Appendix.

一译"情节剧"，我认为译名不妥）。它的来源是 18 世纪法国的一个戏剧模式，这个模式的戏剧以道德上的善恶强烈对比，带动忠奸人物的两极冲突，而导致最后的高潮。到了 19 世纪，这个模式进入小说，变成描述日常生活现实的一个方法，使得这个现实的呈现（representation）充满了戏剧性的刺激，它有喜有悲，而且更有危险。研究这个模式理论的耶鲁大学教授 Peter Brooks 特别指出：它与喜剧和悲剧不同之处在于它最终并没有让读者得到悲剧的心灵洗涤，或喜剧结局带来的新视野，它最终的解决之道还是回归原来的道德系统。❶传统煽情剧的开场必须呈现一个天真的、有美德的主角，或者说天真就是美德的主题，而剧情开展以后，身外世界的暧昧、矛盾和神秘因素逐渐侵入，构成威胁，于是主人翁面临存亡的考验。到了名小说家巴尔扎克和詹姆士（Henry James）的手里，它变成一种技巧，用来探讨更复杂的精神和心理层次。然而耸动小说的作家并不挖掘内心，而是女主角心中所藏的"秘密"，这个秘密和她不可告人的经历有关，牵涉到重婚、奸淫、犯罪、谋杀、逃亡等元素，有时更带有神秘和疯癫的成分，源自较早的"哥特"（Gothic）传统，然而故事的背景从浪漫传奇故事里的郊野古堡换到写实的家庭居屋之中，因此才有"阁楼上的疯女人"（mad woman in the attic）的比喻说法。更重要的是这个模式也和女主角追求的"主体性"密不可分。几乎所有的耸动小说的主要人物都是女性。女性在这个善恶冲突的世界中，把她压抑的感情发泄了出来，但到了最后还是不能完全僭越，于是又回归到伦理道德的成规。因此，耸动小说为女性解放开辟了一条路，但没有达到真

---

❶ Peter Brooks, *The Melodramatic Imagination*: *Balzac, Henry James, Melodrama and the Mode of Excess*（New Haven: Yale Univ. Press, 1995），pp.12–13，28–29.

正的解放。

我认为这个"煽情剧"骨干完全可以和中国文化"接枝"：善和恶可以对立，但最终解决的方式与西方不尽相同，它的结局可以惩恶扬善，但中国传统注重天理和人欲之间的调和，有"因果报应"之说。但报应也可以是一种叙事的模式，取代天理，而为人物关系（包括善恶关系）的描述添加一层"悬疑"（如公案小说和侦探小说）或戏剧性（如言情小说）。报应也是道德世界的一种动力。Priya Joshi 研究的印度读者，也喜欢看"煽情剧"式的英国小说，在印度最受欢迎的作家是 George Reynolds，他所描述的伦敦，也充满了"耸动"成分，然而依然引起印度人的共鸣，主要原因也是这小说表现的是一个"道德剧"，它"试图寻找、表述、阐明和证实一个道德世界"；可以让主人翁的品德（virtue）承受"难以忍受的折磨"，而最终才真相大白，罪恶得到惩罚，品德得到报赏。❶ 也就是中国通俗小说中所谓的"善有善报，恶有恶报"。而这个受难的主角必定是一个女人。

因此我认为英国言情小说对中国最直接的影响，就是把女性放在前台，变成主角。她的贞洁品德和受难过程，变成故事的主线。这个模式毕竟比"才子佳人"小说更进一步，因为"佳人"固然重要，也可以是心肠善良的妓女，但必须有一个才子，后者可以是善是恶，但在叙事情节中的地位往往先于佳人。西方的耸动小说，毫无疑问地加强了情节本身的戏剧性。虽然女主角的主体性被译者和读者疏忽，但是她偶尔越轨——未婚怀孕或有私生子——的情节仍然可以接受，最明显的例子是哈葛德的《迦茵小传》（*Joan Haste*），包天笑的节译本

---

❶ Priya Joshi, *In Another Country: Colonialism, Culture, and the English Novel in India*, p.84. 她引述的理论也是 Brooks 的 *The Melodramatic Imagination*。

把迦茵未婚怀孕的情节删掉了，而林纾却原文照译，没有删节。最后迦茵为了她心爱的情人亨利受奸人杀害而死的高潮，则属于"煽情剧"的情节，但也洗清了迦茵的道德污点。

中国传统小说中，男女恋爱结婚而组成小家庭的模式并非主流，西方的"重婚罪"在中国也非大过。因此才子佳人的模式可以用"一夫二妻"的方式解决，如《珍珠衫》的结局是：夫妻破镜重圆，但出了轨的妻子变成了妾，犹如 *East Lynne* 中的 Isabel 让位给她的情敌。清末民初的通俗小说，仍然保留了这个"封建"制度的余绪，使得女性的主体性无法稳定，这当然是它保守的一面。即便如此，"一夫二妻"的模式也可以变形，例如 20 世纪 40 年代末的影片《一江春水向东流》（1948）的下半部剧情，就是受难的妻子变成再婚后的放荡子丈夫家里的仆人。这个贞洁的妻子，在电影改编以后，受难的过程更长，经历了多年抗战，"国仇家恨"的因素赢得观众更多的眼泪（tear-jerker），这原是"煽情剧"的效果之一。这个故事是否也与《空谷兰》的原型有关？

因此我得到一个初步的结论（有待用多文本的比较方式继续论证）：这个维多利亚小说的言情主线被"接枝"到中土以后，其"伤感"（sentimental）的成分超过了"耸动"的成分；换言之，就是在"煽情剧"的基本构架上加上中国的家庭伦理因素。然而这个骨干本身也可以再做不少中国式的变形，使得"情"的世界无限延伸。但无论如何"变奏"，此类小说的中心——不管是在西方还是东方——都是女性。如果把这个女性主体放在一个政治和社会价值相对保守稳定的世界，如维多利亚时代，是否更显示出女性作家对这个价值系统的自觉和反叛？相比之下，晚清这十几年却是一个变乱纷争的时代，价值观也随之不停地转变，使得晚清的文人不知如何是好，他们的小说创作也充分地显示了这个"巨变"的情景：如何在这个乱世中求取一种基于"情"的道德，是吴趼人的小说《恨海》的主题。书中的男女主角已经订了婚，在拳匪之乱的逃难过程中依然严守男女授受不亲的道德规范。这和英国的耸动小说相映成趣。

通俗小说之所以"通俗"，无论中西，必然有其形式上的卖点，那就是"公式"（formula）。晚清时期的翻译小说数量可观，译者和读者也必然逐渐领悟到一个重复的公式。甚至连作家自己在作品中也难免重复公式，但又从公式中带出新意。小说类型的"公式化"也可以消耗它的原创动力，而逐渐被另一种新的类型和公式取代。莫莱悌书中的第一章，就是讨论这个问题。所以他认为通俗小说的流行周期不超过二三十年。我关心的问题是：清末民初的英国言情小说翻译热潮何时式微？何时终结？众所周知，1917年五四新文学运动兴起，带动了白话文的写作和翻译，然而除此之外，这个翻译的言情小说文类本身的变化，也值得探讨。

我和崔文东发现：清末民初翻译最多的英国言情作家是Charles Garvice。各种作品被翻译或改写成中文的竟然不下二十多种，超过第二位的Mrs. Henry Wood。网上资料显示：Garvice的作品数量，比上述的耸动小说女作家更惊人，他至少用了三个笔名，包括一个女人的名字Caroline Hart，显然走的是女性作家和作品的路线，出版了一百五十多部言情小说，英国作家Arnold Bennet称他为"英国最成功的小说家"。❶他的作品畅销全球，至1914年销量达七百万册之多，可能流传到中土的也不少。然而，当年到今日的批评家对他毫不留情，批判到底，典型的说法是：他的小说完全是一个模子出来的，"故事讲的是一个贞洁

---

❶ "Charles Garvice", Wikipedia.

女子如何克服困难而得到好结局"，一个本来就通俗的原型，也变得更俗气了。他的名字并未列入《月月小说》的名单，但却出现在印度的名单中，至今尚未有学者专门研究。我们在1906年的《绣像小说》中发现最早的Garvice 短篇译作《理想美人》，作者"葛维士"，可能就是Garvice，译者是吴椿，乃"重演"自日本学士中内蝶二的日译本。随后的译本均直接译自英文原著，主要推手是恽铁樵。恽的评价是："欧美现代小说名家最著者为柯南达利（即柯南·道尔），其次却尔司佳维。"恽铁樵翻译的《豆蔻葩》（*Just a Girl*）于1910年在《小说时报》连载。不出所料，也是一个典型的一女选择二男（一个是贵族，另一个是矿工）的故事，后被改编为默片电影。恽铁樵后来又译了《波痕荑因》，但未注原书名字。另外还有《碧血鸳鸯》《沟中金》《爱河双鸳》等多种，多刊载于《小说时报》，单行本多由商务印书馆出版。我还找到一本《柳暗花明录》，常觉、小蝶（程小蝶）与天虚我生（陈蝶仙）合译，1915年中华书局初版，1929年四版。书前有译者天虚我生的介绍词："是书原著者为英国小说家却而斯佳维，佳氏工于写情，尤善于形容社会，故大受一般人士之欢迎……兹篇结构尤细密，且复杂，而情景逼真，忽离忽合，陆放翁诗云：山重水复疑无路，柳暗花明又一村，此篇文境似之，故即以名吾书。"❶根据这个简短的介绍，似乎中土的译者对他的评价反而不低，如此吹捧，是不是为这种商品作广告？或者是它反映了一个通俗言情小说在中外市场同样畅销的共同现象：读者不费心思，不求思想提升，而仅是为了消遣，让小说的人物和情节把读者带到一个浪漫幻想的境？ Garvice自己在晚年退休后，在英国的Devon买了一块地，

---

❶ 却而斯佳维著，常觉、小蝶、天虚我生合译：《柳暗花明录》，上海：文明书局，1929年，第 1 页。

也要和他小说中的人物一样，浪漫地过着永远快乐的生活。

Garvice 的小说，只能用"通俗浪漫故事"（romance）来形容，非但人物如出一辙，故事也离不了"滥情"（sentimentality），成了一种不断复制的俗套。然而，这种俗套模式也最容易改写，译者可以"参以鄙意"作删节润饰。就以我找到的《柳暗花明录》为例，恽铁樵的译本读来顺惕典雅，比原文更有文采。譬如第一章开端，恽氏作如是译："六月之晨，晓日作金黄色，破林烟下射，丝丝如女儿之额发。时有油碧之车驾银鬃细马，穿林渡樾而前，止于红瑶村老牧师门外……"❶ 这一段全系译者信笔写景之作，原文只有半句，反而显得逊色许多："One morning in June a pony-carriage pulled up at the gate of Levondale Rectory，..."这种译法在晚清译本中常见，林纾就是此中高手。有的学者认为这是画蛇添足，或译者"一时技痒，希图呈现自己的文采"❷，我觉得有时反而添补了原著文笔的不足。恽铁樵的古文词汇远较 Garvice 的二流英文华丽，而且读来有节奏感。虽然"异国情调"在字里行间仍然隐约可寻，如"丝丝如女儿之额发"，联想到女主角的金发（Garvice 小说中不少女性都是金发女郎）。Levondale 乃地方名，译成"红瑶村"，也甚有诗意。如果我们只看译文而不看原文，会觉得这篇小说的文笔并不差，恽铁樵毕竟是一个文坛老手。

此类译文是否对于清末小说的发展毫无助益？如果译者自己也擅长写言情小说的话，这些异国元素是否会自觉或不自觉地渗入自己的创作之中而倍添新意？在这一方面，我认为周瘦鹃是最佳人选。周氏自己也是翻译老手，不但译过 Garvice，也是 Marie Corelli 作品的发掘者。

❶ 却而斯佳维著，常觉、小蝶、天虚我生合译：《柳暗花明录》，第 1 页。
❷ 阚文文：《晚清报刊上的翻译小说》，第 209 页。

她的大名在前文中我已数次提过，可以说是耸动小说的传人，在当年声名显赫，连维多利亚女王和首相 Gladstone 都是她的读者。❶ 在晚清民初，Corelli 的译作不多，周瘦鹃是少数关注她的译者。1915 年，周瘦鹃在他主编的《女子世界》杂志上为她特别写了一个"传略"，姓名从"高兰丽"改成"曼丽柯丽烈"，并称之为"近代女文豪"，以配合周氏所译的她的短篇小说《三百年前之爱情》（*The Love of Long Ago*，原名 *Old-Fashioned Fidelity*）。周氏详细列出她所有重要的著作名称，赞之为"女界中不世出之杰构"，并引英国"说者"，认为她是 George Eilot 后的第一人。❷

我读了这篇短篇小说的原文和中译，发现周瘦鹃也用了不少中国才子佳人小说的辞藻，使得原文平铺直叙的文笔生色不少。Corelli 的叙事技巧比 Garvice 成熟，她用了一个维多利亚小说的典型叙事手法"套叙"（framing）或双重叙事，就是第一个叙述者（作者本人的化身）发现另一个文本，原来是"三百年前一女郎高尚纯洁之情史，而此泪墨交融之记载，即为个（中）女郎之手，一字一句，弥复凄恻，想见其苦纱窗下、海红帘底伸纸走笔时，必有万行酸泪泻入行间，故成此伤心断肠之文……"❸ 如此栩栩如生，读者当然对之万分期待。这个古文本以第一人称叙说死者和一位贵族男子的恋情，顽艳哀感之至。Corelli 的小说自然也包含了耸动小说的神秘成分，甚至将"哥特"成分加强，让女主人和已死的未婚夫（一个保皇党的贵族）行结婚典礼！

---

❶ Clive Bloom, *Bestsellers: Popular Fiction, Since 1900*（London: Palgrave, 2002），pp.1–3, 116.

❷ 周瘦鹃译：《三百年前之爱情》，《女子世界》第六期（1915 年 7 月），第 36—37 页。特别感谢陈建华教授的协助，提供这个宝贵的资料。

❸ 周瘦鹃译：《三百年前之爱情》，第 39 页。

潘少瑜在此次会议提交的论文即以周瘦鹃的"恋尸狂"为主题，探讨他在创作中对于"情死"的执着，认为他的哀情小说的永恒主题就是男女主角受传统礼教的束缚，被困在情的僵局之中，唯有"为情而死"，才能把爱情的回忆升华到极致。❶ 也许这种死亡美学的灵感和他的翻译——特别是柯丽烈的这篇小说不无关系。本来是一种带有宗教性和神秘感的西方美学，被周瘦鹃融入中文语境后，突放异彩。他的小说为逐渐在西方式微的耸动小说模式，注入一道鸳鸯蝴蝶式的新血，使之借尸还魂。

Corelli 不能算是"恋尸"或"吸血"小说的能手，同时期的 Bram Stoker（*Dracula* 的作者）才是大师。Elaine Showalter 在 *A Literature of Their Own* 中对 Corelli 的小说有如此评价："她以女性尤物的描写奠定文学生涯，把女性的优雅和美貌，机灵和诱惑力变成一个比投票更持久的力量来源……（她）对于女性主导有一种新女性所具有的信心，认为两性之间的正当关系应该是女神和她的崇拜者。"❷ 显然这是一种女性主义的看法。周瘦鹃在他的介绍中当然无此想法，然而却十分同情女性，他把自己对一生的挚爱"紫罗兰"的怀念，化为各种"哀情"的表述，也把旧有的"言情小说"类型推到感情的极致。诚然，周氏对西洋文学的品味，并不止于英国通俗言情小说，更包括欧陆其他国家的经典，在他编辑的《欧美短篇小说集》中可以看出他雅俗兼顾的文学品味。

---

❶ 潘少瑜：《唯美·情死·恋尸：论周瘦鹃作品中的"世纪末"情调》，"情生驿动：从情的东亚现代性到文本跨语境行旅"国际学术研讨会会议论文（2016 年 12 月 22 日—23 日）。

❷ Elaine Showalter, *A Literature of Their Own: British Women Novelists from Bronte to Lessing*, p.226.

以上对几位英国通俗言情作家和作品的初步研究报告，只能到此为止，也许可以做今后学者继续研究的参考。大体而言，此一时期的言情小说翻译，比起传统"才子佳人"的作品，无论内容或形式都更迈进了一步。然而它发展仅十年（1905—1915）左右，却有衰落的迹象，非但创作的作品书目在1907年后逐渐超过了翻译，而且民国成立以后，新思潮风起云涌，五四新文学、新文化运动（1917—1923）的光环逐渐掩盖了这些作品。新文学作品非但以白话写作，而且完全扬弃了小说类型的分类栏目，从此以后，只有在鸳鸯蝴蝶派的杂志上偶尔出现"言情"字样。更值得注意的是：新文学阵营的翻译家，在选材上和晚清文人也有所不同，更具写实主义风格的西洋作品占了上风，当年的畅销作家则销声匿迹。这是文学史上的另一章，也超出我研究的范围。

由于时间所限，我在此仅提供了一个"雏形"。如果继续研究下去，则尚有几位畅销言情作家可以考虑在内：Marion Crawford、George Reynolds（在印度最受欢迎、作品翻译最多的作家）、Bertha Clay、Charles Reade、Ouida（Marie Louise de la Ramee）、Wilkie Collins，甚至Dickens和Haggard的部分作品，皆可以列入。

关于此类小说形式上的特色，有待进一步研究，此处提出几点看法，作为将来写作本文"后续"时的大纲：

1. 言情小说最主要的特色，如前所述，是女主角和女性人物在故事中的重要分量。我们可以想象当时的译者——大多属于半新半旧的文人——读时的感受。虽然这类小说的女主角正面人物居多，然而她们在感情上受尽折磨，历经各种人生的苦难，可能比中国小说中的女性犹有过之。英国耸动小说的原型中的女性主体虽然没有完全体现，然而我觉得它的感情浓度和深度还是感染了中土的作家。由此而衍生出缠绵悱恻的悲剧结局，而不全是"大团圆"。

2. 女性角色的偏重，也带动了第一人称叙述的逐渐增多，❶人物的心理描写和思维活动，有时候从大量的富丽辞藻中渗透而出。

3. 故事的场景变得更新颖，贯穿在此类小说中的英国城市和田园美景，极具吸引力，也构成一种挑战。从林纾开始，就对原文啰嗦的写景文字多有删节。然而有时换以典雅文言之后，反而比原文更出色。由于内容的新奇，译者也势必偏离"章回小说"的俗套安排。

4. 外国小说中的对话更多，叙述的模式也较传统中国小说更复杂，如"套叙"和"倒叙"，中土译者势必将之融入通畅文笔之中，或用"曰"或"道"字，或干脆变成"间接自由体"（free indirect style）。无形之中，到了五四时期——也许是受了白话文运动的影响，这种文言的译文的"白话"味道也增强了。

5. 因为大多译本是意译或译述，原文篇幅的长度也大受简缩，以至于短篇（本来是个单独的类型）和长篇的形式没有太大区别，较长的在杂志连载不完，后来收在商务印书馆的说部丛书或由中华书局出版单行本。这种丛书式的编排，更是雅俗不分。说部丛书出版了四集，共四五百册，除去重复再版，至少也有二百多册。借一套丛书阅读的经验，当然和文本细读迥异，即使从广告推测，此种卖书方式也在鼓

---

❶ 阿英文：《晚清报刊上的翻译小说》，第210—211页。

励长短不分、雅俗同堂式的杂览。❶

五、"言情之树"

讨论到此，我们必须回到本文开头引述的莫莱悌理论。他研究的小说类型的重心，不在个别文本的内容或主题，而在于整个文学类型的兴衰，与其形式上的共同特色。莫莱悌以侦探小说为例，画了一棵侦探小说流行之"树"：他以最基本的技巧细节——故事中的"线索"（clue）为基点，发现柯南·道尔在他的福尔摩斯探案中首创这个"伎俩"（device）作为卖点，得到读者欢迎，于是其他侦探作家也竞相模仿，但是用得很笨拙，因此逐渐受到淘汰，最后连柯南·道尔自己也不用了，但此时他的小说已经在《海滨杂志》唯我独尊。❷莫莱悌为这个现象画了一棵"树"，作为 19 世纪末英国侦探小说发展的总结。我们是否可以依样画葫芦为晚清民初翻译的言情小说画一棵"言情之树"？如何画法？

---

❶ 此处只举一例，饶有风趣，也和本文的主题有关：民国初年的杂志《中华小说界》，由中华书局出版，号称每月一册，售价每册二角。其中一份广告列出四部小说，似乎创作和翻译兼具，但没有注明，三篇是言情小说：1.《情铁》（"此书是林琴南先生最近之作。叙一贵女被其夫所弃，虽愤而与工业家结婚，而爱情不属。后卒与工业家离婚。情节非常巧妙。"）；2.《情竞》（"书载一贵族男子订婚后，禁止其未婚妻与外家交往。其妻任傲成性，不受束缚，后经种种波折，始得重圆。"）；3.《庐山花》（"书叙一少女改扮男装，途遇少年教之同居，而此少年始终不知其为女子……"）。第四部是一本社会小说，只有一册（其他三部则各二册）书名《心狱》〔"内容叙少女被诱于贵族，致终身堕落，陷于法网。后适贵族裁判其狱，为之婉转乞恕……此书本为欧洲著名小说（原名《复活》），经马君武先生手译，可谓珠联璧合。"〕

❷ Franco Moretti, *Graphs*, *Maps*, *Trees*: *Abstract Models for Literary History*, p.73.

莫莱悌在他的书中画了另一个图表，显示英国女性作家在1810—1817年间最得势，但后来情况逐渐改变，男性作家于1829年以后开始超过女性作家的受欢迎度，然而他的表只到1829年，没有顾及19世纪70年代涌起的女作家。此后的情况可能女作家的作品销量再度提升，至少和男作家分庭抗礼。这个状况本身，对当时的晚清译者和读者都是一种启示：女性作家不但可以写作成名，而且她们所写的女性人物似乎更出色。陈建华在研究中指出：民国初年不但出现了像《妇女时报》《女子世界》之类的杂志，而且出现了编者和作者皆是女性的刊物！这一个风气的创立，应该和"言情之树"连在一起。

莫莱悌从达尔文的生物进化理论得到灵感，画了好几棵树，从语言、人种，到小说类型和类型中的技巧，最后归结到一个模式：进化的规律是"合久必分，分久必合"（divergence-convergence）。

然而物种生命演变之树和人类文化及知识之树不同，前者的枝叶愈来愈分歧，没有接连，后者则错综相连，有分歧也有整合。用在文学的类型上，跨文化之间的"接枝"现象当然更为普遍。我想要画的是一棵"跨文化"的言情小说之树，应该如何画法？

这棵树的主干应该是"阴性"的，换言之，它生出各种枝叶（文本），枝叶的颜色各异：女性较主动的作品可以用深绿，女性较被动的作品用浅绿，各自枝叶繁茂。然而接枝现象必然发生：枝叶也各有变形，衍生出错综相连的新枝叶。这棵树本身在英国是一个样子，但移植到中土又变成另一棵树，枝叶迥异，有的逐渐凋零式微，有的却变得光彩夺人，欣欣向荣……不过，到目前为止，我还不能——也不敢——把它画出来，因为我掌握的资源和材料还不够充分。

从一本小说看世界：《梦游二十一世纪》的意义 ❶

一、前言

　　1903年《绣像小说》杂志连载一部被称为"科学小说"的中译本：《梦游二十一世纪》，作者笔名为"达爱斯克洛提斯"，乃Dr. Dioscrides 的音译，译者是杨德森。此书同年由商务印书馆出版，被列入"说部丛书"初集第三编，十年后（1913）该书已经出了六版，可见当时颇受欢迎，然而在晚清知识分子群中似乎没有引起太大反响，至今研究晚清的学者对此书也不大重视，仅仅将其与晚清的大量科幻小说放在一起。唯有英国学者卜立德（David Pollard）在一篇论文中率先提到此书的价值，认为"此作业未以小说自居，实则是对二十一世纪未来世界的联翩浮想"，而且"译文（原文以文言文翻译）中译注既长且多，殊属难能可贵"。❷但卜立德仅从中译本而立论，并未仔细分析原文内容，也未找到原著和其他英、日译本作比较。

---

❶ 此文与哈佛大学博士候选人桥本悟合作。

❷ 〔英〕卜立德（David Pollard）：《凡尔纳、科幻小说及其他》，收入王宏志编：《翻译与创作——中国近代翻译小说论》，北京：北京大学出版社，2000年，第119—120页；英文版：David Pollard , " Jules Verne Science fiction and Related Matters," in David Pollard, ed., *Translation and Creation: Readings of Western Literature in Early Modern China, 1840–1918* (Hong Kong: Chinese University of Hong Kong, 1998), pp.177–207.

多年前我翻阅《绣像小说》杂志时，第一次读到这本《梦游二十一世纪》，为其题目所吸引，我读后觉得这个"科幻"故事相当不俗，于是向哈佛的同事，也是著名的汉学家伊德玛（Wilt Idema）请教。他是荷兰人，而且早已知道这本荷文名著，根据他提供的资料，作者哈亭（Pieter Harting）是荷兰的一位科学家，对于各种科学领域，如生物、医学和地质学等皆甚精通。他生前颇有名气，并曾于1873年书写自传，1961年由乌得勒支（Utrecht）大学博物馆出版。他也是一个达尔文主义的信徒，在荷兰推广达尔文（Charles Robert Darwin）的学说，并且对于科学的普及致力甚勤。哈亭于1865年写了这本小说，原名是 *Anno Domini 2065: een blik in de toekomst*（《纪元后2065：将来的一瞥》），1870年再版时又改名为 *AD2070*，次年由英国人 Alex V. W. Bikkers 译成英文，名叫 *Anno Domini 2071*，《梦游二十一世纪》就是这个英译本的中译，至今似乎也只有这一种中译本。❶

原著的两个版本皆有日译本，而且第一本早在1868年，即明治元年，便已译成，直接译自荷兰文，日译者近藤真琴。该书书面注明印刷于明治十一年（1878），书名叫《新未来记》；而另一种日译本则出版于1874年，译者是上条信次，由英译本翻译为日文，名曰《开化进

---

❶ 据吴佩珍教授提供的日文资料，还有一本译自日文版的中文译本，但至今尚未找到。杨德森在序言中说 Bikkers "又译德文为英文"，可能不确。我的研究助手崔文东从网上找到而下载的英译本（Duke University Library: *The Glenn Negley Collection of Utopian Literature*）封面注明译自荷兰原文，见：Pieter Harting, Alex V. W. Bikkers, tr., *Anno Domini 2071*. Translated from the Dutch Original, with preface and additional explanatory notes（London: William Tegg, 1871）. 以下英译本皆据此。

步：后世梦物语》。❶经过中国台湾地区学者吴佩珍和日本学者桥本悟的协助，我终于找到了日译本的这两个版本和1871年版的英译本。这本日文译著是明治维新后的第一本西书，而且引起整个日本朝野对于"将来学"的热潮。❷然而为什么此书在日本朝野引起轰动，而在中国似乎默默无闻，这就有待进一步研究了。2013年夏，我在台湾"中研院"中国文哲研究所认识哈佛大学的博士候选人桥本悟，发现我们研究的兴趣和方法十分相近，也得到他的帮助和启发甚多，因此决定共写此文，本文第一部分由我负责，第二部分有关日本方面则由他执笔（他用英文，由我译成中文）。内容和论点则是经过我们两人在"中研院"文哲所的多次讨论的产物，❸因此本文由我们两人联合具名发表。因为我们二人都不懂荷兰文，无法研读原著，只能先从英译本和中译本中略窥此书的内涵。然而英译本的文体是拐弯抹角的维多利亚式英文，絮叨之至，实在不敢恭维。更不可取的是译者在序言中声明：为了顾及另一种文化语言的接受能力，不得不大刀阔斧作了删节。到底删了多少？删在何处？我们虽然找到了荷文原著，但也无从仔细查证。相形之下，中译本的文言译文简洁多了。

---

❶ 网上下载的日文翻译的两个版本，资料如下：1.《新未来记》：近藤真琴十年前译述，明治十一年十二月版权免许，青山氏藏版。2.《开化进步：后世梦物语》：上条信次译，东京奎章阁发兑，明治七年十月，山城握政吉。感谢我的研究助手香港中文大学的博士生崔文东，为我从网上下载；台湾政治大学的吴佩珍教授得知我的兴趣后，也慷慨复印她手头早已拥有的两个日文版本。吴教授研究日本明治时期的政治小说多年，对此书也早有涉猎。在此特向三位年轻学者致以衷心的谢忱，没有他们的帮助我根本无法研究这个题目。

❷ 参见网站：http://www.sf-encyclopedia.com/entry/japanta（检索日期：2014年9月15日）。

❸ 在此特别要向文哲所中国现当代文学研究室的招待和协助致谢，于2013年春夏期间提供我们短期研究的机会和理想场所。

二、憧憬二十一世纪的新世界

（一）科学的乌托邦

此书特别之处，就是它的幻想部分完全根据作者个人的科学知识。他不惜引经据典，举出欧洲中古以来的各个伟大的科学家的发明来证明，将来世界的各种发明并非自天而降，而是各代科学家的贡献。这些古代的科学家并非有意，往往无心插柳（serendipity），而间接引发新一代的灵感；换言之，没有原先的理论基础，新的科学发明无由产生。这一个论点，目前早已被科学界公认。❶

作者的另一个命题——小说一开头就这么说：有鉴于近世纪的巨大变化，使得文明大幅进步，将来的世界又会演变得如何？是否继续走进步的路？显然哈亭的达尔文主义并不悲观，他以这本小说来证明两百年后的世界不但更进步，而且逐渐走向世界大同之路。这一种"进步主义"的说法，也就代表了19世纪中期——哈亭活跃的时代——的一种思潮，后来传入日本和晚清的中国，直接影响五四时代的科学主义。所以，这本科幻小说的主题是严肃的，寓科学思想于小说的"幻想"模式之中，而非从娱乐角度出发，以各种曲折离奇的情节或科技发明的奇器来吸引读者。因此，商务印书馆出版的中译本在封面上言明属于"科学小说"，涵义更正确。晚清翻译小说还有一个次文类，叫作"理想小说"，此书也可以列入此类，因为它试图提供一个将来西方社会的蓝图，一个理想的世界。这一个传统，可以上溯到柏拉图，到了摩

尔（Thomas More）的名著《乌托邦》（*Utopia*）——严复译作"乌托邦"——才奠定一个新的模式。后来又有培根（Francis Bacon）的《新大西洋洲》（*New Atlantis*）和莫里斯（William Morris）的《乌有乡消息》（*News from Nowhere*）等名著，将之发扬光大。这个模式基本上是脱离宗教的，理想国并非天国，而是人类的理性造成的美好社会，换言之，它是文艺复兴以后的产物。摩尔的"乌托邦"居民都不是基督徒，《新大西洋洲》的居民表面上是基督徒，其实真正信仰的是理性哲学。❶哈亭显然继承了这个传统，但在小说中增加了更多的科学成分。

妙的是，哈亭的这本小说的主人翁也叫培根，但不是 Francis Bacon，而是一个更早的历史人物 Roger Bacon。❷他在书中以鬼魂的面目出现，中译本文中有如下介绍："夫培根者，十三世纪之人物也，沉静深思，精于格物学，然生非其时，命途多舛，为群小所嫉，诬为巫蛊，下狱瘐定，禁锢十载，郁郁不得志，毙于狱中，亦惨矣哉。"作者又说："尝读其传而思其卓论，其意想所及，悬揣于五六世纪以前，而于今适为

---

❶ 关于这两部乌托邦名著，参见Brace, Susan, *Three Early Modern Utopias: Thomas More: Utopia / Francis Bacon: New Atlantis / Henry Neville: The Isle of Pines*（New York: Oxford University Press, 1999）.关于乌托邦的观念如何传入中土的"观念旅行"，参见颜健富：《小说乌托邦——论晚清文学的结构与书写》，《汉学研究》第29卷第2期（2012年6月），第117—151页。

❷ 这位中古的科学家的地位，似乎在19世纪更受尊重，咸认为是欧洲最早从亚里士多德（Aristotle）和阿拉伯传统得到灵感，发明实证科学方法的人。20世纪的学者的意见不同，只认为他是一位中古学者。参见wikipedia网站的Roger Bacon条目：http://en.wikipedia.org/wiki/Roger_Bacon（检索日期：2014年9月15日）。哈亭虽然借用他的名字和身份，但小说所描绘的理想世界似乎更近Francis Bacon 的*New Atlantis*，因为二者皆注重科学和政治的关系。

吻合，一若先知也。"❶ 培根臆想到的发明，一一列举，如可望星辰的望远镜、"人将制不恃人畜之力而能行动之车，其行且必较人畜为迅速，人将制不恃人畜之力而能行动之舟，艨艟巨舰，一人驾之而有余，其驶行更速"、"建筑桥梁，可舍柱而成"等等。作者以培根为先知，恰是因为他当年根据科学和理性推论而想象出来的东西，现今已成事实。然而，哈亭在 19 世纪中叶（1865 或 1870）所见到的和小说中所想象的 21 世纪（2065 或 2070）的世界，还是有差别的。哈亭自己也在扮演一个培根的角色，把他有生之年看到的科学发明——如蒸汽机、电报、汽艇、火车、地洞、吊桥、摄影、瓦斯、望远镜及显微镜、潜水镜、航空仪器等——作进一步的推论和幻想，而不是无中生有、胡思乱想。因此，我们也可以把书中的 21 世纪理想世界和当今（2014）的所见所闻相比较，不难发现不少惊人的遥相呼照之处。有些幻想物如今也成了 21 世纪的现实，例如：铝的广泛采用、中枢控制的冷气和暖气机、以太阳能调节的玻璃温室、越洋无线电和收音机、横跨英伦海峡的地道火车（书中是长桥）、以北京为起点的通往欧洲的西伯利亚铁道、设在中亚的大型天文台和望远镜，甚至于登陆月球（书中的叙述者存疑）……唯独书中的飞行工具仍然是气球，而非喷射机，更没有如今普遍采用的电脑和网络。

　　以上所列的各种发明，书中皆以培根的鬼魂和他的俏佳人伴侣 Phantasia 小姐（中译本作"芳德西女史"），一一向愚昧无知的 19 世纪叙述者"我"详加介绍，并解释原理，煞费周章。培根是一个智者，说话有条有理，又有耐性，而年轻的芳德西女史则时而冲动，时而嘲笑。

❶ 〔荷〕达爱斯克洛提斯（Dr. Dioscrides）著，杨德森译：《梦游二十一世纪》，"说部丛书"，上海：商务印书馆，1913 年，第 2 页。以下引文皆据此版本。

二人刚好互相搭档。

　　叙述者的身份显然由作者衍变而来，他在开头时因缅怀先哲，特别是培根，"辗转凝思，渐入幻想"，发现自己身在一座大城中——伦敦呢阿（Londonia），不识其地，"遥见钟楼耸起于前，往就之，见其题语曰：纪元后二千七十一年元旦"。❶ 这一个开头，令人想起另一本晚清流行甚广的科幻小说《回头看》，又名《百年一觉》，原名是 *Looking Backward:2000-1887*，作者是美国人贝拉米（Edward Bellamy），由传教士李提摩太（Timothy Richard）最先于 1891—1892 年在《万国公报》译介连载，立刻轰动朝野，名人如康有为、梁启超、谭嗣同等都看过，影响深远。❷ 然而，这本美国小说写于 1888 年，在 *Anno Domini 2065* 之后，晚了二十多年，是否反而受到这本荷兰小说的影响？至今我尚未查到有关这两本小说的比较研究的论文。

（二）穿越时空的旅行

　　哈亭和其所继承的这个科学小说的传统，内容至少包括三种成分：一、想象的科技；二、穿越时空的旅行；三、故事内涵有一套哲学或社会理论。❸ 此书三者兼具，第一项已见前述，但第二和第三项尤见突出。

　　故事一开始就介绍"二十一世纪"的新时间观念，可见作者的乌托邦世界必须从一个新的时间观念开始缔造，换言之，没有新的时间观念，就无法想象这个新的世界。故事开始的时空点很明显：叙事者

❶　达爱斯克洛提斯著，杨德森译：《梦游二十一世纪》，第 3 页。
❷　张治，《中西因缘：近现代文学视野中的西方"经典"》，上海：上海社会科学院出版社，2012 年，第 3—6 页。
❸　Adam Roberts, "introduction, " *the History of Science Fiction*（ New York: Palgrave Macmillan, 2005）.

梦游到 2065 年（英文版 2071 年）元旦，地点是扩大后的伦敦，占了英国东南部，人口增多至 1200 万。用现在的话说，就是"超级大都会"（megapolis），已不足为奇。更重要的是书中标志的时间。叙述者看到巨钟的"钟面之长短针不一，目为之眩"❶。原来钟面至少有三种时间指标："真时"（True Time），即当地现在的时刻；"中时"（Mean Time），指的是一种标准时间，这个时间直到 1884 年才由欧美各国讨论，后来公认以"格林威治标准时间"（Greenwich Mean Time）为标准，故距离哈亭此书成书时间至少晚了二十年；❷但最新奇的是书中所提到的 Aleutic Time，中文直译为"阿鲁底时"，究系何解？后两种时间，显然在 20 世纪初的中国还是陌生的，所以译者关于"中时"观念，还特别加上一条很长的注解。❸而"阿鲁底时"指的是什么？英译本和中译本皆在文本中详加解释，原来海底电线铺设后，"自周球电线四绕，交通日便，各地时刻不能合一，不得不设一新时刻以求划一……既便于商务，又利于全球人民，是以万国公议，以阿鲁底岛（中译本在此又加上一条注）为地球之中点，当岛中日出时，为大同时刻，计各地时刻之差而损益之，庶无参差之患"❹。有了这一个世界公用的"大同时刻"，一个崭新的"美丽新世界"于焉开始，英文版的译文是"then

---

❶ 达爱斯克洛提斯著，杨德森译：《梦游二十一世纪》，第 4 页。

❷ Stephen Kern, *The Culture of Time and Space, 1880—1978*（Cambridge: Harvard University Press, 2003），pp.10—35．各国虽然在华盛顿开会，但承认和接受时间不同，日本最早（1888），接着是荷兰与比利时（1892），德国、奥匈帝国、意大利（1899）；法国依然很乱，中国先有电报，但采用的是上海洋人的时间。直到 1913 年 7 月 1 日埃菲尔铁塔第一次发出时间讯号后，世界各国才逐渐采用统一时间。达爱斯克洛提斯著，杨德森译：《梦游二十一世纪》，第 12—14 页。

❸ 达爱斯克洛提斯著，杨德森译：《梦游二十一世纪》，第 4 页。

❹ 达爱斯克洛提斯著，杨德森译：《梦游二十一世纪》，第 5 页。

begins the world-day"（世界日就此开始）。然而中文译本却用"大同时刻"一词，来自何处？哈亭小说所描写的将来世界依然是由多个国家组成，但他提倡非战，息兵，永远解决不同民族国家之间的杀戮。解决的方法就是"万国公议"和商务的流通，类似今日的联合国和"全球化"。然而"大同"一词典出《礼运·大同篇》，令我们想到康有为的《大同书》，然而此时（1903）译者杨德森不可能读到康有为的《大同书》，文本中显示的世界大同的想法是否反而影响到康有为的最初构思？抑或是二人"英雄所见略同"，都从《礼运·大同篇》得到灵感？我们无从判定。但重要的是，哈亭毕竟不是一个小说家，他没有建构一个完整的乌托邦蓝图，只不过突出了他个人的政治观点——非战和自由贸易，似乎更接近 19 世纪的"重商主义"（mercantilism），内中的社会主义色彩并不浓厚，但对于如何保存文化遗产的问题却很着力描绘，例如伦敦呢阿的图书馆和博物馆（见下文）。这是否和译者的兴趣不谋而合？他为什么要翻译这本憧憬未来的乌托邦小说？

根据能找到的有限资料，译者杨德森是江苏吴县人，1899 年入读上海南洋公学，曾在同学组成的群智会班上讲解严复译的《原富》，未几卷入学潮而退学，1904 年 5 月赴比利时蒙斯大学（University of Mons）学习铁路专业，后转入安特卫普大学（University of Antwerp）攻读银行学，得商学学士学位，1910 年已经回国。照时间推算《梦游二十一世纪》应是杨在南洋公学读书时翻译的作品。该校的外语课程是英文，所以根据英文译本翻译的。[1] 他显然不懂日文，序文中只字未

---

❶ 樊荫南编：《当代中国名人录》，上海：良友图书印刷公司，1931 年，第 348 页。上海交通大学校史编撰委员会：《上海交通大学纪事（1896—2005）》，上海：上海交通大学出版社，2006 年，卷上，第 17—45 页。以上资料乃我的研究助手崔文东搜得，特此感谢。

提日文译本；而且他和梁启超的日文翻译方式不同，比较严谨，虽然注释详细，但毫不作个人论述。这本小说可能也是他唯一的译作。

梁启超在 1899 年第一次提出中国必须采用西历，❶ 务期与世界大多数国家接轨；换言之，就是把"中朝"变成一个现代国家而进入多个国家（英文俗称 "family of nations"）的世界体系，用意颇类似《梦游二十一世纪》中的看法。那么，为什么梁不翻译此书，却在《新小说》创刊号（1902）译载了法国天文学家兼小说家佛林马利安（Camille Flammarion）于 1894 年写的"反乌托邦"小说《世界末日记》（*La Fin du Monde*）？为什么梁氏独钟这本《世界末日记》？这是一个至今未能解释的谜。因此这两个文本的"互文"意义就值得进一步探讨了。

杨德森也许没有看过《世界末日记》，但不可能不熟悉梁启超的作品，我们甚至可以说，晚清文学思想对于"现代性"的理解，当然和大量翻译引进的 19 世纪西方思潮分不开，内容庞杂，并不一致。一方面，西方现代性中的进步观念本身就是基于时间直线前进——而非轮回——的假设，科学的发明更助长了这种时间观念，并以此为基础缔造将来的乌托邦想象。然而 19 世纪末叶的欧洲思想家、科学家和文学家并非人人皆是"进步主义"的信徒，佛林马利安就是一个例子，他与哈亭所揭橥的太阳能有无限潜力的观点恰好相反，认为地球终有"热寂"的一天。❷ 对于当时的中国知识分子而言，这种悲观论调是否会被接受？在《世界末日记》的中译本中把将来移到西历 220 万年，遥远不可及，反而《梦游二十一世纪》中的将来是一百多年后，比较

❶ 梁启超：《夏威夷游记》（旧题《汗漫录》，又名《半九十录》），收入《梁启超全集》，北京：北京出版社，1999 年，第 2 册，第 1217—1222 页。
❷ 梁启超：《世界末日记》，收入《饮冰室合集·专集》，上海：中华书局，1936 年，第 11 册，第 1—10 页。

具体。但即使如此，这一种进步的时间观念还是与中国传统不合。所以杨德森在开头就开宗明义地说："孔子曰，百世可知，言大经大法，万变不离其宗也。若夫沧海桑田，迁移何定？今日繁盛者，安保他日之不衰息？"字里行间依然隐含一种由盛而衰的轮回时间观念，对于"百世以后"的将来无法肯定，所以又说："然则查已往，观今世，以逆料将来，岂可知之数耶？不可知之数耶？"语意不定。虽然古今"无可知之事"，但"有可知之理，据所已知以测所未知，初非托诸虚诞耶"❶，这才是他翻译这本小说的理由。

杨氏把孔子（也就是中国传统）的百世观和西方的世纪观放在同一文本，颇资玩味。所谓"百世"并非指一百个世纪，而是泛指很长的时间，但西方的现代性时间算法比较精确：AD2065（或AD2071）刚好是原书写完两百年。上面提到的另一本极有影响的《回头看》，英文原著的时间范畴也极精确，即从公元2000年回望公元1887年。这一套可以确定而不虚幻飘渺的将来时间，非但界定此二书作为"科学小说"或"理想小说"的时间界限，而且更具体地支撑"进步观"的乌托邦造型。然而同时期出现的大量科幻小说，内中的时间观念都很模糊，出自晚清文人一厢情愿的模仿或创造，却往往流于"虚诞"。就《梦游二十一世纪》的译者而言，这本书之值得翻译和借鉴，也在于此，"据所已知，以测未知"，把19世纪的"现在"以科学的推测投射到21世纪。

然而，原作者只不过借"梦游"的框架来展示他对将来进步文明的蓝图。这本小说中叙述者经历的时间只有两天！既然只有两天，则必须把小说世界中的空间拉大；换言之，就是作一种小说式的"时空压缩"

---

❶ 达爱斯克洛提斯著，杨德森译：《梦游二十一世纪》序，第1页。

了，叙事者必须以极快的速度旅行世界各地，也必须搭乘新科技发明的旅行工具——气球。作者不厌其烦地把气球如何利用空气和风力的道理以及用电磁发动的"转运力管"旋转和升降的科学原理，仔细解释，重点反而转移到气球上去了。从我们现在——已经真的到了 21 世纪的知识视角看来，似乎有点可笑，气球的速度如蜗牛，早已落伍。其实对晚清的读者而言，气球已经不是太过新鲜的事物。陈平原曾在一篇长文中仔细讨论晚清报刊——特别是《点石斋画报》——关于气球的报道。❶ 此处不必细述。其实欧洲早在 18 世纪末就发明了气球，1782 年第一次升空 30 米，并在巴黎举行气球展；1874 年第一次由巴黎飞到里昂，刚好和哈亭作此书的时间差不多。只不过小说中的气球可以环游世界。儒勒·凡尔纳（Jules Verne）的《八十天环游地球》写于 1873 年，较哈亭的书稍晚，1880 年就有日译本，但中译本迟至 1900 年才出现。说不定《梦游二十一世纪》也刚好趁着晚清报刊流行的"气球热"而出版。凡尔纳作品在欧洲也甚流行，他的《地底旅行》和《从地球到月球》分别出版于 1864 和 1865 年，又和 *Anno Domini 2065* 的写作时间相仿。至于二人对彼此的作品是否知晓，以及作品之间的互文关系，只好有待其他学者研究了。❷

虽然《梦游二十一世纪》的主要交通工具是气球，但全部游程毫无探险意义，所以又和《八十天环游地球》不同，而是借由旅游带出一个新世界的构思和理念，这才是作者写此书的目的。在作者心目中，

---

❶ 陈平原：《从科普读物到科学小说——以"飞车"为中心的考察》，收入王宏志编：《翻译与创作——中国近代翻译小说论》，第 247—275 页。

❷ 关于凡尔纳小说的中译，可参见卜立德：《凡尔纳、科幻小说及其他》。他的作品在日本也极受欢迎。日本译者对于《地底旅行》的反应和处理，也和本书相似，有待继续作比较研究。

这个理念的基础就是"进步的文明"。哈亭勾画出来的文明世界，显然是以城市为中心——伦敦呢阿，妙的是这个荷兰作家用一个英国人和英国城市作主角，而不用荷兰为蓝本，显然承认大英帝国在当时的主宰地位。从后殖民理论立场而言，他的这套论述还是脱离不了"欧洲中心"的心态，和《八十天环游地球》一样，以伦敦为中心（metropole）出发到世界"边缘"，旅游本身就带有殖民的象征意义。更明显的是故事最终，气球要降落澳洲，作者直接带出来荷兰在爪哇的殖民地问题，作者显然同情较开明的一派，要教育爪哇人，助其将来独立。到了小说最后，气球降落在目的地新西兰，却成了"新荷兰十二郡联合共和国"的地方，文中似乎把澳洲的墨尔本也算在其内，原来这块英国属地已经独立自治，和英国正式地分家了。哈亭提出这个"后殖民"的理想国——"The Twelve United States of New Holland"，故意以此来代替荷兰的殖民地（爪哇）现状，表面上十分开明，但骨子里依然是殖民主义者的立场。这一个潜在的殖民主义倾向，反而被日本译者近藤真琴一语道破（见后文）。

（三）新世界的进步文明

伦敦呢阿既然是新世界的中心，它的进步文明，书中以三大馆为代表：一是"Heliocromes Exhibition"——中译本直译为"希利亚克洛姆斯赛会场"。"Exhibition"译为"赛会场"不能说是错误，可能晚清的词汇中尚无博览会或展览会字样，至少在一般读者的心目中还是陌生的。但在19世纪的西方，"Exhibition"，早已成了炫示各国物质文明进步的展示场，整个19世纪西方各国举办的博览会层出不穷，最有名的是1851年英国举行的一场盛大的博览会，俗称"水晶宫展览"

（Crystal Palace Exhibition），乃轰动一时的盛事，它展示的基本科技就是玻璃。1889 年巴黎的另一场博览会"Exposition Universelle"，也因为此而建的埃菲尔铁塔而永垂不朽，展示的基本科技则是钢铁。本书作者更进一步，把科技材料推展到铝和摄影，这个 Heliocromes 展览馆以一种最先进的彩色照相技术，取代了旧时的美术馆。原文中已经提到几个自 16 世纪至 19 世纪研究照相的科学家，但在培根眼中都不够先进，小说中的叙述者进去参观，只见五光十色、各种尺寸的照片，直看得眼花缭乱。作者以对话的方式点出绘画的艺术品与照相的不同：艺术并非只为了模拟现实，而是要把现实"理想化"。馆中展览的名画家是拉斐尔（Raffaello Sanzio）、科雷吉欧（Antonio Correggio）、鲁本斯（Peter Paul Rubens）和林布兰（Rembrandt），前二人是意大利文艺复兴时代的巨匠，后二人则是荷兰大师。可能这些名字皆是初次在晚清文坛出现。原作者哈亭并没有将照相取代所有的艺术品，而只是把那些无以计数的模拟大师的作品，以照相方式保存，不留原件，以照相代之足够。❶ 照相技术在 20 世纪初已经介绍进入中国，慈禧太后第一次照相的时间仅较这本小说中译本初度连载时晚了几年而已。这也许是偶合，说不定这本小说也作了间接的"推广"，功不可没。

小说中第二个进步文明的代表是"国家图书馆"（National Library），中译本译为"万国藏书室"，似乎认为如此庞大的藏书室一定包罗万有，因此叫"万国"。这个图书馆面积极大，"广厦林立，密若村市"。英译本称之为"bibliopolis"——书城，又形容它是"labyrinth of learning"——学术的迷宫，意象预示了阿根廷小说家博尔赫斯（Jorge

---

❶ 这一套理论似乎预示了半个世纪后本雅明（Walter Benjamin）有关照相和电影的"复制"技术对于艺术品的"灵光"的影响的理论，当然哈亭的理论较本雅明浅薄得多。

Luis Borges）对于图书馆的描写，妙的是博尔赫斯的灵感反而来自中国的《四库全书》。中译者杨德森没有注明这个关系，但却漏译了图书馆各幢楼中间的大广场，内有各种公园、花圈和街道，到处展示雕塑艺术品，可见原作者对它的重视。换言之，在哈亭的 21 世纪文明蓝图中，艺术和科学并重，二者缺一不可。因为他是科学家，所以小说的叙述者也选择去参观生物馆中的飞虫（entomology）馆。作者不厌其详地分类，从"格致"（natural science）到生物（zoology）到飞虫，最后进入一间大厅，四面墙壁从上到下摆满了书，原来是飞虫中的一小类——"双翼飞虫学"的藏书室！哈亭心目中的分类法似乎来自 18 世纪欧洲的启蒙运动，他对将来世界文明的信心显然也基于启蒙运动对于人类理性的极度尊重。除此之外，哈亭的进步主义也和英国 19 世纪的几位自由主义思想家——特别是弥尔（John Stuart Mill）——挂钩。他在这本小说中特别提出强迫教育的重要性：21 世纪的人个个都识字，因为有政府强制执行的教育。文明和"无知"是对立的，而教育则是铲除无知的必需手段。这一个结论，我们现今看来天经地义，不必辩解，但在哈亭的时代仍然有人认为这是侵犯了家长教育自己子女的自由，特别在英国，所以此书的英译者 Bikkers 特别加上一个注解，极力赞扬哈亭的主张。❶

　　第三个进步文明是"国家博物馆"（National Museum），杨德森将之译为"万国博览院"。这个"博览院"好像最能引起叙述者的兴趣，他"不禁喜跃曰，尝闻游历他邦者，必入博览院以餍眼界，今愿附骥尾，略扩闻见"❷。哈亭则利用这个博物馆的形式来抒发他的达尔文主义。

---

❶　Dr. Alex V. W. Bikkers, *Anno Domini 2071*，p.42.
❷　达爱斯克洛提斯著，杨德森译：《梦游二十一世纪》，第 21 页。

小说中芳德西故意把叙述者带进其中的 "Genealogical Museum"，杨译为"谱系学考察室"，这位女史说是她的个人嗜好，原来谱系指的不是族谱和文物，而是各种"动物骸骨，罗列无算，有马骨、象骸、犀骨……古时奇兽，及不知名动物之巨兽"，显然就是当今西方各"自然史博物馆"（Natural History Museum）陈列的考古东西，但在19世纪的语境，都是达尔文主义的隐喻。显然英译者精通此理，特别加上一条注解，提到当时的辩论：到底人类的祖先是否也从这些远古巨兽进化而来？芳德西和培根的意见有所分歧，前者认为物种进化理所当然，人类亦是如此，于是要引导叙述者到内室去观察人类祖先的骸骨，却为后者所阻止，显然培根不承认。英文译者在此批注，认为即使大哲如培根，也有失误之处，❶因为他认为人类不在达尔文的"物竞生存"的进化范围之内。这到底是否作者哈亭的看法？中译者杨德森又作何见解？译文并没有为此作特别注解。

叙述者在一天之内在伦敦呢阿游览了"进步文明"的三大坐标——照相展览馆、图书馆和博物馆之后，就回到旅馆休息。至此小说情节告一段落，然而只占全书篇幅的三分之一。小说的中间部分则是用来作各种议论和科学原理的解释。最后一部分才是乘气球游览世界，但情节毫无惊险可言。哈亭的小说和凡尔纳脍炙人口的《八十天环游地球》大不相同，没有英国绅士为争取时间和速度——一个典型的现代性主题而打赌，更没有到各地冒险的经历，最后也没有回到伦敦，气球在"新大陆"新西兰降落，小说未及介绍这个"新荷兰共和国"就突然结束，气球落地，叙述者才发现自己做了一个美梦。

所以严格说来，这本小说其实不能算是小说，因为它缺乏叙事的

---

❶ Dr. Alex V. W. Bikkers, *Anno Domini 2071*, pp. 45–46.

进展，也没有高潮，倒是和斯威夫特（Jonathan Swift）的《格列佛游记》（*Gulliver's Travels*）❶略有相似之处，却没有转化成小说所隐含的讽刺，正面说教的意图十分明显，想借"将来"而喻今——也就是作者所处的 19 世纪欧洲社会。就小说叙述学的角度而言，情节推展颇为勉强，也没有什么高潮，全书最重要的形式反而是"问答"话语——叙述者发问，培根作答，以将来的开明来反证现今的无知，这种方式，类似基督教的"教义问答"（catechism）。甚至在气球的旅程（由伦敦飞越欧陆到土耳其，又南向飞到澳大利亚和新西兰）中还不停地辩论各种思想和政策问题。这些问题，如今看来，有的是和作者个人背景——荷兰有关的局部问题，与晚清当时的情况不合，引不起中国读者的共鸣（日本的反应则大不相同，见后文），然而有的观点极有创见，甚至预见了当今全球化的世界局势，值得 21 世纪的读者反思。

气球由英伦出发，到了荷兰上空，却见荷兰北部完全沉没海中，叙事者大为惊异，于是引出一大堆当地治水的问题。然后又讨论一阵荷兰的大学教育和考试制度，是由政府主持联考或是各大学自由招生考试？这个琐碎的荷兰本土问题，对晚清读者而言，似乎无甚意义，因为新的大学制度到民国时期才奠定。然而一千多年的科举考试制度，即将废除（1905），取而代之的又是什么？作者由此又谈到全民选举（universal suffrage）的问题，应由几岁开始才可以投票，以及妇女的权利（在此芳德西反而反对、批评弥尔的看法）等，这些都是当时讨论的大问题，然而对于明治日本和晚清中国是否有参考价值？表面看

---

❶ 这本名著的内容十分丰富，包括政治讽刺，单德兴博士在最近出版的译书《格理弗游记（学术译注版）》（*Gulliver's Travels*），台北：联经出版事业公司，2004 年，论之甚详。此书最早的译本也和《梦游二十一世纪》同时在《绣像小说》杂志连载。

来似乎遥不可及，然而仍有启迪的意义。妇女的社会地位和教育问题已经开始讨论，"天足"运动如火如荼，现在所谓的"公民意识"虽然尚未成形，但清廷在王朝最后几年不得不下诏变法，初步的议会政治正在酝酿……从历史回顾，这本短短的科学小说其实已经预示了不少可能性。当年的有识之士如果看过这本小说又作何想？我们无由得知。至少，《梦游二十一世纪》提到的局限于英国和荷兰的问题和辩论，皆非作者幻想出来的，而有相当的写实性，是否可以作为清廷变法新政的参考？这些臆测皆是徒然，显然中土的读者最多只把它当作小说看，而没有窥出它背后的政治思想。

（四）欧洲中心式的"大同世界"

到了小说的后半部，作者的意图已经十分明显：它用"科幻"的模式，真正要表达的是它对于政治和社会的理念，否则它不会让气球升空后的旅程变成了一个讨论会（symposium），由培根和芳德西主讲，借此描绘出哈亭心目中的理想世界。他所想象的进步文明的21世纪，其实已经是一个"大同世界"，非但人人识字，而且各国人民在互相通商旅游时，已经发展出一套旅行用的世界语（travelling dialect），中译为"旅行方言"，乃"各国参合而成者，而偏重于英，盖习英语者日多，英人之游行又日广也"，❶以之和今（21世纪初）比较，这个预言相当确切。作者之作此预言，显然以19世纪英国的强大帝国国力为出发点，荷兰已成小国，国威已无法和英国相比。另一方面，在小说中有一大段讨

---

❶ 达爱斯克洛提斯著，杨德森译：《梦游二十一世纪》，第33页。

论"非战"（no more war）❶和自由贸易❷的问题，作者借芳德西之口说，在这个 21 世纪中期的新世界，有"制造家、工艺家、贸易家，又有学士与法律家，无所谓武夫矣……今日所有之武士，君不见警察吏耶，若兵卒汰除久矣"❸。哈亭的这一个构想，虽有前人创议（他举出英国的 Cobden 和 Bright），但他认为人的本性并不高尚："盖人种虽为至灵，而其性质半系天人、半系禽兽，故卒不免有忿心。"❹这又是一个典型的达尔文主义者的看法。所以哈亭预测: 各国达成"弭兵"（disarmament）的协议，并不是 21 世纪的人性进步使然，而是战争的耗费太大，到了 20 世纪末，"各国岁糜军饷千百万，积国债不能偿，深恐无以自立，遂成斯会，注全力于商务艺术，不若往者之专注于军械战争矣"，何况"数十年前，英法美俄之战，四国所有军舰，同时毁灭"，水师既灭，英法二国"各于海峡之滨，以巨炮轰击，英法二都同时焚毁，所失以万万计，人民死亡者，不止乎万，各国翻然自误，即能战胜，所得亦不偿所失，乃议设弭兵会，禁止战争……既无战争，则无所谓疆域，昔之所谓藩篱者，今出入若庭户矣"。❺

这一段中译十分流畅有力，与英译本相较，有过之而无不及，我认为也是原作者的核心观点。一个 19 世纪的科学家，竟然可以料想到科技用于军事的灾害（但没有想到原子弹），甚为可贵。哈亭也准确料到在他逝世后英法美俄四国的势力消长：19 世纪末英法两国在海外果然角力，俄国势力也扩展到中亚和远东，直到 1904 年被日本击败，

---

❶ Dr. Alex V. W. Bikkers, *Anno Domini 2071*, pp.69–72.

❷ Dr. Alex V.W. Bikkers, *Anno Domini 2071*, pp.73–76.

❸ 达爱斯克洛提斯著，杨德森译：《梦游二十一世纪》，第 32 页。

❹ 达爱斯克洛提斯著，杨德森译：《梦游二十一世纪》，第 34 页。

❺ 达爱斯克洛提斯著，杨德森译：《梦游二十一世纪》，第 34—35 页。

势力才稍收敛，而美国在 19 世纪末一改自扫门前雪的"门罗主义"，把势力发展到太平洋，占领菲律宾。这一切世界局势的变迁，哈亭似乎都料到了。他虽没有料到 20 世纪的两次世界大战，但二战后成立的联合国，也可以说是他想象中的"弭兵会"的初步实现。然而各强国之间的军备竞赛至今未休止。小说中培根提到因军备消耗而引起的"全球各国经济大破产"（universal state-bankruptcy），在 20 世纪也应验了，例如 1930 年的"世界经济大萧条"（depression）和 2008 年的金融风暴。那么，今日资本主义全球化的现象是否也应验了哈亭所主张的以自由贸易而导致世界大同的理想？

哈亭的自由贸易逻辑很简单：自由贸易可以使各国人民自由交流，放弃敌对，国与国之间的藩篱因而解除，取而代之的是全球通用的币制和度量衡制度，"交通既便，器用日精，昔各国专有之利益，今成为万国共有之利益矣"❶。中文译者杨德森把英文版的"weal"（福祉）译成"利益"，似乎稍微曲解了作者的原意，也回避了一个关键性的问题：自由贸易是否必然导致世界大同？是否就能促进全球的福祉？照目前"全球化"的情势来看，哈亭未免太乐观，杨德森也未必同意：他在注中特别阐明各国争权谋利和自由通商的不同，"以前各国不求联合，各擅其长，而专主其利，至是各国联合而专注意于商务"，似乎在为哈亭的"通商主义"说项，言下之意却暗示了晚清朝野追求中国"富强"的话语，他显然深嗜严复翻译的亚当·斯密（Adam Smith，1723—1790）的《原富》（The Wealth of Nations），所以把"wealth"和"weal"混为一谈。

哈亭以自由贸易为手段的世界大同思想，很明显地源自 18 世纪德国的启蒙主义，小说中培根的一句话被中译者完全忽略了，即"如果十九

---

❶ 达爱斯克洛提斯著，杨德森译：《梦游二十一世纪》，第 35 页。

世纪见证了民族主义的原则，我们的世纪更进一步，发明了 humanism 的原则"，❶荷兰文原著用的是"humaniteit"，应与德文的"humanitat"相近，直译就是"人类"（humanity）。英文译者 Bikkers 为此特别下了一个注解，认为德文此字出自"Lessing"，并说一个德国名词没有适当的英译并不表示在英国就没有这个观念❷，却不解释"humanism"在英文语境的复杂意涵；日文第一个译本用"人伦の学"一字，而中文译者却支吾其词，只说"然前此不免猜忌，今乃共和，此不可比拟者也"❸，于是"humanism"的世界政体又成了"共和"了，显然中译者并不看重这一个基本的概念。原作者试图从欧洲人文主义的传统建立一个理想的"人类共同体"，与"共和"或"大同"还差一段距离。

　　这一连串的"名词旅行"引出来的是一个如何看待"民族主义"和"世界主义"之间的关系问题。德国在 18 世纪末 19 世纪初，哲人如歌德（Johann Wolfgang von Goethe）就提出基于共同人性的"世界文学"（weltliteratur）的观念，哈亭可能也服膺此说，认为人类交往不应受制于国家藩篱，而以人类的共同人性为依归。然而此说的背后仍然是一种广义的"欧洲中心主义"，如从后殖民理论的观点，它还是为欧洲的向外扩张的帝国主义撑腰，或作一套"启蒙主义"式的辩解。如果将之放在 19 世纪中期和末期的中日文化语境，涵义又有所改变。这就牵涉到一个更大的"文本旅行"和"接受理论"的问题了。因此，我们必须比较一下这一个荷兰文本在中国和日本的不同反应。

---

❶　Dr. Alex V. W. Bikkers, *Anno Domini 2071*, pp.72-73.

❷　Dr. Alex V.W. Bikkers, *Anno Domini 2071*, p.73.

❸　达爱斯克洛提斯著，杨德森译：《梦游二十一世纪》，第 35 页。

三、日本的反应和诠释：近藤真琴的亚洲诠释

此一时期的日本，明治维新刚开始，虽然大量吸收西学，但对于日本在世界和亚洲的地位，也特别自觉，所以此书的第一位译者近藤真琴的身世和背景也特别值得重视。他在日本的地位和名气，远远超过晚清时代的中文译者杨德森。

近藤真琴的家族，在幕府时代乃属于"鸟羽藩"（今三重县）的封建贵族。后世公认他是"明治六大教育家"之一，他毕生致力于德川后期和明治初期的现代教育制度化的工作。和其他同时代的知识分子一样，近藤接受的是日本传统的"汉学"训练，而由于受到1853年西方"黑船"打开日本闭锁政策而引起的巨大社会和政治的变迁的影响，他就开始专攻"兰学"。学习荷兰文使得近藤接触到现代知识，当时是为了实用，特别是造船技术和海军，这就是日本进入世界舞台的基础。近藤从荷兰文和英文翻译了几本关于航海和海军炮术以及其他科目的教科书，自己同时有学习物理和数学等基本科学，后来在明治维新时大力提倡基本科学教育，扮演了一个很重要的角色。

1855年，他被政府任命为"鸟羽藩兰学方"的首任官方学者。1863年，他开始在幕府麾下的"军舰操练所"教授荷兰文和测量学；同年，他开办了一所兰学私立学校，后来变成全国知名的"攻玉社"，在明治初年与福泽谕吉的庆应义塾齐名。明治维新后，近藤继续在"军舰航海训练学校"，后被改名为"海军操练所"执教，这所学堂是后来日本发展帝国海军的主要机构。除了训练海军外，近藤也于1875年建立了日本第一所商业航海学校，并在"攻玉社"全心致力于普通教育，

特重数学，并利用该校的资源翻译了好几本数学教科书。近藤虽懂荷文，但也参与"国字国语"运动并促进使用日本字母（平假名和片假名）代替汉文。1885 年，近藤编撰了第一本日文片名字典，名叫《ことばのその》。1886 年死于霍乱瘟疫。❶

总而言之，这位译者绝非等闲之辈。他以"痴道人"为笔名翻译出来的这本《新未来记》在日本朝野引起巨大反响，因为他在书后详加评论，把这本科学小说视为"警世"的严肃作品，希望日本读者不要把此书作"稗史小说"看，应该有所警惕。近藤特别指出西人对于亚细亚诸国的不了解，因为不了解亚洲各国的过去和现在，所以无法预测未来。他又说：欧洲各国在三百年前就已经开始"开明"，为何亚洲各国起步甚晚？他的理由是闭关自守，长年不相往来，特别是中国，并非人种问题，而是由于中国古代文明发达，照映邻邦，因而逐渐变得自大自尊，他邦隔绝。日本四面临海，所以他邦很难进侵，但如今航海发达，虽千里之遥，犹如近邻，所以译者说：当今的日本是亚洲的英国，虽然土地较英国更肥沃；而中国则像法国，只两面临海，但地大如俄国，礼文之盛如意大利。亚洲其他小国如朝鲜、越南、泰国或缅甸就微不足道了。日本强大后，这些小国必会畏惧，而日本如看到中国文明开化，当然也会坐寝不安，所以将来这两大国必会互相竞争，如其他小国也开始开化，则其命运也不会如英国统治下的印度。

日译者的这一套地缘政治和比较文化的论说，刚好也和哈亭一样未卜先知，极准确地预判中日两国将来必将竞争。果然不错，此书译著出版后不到 30 年，中日两国就第一次开战，日本海军大胜，晚清朝

---

❶ 关于近藤的生涯，参考〔日〕攻玉社学园编：《近藤真琴伝》，三重：三重县乡土资料刊行会，1987 年。

野上下才突然从自大的睡梦中觉醒。杨德森的中文译本出现在马关条约签订（1896）仅7年之后，然而他作为译者和近藤相反，态度低调，全书虽有多条置于文本中的注解，犹如中国古书的注疏模式，而且往往不厌其详，但译者本人并没有发表任何议论。是否译者杨德森（当时还是南洋公学的学生）仅把他当作获得西方"新知"的课外读物而已，而没有把它作更严肃的诠释？近藤则一方面从一个本国的地缘政治的角度延伸出更深一层的意义，另一方面，为了普及的目的，特别把这本他视为严肃的西学著作，作稗史小说式的通俗化处理，把原书分成七回，每回前有两句点题的诗，后有评点，并加强文中的对话，因此扩展了小说的通俗性。杨德森反而像一个学者或知识分子，态度严肃，详加注解，原文中提到译文尽量尊重原著（殊不知英文译文并非一流），没有大错，❶ 当然也没有改写。他在序文末谦虚地说："仆之译此，悉本英文，深虑不能达其旨，而为识者讥，世之君子，起而正之，则幸甚焉。"一套客气话，加上内容的过度说教，反而令这本书的通俗性减弱了？抑或是《绣像小说》的编者李伯元并没有看出来这本书的科学乌托邦意义，只把它作为一般科幻小说看待而不特别重视？这一连串有关跨文化的接受的问题，都有待进一步的探讨和研究。

　　中日两国译者的截然不同的态度，显然和两国译本产生的历史环境有关。日文译本和中文译本的语境不尽相同，它不仅属于文学作品，而且横跨数个互动的领域，导致19世纪日本在观念上的剧变。

---

❶ 杨德森的注解也会出小错，譬如把Mozart译成墨柴斯，注为"德乐书编纂家，生于十六世纪时"，把他作的歌剧 *Don Giovanni* 译为《唐棋亚范》，注为"义之博古者，生于十六世纪时"。显然缺乏西洋歌剧的知识。又把鹿特丹观众看的戏剧 *The Trojan Horse* 加注十四行之多。达爱斯克洛提斯著，杨德森译：《梦游二十一世纪》，第27，40页。

首先要指出的是：哈亭的小说只不过是 19 世纪中叶由荷兰传到日本的多种科技资料之一。❶ 译者近藤真琴自称先从肥田浜五郎处获得此本原著，后者早在 1866 年写的序文中说，他是在荷兰游学一年后带回国的。二人是江户军舰操练所的同事。肥田曾师从著名的“兰学”学者伊东玄朴学习荷兰语；伊东则是荷兰学者菲利普·法兰兹·冯·西博德（Philipp Franz von Siebold）在长崎设立的私立学校的学生，专攻医学。日本自从 1853 年被美国伯理将军（Mather C. Perry）率领的“黑船”打开门户后，德川幕府就积极推动“船坚炮利”政策，开发海军。肥田在长崎海军传习所受过航海、操炮、造船、蒸汽机械学、数学和其他相关项目的严格训练；后来在荷兰制造的军舰“咸临丸”做过船员，于 1860 年横渡太平洋。1866 年他参与建造日本的第一艘军舰。哈亭的 *Anno Domini 2065* 是他在荷兰留学时出版的。该书除了描写两百年后科技发展的想象世界外，另一个吸引肥田之处就是乘坐气球环游世界，因为肥田亲自参加了日本第一期向外扩张的计划。

为了对抗西方列强的侵略，日本急需引进现代科技，遂加速外文书籍的翻译工作。一方面把西方传教士在中国翻译的以及中国学者翻译的多种古文书籍译成日文白话或加“训点”，最著名的例如《万国公法》，该书本由传教士丁题良（William Martin）译自亨利·惠顿（Henry Wheaton）《万国公法》（*Elements of International Law*）的中文本，于 1865 年传入日本。另一方面，经过一个世纪的“兰学”训练，日本人也直接把西方文本译成日文。

近藤的“兰学”老师高松让庵原在德川幕府设立的译书局——日

---

❶ 〔日〕沼田次郎，《幕末洋学史》，东京：刀江书院，1951 年；〔日〕武田楠雄，《维新と科学》，东京：岩波书店，1972 年。

文叫"蕃书调所"（成立于1855年）——工作，是一位官方译员。这个译书局除了翻译外交文件之外，也负责有系统地翻译外国报纸和杂志材料，并于1857年设立一个附属学校，训练学生外文及外国研究，其语言课程除了荷兰语外尚有英语、德语、法语和俄语，也包括现代科技的训练课程。高松亲自教导近藤，近藤有语言天分，后来穷其一生翻译了不少西书。近藤于1866—1868年翻译 *Anno Domini 2065*（《新未来记》）时，也应德川幕府政府之请翻译了一本外科医术的书，还整理了一本关于海军炮术的书，可见他在译哈亭的小说时，是把这本书置于一个官方系统性研究西方科技的脉络里的。

译者在本书每一章后都有评语，例如在有一章后如此说："作者（哈亭）的目的一定是在勉励现代读者多学习，因为所有的发明皆根源于学术。所以此章结尾显露出培根自己的语气。谁说小说无用？如果大家体会到培根的这些话的涵义，将会对社会大有裨益。"❶ 近藤引的培根的这段话，大意是说现代的政府都在鼓励所有人学习，增长知识，而不是把学术视为政治的特权，学术归政治特权阶级是老一代人的狭隘闭锁的想法。培根又说，现代的情况不同了，政府官员已经无权决定学术技艺的优劣，而是取决于众人之心，而判定价值有无。❷ 这段话可以代表现代学术独立于政治的思想，对于近藤从事介绍西方学术的工作当然有吸引力。虽然日本当时的新学需要幕府的庇荫和支持，然而"兰学"一向是在大城市的私人学校所教授，和中央政府保持相对的独立。特别是和传统汉学相较的话，后者以德川幕府主持的"昌平

---

❶〔荷〕哈亭（Pieter Harting）著，〔日〕近藤真琴译述：《新未来记》（ジヲスコリデス），东京：青山，1878年，卷上，第22页。以下日译本皆据此。

❷ 哈亭著，近藤真琴译述：《新未来记》，卷上，第20页。

簧"学堂为中心，而且有系统地推广到全国各地的郡府所办的"藩校"，直到 19 世纪中叶德川幕府面对外国的侵略，才把"兰学"归于江户中央的政府统筹管理。在哈亭的小说中近藤看到一种新学术的独立精神，在旧有的制度中刚刚开始实践。

虽然近藤真琴翻译《新未来记》的工作是在日本推动跨文化引进西学的背景下进行的，但这个译本直到 1878 年，他译完此书十年之后才出版，译者的大量注解评语似乎是在出版时加上去的。如将哈亭的小说放在当时日本的历史和文化背景来看，它和其他翻译的文本——教科书、科技材料和技术指南等大不相同，因为哈亭的文本毕竟是想象出来的故事。直到 19 世纪 70 年代末，时机总算成熟了。

19 世纪 60 年代末，有关科学教育的通俗读物在日本开始大量出版，此时有关西方文明各方面的知识信息迅速传播到日本，从科技到风俗习惯，从衣服到食物，从地理到历史，应有尽有。❶科普教育的抬头，首先归功于明治思想领袖福泽谕吉的大力提倡，他撰著《训蒙穷理图解》（1868），此书乃是选译自英美的各种当代物理、地理和生物历史教科书的集锦。这部三卷本极为流行，后来被刚成立的各新式公立学堂采用为教科书。另一套著称的是译自英国教育家查尔斯·贝克（Charles Baker）的《绘入智慧の环》（《绘入智慧之环》）知识丛书（1870—1872），包括《智环启蒙塾课初步》（1866），乃是转译理雅各（James Legge）译自贝克丛书的一本中文译本，用的是传统方式，只把原来汉字旁边注以日文读法。而五年后出版的《绘入智慧之环》则用白话日文，并附有大量图片，这是一种介绍西方知识的崭

---

❶ 〔日〕日本科学史学会编：《日本科学技术史大系·通史》，东京：第一法规出版，1964 年，卷 1；〔日〕柳田泉，《明治初期の翻译文学》，东京：春秋社，1935 年。

新方法，目的在于向广大读者群普及新知。到了 1870 年初，科普出版物的数量大增，造成所谓的"穷理热"现象，而"穷理"指的就是现代科学。

而上条信次后来的译本《开化进步：后世梦物语》的文体反而较为老式，依照传统的"汉文训读体"，平铺直叙，也没有注解，此处不必详论。相形之下，近藤的译本更适合日本的一般读者，因为它是白话体，而且采用了大量的日文俗语，所以近藤的《新未来记》也代表译者致力于现代日本普通教育的开创成就。他的教育事业后来促成了攻玉社的成立。

哈亭小说最吸引近藤的段落是培根和"幻想女"芳德西带领故事的主人公参观图书馆和博物馆。在译者评注中近藤特别举出三人先到展览馆目睹各种 2065 年的神奇科技，然后去参观图书馆和博物馆。译者评道："图书馆和博物馆都是为了扩展人民的知识。在此我们终于看到上一章讨论的各种文物和工业的本源。如果人民不学习，即便是花多年功夫也不会有成就"，于是近藤引了一句"圣人言"（出自《论语·卫灵公第十五》）："吾尝终日不食，终夜不寝，以思，无益，不如学也"，使得自己的教育观点更有权威性，当然也稍稍曲解了《论语》的原意。❶ 总而言之，近藤欣赏哈亭的小说，不仅是内中展示了将来世界进步科技的面貌，而且叙述了一个教育过程，指导读者如何从科技奇观回归到知识的"本源"，也就是说，必须先学习现代科学。《新未来记》的出版，也必然受惠于当时科学普及教育的迅速发展。

---

❶ 哈亭著，近藤真琴译述：《新未来记》，卷上，第 51 页。

  由于日本大众对科学教育的兴趣，科幻小说也随之盛行。❶《新未来记》的出版恰好与凡尔纳 *Le tour du monde en quatre-vingts jours* 的日译本《新说八十日间世界一周》（川岛忠之助译）同时，在以后十年间，凡尔纳的作品大量翻译，大受欢迎，大众对科幻小说的接受也促使近藤出版他十年前的这本译著。而这本小说中译本《八十日环游记》则迟至二十多年后才出版。

  和凡尔纳的小说相比，哈亭的小说显得平实而乏味，因为后者描写的将来世界是基于 19 世纪的实际科技现况而作的逻辑推测，而非用文学的想象添油加醋。书中介绍的标准时间和坐飞船旅行至地球的另一面，乃基于当时关于共同时间和平面空间的科学观念，而并没有表现将来未知领域的探险。由于哈亭的 *Anno Domini 2065* 只不过是一种科学知识的推断，近藤其实也批评了哈亭的科学想象力。小说不是教科书或教材；即使作家自称小说是一种科学性的呈现，但想出来的毕竟是一种虚构。因此它的虚构性也给予译者足够的自主空间和权利来想象另一个将来世界的可能性，乃基于他自己承继的文化传统，而非接受一个普遍的纯科学标准。在全书最后的长篇评语中，近藤这样写道："西方人自然不会了解亚细亚诸国的情况，我们必须由从古至今的历史演变中去推测未来。一般来说，你不应该从自己不知道的来思考；如果你不思考，你也无权梦想。"❷ 近藤把历史插入哈亭的科学想象之中，正因为这个荷兰作家不知道亚洲国家从古到今的历史，所以他不能预测亚洲的未来。"你无法梦想你不知道的东西"，近藤辩道。

---

❶ 〔日〕长山靖生：《日本 SF 精神史：幕末·明治から戦後まで》，东京：河出书房新社，2009 年。
❷ 哈亭著，近藤真琴译述：《新未来记》，卷下，第 53 页。

更大胆的是，译者由此而提出欧洲文明发展历史的另一种"认知地图"：他把日本历来的皇朝和欧洲历史上重要的时期放在同一个时间表来审视，欧洲从罗马帝国的兴起到分裂，到哥特人（Goths）和蒙古人的入侵，到 16 世纪的君权复辟。近藤认为后者是欧洲近代文明的开始，时当日本永禄（1558—1570）和天正（1573—1591）年间，他写道："只不过是从永禄一年到庆应（1865—1868）一年三百零八年间的事，在日本悠长的历史范畴中来看，这个近代欧洲文明是一段很短的时期。"❶这位日本译者用了这一种时间表，一方面把欧洲历史置于日本本土的时间坐标，而另一方面也把哈亭小说中科技发展后举世通用的时间观念"相对化"了。

对抗哈亭的想象，近藤真琴刻画了他自认为必然是亚洲的前途：日本和中国将首先经由互相竞争而文明起来，而其他国家——朝鲜、越南、泰国和缅甸——将跟随在后。于是在日本和中国引导下，亚洲文明将会发展，而不至于像印度一样被英国殖民，至少近藤想象如此。且不论近藤的理想的实际内容，哈亭的小说提供译者一个基本的自主能力，根据他自己的历史知识来自由想象日本参与全球"现代性"的亚洲方式，而不仅是依照西方文明的进步过程。近藤在结论时给读者一个警惕：

> 我相信此书的作者不可能预测亚洲的情况。然而，历史的潮流起伏，人类是可以控制的。因此我希望读者不要把此书作为稗官小说而忽略了。如果忽略，我们结果也会碰上培根的警告：急着接受西方的衣着和居住方式并不代表真正的开明。大家应该为

---

❶ 哈亭著，近藤真琴译述：《新未来记》，卷下，第 53—54 页。

此担心才是。❶

我们的日文译者拒绝哈亭的小说想象可以适用于亚洲，也突出人类决定历史的主体性。他从书中得到的结论是：浮面的模仿无济于事，根本不代表现代文明，各国人民应该根据自己的历史经验，用他们自己的想象力来设计现代性的远景。翻译哈亭的小说，对这位译者是一件极为严肃的工作，就是把日本参与全球现代性所得到的教训，可以同时超越文化的特殊性和抽象的科学普遍性。所以小说中的培根也被改头换面，变成了一个现代"理性"的说教者；换言之，近藤把哈亭小说的地位提得更高——他不仅仅把这本小说当成"虚构的叙事"，而是把那种科学想象移植过来，变为日本"未完成的现代性"的理论核心。

四、结语：比较翻译文本的"跨文化"教训

我们从以上一个文本旅行的例子，可以看到"跨文化"研究更复杂的一面：它不仅是一个西方"原文本"旅行到东方后与原有的文化传统纠缠的问题，而且还牵涉到中日两国之间的不同传统和历史去向，以及文学之间的借鉴和借用。中日学者都往往只顾及西方名词的中译来自日本，而日本译名又来自中国古文的问题，然而，我们从上面的例子可以看出来，两国译者对同一个文本的翻译和接受大异其趣。哈亭的科学小说在中国似乎没有引起太大的注意，而在日本却受到"兰学"高手的知识分子的高度重视，近藤最后关于中日现代化之后的亚

❶ 哈亭著，近藤真琴译述：《新未来记》，卷下，第55—56页。

洲局势的结论，在第一次中日战争（1895—1896）后已经应验，日本
海军果然厉害，把配备不错的北洋舰队打得一败涂地，中国在亚洲的
主导地位早已摇摇欲坠，至此一蹶不振；不到十年，又把帝俄舰队打垮，
日本变成 20 世纪亚洲的霸权国家，这再次印证了近藤的预测。

然而晚清译者为什么完全没有注意到这个政治层面？为什么哈亭
的小说只有杨德森译自英文本的译文？杨德森显然没有看过近藤的日
译本，如果杨氏或其他晚清译者看过，自会发现近藤的评注，不知会
作何感想？另一个有趣的问题是：近藤译本中借用了中国通俗小说中
的大量说书模式，而杨德森文本中则尽付阙如。最明显的例子是近藤
本每一章的开头都加上的对联诗句，如第四章（日文作第四编）"电
气妙工夜现月光／传信奇机筐藏歌妓"，真是妙不可言，显然为了吸
引一般读者，达到普及科学教育的目的，应与中译者的用心相同，晚
清读者更会接受这种模式。但《梦游二十一世纪》原载《绣像小说》，
和其他翻译及创作的小说并列，似乎更重寓教于乐，没有其他严肃的
用心。诚然，这又牵涉到日本"兰学"有一个半世纪的发展，早已奠
定江户后期科学研究的基础，而晚清的"西学"只不过发展了几十年，
京师译书局的设立，也显然受到日本的影响。

从此书的两种日译本看来，在日本从德川到明治，文字改革的风
潮越来越受重视，所以近藤用的是"俗语"（卷上，译者例言）而非"汉文"
或根据汉文传统的"汉文训读体"；晚清时代的文人尚未完全意识到
这个问题的重要性。杨德森的译文是典雅的文言，较晚清的小说更像
论文，也许他和近藤一样，感受到原著的小说性其实不强，而是用小
说虚构的"假象"来论证一个科学发展的可能性。日文译者在这方面
有很明显的自觉，因此有足够"主体性"提出一己的历史观。相形之下，

中文译者仍然以儒家传统为依据, 没有提出一己之见。也许杨德森翻译此书时还是一个学生, 尚未留洋深造, 不敢贸然发论。

杨德森和近藤真琴翻译这本 *Anno Domini 2065* 之时, 中日两国正面对西方文明的霸权。两位译者都急切地把哈亭对将来科学的臆想移植过来。近藤特别向读者提出警告: 哈亭的想象含有明显的 "欧洲中心" 偏见。这本科幻小说展示出科学和文化之间的暧昧疆界, 而它的翻译更提醒我们: 知识的传播从来不是单纯的 "普世性" 现象, 科学本身从来就没有脱离过其传播过程中的权力关系的中介。

一个多世纪以后, 今日世界各国的军事、政治和经济的结构关系早已产生巨大的变化, 而西方文明的优越性已被质疑, 特别有鉴于全球变暖等环境危机。就在 2014 年, 哈佛和加州理工学院的两位知名教授, 奥莱斯基 (Naomi Oreskes) 和康韦 (Erik M. Conway), 合著出版了一本科幻小说新书——《西方文明的崩溃: 一个将来的观点》(*The Collapse of Western Civilization: A View from the Future*) ❶, 用一种 "回头看" 的方式, 从 2093 年的立足点来想象将来, 那是一个 "反乌托邦" 式的世界, 由于气候的转变而充斥着大自然的灾难, 对此西方科学家

---

❶ Naomi Oreskes, Erik M. Conway, *The Collapse of Western Civilization: A View from the Future* (New York: Columbia University Press, 2014).

无策。❶ 这本小说有意思的地方是：把人类的黑暗命运讲出来的叙述者——一位将来的"史家"——"活在第二个中华人民共和国"（the Second People's Republic of China）。这两位美国作者显然以中国大国崛起的例子反过来批判当今西方国家的气候科学（climate science）的实践方式，他们认为后者受制于一种"意识形态的固执"和西方本身的文化习成。曾几何时，中日两国的知识分子还急于为了改变本国的"过时文化实践"而竞相移植"西方文明"。这本科幻小说也引出另一个启示：有鉴于当今世界各国权力关系的变迁，一个世纪前杨德森和近藤真琴需要应付的老问题"科学"与"文化"似乎又回来了，我们再次面临考验。

也许，重读哈亭的科幻小说并没有过时——或者应该更确切地说，不见得是这本 19 世纪末的小说，而是它的中文和日文译本使得我们有更深切的感受。

---

❶ 两位作者在卷首介绍写道："我们面临的困境是：作为启蒙运动的子孙，我们（在西方）在得到大量气候改变的讯息后没有及时付诸行动。"（The dilemma being addressed is how we—the children of the Enlightenment—failed to act on robust information about climate change.）小说中又说："我们史家的结论是西方文明已经进入第二个黑暗时代，面到这个悲剧，各强国由于对'自由'市场的意识形态性的固执，而陷于自闭和自我欺骗。而了解这个问题的科学家又受制于他们自己的文化实践之中，对任何要求都定下严厉标准——甚至包括危机的威胁本身，也是如此。"（Our historian, they continue, concludes that a second Dark Age had fallen on Western civilization, in which denial and self-deception, rooted in an ideological fixation on'free'markets, disabled the world's powerful nations in the face of tragedy. Moreover, the scientists who best understood the problem were hamstrung by their own cultural practices, which demanded an excessively stringent standard for accepting claims of any kind—even those involving imminent threats.）Naomi Oreskes, Erik M. Conway, *The Collapse of Western Civilization: A View from the Future*, pp. ix-x.

漫谈中国现代文学中的"颓废"

　　说起"颓废"一词，似乎耸人听闻。在中国现代的语汇中，这个名词不知从何时起变成了一个坏字眼，也不知何人首创。中国古语中有颓也有废，但两个字合在一起，恐怕是 20 世纪的发明，正如其他的舶来语——"自由""科学""社会""民主"——一样。因为颓废本来就是一个西洋文学和艺术上的概念，英文是 decadence，法文是décadent，后者在 20 世纪二三十年代有人译为"颓加荡"，音义兼收颇为传神，正如徐志摩所译的"沁芳南"（symphony）和"翡冷翠"（Firenze，Florence）一样，取其优美的语音指涉。我颇喜"颓加荡"这个译名，因为望文生义，它把颓和荡加在一起，颓废之外还加添了放荡，甚至淫荡的言外之意，颇配合这个名词在西洋文艺中的含义。然而，如果单把荡字放在现代语文的语境中来看，似乎又贬多于褒：放荡可以不羁，但也可能形骸；荡妇在卫道者的眼中当然属于坏女人的类型，然而我觉得也可以和古文中所谓的尤物相呼应，西施和杨贵妃皆是尤物，美艳绝伦之余，当然也可以倾国倾城，但她们毕竟是文学中旷古常存的女性"偶像"，可以和希腊罗马的海伦和维纳斯比美，后者可用一个法文名词"femme fatale"形容。而中国文学中的"美人"被视为"祸水"——这当然是男权社会中的贬词，却没有把如何"祸"

法发挥得淋漓尽致。近代西方文学中的尤物传统却是把它和弗洛伊德的学说混为一谈，视作性的潜意识的化身，可以置（男）人于死地。最著名的近代尤物可能是莎乐美；这个《圣经》上的人物，似乎为近代不少艺术家提供了灵感，从王尔德的戏剧《莎乐美》（还有比亚兹莱的插图），到理查·史特劳斯的歌剧《莎乐美》（特别是内中的七重莎舞），可谓洋洋大观，集"颓加荡"的大成。

关于尤物方面的论述，我曾在一篇《鲁迅与现代艺术意识》中提过，❶引起许多非议，却没有学者加以延伸或批评。但我在那篇文章中却忽略了不少关于颓废的探索，也没有进一步把它放在中国古代文学和现代历史的范畴中分析，所以显得很肤浅，这也是我要重新研究这个题目的原因。当然，我最关心的问题是颓废在中国现代文学史中所扮演的边缘角色，它虽然被史家针砭，在一般内地的文学史中变成"反面教材"，但是我觉得它是和现代文学和历史中的关键问题——所谓"现代性"（modernity）和因之而产生的现代文学和艺术——密不可分的。

一

如果把颓废的概念放在中国古典文学中来谈，其实可谈的东西极多，魏、晋、唐、晚明的不少作品和文学现象都值得研究，此处不便多说。不过我仍要再把《红楼梦》作个例子，我认为它是中国文学史上最伟大的"颓废"小说。这句话不免又耸人听闻，然而我愿意在此略作诠释。

《红楼梦》的主人公贾宝玉被写为天下最淫之人，这个"淫"字，

---

❶ 原载《明报月刊》，后收入李欧梵著，尹慧珉译：《铁屋中的呐喊》，香港：三联书店，1991年，附录，第222—248页。

如用现代普通话来说，当然是极不道德的，然而到底在《红楼梦》小说中"淫"的意义是什么？于是我们立刻就想到贾瑞在那面照妖镜前手淫的情况。但那面镜子却是宝物，而整个《红楼梦》的世界却也像一面奇特的镜子，镜内和镜外的世界恰成对比，一清一浊，镜内是梦幻式的浮华，镜外是污浊腐败的现实。所以就现实主义的立场来说，这本小说所描写的当然是一个封建大家庭的败落，是在资本主义入侵前贵族生活的回光返照。然而从一个广义的文化史角度来看，这本小说又何尝不是两千年中华文明的结晶？这一本"宝鉴"所返照出来的何尝不是一种夕阳无限好的文明余晖？说它是"余晖"就因为我们知道中国在19世纪中叶之后产生了巨变，逐渐进入了另一个西洋文明统治下的新的世界，这是不容置疑的事实。但我觉得《红楼梦》的作者曹雪芹也早有这种预感，不过他无法预测将来的世界是什么样子，他只能感到他那一个世界的结束，这是一种中国式的"世纪末"，而正由于他知道往世的荣华已不可重返，所以才苦苦追忆营造出一个幻想的镜子式的世界，故名之曰"风月宝鉴"。"风月"恰是"淫"的艺术境界，所谓镜花水月，意义也在于此，它是一种抒情的虚构和幻象，它反映的是一个（在该书产生的时代）已经不能存在的世界。这正是这本小说"颓废"之处。

关于《红楼梦》中的"淫"，我觉得还有另一层意义：曹雪芹把他的时不我予的世纪末情绪，寄托在他小说中的主人公身上，使他（贾宝玉）所追寻的是一种"情"境——也就是以情造成的抒情境界，以之对抗尘世的浊。这种情境的代表人物显然是绝代超华的女子，所以这是一本"阴性"的小说，所指的不但是男女性别意义上的女子，而且也和道家所说的阴阳之"阴"有内在的联系；道家的美学意识中的水属阴性，而淫意识行为也是"水"性的。把女子作为追求的对象，把这个追求过程表现在俗世生活中，就是尘世的爱和欲，但用美学的眼光来看，却是一种"意淫"——一种对色和情的极致追求，因此我又觉得色情二字不能用20世纪白话文来解释；在《红楼梦》中的"色"是一种辉煌的美，这种美需要"情"的极致而使之表现得灿烂无比，所以"色情"才是淫的表现，都是唯美的，也都是由于对文明发展的一种世纪末的感觉而衍生。换言之，如果这本小说所表现的是一种颓废意境，那么其外在的表现是"废"——一切皆已败落，而这个败落过程是无法抑止的，和历史上的盛衰相关。其内在的表现却是"颓"——一种颓唐的美感，并以对色情的追求来反抗外在世界中时间的进展，而时间的进展过程所带来的却是身不由己的衰废，不论是身体、家族、朝代都是因盛而衰。所谓夕阳无限好，也有时间上的存在意义：夕阳西下，日薄崦嵫的过程是无法遏止的，所以只能悲叹其"只是近黄昏"，而从一个年近黄昏的中年心态去追忆童年和青年的往事，当然更别有一番滋味。如果在艺术技巧上控制不好，就会流于伤感和自怜；反过来说，如果故作英雄式的乐观，则又不免虚伪矫饰，两者都不是颓废意义的真谛。

从《红楼梦》的时代到晚清，又是一个时代的转折变迁，又到了一个世纪末，然而这个时候文学表现的内容和形式与此前不相同了。由于内乱外患的交迫，中国国运危在旦夕，知识分子和文人所感受的是一种强烈的危机，已经无法作审美式的抒情了。即使像《老残游记》中的几章（老残游大明湖、申子平登山遇虎）虽仍有自然的意义，它已经被外在的政治世界所包围，所以借黄龙子的口吻对今后的巨变作微言大义式的预测，其"颓废"意识也几乎荡然无存。其他晚清小说更不必谈。到了民国初年，对于中国文化作一种挽歌式处理的文学作品不多，我认为最出色的表现不在文学创作，而是王国维的学术研究。他在《人间词话》中谈意境，更致力于《红楼梦》的研究，恐怕都不是偶然。然而王国维毕竟生活在 20 世纪，他非但直接受到西方哲学的影响（如叔本华），而且也无法逃避当代政治社会的压力，所以他的"颓废"情操又和曹雪芹不同，甚至不能把他的人生观视为颓废。一般人往往认为王国维的自杀是厌世，我觉得恐怕不仅如此，而有其他内在和外在的因素。

<h1 style="text-align:center">二</h1>

从一个新文化运动的角度来谈颓废，当然是一件极为困难——甚至不可能的事。单单从新文化运动所用的词汇来看，一切也都是一个"新"字，气象一新，许多常用的意象指涉的是青春、萌芽、希望。《新青年》杂志这命名是具有时代意义的，它所揭示的价值系统当然是破旧立新式的，令人耳目一新，所以很快地就成为一种新潮，使得不少城市青年信服。这也是众所周知的事实。

我觉得值得考虑的是《新青年》思潮背后的一个新的意识形态和历史观，我把它称作"现代性"，并曾作专文论述。[1] 这一种现代性当然和西方启蒙（enlightenment）思想的传统一脉相承，它经由对知识的重新组合而灌输几套新的思想——理性主义、人本主义、进步的观

---

[1] 见 "In Search of Modernity: Some Reflections on a New Mode of Consciousness in 20th Century Chinese History and Literature," in Paul A. Cohen and Merle Goldman eds., *Ideas across Cultures: Essays on Chinese thought in Honor of Benjamin I. Schwartz*(Cambridge: Harvard East Asian Monographs, 1990) , pp. 109-136.

念等等，此处不能细说。我认为西方启蒙思想对中国最大的冲击是对于时间观念的改变，从古代的循环变成近代西方式的时间直接前进——从过去经由现在而走向未来——的观念，所以着眼点不在过去而在未来，从而对未来产生乌托邦式的憧憬。这一种时间观念很快导致一种新的历史观：历史不再是往事之鉴，而是前进的历程，具有极度的发展（development）和进步（progress）的意义。换言之，变成了一种新的意识形态。五四时期对于它的描述方式也是一套新的词汇，譬如历史的"巨轮""洪流""主潮"，时代的"浪尖"，从"黑暗"走向"黎明"，等等，可谓掀起了一阵新的历史热。其影响是多面的：有人去疑古，有人开始对中国历史分期和中国社会本质展开辩论，而最终的趋势是知识分子的偏激化（radicalization）和全盘革命化，导致一场惊天动也影响深远的社会主义革命。我认为这些都是中国人对于"现代性"追求的表现，不论成效如何，毕竟到了反思的时候，因为 20 世纪只剩下几年了，我们又面临另一个"世纪末"，这一次却是全球性的危机。

有了这一个"时代"的轮廓，我们较容易理解为什么五四时代的知识分子把历史道德化，把进步的观念视为不可阻挡的潮流，把现实主义作为改革社会的工具，把个人与集体逐渐合而为一，而最后终于把"人民"笼统地视为革命的动力和图腾，这一系列由"现代性"而引发的问题都值得进一步研究。由此我们也可以得到另一个结论：在这种历史前进的泛道德情绪下，颓废也就变成了不道德的坏名词了，因为它代表的似乎是五四现代主潮的反面。

更值得注意的是：在新文学史的大部分研究著作中，并没有把属于颓废的现象划归传统，也没有和当时的国故或国粹派连在一起。当时以古文创作的人——如林琴南——都一概被视为老朽逆流，于是晚清时期"前进"的人——如严复、梁启超——都变成保守派了，这也是时代骤变的写照，众所周知。不过，当鲁迅在他的短篇小说中为这两代人作点"虚构"式的描绘时，就引人非议了。内地一般鲁迅学者都把鲁迅小说中表现的颓唐情绪故作乐观解释，看作"大革命"前的彷徨，而没有正视这些作品中的内在意涵，关于这一点，我在拙作《铁屋中的呐喊》一书中第二部分已作初步陈述，但仍觉不足。

如果我们把鲁迅的几篇比较"颓唐"的小说和他的散文诗《野草》一起来读（写作的时间也差不多），就会有不同的感受。鲁迅与五四时期的其他作家不同，他对于"时间"的问题内心充满了矛盾，既想前瞻又要后顾，既要为五四的现代性呐喊，又免不了因为对它的怀疑而彷徨。他在小说中惯用的模式是一个孤独者对于个人往事的回忆，而在回忆过程中营造伤感的气氛，并在叙述语言的多种模式中（如叙事者的叙述融接主人公的独白或二人的对话，最明显的例子是《在酒楼上》和《孤独者》）达到一种对时间进展的反讽：从主观意识（故事主人公的个人思绪）来看，过去只不过是现在叙述中的再现，而过去又往往受到现在的制约而失去其原有的意义。"现在"这个时辰也是不稳定的，在故事中有时候是为了叙述过去而织造出一个现在的"时空交错点"（chronotope），如《在酒楼上》的酒楼，但这个"现在点"随即因叙事结束而消失，它并没有隐含向将来前瞻的意义。当鲁迅设法向将来铺路的时候（譬如《故乡》最后一段"路是人走出来的"名句），也是经由一种对过去经验的反思后的反应，而这种现时的反应也是不稳定的，在小说中瞬时乐观，转瞬又不乐观（甚至把"路"也可以比作一条蜿蜒的长蛇，时现时灭）。在《野草》的几篇散文诗中当然表现得更抽象，但意义却更明显：《影的告别》用的是比《在酒楼上》

更高一层的寓言技巧，干脆把叙事体分割，而倒过来用心理小说上的"双重人"（double）或"他者"作独白，用来反讽现代的历史观，所以才出现"有我所不乐意的在你们将来的黄金世界里，我不愿去"这样的句子。影子既可视为这个"故事"主人公的"他体"（other），也可视为一种"反主体"的论述，它和主人公的主体保持了一个反讽的距离，所以它的独白也变成了一种"后设"评论，这"上一层"的评论，恰是在质疑现代性的历史观。在诗剧《过客》中，鲁迅更把时间空间化，把故事的主人公放在一个寓言的语境，过去和将来变成人生过程中的两个人物化身，而各从一己的立场向过客质疑。最后过客仍坚持继续走完他的时间之路，似乎颇有存在主义的荒谬意味，但他的立足点——现在——却显得更没有意义，鲁迅甚至故意加进一个外来的"声音"，提醒过客继续前行，因为时间是无法停止的（否则就进入南美"魔幻现实主义"的小说境界了），然而向前走的目的并不一定是"进步"，而可能是死亡。

我在此无意对鲁迅的作品作重新的解释，我只希望指出他对"时间"观念的各种复杂矛盾的艺术处理，所表露的是一种内心的不安，这是一个现代主义的艺术家反"现代性"的做法。其实并不难理解，也不自相矛盾。如果我们略加考察西方现代主义的文学作品和理论，就知道19世纪欧洲产生了两种"现代"潮流，卡利奈斯库（M. Calinescu）在他的经典著作《现代性面面观》一书中的第一章就指出：一种是启蒙主义经过工业革命后所造成的"布尔乔亚的现代性"——它偏重科技的发展及对理性进步观念的继续乐观，当然它也带来了中产阶级的庸俗和市侩气；第二种是经后期浪漫主义而逐渐演变出来的艺术上的现代性，也可称之为现代主义，它是因反对前者的庸俗而故意用艺术先锋的手法来吓倒中产阶级，也是求新厌旧的，但它更注重艺术本身的现实的距离，并进一步探究艺术世界内在的真谛。**❶** 所以现代主义的艺术家无法接受俗世的时间进步观念，而想出种种方法打破这种直接前进的时间秩序，从波德莱尔（Charles Baudelaire，也译作波特莱尔）的《恶之花》到乔伊斯（James Joyce）的《尤利西斯》皆是如此。

　　然而在中国五四时期，这两种现代性的立场并没有全然对立。而前者——"布尔乔亚的现代性"——经过五四改头换面之后（加上了人道主义、改良或革命思想和民族主义），变成了一种统治性的价值观，文艺必须服膺这种价值观，于是小说叙述模式也逐渐反映了这一种新的现代性历史观。只有少数艺术家和诗人——包括鲁迅——在某个程序上对于这种五四的现代性感到不安或不满，有的人在作品中试图另辟新径，但大多数的作家还是将这两种现代性混在一起。而感受到的矛盾最深的仍然是鲁迅。除了鲁迅之外，郁达夫早期作品中对于"死"的意义和情绪的表述（如《沉沦》《银灰色的死》）也可视作一种"颓废"。这两位作家的颓废面，内地一般学者都不敢正视，或故意曲解，其原因除了道德因素外，主要是在中国的现代文学理论中并没有把颓废看成"现代性"的另一面。在欧洲文艺史上它所代表的正是对进步观念的反动〔在这一方面它和"前卫派"（avant-garde）艺术不同，先锋主义可以和进步观念结合而自认是在时代的尖端〕，它以艺术的方式探讨在持续的时间内无法捕捉的感觉，并深入人的内心，试图表现另一种——与外在的日常现实相对的——真实，而表现这种内心真

---

❶ Matei Calinescu, *Faces of Modernity*（Bloomington: Indiana University Press, 1977），pp. 41-46.

实的手法，往往又和表现主义及象征主义有关。从哲理层次上而言，这一种对进步时间观念的反动源自宗教，因为西方的犹太教和基督教有一个"终结"（eschatological）的传说：它相信人类终极会走向历史的尽头而接受最后的审判，好人进天堂，坏人入地狱，而最后审判日降临的迹象就是颓废。所以又有人将之视为撒旦魔力的表现，因此颓废之反进步，恰是从同一个时间前进的轨辙上看到世界终结的来临。

中国没有这个基督教的终结传统，但在民间佛教和道教传统中却有类似的情绪，然而到了 20 世纪以后，都被进步的现代性淹没了。五四以后的作家，有些人虽对于现代性所造成的工业社会和现代化的生活方式有所不满（如沈从文和老舍），但也觉得没有能力对抗现代性的历史潮流，也没有用较颓废的艺术手法来反抗它。沈从文和老舍都不约而同地创造出两种不同的"怀旧式"（nostalgic）的小说世界❶：前者把湘西的乡土变成一种神话，后者却把北京城变成另一个乡土文化的再现，两人都没有像波德莱尔一样在现代城市文化中感受到颓废，或像 19 世纪末法国和英国的几位作家一样把颓废演变成个人生活的艺术创作的独特形式（如魏尔伦、王尔德、比亚兹莱）。在这方面当然还有一个现实的原因：中国作家当时并没有目睹极度工业文明的发展，而能够略窥其端倪的在全国只有一个地方——上海。20 世纪30 年代上海的现代文明显然已达到国际水准（较同时代的东京尤甚），与广大的乡土中国俨然形成两个不同的世界，所以也只有在这个较现代化的大都市中才能产生某些具颓废色彩的作品。然而这些作品也往往相当西化，似乎故意在模仿外国文学，制造一种异国情调，并没有

---

❶ 请参看王德威的新著：*Fictional Realism in 20th-Century China*（New York: Columbia University Press, 1992），chap.7.

深入艺术本身。但由于文化和历史背景的差异，虽然在表面上他们似乎在抄袭法国和英国的颓废派，在本质上仍是不尽相同的。

下面将试从几个不同的角度对几位作家和其作品作初步探讨。

三

近年来学术界对于"新感觉派"的作家似乎特感兴趣。自从严家炎教授编选的《新感觉派小说选》出版后，❶ 就引起内地年轻学者的一阵热潮，影响所及，美国和欧洲研究中国现代文学的学生，也纷纷以此为题。我个人也早在20世纪80年代初就开始研究上海的现代派文学，并曾数度访问当年《现代杂志》的主编施蛰存先生。

20世纪30年代的《现代杂志》（1932—1936）是一个值得大书特书的现象，它可以说是60年代台湾《现代文学》的前身，但接触的西方现代文学面更广，除了目前已经熟知的作家——如乔伊斯、福克纳、艾略特等——之外，由于施蛰存和戴望舒的影响，还介绍了不少欧洲其他作家，而且在新诗的理论探讨上贡献甚大，并直接导致《新诗》杂志（1936—1937）的出版。可惜好景不长，抗战全面爆发后文人纷纷离开上海，这一种现代文艺思潮也随之烟消云散。

我在此无意详述，只能以施蛰存等人的作品为例，略谈他们的小说和颓废的关系。

当然，没有一个作家喜欢挂上颓废这顶帽子，施先生自不例外。然而，如果把作家和作品分开，我们会在施蛰存、穆时英、刘呐鸥、徐霞村和黑婴等人的作品中，看到与五四写实作品极不相同的表现。

---

❶ 严家炎：《新感觉派小说选》，北京：人民文学出版社，1985年。

最明显的是它们完全是上海都市文化直接影响下的产品：穆时英和刘呐鸥更分别勾画出一个"都市风景线"，和日本的新感觉派交相呼应。徐霞村的一篇小说名叫 *Modern Girl*，女主角就是一个日本酒吧女。刘呐鸥与日本的因缘更深，作品里日本风比比皆是。但这三个人小说中的日本风又与周作人的完全不同，他们所追寻的是颇为现代的西洋异国情调，而最能体现这种情调的是具有西洋作风的摩登女性，我曾经把这种女性视为"尤物"，是一种色欲的化身，从弗洛伊德的观点，也是一种下意识的力量，向意识或超自我——也就是文化俗成的约束力量——挑战。所以在刘呐鸥和穆时英的作品中，都市文明的诱惑，表现在一种性欲的力量，借着尤物的形象，使得中产阶级的男人无所适从，也无法招架，和奥地利世纪末的画家克林姆笔下的尤物——如莎乐美——似乎有异曲同工的效果。❶ 不过，穆时英和刘呐鸥却并没有像克林姆一样，把艺术的真理化身为裸体的女性，而以之震撼布尔乔亚的世俗和虚伪。他们更热衷于都市的世俗生活，非但把都市的物质生活女性化，而且更把女性的身体物质化，与汽车、洋房、烟酒和舞厅连在一起，像是另一种商标和广告。换言之，他们用女性的形象来歌颂物质文明，拥护现代化，他们作品中所表现的是一种既兴奋又焦虑、既激昂又伤感的情绪。

施蛰存的作品和穆、刘二人不尽相同，《善女人行品》中的女人很少是尤物，而施氏更试图刻画出一系列女性的主观心理，虽然有些作品仍然采用男性的观点，但显然并没有把女性物质化。施先生作品

---

❶ 李欧梵：《序言：中国现代小说的先驱者》，载李欧梵编：《新感觉派小说选》，台北：允晨出版公司，1988年，第14页。此书根据严家炎教授的原文编辑，但所选小说不完全相同。谨此补向严家炎教授致谢。

的主要内涵尚不止此，记得我向他访问求教的时候，他特别提出两个英文字——erotic 和 grotesque，如果前者仍可译为情欲或色欲，后者显然是指对现实作出艺术上的肢解而呈现的荒谬变形效果，所以我认为应属前卫派的技巧。然而，如果把这两种特色加在一起，有时候可以造成一种完全超现实的境界，这是 20 世纪 30 年代文学中罕有的。大陆学者时而把施氏作品推向现实主义或左翼思想，其实我认为施氏作品的风格恰好相反：它基本上是试图超越现实的。他的超现实的小说世界至少又有两个不同的荒诞类型，这可能和他当年所喜欢阅读的西书有关：一种类型是都市的怪诞（urban-gothic），另一种则是历史的怪异神话（historical-mythic）。前一类的代表作是《魔道》《夜叉》《凶宅》《宵行》《在巴黎大戏院》《旅舍》和《梅雨之夕》，在这一系列的作品中，施先生所取得创作灵感的西方作品有爱伦·坡（Allan Poe）和勒·法努（Le Fanu）的奇怪小说、施尼茨勒（Arthur Schnitzler）的女性文学（如《爱尔塞夫人》）以及弗洛伊德（Sigmund Freud）的心理学。我在另一篇文章中提到，它的要素是："主人公往往心理不正常，他必定遇到一个奇女子或女巫（色欲的化身），从而发展成一个扑朔迷离的情节。"这种情节和人物造型是不合理的，也是非理性的，因为影射的是"被压抑的潜意识行为和'超自然'的神奇力量"❶。毫无疑问，这是具有充分现代化艺术意义而又反现代理性主义的表现。可惜这些作品在当时横遭左联人士（如楼适夷）的攻击，非但把施氏列入日本的新感觉派（其实他并没有受多少日本的影响），而且说他误入歧途，走入魔道，逼得他自己也在《魔道》的后记中承认错误。这是一个时代思潮压迫前卫派的实例，我在此愿再次为施先生翻案。

---

❶ 李欧梵：《序言：中国现代小说的先驱者》，第 6 页。

至于左翼文学是否主流问题，可以暂且不论，但这种思潮在艺术上的确是后退的，它以现实主义的道德压力来压制前卫艺术和文学的创新及实验。

除了这些作品之外，施先生作品的另一个类型是历史神话小说：《将军底头》《石秀》《李师师》和《鸠摩罗什》。其中《石秀》是一个颇特殊的例子：这可能是中国现代文学中第一次把萨德（Marquis de Sade）的虐待狂理论放进一篇改写自古典小说的作品里。《石秀》原出自《水浒传》的一章，但经过萨德式的改写后，石秀变成了一个性变态的人物，他的性欲出于对女子虐待和杀戮的窥视，也可以说把《水浒传》原著所含有的反女性心理发展到了极致，这本身就是一个极大胆的尝试。然而施蛰存并没有把它写成暴力充斥的小说，而特别在萨德式的虐待狂叙述中提炼出一种美感——一种来自女性肉体和血的美感和快感："石秀满心高兴，眼前直是浮荡着潘巧云和迎儿的赤裸着的躯体，在荒凉的翠屏山上，横倒在丛草中。黑的头发，白的肌肉，鲜红的血，这些强烈的色彩的对照，看见了之后，将感受怎样的轻快啊！""随后看杨雄把潘巧云的四肢，和两个乳房都割了下来，看着这些泛着最后的桃红色的肢体，石秀重又觉得一阵满足的愉快了。真是个奇观啊，分析下来，每一个肢体都是极美丽的。如果这些肢体合并拢来，能够再成为一个活着的女人，我是会顾不得杨雄而抱持着她的呢。"❶

以上的描写，虽不能说惊心动魄，但足可称之为颓废。美国文学评论家基尔曼，在一本专论颓废观念的书中认为萨德："是现代第一个把不受社会决定和不受当代道德规范压迫的欲望充分表露出来的人。

❶ 李欧梵：《序言：中国现代小说的先驱者》，第80，84—85页。

萨德显然是一个思想家；他最荒谬的性幻想，基本上都是关于行为、关于人的欲望和困境的理念。"❶ 当然这些关于变态心理的观念都是反理性的，基尔曼甚至认为萨德是 19 世纪法国文学家反理性和反进步观念的老祖宗。施蛰存在写《石秀》时，可能并没有想到萨德的历史地位和颓废思想，当然也不会为了性变态而写性变态；但他这篇作品却无意间为中国文学提供了另一个心理层次——一种出自下意识欲望的"纷乱、烦恼、暴躁"，这种心理上的不满只能从杀割女人肢体所看到的"奇观"得到发泄和解决。这一种虐待狂和窥视狂当然是人的病态，不足效法，但表现在艺术和文学上，它所揭露的是另一种原始的欲望，它无法在礼教社会得到满足。弗洛伊德晚年的一本著作，名叫《文明及其不满》，此"不满"所指的就是下意识中被压制的欲望，而制约和压抑欲望的就是"文明"。

施蛰存读过弗洛伊德，但不一定读过这本书。他在小说中所创出的"文明"世界却和一般 20 世纪 30 年代作家大相径庭，与其把当今的社会作现实背景，他毋宁把视野推到古代，把故事的背景放在最富异国情调也最"国际化"的唐朝，他织造出来的就是一个神话式的历史世界，在这个世界中，文明和欲望在几个充满传奇色彩的人物内心中交战。《鸠摩罗什》中的主人公和《将军底头》中的花将军，虽然都有历史的根据，然而在小说中两人都变成了超凡的传奇人物。二人都不是纯汉人，所以血统中都有"异域"，在唐朝的多元文化背景下，内心的挣扎就更多彩多姿了。施蛰存小说中预设了一个主题——爱欲，并从主角性格上下手，制造冲突。《将军底头》尤其精彩，因

---

❶ Richard Gilman, *Decadence: The Strange Life of an Epithet*（New York: Farrar, Straus and Giroux, 1980）, p. 81.

为作者把故事最后高潮的战争场面，完全作心理处理：花将军和另一个吐蕃武士交锋，其实也可以说是和他心中的另一个自我决战，最后双方同时把对方的头砍了下来。然而花将军竟然没有倒下来，他的无头躯体直立在马上，提着敌人的首级骑回镇来，找寻他梦寐以求的少女。这是一个极端荒谬的形象，也充满了寓意：他的头代表的是什么？"刚毅的意志，对于爱欲固执的观念"？将军本是吐蕃血统，却爱上了一个大唐少女，于是祖国和异邦又在他的内心交战，这个文化认同的危机在故事的关键时刻却演变成意志和爱欲的斗争。所以当他的头被砍下来以后，意志和理性消失了，但爱欲却充斥于他的躯体，昂然亢进而不倒，直到少女在溪边调侃地说："喂！打了败仗了吗？头也给人家砍掉了……还不快快的死了，想干什么呢？无头鬼还想做人么？呸！"这个时候将军才"突然感到一阵空虚了。将军的手向空间抓着，随即就倒了下来"❶。少女最后的一句话，变成了他斩首的最后一击，他的欲望，"从头就把全身浸入似地被魅惑着"以后，终于被阉割了，所以这又是个阉割（castration）的象征，集怪诞和爱欲于一炉。这一段历史，在故事中终于被渲染为神话，它的艺术作用和施氏的都市怪诞故事的效果相似：把读者从现实带向荒谬，从而对现实的世界产生怀疑；非但怀疑，而且更被另一个世界所魅惑。这另一个世界包罗很多：梦魇、肉欲、妖术、神怪、幻觉——总而言之，用《魔道》中的一句话说，是"超现实主义的色情"！而这个色情世界，也正代表了对于现实文明的不满。虽然施蛰存并没有继续在魔道中走下去，他至少让我们入了一点"魔"，这本来就是承继了魏晋志怪、唐传奇、《聊斋志异》和《红楼梦》的非现实传统。

---

❶ 李欧梵：《序言：中国现代小说的先驱者》，第39页。

四

我在上文中用了不少法国和英国的颓废文学资料，其目的不在于生搬硬套，而是想作一些对比，可以引用西方文学的原因是 20 世纪 30 年代的不少作家对西方现代主义的作品都相当熟悉，而施蛰存主编的《现代杂志》在这方面的贡献当然更功不可没。事实上，整个法国颓废文学和艺术，以及与其相关的英国颓废文学，在 20 世纪 20 年代末到 30 年代初的上海曾广为介绍，一般称之为"唯美派"，甚至当事者事后也如此看。譬如当年的一个人物——小说家和评论家章克标，在一篇回忆文章中就如是说：

> 二〇年代末，在上海出了几个同人刊物，名叫《狮吼》，意义不是取自佛家的狮子吼，而是英文字 sphinx 的译音。这是埃及的古物狮身人面像。当时有人提出来，大家说好，拍手赞成，就定了下来。大概因为奇怪好玩。
>
> 《狮吼》同人，我记得的有滕固、方光焘、张水淇、董中这几个人……以滕固为中心，大都是上海及江浙人。
>
> 我们这些人，都有点"半神经病"，沉溺于唯美派——当时最风行的文学艺术流派之一，讲点奇异怪诞的、自相矛盾的、超越世俗人情的、叫社会上惊诧的风格，是西欧波特莱尔、魏尔伦、王尔德，乃至梅特林克这些人所鼓动激扬的东西。
>
> 我们出于好奇和趋时，装模作样地讲一些化腐朽为神奇，丑恶的花朵，花一般的罪恶，死的美好和幸福等，拉拢两极、融和矛盾的语言。《狮吼》的笔调，大致如此。崇尚新奇，爱好怪诞，

推崇表扬丑陋、恶毒、腐朽、阴暗；贬低光明、荣华，反对世俗的富丽堂皇，申斥高官厚禄大人老爷。❶

这几段回忆的话虽有自我批评的意味，其实倒也中肯，因为章克标道出了现代文学的几个特征：反对世俗和批判荣禄——也就是批评了"布尔乔亚现代性"的庸俗面；它的风格使社会上惊诧，所以才提倡怪诞，反对当时所谓的真善美，而故意表扬丑陋、恶毒、腐朽、阴暗。而这些意象，皆是一知半解地在抄袭波德莱尔（徐志摩就曾译过波氏《恶之花》中的《腐尸》，并作专文谈过这个颓废诗人），是一种好奇而又趋时的模仿，而模仿出色的人物是邵洵美。这篇回忆文章谈的就是邵洵美，而邵氏的一个诗集就叫作《花一般的罪恶》。

邵洵美（1906—1968），是一个颇具传奇性的人物。他的元配夫人盛佩玉曾写过一篇专文❷记载，但可惜并没有勾画出他的全貌，也没有谈到他的作品。邵氏出身望族，十八岁留学英国剑桥大学，后又到法国学画，与谢寿康、徐悲鸿、张道藩结为兄弟之交。据盛佩玉说，他改名洵美乃是为了配佩玉，意取《诗经·郑风·有女同车》上的"佩玉将将，洵美且都"之意。但更有趣味的是他极为"洵美"的自画像，特别突出他自认为是"希腊式"的鼻子，加了卷曲的头发，颇似一个法国人。1928 年他在上海开了一个小书店，取名"金屋"，但并无藏娇之意（虽然每周有一天招待妇女读者大减价）。章克标说这是因为他喜欢法文 La Maison d'Or 这个读音之故："他有一份英国出版的 *The Yellow Book*（《黄皮书》），十分爱好这些黄色封面的书本，除内容之外，

---

❶ 章克标：《回忆邵洵美》，《文教资料简报》总 125 期（1982 年 5 月），第 67—68 页。
❷ 盛佩玉：《忆邵洵美》，《文教资料简报》，第 47—64 页。

这黄色画面也许更得其心，黄也就是金色。《金屋》月刊一直用黄色封面。"❶ 我们略查英国文学史就会发现，《黄皮书》是 19 世纪末布卢姆斯伯里（Bloomsbury）这批颓废诗人作家的出版物。这些人的作品源自史文朋（Swinburne）和先拉斐尔派，在文字意象上颇重艳丽的雕琢。我们从邵洵美的诗作上也可以发现不少类似之处。他在诗集《诗二十五首》的自序中就说到他所受到的西方文学的影响：

> 在意大利的拿波里上了岸，博物馆里一张壁画的残片使我惊异于希腊女诗人莎弗的神丽，辗转觅到了一部她的全诗的英译；又从她的诗格里，猜想到许多地方有和中国旧体诗形似处，嫩弱的灵魂以为这是个伟大的发现……当时写了不少借用"莎弗格"的诗……我的诗的行程也真奇怪，从莎弗发见了他的崇拜者史文朋，从史文朋认识了先拉斐尔派的一群，又从他们那里接触到波特莱尔、凡尔仑。当时只求艳丽的字眼、新奇的词句、铿锵的音节，竟忽略了更重要的还有诗的意象……在这个时期我出版了《花一般的罪恶》。听说徐志摩当时在我的背后对一位朋友说："中国有个新诗人，是一百分的凡尔仑。"❷

我觉得徐志摩说得并不全对，除了凡尔仑（Paul Verlaine，即魏尔伦）外，恐怕更重要的影响还是——正如邵氏所说——莎弗、史文朋和先拉斐尔派的混合：诗中的艳丽和新奇字眼比比皆是，他献给莎弗

---

❶ 章克标：《回忆邵洵美》，第 69 页。
❷ 邵洵美：《诗二十五首》，上海：时代图书公司，1936 年（上海书店影印版，1988 年），第 6—7 页。

和史文朋的两首诗就是明显的例子：

莎弗

你这从花林中醒来的香气，
也像那处女的明月般裸体——
我又见你包着火血的肌肤，
你却像玫瑰般开在我心里。❶

To Swinburne

你是莎弗的哥哥我是她的弟弟，
我们的父母是造维纳丝的上帝——
霞吓虹吓孔雀的尾和凤凰的羽，
一切美的诞生都是他俩的枝叶。❷

其他类似的浓艳词句很多，有的也更具诱惑性，例如《花一般的罪恶》这首长诗中的第一段：

那树帐内草褥上的甘露，
正像新婚夜处女的蜜泪；
又如淫妇上下体的沸汗，
能使多少灵魂日夜醉迷。❸

---

❶ 邵洵美：《天堂与五月》，上海：光华书局，1927年，第135页。
❷ 邵洵美：《诗二十五首》，第37-38页。
❸ 邵洵美：《花一般的罪恶》，上海：金屋书店，1925年，第49页。

又如《牡丹》：

牡丹也是会死的，
但是她那童贞般的红，
淫妇般的摇动，
尽管你我白日里去发疯，
黑夜里去做梦。
少的是香气，
虽然她亦曾在诗句里加进些甜味，
在眼泪里和入些诈欺，
但是我总忘不了那潮润的肉，
那透红的皮，
那紧挤出来的醉意。❶

这类以女性肉体作为诱惑的"客体"的意象，有时故作惊人的对比——如处女、童贞、淫妇，但诗的效果并不好；邵洵美早期诗作的"颓废"之处，在于他在花草和金石意象上作各种绚丽色彩变换的营造，而从这些意象的连接达到一种美的意境。这里只能举几首诗的片段为例：

洵美的梦

从淡红淡绿的荷花里开出了
热温的梦，她偎紧我的魂灵。

---

❶ 邵洵美：《诗二十五首》，第37—38页。

……

诗人的肉里没有污浊的秧苗，

胚胎当然是一块纯粹的水晶，

将来爱上了绿叶便变成翡翠，

爱上了红花便像珊瑚般妍明。 ❶

我不敢上天

虽然我已经闻过了花香，

甜蜜的故事我也曾品尝，

但是可怕那最嫩的两瓣，

尽叫我一世在里面荡漾。

我要这个云母石的建筑，

上面刻着一束束的发束；

我要叫这些缠人的妖丝

不再能将我的灵魂捆缚。 ❷

　　我认为结构较完整而又不失女性诱惑力的诗是《蛇》，全诗如下：

在宫殿的阶下，在庙宇的瓦上，

你垂下你最柔嫩的一段

好像是女人半松的裤带

在等待着男性的颤抖的勇敢。

---

❶　邵洵美：《诗二十五首》，第 37—38 页。

❷　邵洵美：《诗二十五首》，第 43—44 页。

我不懂你血红的又分的舌尖

要刺痛我那一边的嘴唇？

他们都准备着了，准备着

这同一个时辰里双倍的欢欣！

我忘不了你那捉不住的油滑

磨光了多少重叠的竹节：

我知道了舒服里有伤痛，

我更知道了冰冷里还有火炽。

啊，但愿你再把你剩下的一段

来箍紧我箍不紧的身体，

当钟声偷进云房的纱帐，

温暖爬满了冷宫稀薄的绣被！ ❶

在这首诗中，邵洵美把蛇作美人处理，而没有忽略蛇本身的动物特征，在技巧上只能算是差强人意。较出色的却是他非但把蛇美人变成诗人（我）的对象，而且要在对象身上做爱，达到一种极致的欢欣（当然也有死亡的意味），最后带入神话的意象——云房、冷宫，恰与诗的开首（宫殿、庙宇）相呼应，产生的却是中国古诗中的效果：琼楼玉宇，高处不胜寒。其所指的是月宫，如此则蛇又变成一个"导引"，把性爱和疯狂连在一起，而进入神话境界后，蛇又可以还原为龙了。

邵洵美的诗，可以流传的不多，倒是他传奇性的生活方式——特别是他和美国情妇项美丽（Emily Hahn）的关系——至今仍为行家所

---

❶ 邵洵美：《诗二十五首》，第55—56页。

乐道，我想他可能是上海文坛上少数的"美男子"（dandy）之一。而衣着入时、行为孤僻的 dandy 正是法国颓废派的传统，甚至在巴黎变成一种艺术家的生活时尚。这全是由一本于思曼（Huysmans）所作的小说引起的，小说主人公在服装衣着和居室摆设方面都特别矫饰，想必邵氏可能也知道。后来王尔德更将之发扬光大，把自己的同性恋也公开，造成轩然巨波。这些颓废人物在社会上放荡不羁，但在艺术的领域中却追求感官的真实和极致，在意象的经营上，也多耽溺于镜花水月、金石翡翠和各种花草，克林姆和比亚兹莱的画是典型的例子；在感官的描写上特重肉欲和死亡，所以莎乐美变成了代表人物，王尔德以此题材作剧本，比亚兹莱为之作插图。这一段史实，当时上海文人也大多熟悉。除了邵洵美外，特别宣扬比亚兹莱的人物是叶灵凤，而鲁迅却对叶灵凤谩骂有加，使叶氏的名声一蹶不振，最后流亡香港，寂寂而终。然而鲁迅自己却又把比氏的原画翻印出版，这又是鲁迅矛盾的一面，我曾在另文中详述过。❶

我觉得鲁迅对叶灵凤的道德攻击，虽然有欠公平，然而我们检视叶灵凤的作品，也实在找不出特别大胆颓废之处。他的几本小说写的是都市女性，有时加上一点肉欲，但技巧远较施蛰存和穆时英逊色。他最大的贡献可能是在他主编的《现代小说》杂志上介绍了不少欧美文坛上的大事，诸如劳伦斯的小说《查泰莱夫人的情人》的被禁和解禁等等，甚至也从美国报章上转载刚刚在纽约文坛出名的年轻诗人——当时还在牛津大学念书的保罗·安格尔。他在这方面扮演的角色，颇与赵景深相似，但没有引起文学史家的注意。

叶灵凤的短篇小说中，有几篇是他自认得意的作品：如《鸠绿媚》

❶ 即《鲁迅与现代艺术意识》一文。

《摩伽的试探》《落雁》。他在自序中说："这三篇，都是以怪异反常、不科学的事作题材——颇类似近日流行的以历史或旧小说中的人物来重行描写的小说——但是却加以现代背景的交织，使他发生精神错综的效果，这是我觉得很可以自满的一点。"❶ 然而我读后颇觉得失望，只有《鸠绿媚》一篇，把一个古代波斯神话故事，经由一个仿制的骷髅的中介而带进上海一个作家的梦中，使故事的悲剧结局得以展开，尚差强人意，但并没有达到他自己所说的精神错综的效果。叶灵凤虽着意于描写人物心理的反常，然而他写得较成功的反而是都市日常生活，偶尔也在这种都市生活中作些矫饰，添加一点异国情调，也许这就是他的颓废风格吧。譬如在《禁地》这篇小说中就出现了一个似乎是双性恋的俊美男子。作者特别下功夫描写这个男子住宅的室内装饰：

> 最令人注意的是衣柜上的一列化妆品……决不会料到这是属于一个独居的青年男子的。
>
> 当中的一方人造象牙镶边的面镜，边上雕刻着很精细的近代风的花纹。镜子的左方排着五个参差的香水瓶。三瓶的牌号是Houbigant。颜色两瓶是浅黄，一瓶是纯白……我们可以看出浅黄色的两瓶上是 Lotion 和 Perfume，那白色的一瓶上是 Toilet。……
>
> 镜子的右方第一件是盒面粉，牌子与那瓶淡黄色的香水一样，再过去也是面粉，这一瓶便是青年适才用过。粉的旁边并列着两个立方形的纸盒，一个是象牙色，上面有很细的红纹，一个是黄色间黑的纹线，当中横着一条金带。象牙色的一个是涂脸的 En Beauté，黄色的是时下流行的涂发的 Stacombe，衣柜的右方最后

---

❶ 叶灵凤：前记，《灵凤小说集》，上海：现代书局，1931 年（上海书店影印版，1989 年）。

的一件是一个黑色方形扁盒，镶着两道银红色的边缘，这是修饰指甲的 Cutex。

Cutex 盒上另外还有一小盒 Nail Polish。这两件东西都是目下一般时髦妇女的妆台上还不常遇见的物品，现在竟在一个独居的青年的房内发现，正可证明了这位主人公性格的特异。❶

这一篇小说没有写完。这一段引自小说的导言，显然是一个年轻作家的自画像（并不是叶灵凤本人），塑造的是一个极有法国风而又带有女性脂粉气的美男子，这个人还穿一件黑色的夹袍，"飘动时夹袍里面黄色薄绸的衫里，也可看出。从这一件夹袍和脚上的一双胶底的赭色皮鞋上，可以看出它的主人公对于衣饰的色彩配置和调和，已有了相当的研究"❷。这一切都是 dandy 型的全套装饰，加上对镜子、香水、粉盒等物品的嗜好，可谓相当大胆。如果把叶氏笔下的美男子和法国颓废作家于思曼小说《逆流》(*A Rebours*) 作品中的主人公相比，表面上颇有相似之处：两人都注重外表上的矫饰，所谓 artificiality（虚浮），是法国颓废公子的重要特征。问题是这种虚饰的深层意义在哪里？于思曼小说中的主人公有一套美学，而最后几乎疯狂，他的目的和所有的法国现代主义艺术一样——震撼中产阶级。而叶灵凤笔下的人物并无震撼力，他甚至需要讨好上海的中产阶级读者。在这篇未完成的小说中只塑造了一个略有女性气质和同性恋倾向的作家，而他正在写的小说是描写一个徘徊在一个年纪较长的女子和他的男朋友（一个杂志的编辑）之间的年轻作家（这是叶氏惯用的连环套故事模式），

---

❶ 叶灵凤：《灵凤小说集》，第 427—428 页。
❷ 叶灵凤：《灵凤小说集》，第 423 页。

但这个三角恋还没有展开就"原稿中辍"了。叶灵凤事实上并没有突破"禁地",写出一个震撼人心的故事;这个人物本身也乏善可陈,甚至还流露出一点中国传统小说中的公子哥儿的被动个性和习气。我们不禁要问:为什么叶灵凤写不完这篇小说?是他没有时间写,还是他的写作技巧无力驾驭这种人物?颓废文学中这种人物的"艺术资源"又在何处?

法国文学史上,学者往往把这个都市中的游荡美男子传统推到波德莱尔,波氏在《恶之花》这本诗集中创造了许多极丰富的内涵,至今仍为作家、理论家和学者津津乐道,此处我不愿多谈,只能说波德莱尔本来是 个法国诗界划时代的人物。但在英国文学史上却找不到像波德莱尔这样的作家,倒是出现了几个仰慕法国颓废作家的人,譬如西蒙斯(Arthur Symons)和道森(Ernest Dowson),此二人都是徐志摩和郁达夫仰慕的作家,当然还有邵洵美所心仪的史文朋和《黄皮书》派。英国的颓废作品就太过旖旎华丽,而失去了法国颓废作品的大胆震撼力:从波德莱尔以降,直到魏尔伦和沙曼(Albert Samain)皆是如此。妙的是这些外国人物当时在中国也颇知名,即使是沙曼的诗,创造社的穆木天在日本攻读法国文学时的学士论文就是以他为题。❶然而,这一群中国作家在模仿英、法颓废文学之余,并没有完全体会到其背后的文化意蕴:这是一个欧洲艺术家反庸俗现代性的"表态"。反观中国这个时期的"颓废"文学,其资源仍来自五四新文学商业化以后的时髦和摩登(这是当时人对 modern 这个字眼的译音),并没有彻底反省"现代性"这个问题。由于五四新文化运动的成功,他们也

---

❶ 参见蔡清富:《穆木天生平著译年表》,载穆立立编选:《穆木天诗选》,北京:人民文学出版社,1987年,第317页。穆木天诗作中有不少颓废色彩,此处未能论及。

打着反传统的旗帜，无法从传统文化中去寻求颓废的文化资源。当然，这个问题又牵涉到比较传统化的"鸳鸯蝴蝶派"作家，我在没有仔细研究之前，只能作一个泛泛的臆测：我认为这些作家并没有用颓废来反对现代，也没有真正从传统文学资源中提出对抗现代文明的方法。而真正从一个现代的立场但又从古典诗词戏曲中找到灵感并进而反抗五四以来的历史洪流的作家，我认为是张爱玲。

五

我把张爱玲的小说视为"颓废艺术"可能会引起争议。我的一个基本论点是：张爱玲在她的小说中是把艺术人生和历史对立的，她在《传奇·再版自序》中就开宗明义地说：

个人即使等得及，时代是仓猝的，已经在破坏中，还有更大的破坏要来。有一天我们的文明，不论是升华还是浮华，都要成为过去。如果我最常用的字是"荒凉"，那是因为思想背景里有这个惘惘的威胁。❶

张爱玲的"荒凉"感，正是她对于现代历史洪流的仓猝和破坏的反应，她并不相信时间一定会带来进步，而最终都会变成过去，所以她把文明的发展也从两个对立的角度来看：升华——这当然是靠艺术支撑的境界；浮华——则无疑是中产阶级庸俗的现代性表现。她小说中的上海在表面上仍是一个"浮华世界"。

---

❶ 张爱玲：《传奇》，北京：人民文学出版社，1986年，第349页。

如果说现代性的历史是一部豪壮的、锣鼓齐鸣的大调交响乐（这个张爱玲的譬喻颇为恰当，因为交响乐本来就是西方 19 世纪发扬光大的产品），那么张爱玲所独钟的上海蹦蹦戏所奏出的是另一种苍凉的小调，而这个小调的旋律——张爱玲小说中娓娓道来的故事——基本上是反现代性的，然而张的"反法"和其他作家不同：她并没有完全把现代和传统对立（这是五四的意识形态），而仍然把传统"现代化"——这是一个极复杂的艺术过程。因为她所用的是一个中国旧戏台的搭法，却又把它作现代反讽式的处理；旧戏台的道具不是写实的，而人物也都是神话传奇式的角色（但并不排除人物本身行为和心理的写实性）；张爱玲的短篇小说都像是一台台的戏，所以手法也不全是写实的，象征意味甚浓。她非常注重舞台上的细节和"细品"（detail），最近颇走红的女学者周蕾（Rey Chow）曾在一本书中把这种细节和张爱玲的"女性"艺术连在一起，[1] 但张爱玲的"女性"艺术精神又是什么？我觉得在谈女性主义之前，恐怕还是要先谈谈张爱玲艺术上的现代性，因为她在细节的布置上融入了不少时间和历史的反思，而这种反思的方式绝对超出中国戏曲的传统模式。换言之，张爱玲小说的戏台所造成的是一种"间杂效果"，它不但使有些人物和他们的历史环境之间产生疏离感，而且也使观众（读者）和小说世界之间产生距离，这个距离的营造就是张爱玲的叙事手法，是十分现代的：在故事开头往往提供一个观点，而在故事进行过程中处处不忘把景观的细节变成叙事者评论的对象；有时把东西拟人化，而更惯用的手法却是把人身的部分——如嘴唇、眼睛、手臂——"物质化"，使我们阅读时感受

---

[1] Rey Chow, *Women and Chinese Modernity* (Minneapolis: University of Minnesota Press, 1991), Chap. 4. 亦参见周蕾：《妇女与中国现代性》，台北：麦田出版公司，1995 年。

到一种观看电影特写的形象的乐趣。有时候，我们不仅在观看人体，也同时在窥视人身内部的心理。

张爱玲小说中有些"道具"——如屏风、旧照片、胡琴、镜子——都具有新旧重叠的反讽意义：它从现代的时间感中隔离出来，又使人从现代追溯回去，但又无法完全追溯得到。我们似乎在这些小物品中感觉到时间过程，但它又分明地放置在现代生活的环境里，甚至造成一些情绪上的波动和不安。那么，这种不安的原因又何在？我认为张爱玲小说中所道出的是好几层故事：人物在日常生活中的悲欢离合当然是最表层的，而这个表层的故事也不外是悲欢离合，和旧小说无大差异。然而当我们再检视这个日常生活的背景，就不难发现另外一个层次——我称之为前景和背景的重叠和交错。张氏小说中的人物几乎都是放在前景，但这些人的行为举止和心理变迁却往往是在一个特定的背景前展开的，而这个特定的背景就隐藏了历史，是现代的，而不是旧戏中的古代。譬如《封锁》这个故事，男女在电车中相逢相爱，电车停止是因为日本人占领上海时期的封锁，这种战争时期的做法，当然是特定历史条件下的产物。一般写实或革命小说会把这个抗日的历史背景渲染得很厉害，甚至变成前景；但是张爱玲却把它淡淡几笔交代过去，而更着力于描写这两个孤男寡女在一个静止的时空中所爆发的感情，这是现实生活中很难发生的事，但又那么自然地发生了！这是张爱玲把写实和传奇两种模式交融在一起的技巧，使我们感到一个平凡的爱情故事的可贵。如果只有前景而没有背景——把故事放在无固定指涉的时空，它的"苍凉"效果也可能大减。

张爱玲的小说中我认为最具有"时代性"的矛盾意义——也就是用"传奇"的艺术手法来反述历史——的作品是《倾城之恋》。这篇小说一开头就把时间放进故事的情境里：

> 上海为了"节省天光"，将所有的时钟都拨快了一小时，然
> 而白公馆里说："我们用的是老钟。"他们的十点钟是人家的十一点。
> 他们唱歌唱走了板，跟不上生命的胡琴。
>
> 胡琴咿咿哑哑拉着，在万盏灯的夜晚，拉过来又拉过去，说
> 不尽的苍凉的故事——不问也罢！ ❶

所以，故事和历史，在张爱玲的小说世界中显然是互相冲突的，
之所以称为"传奇"，就是因为故事可以拉过来又拉过去，可以超越
时间和历史。所以这篇小说中的两个主角都不尽写实，而是传奇性的
人物。如果说他们之间的爱情游戏是故事的前景，那么这个前景的背
后却蕴含了一个复杂的"背景"——我认为它是神话和历史的交织，
但神话却又处处冲出历史背景的约束。在这两种背景的交织中最突出
的意象表现，是范柳原和白流苏在浅水湾碰到的一堵"灰砖砌成的墙"，
这是一段极具象征意义的描述：

> 柳原靠在墙上，流苏也就靠在墙上，一眼看上去，那堵墙极高，
> 望不见边。墙是冷而粗糙，死的颜色。……柳原看着她道："这堵墙，
> 不知为什么使我想起地老天荒那一类的话。……有一天，我们的
> 文明整个的毁掉了，什么都完了——烧完了，炸完了，坍完了，
> 也许还剩下这堵墙。流苏，如果我们那时在这墙根底下遇见了……

---

❶ 张爱玲：《传奇》，第58页。

流苏，也许你会对我有一点真心，也许我会对你有一点真心。"❶

我们仔细研究这一段描述，不难发现这是和张爱玲在《传奇·再版自序》中的两句话呼应的："将来的荒原下，断瓦颓垣里，只有蹦蹦戏花旦这样的女人，她能够夷然地活下去……"❷这断瓦颓垣的意义，正是张爱玲颓废艺术的精神所在，它又使我们忆起《红楼梦》中的断垣残瓦。在这个抒情时辰中，柳原悟到的是一个超越时代的神话（从写实立场而言，他这样的浮华公子是想不出这种哲理的），整个文明的毁灭，是一个反文明、反进步的世纪末式的幻想；而将来的荒原却又使他想起地老天荒的那一类话——当我们读到这四个字，自然会加上三个字来补足这一句诗：地老天荒不了情！所以，这句话的意义不是此情不渝直到永久，而是只有在文明毁灭后的地老天荒的"荒原"（张爱玲应该知道艾略特的名诗），才会产生真正的不了情。这岂不是颓废的最佳意义？而真正有不了情的人，我想不会是范柳原这样的男人，而是"蹦蹦戏花旦这样的女人"；所以白流苏这个角色，也像是人生舞台（蹦蹦戏）上的一个花旦，这一层的象征意义非常完整。因此，当真正的历史——日本炮轰香港——在故事中展开后，它非但没有把这对情侣拆散（革命小说或传统言情小说一定会如此），却反而成全了他们的婚姻。这当然是极端反讽的：传奇终于"战胜"了历史，所以故事最后的评述就很顺理成章了，也更反讽地点出了"倾城"之恋的现代意义（与古代的一笑倾城，再笑倾国的传统意义恰好相反）：

---

❶　张爱玲：《传奇》，第 80—81 页。

❷　张爱玲：《传奇》，第 351 页。

香港的陷落成全了她。但是在这不可理喻的世界里，谁知道什么是因，什么是果？谁知道呢？也许就因为要成全她，一个大都市倾覆了。成千上万的人死去，成千上万的人痛苦着，跟着是惊天动地的大改革……流苏并不觉得她在历史上的地位有什么微妙之点。……

传奇里的倾国倾城的人大抵如此。❶

这真是一段妙不可言的结尾，它完全达成了张爱玲在卷首所谓的"在传奇里面寻找普通人，在普通人里寻找传奇"的艺术目的。

六

这篇长文本可以张爱玲作结束，但我不禁又犯了历史癖：如果从历史的眼光再把颓废的故事演下去，她所说的"惊天动地的大改革"之后，我们终于到了 20 世纪之末，距《倾城之恋》又过了半个世纪了。我们真的也面临到整个文明毁灭的危险，甚至西方所有"后现代"的理论，似乎都在否定历史。那么，在 20 世纪末谈颓废，其意义又何在？这本是我写这篇文章的目的。

我不禁又想到一本书——《世纪末的华丽》，这本书的作者朱天文显然熟读过张爱玲的小说，否则怎么会产生如此绝妙的臆想？在这个故事的结尾，我们看到另一个白流苏——一个后现代的米亚，生活在一个和时间竞赛，却也有瞬即过时危险的时装世界里，她最后的臆想，总算回答了范柳原，甚至所有男人的问题：文明毁掉了以后是否还会

---

❶ 张爱玲：《传奇》，第105—106页。

有真情？

　　年老色衰，米亚有好手艺足以养活。湖泊幽邃无底洞之蓝告诉她，有一天男人用理论与制度建立起的世界会倒塌，她将以嗅觉和颜色的记忆存活，从这里并予之重建。❶

---

❶　朱天文：《世纪末的华丽》，台北：三三书坊，1990 年，第 192 页。

"批评空间"的开创
——从《申报·自由谈》谈起

一、"公民社会"还是"公共空间"？

近年来学术界对于"公民社会"（civil society，或译"市民社会"）的讨论颇为激烈，中国是否出现"公民社会"遂成为争论的问题。然而，哈贝马斯（Jürgen Habermas）对于"公共空间"（public sphere）的论述，似乎较少引人注目，甚或与"公民社会"混为一谈。我个人认为前者是哈贝马斯基于欧洲18世纪以降（特别是英、法、德三国）的政治史演变而生的一种理想模式，虽基于史实，仍是一种有关现代性的理论陈述，将之硬套到中国社会，实在不必要，内中牵涉问题太多。甚至"公民"及"社会"这两个名词，中国本来就没有，晚清时译介到中国，大多是经由日本而来，而中西文化背景不同，甚至对于"公"的概念也歧异甚巨。总之，我是反对近年来美国汉学界确定中国有公民社会的看法的。

然而，对于"公共空间"的问题，虽然在哈氏理论中与"公民社会"密切相关，但不必——也不应该——混为一谈。我认为它指涉的是构成"公民社会"的种种制度上的先决条件，而这些制度的演变可以作个别的探讨。所以我一向把"空间"一词视为多数，在英文词汇中是 space，而不是 sphere。而中国学者似乎对"空间"一词较易认同和共鸣，而对 sphere（领域）一词反而不易了解。

我对哈贝马斯学说的故意"误读"，目的是在探讨中国近代史上的一个重要文化问题：自晚清（也可能更早）以降，知识分子如何开创各种新的文化和政治批评的"公共空间"？所谓"公共"，这里指的不一定是"公民"的领域，而是梁启超的言论——特别是所谓"群"和"新民"的观念——落实到报纸而产生的影响。换言之，我认为晚清的报业和原来的官方报纸（如邸报）不同，其基本的差异是：它不再是朝廷法令或官场消息的传达工具，而逐渐演变成一种官场以外的"社会"声音（而"社会"一词恐怕也是恰在此时开始经由日本而传入中国的）。这种新的"公共"的声音，是如何形成的？用什么形式表现？这是我最关心的问题，而它表现的园地，也因之而成为一种新的"空间"。再浅显地说，我觉得报纸的"副刊"是值得深入研究的，它非但代表了中国现代文化的独特传统，而且也提供了一个"媒体"的理论：西方学者认为现代民族国家的建构和民主制度的发展是和印刷媒体分不开的，也就是说报章杂志特别重要，然而西方报纸并没有一种每日刊行的副刊。至于它和民主制度之间的内在关系，此处不能细说。且先从晚清一个众所周知的报纸副刊说起。

二、《自由谈》的游戏文章

上海的《申报》是一家历史悠久的大报，创立在梁启超办报之前。然而，到了 20 世纪初年，它显然也受了梁启超和其他晚清知识分子的影响，在内容上出现了反映社会风气和批评时政的文章，刊于《自由谈》版（显然也是受了梁氏《自由书》的启发）。这类文章的栏目和格式很多，诸如"新乐府""新丑史""新笑史""海外奇谈""忽发奇想""轩渠杂录""新回文诗"等等，当然还有长篇小说（大多是改译）的连载。而这些栏目出现最多的是"游戏文章"。我觉得"游戏文章"是《自由谈》的主要特色，内中不少文章饶有风趣，也最能代表晚清到民初的文化批评。所以在此仅略选几篇分析，以求引起学者同行的兴趣。

"游戏文章"这个专栏的开创者是谁不得而知，有待进一步的研究。"游戏"二字，可能受到李伯元主编的《游戏报》的影响（此栏第一次出现的时间约在 1911 年左右），其宗旨可以在一篇自我指涉的《游戏文章论》中（载于民国六年，即 1917 年 10 月 6 日《申报》第四版《自由谈》）看到全貌（此文所引文章的标点皆由我附加）：

> 自来滑稽讽世之文，其感人深于正论。正论一而已，滑稽之文，固多端也。盖其吐词也，隽而谐；其寓意也，隐而讽，能以谕言中人之弊，妙语解人之颐，使世人皆闻而戒之。主文谲谏，往往托以事物而发挥之，虽有忠言谠论载于报章，而作者以为遇事直陈不若冷嘲热讽、嬉笑怒骂之文为有效也。故民风吏治日益坏则游戏文章日益多，而报纸之价值日益高，价高则阅者之心日益切，而流行者日益广。官吏恣其笑骂，讥刺寓乎箴规，则世之所谓俳谐者乃所以警世也。文士读而善之，欲假文字之力挽颓靡之世局，上之则暗刺夫朝廷，下之则使社会以为鉴。虽有酷吏，力无所施，言者既属无罪，禁之势有不能，则其心自潜移默化。故其大则救国，次足移风，而使奸人得借以为资而耻，至悟其罪过痛改以成良善

之民而后已。此前史所载《滑稽列传》常如此者，非戏言也。夫
为主笔者，非欲学刘四骂人而为谑浪笑傲之语，盖其天职而势使
之然也。夫严正之文不幸而触忌，则祸斯及矣，苟其不然，取而
禁之易也。游戏之为文，虽欲弗闻，而势有不得而去也，《毛颖传》
之类是也。故曰深于正论者谓此也，不亦善哉？

以上是这篇文章的全文。作者署名济航（寓意同舟共济，犹如《老
残游记》开头的梦？），而副标题为"仿欧阳修《宦者论》"，在形
式上似乎是在仿古，然而时代毕竟不同，济航的身份和角色也和欧阳
修大异其趣，至少，此文作者已非士大夫阶级的精英之士。他在文中
把官吏和文士作了区分，对前者的贬意颇为明显，而对后者则颇为认
同，所以觉得自己的"天职"是"假文字之力挽颓靡之世局"（其时
中国的政局也颇颓靡：袁世凯刚死，军阀争权之势正在展开）。然而
文字之力是否可以力挽世局？当然这也可以解释为中国知识分子对于
书写文学的重视，甚至认为"大则救国，次足移风"。所谓"救国救
民"已逐渐成为现代民族主义的口号，是否可以经由文字之力达到目
的，则是一个实践上的大问题，也可以说是中国知识分子的一个理想。
我觉得值得进一步研究的倒是次一种目的：转移社会风气，也就是民
风的问题。在此文中，民风和吏治（"日益坏"）似乎是分不开的，
然而又有上下之别："上之则暗刺夫朝廷，下之则使社会以为鉴"——
这是一句在意象结构上颇有象征涵义的话，它把朝廷和社会作了某种
对比，而朝廷虽高高于上，何敢暗刺？中国传统士大夫对朝廷的批评
是经由"言路"，这也是由朝廷控制的一种谏御制度。到了晚清，朝
廷和京城的官吏已经无法应付世局的危机，所以才有变法维新之举。

但戊戌变法失败后，梁启超等维新分子已经逐渐把注意力（包括他们的"文字之力"）转向"社会"这个新的领域，而将之与民风合在一起。这种论述方式，事实上已经在开创一种新的社会的空间，而在这种新的空间基础上建立"新民"和新国家的思想，所以梁启超早年才把小说和群治的关系列为重点。所以，这篇《游戏文章论》仍然继承了梁启超的观点（虽然梁本人在后期已另作他想），然而较梁氏尤有进之的却是对"游戏"式的文章的看法，将之和"严正之文"对比，而认为更"深于正论"，功用更大。

三、一种边缘型的批评模式

游戏文章的传统当然古已有之，此文提到《滑稽列传》，认为实非戏言。如果用较新的看法，也可以把"戏"的领域扩大到戏台上。元杂剧的戏台上，插科打诨的小丑说话是"言者无罪"的；中国又有所谓"狂夫之言"，现代人所作的"疯言疯语"，也属于类似的一型，都是正统言论边缘的"话语"，都是对于"中心"有异议的，所以我认为这显然是一种边缘型的批评模式。它和中心话语的"正论"最大的不同就在于它的"滑稽讽世"。用现代的话说，这滑稽可以是幽默，也可以是"讽刺"——用滑稽的形式或明或暗地来讽刺政治和社会。所以在文体语言上就出现了"反讽"（irony）和"嘲讽"的形式。"反讽"说的是指桑骂槐，但基本上是作者和读者连成一线，都知道文本中的语言是反话，当然更复杂的反讽形式在文学作品中很多。至于"嘲讽"，就内容而言可以作故意的、有目的的讥嘲（satire，中国现代文学作品中大多采用这个模式）。而我所关心的是文体形式上的"嘲弄"或"玩弄"

（parody），这种做法非但有创新的意义，而且似乎也最适合用在中国传统文化的语境中。所谓拟古或仿古，在模拟的过程中不知不觉就对旧形式作了玩弄，从而开创新的语意。我认为游戏文章的长处正在于此，它既是一种过渡时期的文体，也和这个时期的媒体——报纸——关系密切。有了这种"嘲弄"的文体，就可以在社会上达成一种连锁功用："民风吏治日益坏则游戏文章日益多，而报纸之价值日益高，价高则阅者之心日益切，而流行者日益广。"这个连锁反应的论述，事实上已经牵涉到媒体理论中的读者（或观众）和"流行"的问题。换言之，报纸读者的阅读兴趣，是经由文体的游戏而带动，读者越多，报纸越流行。而流行的功用不仅是商业上的利益（资本主义者所谓赚钱），也可以在文化层次上转移社会风气。所以早在宣统三年七月初五日（即1911年8月28日；《申报·自由谈》页首将中历列于右，西历列于左，可能也是一个创举），《申报·自由谈》就刊出一个公开的"征文告白"：

> 海内文家如有以诗词、歌曲、遗闻、轶事，以及游戏诙谐之作，惠寄本馆，最为欢迎。即请开明住址，以便随时通信，惟原稿恕不奉还。

如果以上所引的游戏文章部分是由征稿而来，这个半公开的园地更属开创的新空间，它至少为社会提供了一块可以用滑稽的形式发表言论的地方。

这些言论——"游戏文章"的题材——可谓五花八门，应有尽有，而批评时政的尤多，这里不能一一列举。总的来说，似乎和当时流行的时尚、价值、风气及政治事件有关，许多文章都是有感而发，在针对时弊之余，往往也作插科打诨，二者衔接得宜的时候，会成一篇妙文。此处只能举几个例子。

宣统三年（1911）七月初一日《申报·自由谈》有篇游戏文章，名为《助娠会》，是一篇短短的科幻小说，一开始就说"下流地方有一个夜花园，园里有个助娠会……"这里的"下流地方"可能影射上海，也可能泛指和官府相对的社会和民间。助娠会的总办"鉴于子嗣之艰难，国种之衰弱"，为了强国强种（显然是严复引进的社会达尔文主义的词汇），所以创办这个助娠会，"专劝少年男女入会，缴费一元便可亨受许多利益。所以会友日渐加多，夜间十时起至早上五时止是会友到会办事的时候"。

故事说到这里，作者转而用说书的笔法，单表男女会员二人，男主角姓卜名耀明，年纪不过十八岁，一表人才，"以造就新国民自任"。他所着衣饰，作者特费笔墨形容："只见他穿着轻螺纱长衫，内衬绞肠纱短衫，吊脚纱裤子，脚登时兴踏斗鞋，鼻架金丝烂鼻眼镜。"他遇到一个女会员，她"爱学西派，故名讨司，穿着西装，上身是淡红烂喉纱的罩衫，下身是面色青午时纱的长裙，头上戴着一顶血冒，胸前手上饰着许多金刚醉。那卜耀明见了自然目醉神迷，便携手到大串馆里吃大串。死（侍）者上来请点菜，卜耀明吃的是迷魂汤、冷狗肉、鸡排、大馒头；讨司女士吃的是人尾汤、卷筒人肉、大香肠、荷包蛋炒羹饭。随后又各吃了一杯揩脌、一瓶屈死。摸出表来一看，已有一句多钟，忙起身赶到办事室里办事去了"。这里所描绘的衣着食品，当然极尽夸张幻想的能事，虽然中西合璧，但西化色彩甚浓，这显然是对当时西学和洋务时尚的一个讽刺。而这两个男女为"强种"而"办

事"，似乎在挖苦流行的优生学，

最后故事急转直下："闲话休题，却说卜耀明与讨司女士在会中足足办了一个多月的事，只因热心过度，终夜勤劳，不觉形容消瘦，依稀一对象牙活狲，助娠没有助成，早已双双到西方极乐国去游历去了。"（把死亡说成"到西方极乐国去游历"也可谓语意双关，把"西方"也附带批了一笔！）

后来家属将助娠会的总办抓住殴打一番，几乎打死，"幸亏几个外国巡捕把众人劝开了，才得逃了性命，从此挫了风头。常对着他的朋友说道：好事难成，人家好好的助娠会，都被他们说坏了，倒显得我是于中取利呢"。故事到此结束。

这篇游戏文章如作小说读，当然较晚清其他名小说逊色甚多；它只不过用小说叙事的模式来讽刺富国"强种"的价值系统，作者的立场也许有点保守，然而"亡国灭种"也确是晚清民族思想萌芽时所感受到的危机。我想此文所讽刺的不是维新，而是维新的时尚——它竟然可以蔚为一种商业风气。虽然助娠会是虚构的幻想，但有人可以从"维新"中牟利倒是可能的，而故事中的幻想世界也多少反映了当时的崇洋之风。

从"正面"来说，如何"造就新国民"——如何营造一个新的民族国家——正是梁启超这一代苦苦思索的命题，而梁氏用以传播新国民思想的工具就是民办的报纸。不到十年工夫，这一种思潮已经时髦到可以作为报纸副刊游戏文章的题材，这也足证当时新潮流影响之速。事实上，这一种对于新潮流和新的"洋务世界"的不安，正是后来所谓"鸳鸯蝴蝶派"小说的主题之一。甚至早期（1917 年左右）的《新青年》杂志也登过类似题材的小说，苏曼殊的《碎簪记》就是一例。它也是用一个才子佳人的模子，所描述的却是新旧交替的生活世界。《助娠会》既然故意名曰"滑稽小说"，也可将其虚构世界视作现实的倒影。

四、五四前夕的游戏文章

到了民国初年、五四运动前夕，"游戏文章"的题目也越来越大胆，并直接针砭时弊，特别对于议会政治和袁世凯，可谓极尽讥讽的能事，用的是极为透明的反讽手法，读者一望可知。譬如民国五年（1916）12月13日的"游戏文章"题目为《议员赞》，开场白就说："张勋谓议员捣乱，非骂不可……然吾以为骂声必非人所乐闻，不如赞之，故为之赞曰。"但内容全是"反话"，语言（文言文）极生动，援引一小段作例子：

> 巍巍议院，二次成立，袞袞诸公，以身作则，不有表示，毋乃旷职。嗟我国会，无声无息，委靡不振，已非一日，徒托空言，亦复何益？为此登场，涂其新剧，大声疾呼，攘臂而出，神威大震，圣武莫匹。物虽无知，诚亦能格，桌椅翻身，墨盒生翼，欢声如雷，以手加额。容光焕发，国旗同色，牺牲生命，尚且勿恤，区区头颅，又何足惜？流血主义，实有价值，唯其如此，乃显能力，匪鸡与狗，匪蚌与鹬。堂哉皇哉，一般政客，口号文明，手造法律，代表国民，万中选一。不畏神圣，施以踣击，岂非英雄？岂非豪杰？凡我同胞，能不啧啧……唯我国会，世界独一，谓予不信，请观成绩。

这段文章读来铿然有声，四字排比的句子，似乎条理井然，像一篇规规矩矩的赞词，然而内容则极尽挖苦的能事，甚至在文末还向议员提供保身和斗争的武器，诸如"彰身之具，可用铁质，与古将官，盔甲一式；桃青面具，于用亦适，若嫌太薄，则幕以革；长统军靴，便于足踞，麑皮手套，便于掌掴"等，真是绘声绘影，近于荒谬，这就是讽刺的手法。想当时的读者读来必能莞尔而击节赞赏，而作者（化名"臣朔"）也达到了他的目的。如果这篇文章以胡适的白话文书之，反而不会产生类似的效果。

在此之前两日（12月11日），《申报》另一版有一个"时评"，题曰《国民之自觉》，内容是直截了当的说教，主题明确，但语气反而没有《议员赞》那么生动，文中第二段有下面几句话：

> 我国民岂以是萎靡不振、横暴无礼之气象，托彼议会代表之耶？如其然也，我复何言；如其不然，则以家国生命之重任委托之，听其破败灭裂而不顾，是岂我国民委托之本心哉？

这段话把议会视为国民的代表，而把议会的责任不归咎于政府，而"全在我国民"，因此要唤醒国民的自觉，可谓是一种初步民主理论的表征。然而同日《自由谈》发表了一篇"游戏文章"，题为《竞卖议员解》，内容却把"时评"的主题发展成一篇荒谬的对话，像是一段相声，"正面"提问的说了一番代议政治的道理，认为议员必须由人民选举，然后接着问道："然则今者吾国改选议员之期已届定，何不闻人才是取而乃悬价竞卖，若市侩之交易货物，奸民之贩卖猪仔……是诚吾所不能解者。"这一段天真的问话，遂引出作者世故的问答："余笑应曰：'愚哉，子之问也……吾国有名无实之事多矣，于选举之事亦何尤？且夫议员者，乃今日吾国最尊荣之地位，进则可以任部长，退则可以作富翁。'"然后举出三个议员竞卖之必要的理由，当然又极尽讽刺的能事。这类极大胆的批评，在当时"游戏文章"中屡见不鲜。甚至还有一篇《拟袁世凯第一致袁世凯第二书》，想死后让位给他，而接着有《拟袁世凯第二答袁世凯书》，自叹不如，敬谢不敏，又谓："唯生平志趣，最喜崇拜奸雄，某尝谓古今中外有最难学者二人，外国一拿破仑，中国一曹阿瞒，我公乃合二人而一炉冶之，其才其智直为古今中外所无……"此文发表于民国五年（1916）12月6日，恰是袁世凯逝世之年，如此激烈的揶揄和攻击，似乎也没有受到北洋政府的压制，可见当时的舆情一斑。

《申报》是全国第一大报，发行于上海，不受北京的控制，对于时政的批评更是变本加厉，不禁使我臆想到两件事：近年台湾所谓"立法机关"的大打出手其实"古亦有之"。而军阀时期的言论尺度，反而较后来国民党执政时宽松得多！且不论这些"游戏文章"当时会产生何种影响，我认为它已经造成了一种公论，提供了一个史无前例的公开政治论坛，也几乎创立了"言者无罪"的传统。如此发展下去，中国现代报纸所能扮演的"公共空间"角色可能绝不较美国独立前的新英格兰报纸（当时也有不少才智之士用化名发表论政之文）为逊色。问题是：这一个逐渐独立的报纸言论，并没有完全生根结果，国民党北伐成功统一中国后，在言论上采取检查制度，遂把这个言论空间又缩小了。

然而，言论的压制政策也会造成另一种对抗的方式，这种压制和反抗的模式，反而成了中国知识分子最津津乐道的传统，而这个新传统开创者之一就是鲁迅。我在此要特别分析鲁迅在20世纪30年代为《申报·自由谈》所写的文章（后编为《伪自由书》），原因无他，我只想对照一下在同一张报纸、同一个版面发表的文章，先后有何不同？鲁迅的"游戏文章"又如何与新闻检查官做"游戏"？这是（至少对我这个以前研究过鲁迅的人而言）一个饶有风趣的"新观点"。

五、鲁迅《伪自由书》中文章的生产

鲁迅的《伪自由书》，据他自己的前记，收集的是1933年1月底至5月中旬寄给《申报·自由谈》的杂感。他如何因黎烈文刚从法国回来，任《自由谈》编辑而向他约稿的事，是尽人皆知的。然而《申报》从什么时候开始有了《自由谈》？《自由谈》里是怎样的文字？他并不知道，恐怕也从来没有看过内中的"游戏文章"，所以，鲁迅为《申报》写的杂文，应该算是"创举"，并没有前轨可循。然而，他既为一个报纸写文章，这些文章的生产和报纸的关系当然很接近，这是不容置疑的事实。究竟如何接近？这倒是一个值得探究的问题。

鲁迅在此书的前记中解释得很清楚：既然答应为《自由谈》写稿，就开始看看《自由谈》。原来他每天看两份报纸（这是他在后记中说的），一份是《申报》，另一份是《大晚报》。而他似乎对于《大晚报》上的各种文字颇为不满，所以常常引用而加以攻击，认为可以"消愁释闷"。这种"引用"的结果（当然他也引用《申报》的消息，但较《大晚报》的少）是鲁迅变成了"文抄公"，而且抄起来劲头十足。譬如后记的二三十页，一半都是剪报，甚至还欲罢不能，略带尖酸地说："后记这回本来也真可以完结了，但且住，还有一点余兴的余兴。因为剪下的材料中，还留着一篇妙文，倘使任其散失，是极为可惜的，所以特地将它保存在这里。"

　　这种故意剪贴抄袭的技法,使得鲁迅的杂文也变成了一种"多声体"式的评论:一方面他引用报纸上的其他文章和消息,一方面他又对这些剪下来的文章作片段的拼凑,再加以评论。"原文"被他技巧地拼凑以后,变成了不可置信的说法,而鲁迅自己评论的声音,却显得更有权威。有时候,他即使只做拼凑的工作,也会拼凑出一种荒谬的现实,《迎头经》即是一例。他把报上所载对"日军所至,抵抗随之"的说法作各种解说(当时政府的政策是不作正面抵抗的),篇末还加上了这样一段:"这篇文章被检查员所指责,经过改正,这才能在十九日的报上登出来了。原文是这样的——"于是把他从剪报得来的消息的可信性又打了一个折扣;既然文章被检查,显然迎头抗日的消息就犯了禁忌,而评论这种不可置信消息的文章竟也遭殃,可见政府更不可信——这就是这篇文章的内在逻辑。

　　有时候,鲁迅在引述报纸的消息的时候,特在重要关头加上作者注(当时他化名为何家干),这一注就像是当头一棒,把他所批评的对象打得体无完肤。鲁迅最喜欢攻击的对象之一就是胡适,所以在一篇题为《光明所到……》的杂文中,他作如下的评注:

　　　　但外国人办的《字林西报》就揭载了二月十五日的《北京通信》,详述胡适博士曾经亲身看过几个监狱,"很亲爱的"告诉这位记者,说"据他的慎重调查,实在不能得最轻微的证据,……他们很容易和犯人谈话,有一次胡适博士还能够用英国话和他们会谈。监狱的情形,他(胡适博士——干注)说,是不能满意的,但是,虽然他们很自由的(哦,很自由的——干注)诉说待遇的恶劣侮辱,然而关于严刑拷打,他们却连一点儿暗示也没有"。

这一段引言，只须两个小注，就把西文报纸所载胡适的形象和言谈全部否定了，留给读者的印象是：胡适竟然如此天真，不切实际，竟然相信监狱中没有严刑拷打，也竟然相信犯人可以自由地诉苦！鲁迅引得我们怀疑的不仅是胡适自己的观点（第一个注），而且也是《字林西报》的记载（第二个注），这是一个典型的"套用"（framing）手法。而鲁迅的注文，就像他在引号外面的前后文一样，是一种"后设"的评论，不但高高在上，而且也可以作内在颠覆，在颠覆之后，更显得他自己的话可信。所以在这篇文章的后段，他就说到自己的经验和观感，总结是监狱里非但不自由而且不准用外国话。

鲁迅在《伪自由书》中的剪贴技巧和套用手法，从文体而言，都是一种杂文体。它把记载和论述、报纸的文体及鲁迅自己的评论文体故意混"杂"成自己的文章。从好处来说，这应属一种开放型的杂文，它可以兼容并包，不分界限，并且直接和现实及时事打交道，而且——像报纸一样——极有时效。所以，鲁迅自己在前记中说："到五月初，竟接连的不能发表了，我想，这是因为其时讳言时事而我的文章却常不免涉及时事的缘故。这禁止的是官方检查员，还是报馆总编辑呢，我不知道，也无须知道。"其实，鲁迅是知道的，因为他在不少文章中故意和检查员过意不去，这就是众所周知的鲁迅精神的表现。

鲁迅对付新闻检查官的办法，也和他的剪贴和套用手法相似，但更技高一筹。在《伪自由书》和这个时期的其他杂文中，他往往把被检查员删去的字眼用 ×× 的符号代表；有时候他也故意不写出某人或某报名字，而用 ×× 代之，故作避嫌之状。如"四月十五日的 ×× 报上，有一个用头号字印我斩敌二百的题目"（见《以夷制夷》），但在文后又加了按语，指出他"引以为例的 ×× 报其实是《大晚报》"。

把这两种 ×× 的手法并置来看,我们可以揣测鲁迅自己和检查官作游戏的态度:×× 是一种符号,也是一个空白,它迫使(或引诱)读者在阅读过程中不停地"填空"——猜测他真有所指的是谁?但这种空白有时候并不耸人听闻,是庸俗的,譬如 ×× 报指的就是《大晚报》,按语交代也无妨。或者他又把报上每日记载的时事要闻用 ×× 代之,例如在《推背图》一文中,他说到几天来报章上记载的几项要闻:

一、×× 军在 ×× 血战,杀敌 ×××× 人。
二、×× 谈话:决不与日本直接交涉……

然后他又解嘲式地补了一句:"倘使都当反面文章看,可就太骇人了。但报上也有……'×××× 廉价只有四天了'等大概无须'推背'的记载,于是乎我们就又糊涂起来。"

这是一种"庸俗"的障眼法,把 ×× 变成了一种虚伪和庸俗的代号,是不可信的。由此类推,因检查而删节的 ×××× 是否又真的耸人听闻?也许检查本身就是多此一举,以为删了几个字或几句话就可以逞其官方威风,而其实鲁迅根本不把他看在眼里,所以 ×× 又代表了一种嘲笑和揶揄:检查文章是毫无作用的,因为,即使读者猜不出所指,鲁迅自己在出版《伪自由书》时就作了还原,还加上按语指出何处被删、原文应为如何,或"这一篇和以后的三篇都没有能够登出"等等,还其真面目。换言之,鲁迅为自己填了空白,也为自己文章中的某些沉默(××)作了一种反抗性的解说,相形之下,压迫言论的检查官就更显得愚蠢之极了。

六、《伪自由书》是否为"公共空间"争得自由？

鲁迅在一篇杂文《王化》的文后说："这篇被新闻检查处抽掉了，没有登出。幸而既非徭民，又居租界，得免于国货的飞机来'下蛋'，然而'勿要哗啦哗啦'却是一律的，所以连'欢呼'也不许——然则唯有一声不响，装死救国而已！"这是一段颇带自嘲味的境遇自况的文章。因为他居于租界，所以才得免于轰炸，然而他仍然寄生在帝国主义的藩篱下（"勿要哗啦哗啦"是红头阿三之类的威武命令），所以唯有一声不响。其实，鲁迅岂是一声不响？他的杂文一篇篇刊出（禁了之后又能收于杂文中），产量甚大，他的文字声音，响彻了文坛！他之得以如此，也靠了租界的保护和自己的声誉。国民党对他恨之入骨，几次把他列入黑名单，但迟迟不敢行动。所以，事实上鲁迅在"且介亭"上（"且介"即"租界"二字的各半个字）还是享有某种自由的特权的，而《伪自由书》这个书名，有意无意间也蕴涵了几层反讽的意义。

他在这本书的前记中说："自由更当然不过是一句反话，我决不想在这上面去驰骋的。"然而他毕竟还是为自己的言论造就了空间，可以在这上面去驰骋。如果"伪自由"指的是假自由的话，他这本书是否也因国民党限制自由而成了一本"伪书"？他在文中处处讽刺报纸的虚伪报导，似乎又把自己塑造成揭橥真理的英雄，如此则《伪自由书》应指国民党统治下的假自由，那么，又如何在"伪自由"的环境里说真话？事实上，鲁迅也不得不承认自己的言论有点吞吞吐吐，他引了王平陵的一篇文章，王骂他"尽可痛快地直说，何必装腔做势，吞吞吐吐，打这么许多弯儿"。鲁迅的回答是："说话弯曲不得，也是十足的官话。植物被压在石头下，只好弯曲的生长，这时俨然自傲的是石头。"这话（用的是他一贯的譬喻技巧）说得十分动人，自比植物，但是也自承说话弯曲，因为，如果痛快地直说，就不必在文中玩弄各种文字的技巧了。而文字——特别是鲁迅的文字——和它所描述的现实的关系，不可能完全是直接透明的"反映"，而必须是"折射"的、弯曲的。鲁迅处于 20 世纪 30 年代的情境，本身就含有一个悖论：他写文章为的是争取言论自由，而只有在自由被压制——一个"伪自由"——的情况下，他才能发挥"弯曲"的、"吞吞吐吐"的才华，才能写出像《伪自由书》这类没有自由的作品，然而又在作品中——特别是杂体混声、兼叙带评、剪贴拼凑式的形式和语言运用技巧上——为自己开创了一点自由的空间。

然而，我最终的问题是：鲁迅的《伪自由书》，是否为当时的"公共空间"争取到一点自由？他的作品是否有助于公共空间的开拓？它和《申报·自由谈》早期的游戏文章，在社会文化的功用上有何不同？这个问题恐难找到客观的答案，因为它牵涉到个人主观上对鲁迅的看法。

我一直认为，如从文学艺术的立场来看鲁迅这个时期的杂文，其实并不出色，甚至较早期的哲理抒情性的杂文逊色。如果从意识形态的立场来看，左翼的人当然会为这些杂文叫好，然而，事过境迁之后，这一片叫好之声又似乎很空洞。因为当年的上海文坛上个人恩怨太多，而鲁迅花在这方面的笔墨也太重，骂人有时也太过刻薄。问题是：骂完国民党文人之后，是否能在其压制下争取到多一点言论的空间？就《伪自由书》中的文章而言，我觉得鲁迅在这方面反而没有太大的贡献。如果从负面的角度而论，这些杂文显得有些"小器"。我从文中所见到的鲁迅形象是一个心眼狭窄的老文人，他拿了一把剪刀，在报纸上找寻"作论"的材料，然后"以小窥大"，把拼凑以后的材料作为他立论的根据。事实上他并不珍惜——也不注意——报纸本身的社会文化功用和价值，而且对于言论自由这个问题，他认为根本不存在。别人（如新月社）提出来讨论，他就嗤之以鼻，把它说成奴才焦大在贾府前骂街，得到的报酬只是马粪，而现在居然"有时还有几位拿着马粪，前来探头探脑的英雄。……要知道现在虽比先前光明，但也比先前利害，一说开去，是连性命都要送掉的。即使有了言论自由的明令，也千万大意不得"（见《言论自由的界限》）。

然而我认为鲁迅的问题就在于他为了怕送掉性命而没有"说开去"！我认为这不是说或不说的问题，而是如何说法，如何"说开去"，如何找寻空隙，建立一个说话的新模式（discourse），而不是从一个私人道德和个人恩怨的立场采取一种绝对的态度。可惜的是，鲁迅在这个时期的"说法"和所写的游戏文章（特别是和检查官做的语言捉迷藏游戏），并没有建立一个新的公共论政的模式。《伪自由书》中没有仔细论到自由的问题，对于国民党政府的对日本妥协政策虽诸多非议，但又和新闻报道的失实连在一起。也许，他觉得真实也是道德上的真理，但是他从报屁股看到的真实，是否能够足以负荷道德真理的重担？如果他真的想探讨真实，为什么又引了那么多别人的文章作"奇文共赏"？而共赏之后又有何益处？总而言之，我个人对《伪自由书》的看法是：鲁迅坐失良机，聪明人反被聪明误！也许，学术界同行或鲁迅的崇拜者会觉得我这种判断太过苛酷。

七、"公共空间"的缩小及转机

从鲁迅的例子也许可以看到 20 世纪 30 年代的一个缩影。在没有进一步作仔细研究之前，我不敢妄下另一个更苛酷的判断。不过，前面说过，20 世纪 30 年代的政治毕竟较军阀时期不同，它似乎反而较军阀时期的"公共空间"更为缩小，知识分子开始两极化，对政府的态度是"对抗"性的。自五四以来，知识分子的精英心态更强，总觉得自己可以说大话、成大事，反而不能自安于社会边缘，像早期"游戏文章"的作者们一样，一方面以旁敲侧击的方式来作时政风尚的批评，一方面也借游戏和幻想的文体来参加"新中国"——一个新的民族群体——的想象的缔造。文字不是枪杆，它的功用在于营造一群人可以共通的想象，从而逐渐在文化上产生"潜移默化"的效果。20 世纪 30 年代的文化媒体，在物质上较晚清民初发达，都市中的中产阶级读者可能也更多，咖啡馆、戏院等公共场所也都具备，然而所产生的却不是哈贝马斯式的"公民社会"。内中原因当然非常复杂，但原因之一可能从鲁迅的杂文中得到印证：这种两极化的心态——把光明与黑暗划为两界作强烈的对比，把好人和坏人、左翼与右翼截然区分，把语言不作为"中介"性的媒体而作为政治宣传或个人攻击的武器和工具——逐渐导致政治上的偏激化（radicalization），而偏激之后也只有革命一途。

引来的浪漫主义:
重读郁达夫《沉沦》中的三篇小说

　　郁达夫的《沉沦》可能是除了鲁迅《呐喊》之外，中国现代文学史上最早的短篇小说集。我在拙著《浪漫的一代》中虽然也谈到过郁达夫的小说，但仍有许多不足的地方，有些问题没有深入探讨。据我所知，大部分研究郁达夫的学者，只研究这本小说集中的《沉沦》一篇小说，认为它是郁达夫的代表作，却没有注意这本小说集中的其他两篇小说：《南迁》和《银灰色的死》。我在《浪漫的一代》中也分析了《沉沦》，并谈到一点《银灰色的死》，可是完全把《南迁》忘记了，只是敷衍地一笔带过。时隔40年，回头看《沉沦》的最早版本中的自序，很明显的，这是一本三部曲，而《南迁》是其中最长的一篇（在原版本中占98页，而《沉沦》占72页，《银灰色的死》占29页），分量很重。如果用音乐中的奏鸣曲形式作一个比喻，《沉沦》应该是第一乐章，点出了主题，《南迁》是第二乐章，把主题转成较抒情的变奏，而《银灰色的死》可以视作第三乐章的快板总结。郁达夫在此集自序中也特别提到：《沉沦》和《南迁》"这两篇是一类的东西，就把它们作连续小说看，也未始不可的"。为什么一般学者只注重《沉沦》而忽略了《南迁》？可以用一个更浅显的比喻：如果这个三部曲是一个三明治的话，《南迁》则应该是上下两层面包所夹的"馅料"，问题是这个"馅料"的内容到底是什么？

此次我重读这篇小说，发现这个文本和这本小说集的其他两个文本不尽相同，非但故事内容迥异，而且《南迁》的文本中包含了大量的其他西方文学的引用，甚至还有不少德文，包括歌德（Johann Wolfgang von Goethe）的一首诗歌。这里就牵涉到另一个很有意思的问题：一个作家创作小说的时候，除了自己的创作灵感、生活经验与对外在人物和世界的观察外，亦可能从其他文学作品中汲取不少材料；换句话说，作家挪用别人的书，变成自己的书，把其他的文本放进自己的文本之中。这不算抄袭，而是一种移植和引用，在音乐作曲中的例子比比皆是，但在中国现代文学中尚不算常见。因此我愿意在这篇论文中从这个引用的观点来重读郁达夫的《南迁》。我用的研究方法，勉强可称作"文本交易"（textual transaction），也是中国现代文化史上吸收西学的一个现象。

《南迁》的故事绝对不是郁达夫的个人经验，而似乎是把《沉沦》的主题故事延续到另一个不同的场景——日本南部的安房半岛，加上更多的虚构成分，而这些虚构的灵感都来自其他西洋文学，特别是歌德的一首诗歌《迷娘》（Mignon），我认为它在这篇小说中占了主导地位，而且在小说后附有郁达夫的中文翻译。这样的安排更不多见，所以值得细读推敲。

本文将试图先从《沉沦》开始检视郁达夫的这种"文本引用"的手法，但主要还是研讨《南迁》这篇小说。至于《银灰色的死》，拙著《浪漫的一代》也曾约略讨论过，但不详尽，在本文中也另加补充。

一

郁达夫在他的许多散文集中提到他喜欢买书和看书，他自己就曾收藏近千册的西方文学书籍。在这三部小说中，男主人公的主要特征，除了长得瘦削之外，就是看书，房里也放有很多书。因此，书变成了郁达夫小说中很重要的"道具"，甚至可以成为他文本中的文本。

郁达夫在日本留学期间，显然和他的友人郭沫若一样，除了日文外，也学过德文，而且还懂得英文。郭沫若译过歌德的《浮士德》，但没有全译，甚至以歌德自比。郁达夫并不如此"自大"，但显然对于欧洲 18、19 世纪的浪漫主义潮流和作品情有独钟，在《沉沦》的三部小说中——特别是《沉沦》和《南迁》——也引用了不少德国和英国浪漫主义的主要作品，如果把这两篇小说作连续的小说看，则很明显的是以华兹华斯（William Wordsworth，郁译渭迟渥斯）作开端，以歌德作终结。《沉沦》一开始，当主人公在田野散步的时候，"他一个人手里捧了一本六寸长的 Wordsworth 的诗集"（可能是当时流行的一种袖珍本）。当他开始自怜的时候，也很自然地看到这本诗集，原来就是华兹华斯最有名的一首浪漫诗《孤寂的高原刈稻者》（*The Solitary Reaper*）。他引了这首诗的第一节和第三节后，又大谈他的读书经验，并以爱默生（Emerson，郁译爱美生）的《自然论》（*On Nature*）和梭罗（Thoreau，郁译沙罗）的《逍遥游》（*Excursion*）为例，谈他翻书看的时候，从来没有"完全从头至尾的读完一篇过"，但却往往被一本他心爱的书感动，而且"像这样的奇书，不应该一口气就把它念完，要留着细细儿的咀嚼才好"。这种读法，很可能是郁达夫的夫子自道，也更为这篇小说的文本引用提供一个线索——就是"断章取义"——不是随意误引，而是故意引用最适合他故事中的主角心情和背景气氛的章节，此处所引的章句显然就是英德浪漫主义（美国的爱默生和梭罗当然也受此影响）中最重要的一面——对大自然的感受。

郁达夫在故事开头用了将近 8 页的篇幅——也就是故事第一节的大部分，描写主人公如何看书和翻译华兹华斯的这首诗，终于在"放大了声音把渭迟渥斯的那两节诗读了一遍之后"（当然用的是英语），他忽然想把这一首诗"用中国文翻译出来"，于是就接着把《孤寂的高原刈稻者》的前两节译了出来，用的几乎完全是白话，但中间还是免不了用了几句文言成语，如"轻盈体态""风光细腻""幽谷深深""千兵万马"等。这在当时（1921 年）也是一个创举，因为白话诗刚刚由胡适提倡出来，但尚未经过徐志摩和闻一多等人从英诗中提炼出来的中国白话诗的韵节试验。郁达夫的译文，仍然有尾韵，虽然每行长短不一，但在白话文的节奏上颇下了一番功夫。但是故事中的"他"却对自己的译文十分失望，便自嘲自骂道："这算是什么东西呀，岂不同教会里的赞美歌一样的乏味么？英国诗是英国诗，中国诗是中国诗，又何必译来对去呢？"

然而他说过后又不禁自鸣得意，甚至"不知不觉便微微儿的笑起来"。这一个举动的意义何在？对于当时中国读者而言，一定是极为"陌生"的阅读经验。是否郁达夫故意要把他的文本"陌生化"？我看并不尽然，而是他禁不住把自己的阅读经验也写进小说里去了。写小说和读小说其实是两位一体的，或者说这篇小说的灵感——甚至主人公自己的情绪——就从阅读另一本书而起；华兹华斯的《孤寂的高原刈稻者》非但被借用，而且其中的"孤寂"情绪也被"移植"到《沉沦》

的文本之中。

但是郁达夫并没有直接把英国浪漫诗的原来情操带进他的文本，他只不过借用华兹华斯的一首诗来铺陈一种"孤寂"的气氛（这种技巧本身也接近浪漫主义的小说），但他引出的"大自然"的意象并没有像华兹华斯原诗一样，衬托出一种"天真"（innocence），再以此提升到一种哲学和"超越"（transcendent）的境界（爱默生和梭罗更是如此），而是从故事的第二节开始，把气氛改变，拉进主角内心的"忧郁症"（hypochondria）和颓废情绪。到此他已经用不上华兹华斯了，而转向尼采的查拉图斯特拉（Zarathustra）："他的 Megalomania 也同他的 Hypochondria 成了正比例，一天一天的增加起来。"

问题是这两个心理名词并不完全合配，郁达夫描写的其实不是"自大"而是"自卑"，后者又和主角被压抑的性欲和偷窥欲连在一起，形成另一种自怜，而这种自怜也有点幼稚：当我们读到"槁木的二十一岁！死灰的二十一岁！"的时候，才知道他如此年轻，以历史回顾的眼光看来，成年的主人公还是一个"新青年"，而这个青年人到了日本留学后的遭遇，只不过把他的"dreams of the romantic age"逐渐销蚀了。这般浪漫的情绪遂变成了"感伤"，郁达夫最常用的一个名词 sentimental（也在后文中译作"生的闷脱儿"，十分传神）遂在这篇小说的中间第三节出现了。所以当主人公一个人从东京坐了夜行火车到 N 市的时候，火车过了横滨，他却看起海涅（Heinrich Heine）的诗集来，从英国的浪漫主义转到德国的浪漫主义，也可以说是另一种文本引用的策略。在这个关键时刻，主人公却先用铅笔写了一首中文古诗寄给他东京的朋友，略带惜别之意，然后就引用海涅的德文诗，引的是德文原文，但中文译出来的却大多是古文：

> 浮薄的尘寰，无情的男女
>
> 你看那隐隐的青山，我欲乘风飞去，
>
> 且住且住，
>
> 我将从那绝顶的高峰，笑看你终归何处。

不论译文是否忠实——我认为这并不重要——这首诗翻译后的意境显然也改变了，它从华兹华斯的"天真"和"自然"转向德国浪漫诗传统中的另一种"遗世"情操：在海涅和其他同时代的德国诗人作品中，大自然的美景往往和一种超然的遗世和死亡并列；换言之，他把英国式的浪漫转换成德国式的"悲怀"（melancholy，郁达夫用"梅兰刻烈"四字直译这一个他后来惯用的名词），也为主人公的"田园趣味"和"田园诗"（idyllic wan derings）添加了一层忧郁。全篇小说就是在这种逐渐"梅兰刻烈"的气氛中发展下去，但也离开了海涅的"遗世意境"，所以我们发现主人公又把自己的"自渎"毛病和俄国的果戈理（Gogol）连在一起，在田野散步时，"又拿出一本 G. Gissing 的小说来读了三四页"，但却没有道出书名，而此次文本引用带出来的却是一个偷窥日本女侍洗澡的场面。很可能这个女侍的角色也是得自吉辛小说的灵感（他的小说中常有伦敦都市中下层人物的描写），主人公把这个赤裸裸的女侍称作"伊扶"，也可能指的就是圣经中的夏娃（Eva）。

到了这个"性欲高昂"的情节，西洋文学的文本引用也在小说中消失了，下面接着是小说后半部熟悉的章节：主人公到山上租屋，撞到一对野合的男女，但主角手里拿着的书却不是歌德和海涅，而是一本黄仲则的诗集。然后是在海边酒店一夜销魂后（吟唱的也是黄仲则的诗），主人公最后走向大海长叹而死。忧郁、性欲和民族主义因而连成一气，成了故事最终的主题。

然而华兹华斯和海涅呢？似乎早已被抛在九霄云外了。在《沉沦》这篇小说中，西方文学仍然还是道具，还没有占据"文本"的地位。到了郁达夫写《南迁》的时候，他对于西方文学的文本引用更进了一步。

二

研究中国现代文学的学者，当然不愿意花太多功夫在一篇中国现代小说中的外国文学引用上。当我多年前做学生时第一次看《沉沦》时，对于其中的《南迁》最无耐心，只觉得郁达夫引用了大量的西方文学典故，只不过在卖弄他的西学，况且小说里的德文有不少错误，可能是排版印刷时发生的，因此我阅读时也没有留心，甚至故意把这些外文忽略了。时隔 40 年，如今重读，才发现这篇小说的抒情重心来自歌德的名诗《迷娘》。

为什么郁达夫要用歌德的这首诗，而不用更适合主题的《少年维特的烦恼》？后者显然更可以把郁达夫的年轻"零余者"的形象表现出来，然而故事一开始却是《迷娘》中的"南国"意象，因为这篇小说的背景——安房半岛——就在日本南部。《南迁》说的也是一个留学生的故事：东京大学一年级中国学生伊人，因为生病，前往这个南方半岛去疗养，就在这里遇见了三个日本学生，都在一个英国女传教士处学习，彼此以英文交谈。其中一位是日本女学生 Miss O，她和伊人有一天在美丽的田野上散步，两人一起唱歌，好像发生了一点爱情，后来 Miss O 去世了，伊人也得了肺炎住进医院。就这么一个简单故事，其中也没有情欲或爱国的描写，比不上《沉沦》大胆，但竟然占有将近 100 页的长度！为什么郁达夫花这么多篇幅？

最明显的原因是郁达夫在这篇小说中引用的西方文学最多，几乎整个故事都被笼罩在这个西方文本之中。我们甚至可以说，郁达夫创作的这个文本《南迁》是从他读过的另一个文本——歌德的《迷娘》——得来的灵感，有了这一个西方文学的经典文本他才写得出这篇小说，因此我认为蛋生鸡的可能性比鸡生蛋更大。

且让我们仔细地检视一下这篇故事的文本引用策略。

第一个值得注意的就是小说的七个小节标题的中文下面都附有德文（这些德文字在后来的版本中皆被删除）。为什么这七小节的小标题要注德文？是否郁达夫又在卖弄他的外语能力？或是这几个德文字确有所指？指的是什么？这一系列的问题很难解答，只能从这篇小说中找寻一点蛛丝马迹。

第一小节的标题是"南迁"，但德文 Dahin！Dahin！（那儿，那儿）显然不是直译而是引用，那引自何典？第二节"出京"的德文似是直译：Flucht auf das Land，德文本有一个字 Land flucht，本意是指进城或移居城市，此处指的却是从城市到乡下。第三节"浮萍"（Die Entengrutze，原版 u 皆排成 ue）也好像是直译，但颇有诗意。第四节"亲和力"（Wahlverwandtschaften）最难解释，直到我发现歌德的一本小说 *Die wahlverwandtschaften*（*Elective Affinities*，1809），才知道这个单词典出何处。第五节"月光"（Mondschein）和第六节"崖上"（Abgrund）都似乎是直译，也很可能是德文诗里常见的名词。第七节"南行"（Nach Suden！）又和第一节一样，似是出自一首德文诗。

这一个标题名词的检索工作引起我极大的兴趣。看完全篇小说后才恍然大悟，这些名词都和歌德的作品有关，除了"亲和力"出自歌德小说名外，"南迁"和"南行"似乎都出自歌德的《迷娘》（甚至"浮萍""月光""崖上"也出自同典，待考）。"迷娘"则出自歌德的长篇小说《威翰·迈斯特》（共二册，英文译名是 *Wilhelm Meister's Years of Apprenticeship and Travels*），这是讲述一个德国年轻人成长的故事，年轻人威翰·迈斯特离家出走，成了艺术家，在马戏团碰到了一个名叫迷娘的十多岁小女孩，她受人欺侮，威翰帮助她，后来她就和这个年轻人相爱了。原作中的迷娘来自南方，也就是意大利，即诗中所谓的"南国"。全诗的第一句："那柠檬正开的南乡，你可知道？"（Kennet du das Land，wo die zitronen bluhen）是德国诗歌中最常被引用的一句。

至此我终于找出一条关键性的线索：郁达夫这篇小说的灵感，就是出自歌德的这首诗，甚至这首诗也主宰了小说的气氛（mood）。小说的第一节就把日本南部的安房半岛描写得和意大利一样："虽然没有地中海内的长靴岛的风光明媚，然而……也很具有南欧海岸的性质。"郁达夫又加上一句英文，形容这个日本的"南乡"是一个"hospitable, inviting dream land of the romantic age"，并自己将之译成"中世纪浪漫时代的乡风纯朴，山水秀丽的梦境"。这个明显的指涉，非但让这个日本的场景平添欧洲浪漫的色彩，而且更移花接木，把歌德的《迷娘》引了进来。换言之，这个故事绝非他个人的自传，而是把另一个外国文学的文本套进自己的小说里，并重新编造一个新故事。

《南迁》这个故事洋味十足，第二节"出京"一开始就是一个中年的外国人出场，和故事的主人公——一个二十四五岁的中国留学生伊人——用英语对话，而小说中的中文语言却是"他们的话翻译出来的"！这个外国人劝伊人到"南国"去养病，并将伊人介绍给住在安房半岛的另一个西洋妇人。到了小说的第三节（"浮萍"似在影射主人公漂流异国的疏离心态），伊人到了这个"南国"，见到四周的田园风景，"就觉得自己到了十八世纪的乡下的样子"，他引了亚历山大·斯密司（Alexander Smith）著的《村落的文章》里的 Dreamthorp（梦里村）；又想到"他小的时候在洋画里看见过的那阿凤河上的斯曲拉突的莎士比亚的古宅"；而他所读的书也是外国文学："略名 B.V. 的 James Thomason, H. Heine, Leopardi, Ernest Dowson 那些人"。这一系列的"英国情调"的指引，也令读者觉得身处英国——不是日本，而是欧洲！而且在这个英、德文化熏陶的环境中，伊人所遇见的日本学生就显得很庸俗、土气了，连他们说的英语都有日本口音，文中也照实写出来，例如："Es, es, beri gud, beri gud, and how longu hab you been in Japan？"（"是，是，好得很，好得很，你住在日本多久了？"）这种写法，在现代中国文学中尚不多见。

在这段叙述中，英语显然是被放在很低贱的层次，而较高层次的却是主人公伊人自言自语说出来的德文："春到人间了，啊，Frühling ist gekommen！"为什么德文又在这个时候出现？这不但和主人公所读的德文书有关，而且这句话像是一个德文诗句，带我们进入一个浪漫的诗的境界。这一节"亲和力"的小标题既是出自歌德的一本小说，当然也表现了一个极有诗意的情节，我认为这一节是整个小说的重心，也就在这一节中，歌德的《迷娘》诗被全部引用了出来。

伊人在海边树林中独步，碰到另一个孤独的灵魂——日本少女 Miss O，两人同病相怜，开始了另一种的对话，但谈的内容和现实全然无关，从罗马的古墟和希腊的爱衣奥宁海的小岛——都是南欧养病的胜地——到 Miss O 所弹的"别爱侬"（piano）和所学的声乐西洋味十足，让我们几乎忘记他们是东方人。两人陶醉在田野美景之中，日本女郎也在伊人多番邀请下唱出《迷娘》之歌。

且让我们再进一步探讨这首歌（歌德的诗）在这篇小说中的意义。

三

拙著《浪漫的一代》中曾总结五四文人的两种浪漫心态："普罗米修斯型"和"维特型"，而把郁达夫列入后者。"维特型"的特征之一，就是 sentimental，郁达夫把这个词译成"生的闷脱儿"，倒是十分切题，也为"维特型"的气质作了一个注解：这种感伤（melancholy）是由于人生的苦闷，然而这个苦闷如何得到解脱？这就牵涉到郁达夫阅读德国浪漫主义作品的心得了。《沉沦》的情节很明显地在叙述主角被压抑的性欲和由此而导致的厌世感。《南迁》则很不同，虽然在情节上有一段（第五节）似乎是《沉沦》故事的延续或补遗，但整篇小说所追求的却是一个抒情的境界和效果，因此歌德《迷娘》的引用更显得重要。

在《南迁》的结尾，郁达夫也附上他自己所译的《迷娘》全文，如果将之和原文（英译）对照，我们不难发现：郁达夫的译文大致很忠实，甚至也大致押韵，他用了不少古文词汇，如"苍空昊昊""长春树静""月桂枝高"等，读来颇有古风，特别在全诗译文的最后一段，更用了不少中国传统旧诗的意象，诸如"深渊里，有蛟龙的族类，在那里潜隐，险峻的危岩，岩上的飞泉千仞"。郁达夫的这种译法颇有创意，似乎试图达到一种中西交融的诗的境界，并让读者——特别是不懂德文的中国读者——在读完此篇译文后可以回头重温小说第四节日本女郎所唱的德文原诗。

女郎的唱词把全诗的三个诗节（stanza）分得很清楚，唱完第一节四句，女郎说："底下的是重复句，怕唱不好了！"接着她就把这两句重复句用德文唱了出来："那多情的南国，你可知道？我的亲爱的情人，你去也，我亦愿去南方，与你终老。"原文中的两个德文字Dahin！Dahin！郁达夫没有译出，但女郎在此却唱出来了。前文提过，这两个字被用作小说第一节"南迁"的德文标题"那儿，那儿"，指的不但是安房半岛，也是歌德诗中迷娘说出来的南国。既然由 Miss O 口中唱出来，这位日本女郎是否即是迷娘的化身？

日本女郎接着以"她那悲凉微颤的喉音"唱出此诗的第二节，当唱到此节的最后一句——"你这可怜的孩子呀，他们欺负了你么，唉！"——的时候，却引起了伊人的自哀自怜来。"他自家好像是变了迷娘（Mignon），无依无靠的一个人站在异乡的日暮的海边上的样子"，又把日本女郎的唱声比作宁妇（Nymph）和魅妹（Mermaid），于是"他忽然觉得'生的闷脱儿'（sentimental）起来，两颗同珍珠似的眼泪滚下他的颊际来了"。

这一段应该是这一节——也是整篇小说——的高潮，但在这个关键时刻，男女主角是否互相感到一种亲和力？这个德文字由两个单字组成：wahl（选择）和 verwandtschaften（亲和共鸣，affinity），但原文中的这种亲和力所指的共鸣却不是男女之情，而是一种人和大自然或人的主观心灵和更崇高的宇宙之间的互相默契。换言之，这个字眼指的正是德国浪漫主义的一种"哲学意境"，它不能完全被放在"维特型"

的个人伤感和烦恼之中，因为除了主观情感之外还牵涉到个人的心绪（state of mind）和大自然（nature）的关系：在这个关键性的"抒情时辰"（lyrical moment），诗人的心灵可以达到某种精神上的解脱和近乎宗教性的神秘感。这可能也是德国浪漫主义的真谛所在。

在日本女郎唱完《迷娘》最后一节之后，小说的叙述文字也变得十分抒情："她那尾声悠扬同游丝似的哀寂的清音，与太阳的残照，都在薄暮的空气中消散了。西天的落日正挂在远远的地平线上，反射出一天红软的浮云，长空高冷的带起银蓝的颜色来，平波如镜的海面，也加了一层橙黄的色彩，与四周的紫气溶作了一团。"这一系列充满色彩感的文字，可以作为大自然对主人公内心情绪的一种亲和的呼应，它的境界也可以像中国古诗中情景交融的效果一样，把主人公和读者都带进一个抒情的意境之中，这种意境其实也就是诗的意境。亲和力是否在这篇小说中呈现了出来？

郁达夫的散文文体，一向为不少崇拜他的读者称道，它表面上读来松散（与鲁迅大异其趣），但却韵味十足，他的小说叙事文体也近似散文，而很少用鲁迅式的叙述者作对照。在这篇早期小说中，他刻意在这一节想把引文（德文）夹在叙述和描写文字中而造成一种诗的抒情效果，但却未尽全功。如果郁达夫能够将中西文学中的情景融为一体，并把歌德原诗中的抒情意境变成故事的主轴，这篇小说将会成为中国现代小说史上的开山之作，绝对可与欧洲现代文学中的抒情小说传统媲美。美国学者拉尔夫·弗里德曼（Ralph Freedman）就曾论到20世纪初欧洲现代小说中的这个趋势：以散文的语言在小说中达到诗的境界，因而促使小说更抒情、更主观，也更"内心化"，而不重外在的写实情节。他认为纪德（André Gide）、黑塞（Hermann Hesse）

和伍尔夫（Virginia Woolf）是此中的佼佼者。

我认为郁达夫并非不理解德国浪漫主义中的这个哲学层次，而恰是他那股执意的"沉沦"意识和"生的闷脱儿"的心态，令他无法解脱或超越。

为什么主人公伊人在这个关键时刻没有去同情日本女郎，却开始自哀自怜起来，使迷娘自况更显得不伦不类？也许郁达夫没有读完歌德的《威翰·迈斯特》（我也没有），不了解或不留心威翰和迷娘的关系，但这并无关紧要，而且我们也不必在此妄加猜测。我认为功亏一篑的是此一节的完整性被主人公的自怜破坏了，使得这一节草草收场：日本女郎唱完原诗的最后一节——也是郁达夫的译文最见功力、最有文采的一段，看见伊人面上的泪痕，只对他说了一句："你确是一个'生的闷脱列斯脱（sentimentalist）'！"也没有表现更多的亲和力，就和他说再见了！如果流泪的也是她的话，这对"情侣"则可得到一种共鸣，然而小说的第一人称一直是放在伊人身上，我们甚至不知道日本女郎唱完歌后自身的感受。

更妙的是郁达夫在小说中对于德文字"kind"（child）的翻译前后并不尽相同：在故事结尾的全译文中用的是"女孩儿"，但在这一节却只说"孩子"，于是"可怜的女孩儿呀"就变成了"可怜的孩子呀"！但此诗原文从迷娘口中引出的诗句中所说的"kind"应该指的是她自己——迷娘。郁达夫却一不小心让他的小说主人公自怜起来，也因此"想起去年夏天欺骗他的那一个轻薄的妇人的事情来了"。于是就在下一节作倒叙，详述那个日本女人 M 如何引诱他而后始乱终弃的故事。这一段故事也最像《沉沦》的情节，甚至可以作为它的延续。

然而，这一个情节的转向也因此消灭了这篇小说的抒情效果，迷娘式的浪漫逐渐为主人公日渐加深的颓废所取代。在第六节伊人所提到的西洋文学书籍中已经不见歌德的作品，而只有乔治·摩尔（George Moore，郁译乔其墨亚）的《往事记》（*Memories of My Dead Life*）、屠格涅夫（Iuan Turgeneu）的《卢亭》（*Roudine*）和卢梭（Rousseau，郁译卢骚）的《孤独者之散步》（*Les Rêveries du promeneur solitaire*），主题转向"失败"主义和颓废心态。到了第七节"南行"，伊人竟然在教会的祈祷会后登台演讲证道，引了圣经的一句名言："心贫者福矣，天国为其国也。"大讲精神和肉体之苦的不同，把自己的孤苦归于精神层次，又引了"游俄"（Hugo，即雨果）和"萧本浩"（Schopenhauer，即叔本华）为例，最后作结论证："凡对现在唯物的浮薄的世界不能满足，而对将来的欢喜的世界的希望不能达到的一种世纪末（fin de siècle）的病弱的理想家，都可算是这一类的精神上贫苦的人。他们在堕落的现世虽然不能得一点同情与安慰，然而将来的极乐国定是属于他们的。"

这一段似是而非的话，郁达夫在自序中说是"主人翁思想的所在"，但似乎与这篇小说的抒情结构格格不入，伊人既不是基督徒，又一向默默寡言，为什么突然上台证道？他自认是一个失败的理想主义者，却没有说出"理想"的所在。那位 Miss O 虽在台下聆听，但却没有在他讲后上前与他攀谈。到此我们知道两人曾共享的抒情时辰也早已烟消云散了。

一篇小说的情节不足以证明作者的思想，我们推测不出郁达夫如何从歌德的浪漫主义过渡到一种"世纪末"式的颓废；我们只能说：郁达夫虽能广征博引西洋文学，却未能完全把这种文本引用的策略作为他小说技巧的中心，也因此失去了一个"文本互涉"（intertextuality）的真正机会。

四

到了第三篇《银灰色的死》，我们可以发现整个故事的情节和气氛大多出自两个外国文本，而且作者在小说结尾也用英文注明：

P.S.

The reader must bear in mind that this is an imaginary tale after all, the author can not be responsible to its reality. One word, however, must be mentioned here that he owes much obligation to R.L.Stevenson's "A Lodging for the Night" and the life of Ernest Dowson for the plan of this unambitious story.

这一篇小说的结构（plan）到底与道生（Ernest Dowson）和史蒂文森（R. L. Stevenson）的关系如何？与《沉沦》中的前两篇是否有连贯性？

前面提过，郁达夫自承《银灰色的死》是他的"第一篇创作"（自序），于 1921 年一月初二脱稿；而《沉沦》和《南迁》则分别作于该年的 5 月 9 日（改作）和 7 月 27 日。如此看来，其写作顺序应该是从《银灰色的死》到《沉沦》到《南迁》，在篇幅上也是越写越长，引用西洋文学经典也愈来愈多，《南迁》可谓集其大成。

作为他的"处女作"，《银灰色的死》所用的西洋经典却十分大胆：除了两位英国作家的作品外，还引了一段瓦格纳（Richard Wagner）的歌剧。

《银灰色的死》的情节也很简单，描述一个二十四五岁的中国留学生在东京的两个生活片断。在小说的上段，主人公在夜里流浪街头，到东京上野地区的各酒吧去买醉，想到他在中国去世不久的妻子，一边走一边流泪，于是就到他常去的一家酒店去找他钟情的酒女静儿。在故事的中段开始，他脑中突然涌出《坦好直》（*Tannhäuser*）中"盍县罢哈"（Wolfranmvon Eschenbach）向他的情人"爱利查陪脱"（Elizabeth，郁达夫用的中文译名是德文而非英文拼音）的唱词，于是小说中出现了两句德文原文，中文译文也附在引文后的括弧中：

> Dort ist sie; --nahe dich ihr ungestört！ ……
>
> So flieht für dieses Leben
>
> Mir Jeder Hoffnung Schein！
>
> （Wagner's Tannhäuser）
>
> （你且去她的裙边，去算清了你们的相思旧债！）
>
> （可怜我一生孤冷！你看那镜里的名花，又成了泡影！）

这一段引用，其实也与小说的故事有稍许关系。它引自《坦好直》的第二幕第二景，第一句是"盍县罢哈"对"坦好直"（译名也绝妙，恰好描写了 Tannhäuser 率直的个性）说的："你且去她的裙边，去算清了你们的相思旧债！"原来两个人都爱女主人公，而在此场结尾，盍县罢哈知道她心中仍然热爱坦好直的时候，只好自叹身世："可怜我一生孤冷！你看那镜里的名花，又成了泡影！"

郁达夫小说中的主人公在此以盍县罢哈自况，因为他也知道静儿早已有未婚夫，所以也只好自哀自怜一番。这一个巧妙的角色对照，可能当时的中文读者完全不懂，甚至会觉得奇怪，更何况是由德文引用出来。也许郁达夫知道这出名歌剧的剧情：男主角坦好直同时爱上两个女人：一个是肉欲的化身 Venus，一个是圣洁的化身 Elizabeth，而最后坦好直去罗马教廷进香赎罪，却未得赦免，纯洁的 Elizabeth 在进香客中找不到她的爱人，伤心而死，而坦好直看到她的葬礼也哀痛而绝。郁达夫的引用，完全不顾其中的宗教及悲剧的联系，一意把故事放在男主角的自怜而又高贵的行为上：他知那"镜里的名花"早已有主，要结婚了，所以此段述说他如何把亡妻的戒指典卖了 100 多元，花尽之后，又把自己的一包旧书拿到学校旁边的一家旧书铺去，"把几个大天才的思想，仅仅换了几元余钱，有一本英文的诗文集，因为旧书铺的主人还价还得太贱了，所以他仍旧不卖"。

这本英文的诗文集很可能就是小说最后所提到的死者衣袋中《道生诗文集》（*Ernest Dowson's Poems and Prose*），道生的身世可能也是此篇小说的主要灵感，包括道生喜欢酒女的轶事，在拙著《浪漫的一代》中已经讨论过，此处不赘。但郁达夫在此段特别着墨于主人公对静儿的感情，并以卖旧书换来的钱买了些"丽绷"（Ribbon）、犀簪（Ornamental hair pin）和两瓶紫罗兰的香水送给静儿，作为她的结婚礼物。这一段故事成了情节的主轴。然而我认为全篇最动人的并非静儿的故事，而是主人公在夜间浪荡街头的气氛，背景是"雪后的东京"，12 月末的深冬，"在半夜后二点钟的时候，他才跟跟跄跄的跑出静儿的家来。街上岑寂得很，远近都洒满了银灰色的月光……这广大的世界，好像是已经死绝了的样子"。小说的题目显然就出自于此：我认为这一段的灵感是来自史蒂文森的短篇小说 *A Lodging for the Night*（《夜里投宿》）。

这是英国小说家史蒂文森的第一篇小说，很可能已被当时日本采用为高班英文的读物，也可能是郁达夫学习英文的材料。这篇小说的背景是 15 世纪的巴黎，故事也发生在一个寒冬的雪夜，而故事的主人公却是法国诗人 Francois Villon，他也是和道生一样，穷困潦倒，但史蒂文森写这位诗人的方式毫不伤感，而且把他的个性刻画得十分鲁莽刚直，和郁达夫小说中的主人公的个性恰好相反。两相对比之下，我们不禁又想到郁达夫无法避免的"生的闷脱儿"的情绪。在史蒂文森的这个故事中，年轻的 Villin 尚未成名，在酒吧里和几个盗贼赌博，一开场就目睹一个盗贼刺死另一个赌徒，连诗人自己的钱包也被偷了，他不得已在大雪纷飞的深夜流浪街头，看到一个死在街头的老妇人，于是忍不住也把她裤袋中的两块银元据为己有。由此可见两位作家对于穷困这个主题处理的方式如何不同，史蒂文森非但没有流露悲情，而且在故事后半，把主人公与一个收留他的贵族置于一堂，两人辩论一场，最后诗人并没有留宿，而是愤愤而去。

这种"反伤感"（unsentimental）的处理方式，实为这篇小说的活力所在，但也绝非郁达夫所擅长。然而他可能还是借用了这个"换钱"的插曲而把它"伤感化"，因此原典中法国诗人拿走死去的老妇人身上的银币，就变成了中国留学生典当亡妻的戒指。不过，在寒冬气氛的描写上，郁达夫却得到不少灵感，两篇小说几乎如出一辙，《银灰色的死》中更有东京的现代场景（如火车站），主人公形象也和史蒂文森笔下的 Villon 有三分相似："The poet was a rag of a man, dark, little, and lean, with hollow cheeks and thin black locks. He carried his our-and-twenty years with feverish animation."毋庸讳言，郁达夫小说中主人公也是二十四五岁，但独缺一股"灼热的动感"。

在《银灰色的死》最后一段，主人公已经在圣诞夜死了，我们不难想象：Villon 如生在日本或中国也必会深夜暴死街头，至少郁达夫笔下他的中国化身有此悲惨的结局，所谓怀才不遇，英年早逝，毕竟是中国文化的光荣传统。郁达夫可能还要加强故事的"凄怜"（pathos）效果，让读者读后一掬同情之泪，他也忘不了在死者衣袋中放了一本他自己心爱的书——《道生诗文集》——并为这篇虚构故事的出处加上一个注脚。其实，后世的读者在看完这本《沉沦》小说集的前两篇小说后，早已熟悉他对西洋文学的兴趣，当然知道他喜爱道生，然而对文学研究者而言，可惜的是郁达夫没有把这些西洋经典文本放进他的小说后作更进一步的"创造性转化"，为中国现代文学开出另一个新的现代主义写作传统，一直到 20 世纪 30 年代的施蛰存才得以发扬光大。

五

在五四作家群中，除了鲁迅之外，郁达夫是一个有独特创作风格的作家。所谓"独特"，当然有"创新"的涵义，新文学运动一向标榜的就是一个"新"字。然而，在文学创作上除了在内容上新——作为"新文化运动"的主流——之外，在形式上更要创新，这真是谈何容易。胡适和陈独秀等提倡的社会写实主义，只是一种广泛的指标，所以作家往往须在形式上摸索，仅用白话文作诗或小说，只是一种语言上的探索，依然不能完全填补形式上的空虚。

郁达夫从西洋文学中求得创作形式上的灵感和资源，在当时的"新学"（晚清）和"新文化"（五四）的潮流中来看，是一种现代价值观的表现，但不产生西方文论中所谓的"影响的焦虑"问题。他们那一代的知识分子，国学的底子甚深，对于中国传统文化无论反对与否，都视为"天经地义"，是一种"given tradition"。然而他们并没有积极地为中国传统文学注入新的生命力，这也是意识形态上新旧价值对立、舍旧取新的结果。然而西方文学——无论古今——却成了"五四新文化"的主要来源，每位作家都要积极汲取，郁达夫更不例外。

　　然而，在文学创作形式上如何汲取西方文学的潮流和模式，却是一件极不简单的事。鲁迅从欧洲作家创作中悟到小说叙事和如何运用叙事者角色的技巧，而郁达夫则从散文的自由结构和第一人称的主观视角创造出一种个人的形象和视野，我在拙作中称为"visions of the self"。这一个主观视野的构成，在形式上也大费周章，不仅仅是把自传改写成小说而已，而需要加进更多的文学养料。当时西方小说的观念刚刚被引进，理论和技巧之类的书，翻译得并不多，而在郁达夫创作《沉沦》中三篇小说的时期（20 世纪 20 年代初），创作上的摸索往往还早于理论的介绍，因此我们在事后可以看出这种汲取西方文学的实验痕迹，甚至十分明显。

　　上面谈过，"引用"（quoting）从表面上看似乎是一种故意的卖弄或有限度的抄袭，但一旦把其他文本引用到创作的文本之后，必会产生艺术上的"化学作用"。本文所要探讨的正是这一方面的问题。我们不能完全从作家意旨的立场来解析文本，反而需要从文本本身的细节来窥测作家的意旨；即使如此，也不过是猜测而已，并非紧要，重要的反而是文本混杂了外来资源后，所产生的是什么"化学作用"。换言之，是它如何转化成作家自己的视界和文风。

　　一般五四作家引用西方文学，仅停留在表面的"引证"（quotation）上，或认同西方作家并以之作为榜样。然而我认为郁达夫除此之外，尚进一步，把自己喜爱的西方文学作品既"引证"又注入他自己作品的形式和内容之中。上面所举的《南迁》和《银灰色的死》即是两例，而《沉沦》中，反而只是引经据典而已。更值得重视的是：在这三篇

小说中郁达夫汲取了德国浪漫主义的精髓部分（歌德），并辅之以英
国的浪漫诗歌（华兹华斯和道生），这与郭沫若和徐志摩的引用西方
文学不尽相同。它为郁达夫的早期小说织造了一个个人融入大自然美
景的抒情境界，他又将这种境界与西方文学中的世纪末和颓废美学及
意识连在一起，这是一个大胆的创举，但是否成功则另当别论。本文
仅探讨了前者——德国式的浪漫主义，但尚未顾及后者——世纪末和
颓废。我认为郁达夫在后来的作品中，风格也有所改变，虽然也偶然
引用——如《春风沉醉的晚上》提到了吉辛——但却不放在主要地位
或前景。他在小说中表现的颓废也和早期不同，反而缺少了一股浪漫
与自然的气息，而一味执着于伤感（《一个人在途上》）、性变态（《迷羊》），
或表现一种对传统的哀歌（《迟桂花》），他也变得更像中国传统文人。
《南迁》那个少年伊人在异国的艺术气质也逐渐消散了。

　　重读郁达夫旧作的原版，见到文本中的德文，反而使我感到一
种怀旧情操——所缅怀的不是旧传统，反而是一种清新如朝露的国
际（cosmopolitan）视野。郁达夫当年也"感时忧国"，但并不是一
个狭义的民族主义者——也就是夏志清教授所说的"obsession with
China"；我觉得他反而"感时"多过"忧国"，因为他所处的时代恰
恰是"现代性"（modernity）文化的开始。西方"现代主义"（modernism）
文学和艺术产生于19和20世纪之交（也就是世纪末），郁达夫在书
本中感受到了一些新的现代艺术气息，却没有在自己的作品中发挥得
淋漓尽致，但即使如此，他这种史无前例的西方文学的"文本引用"，
至今看来依然可圈可点，乃当代中国作家所未及。

"怪诞"与"着魅"：重探施蛰存的小说世界*

　　施先生是上海人，在上海住了很多年，我有幸在他晚年和他成了朋友。我曾经看望他很多次，最后一次施先生跟我说了一句让我终生难忘的话，很简单的一句话，我说："施先生，您马上要过一百岁了，我们要为你盛大庆祝。"施先生说："我不要过一百岁，我是 20 世纪人。"好像他如果过一百岁的话，大概就真正进入 21 世纪了。后来他刚好要过一百岁的时候过世了。所以他一生就是 20 世纪人，而 20 世纪这个现代性的时代，对于他有很大的意义。

　　我最早到上海来就是想做《上海摩登》的研究，想研究刚刚"出土"的施先生的小说，当时一般人只知道他是华东师范大学著名的中国古典文学研究专家。后来，发现他是中国现代主义文学的奠基者。北大的严家炎教授，编了个集子，叫作《新感觉派小说选》，里面就有施先生，还有刘呐鸥、穆时英的小说，这时大家才知道 20 世纪 30 年代的上海有新感觉派这么一个流派。我也是刚好在同一时间发现了中国这一类型的小说，我觉得写得很不同，所以我要到上海来，看能不能找一些资料，特别是刘呐鸥的资料，在美国我完全找不到。所以我一

---

* 此为 2014 年 6 月作者在上海交通大学所作的演讲，樊诗颖整理，陈建华审校。

定要到上海图书馆来找，后来找着了，而且影印了该书，后来我把影印本送给了斯坦福大学图书馆。

我当时觉得，研究新感觉派呢，施先生是领导人物，可是我最早见施先生的时候问他这个问题，他说"我不是新感觉派"，他说"我和刘呐鸥，和穆时英不一样"。他批评刘呐鸥，说刘呐鸥写的上海其实是东京，他在东京住过，他的上海是从日本那里学来的。那穆时英呢，他做什么评论，我不太记得了，但他说穆时英很有才气，等等。哦对，他喜欢到舞厅里面和酒吧里面跳舞，施先生说过这句话。至于他自己呢，他坚决不承认他是新感觉派，后来我在访问的途中，在研究当中，就发现我当时的构思是不够的，我不能写本书只写新感觉派，因为这个"新感觉派"的背后，从日本原来的这个名词的创始，和刚刚在亚洲兴起的都市文化有关系，特别日本"新感觉派"这个名词就是指都市文明刚刚开始的时候，声光化电，时间的紧速感，所以说人要捕捉那一刹那，特别是感官上的刺激。所以当时日本的几位作家像横光利一这些人就希望能够创造一种新的文体，这种文体后来经刘呐鸥的介绍到了中国来，就是新感觉派，这些现在我们大家都知道了。而我当时觉得新感觉派的背后是都市文化，那么这三位中国作家的背后当然是上海，就是 20 世纪 30 年代的上海，也可以说大概 1927、1928 年刘呐鸥办水沫书店开始。于是我就把新感觉派的文学很自然地和上海的都市文化联系在一起。怎么把上海的都市文化描绘出来，而不是用一种很枯燥的方式，于是就有了我的书的第一章，可能大家都看过的。其他章我不能保证，可能大家都没有看，基本上就看第一章，讲上海的商场与马路，一种都市文化史的写法。

我花了很多时间写第一章，后来又花了很长一部分时间探讨上海的杂志，就是当时的书籍是怎么来的，特别是洋文书，怎么经过日本或直接从欧洲过来的。我当时访问施先生的时候就特意问了他这一点，我就说：你们都看过波德莱尔的作品，什么时候看到的？他的回答让我非常吃惊。他说，他看《波德莱尔全集》，法文版，是在一家上海旧书店发现的。我就说上海旧书店这些书是从哪里来的，他说是外国的游客从船上丢下来的，再有看完了之后不想带回去了，就把这书卖给了旧书店。施先生说那时候他买了很多书，很多珍贵的法国文学、英国文学甚至于德国文学的重要作家的作品。这让我大吃一惊，因为我没有想到 20 世纪 30 年代的上海这种书籍的流通这么旺盛，这就印证了我第一讲里讲的大卫·达姆罗什（David Damrosch）对世界文学的一个定义：就是除了翻译之外一定要流通，流通之后才会有世界文学，不流通不可能有世界文学。当时我记了些笔记。好像第二次还是第三次来上海的时候，就碰到个年轻人，现在是上海的名人，各位可能听过的，叫陆灏。陆灏当时开了家小书店，我们就认识了。当时他说，施先生是他的朋友，他书店里面在卖施先生当年收藏的西文书，我一听就说我要买。当时钱很少，我现在恨不得把施先生所有的书都买过来。可是当时买了大概二十几本，丢来丢去，大概只剩下十几本了，现在都在苏州大学图书馆，我把我的书都捐到苏州大学了。

从这些书中，我发现了施先生的一条线索，就是他曾从这些作家中翻译过一位作家的作品，那位作家经过他的介绍，在中国小有名气，就是施尼茨勒，奥国作家 Arthur Schnitzler。他写剧本，也写短篇小说。当时施先生把他的三篇短篇小说合在一起，叫作《妇心三部曲》。你们在图书馆里可能还会找到，但现在研究施先生翻译作品的恐怕不多了。对我来讲这是一个关键的切入点，我要来解释这个西书对于施先生为什么会有这么大的影响。如果施先生那么坚决地反对他是新感觉派，我们怎么样把他的作品和上海的都市文化联系在一起？当时我是自以为然地认为施先生半辈子都住在上海，住在愚园路。但其实他小说里面很多都反映上海所谓的中产阶级的生活，特别是《善女人行品》这个集子里面，都是小布尔乔亚式的新婚夫妇啦，女人怎么样啦，等等。里面还讲了很多，都是上海人，譬如《梅雨之夕》里面一些小说，包括《梅雨之夕》本身，就是讲上海的，《巴黎大剧院》本身就是讲上海的巴黎大剧院。所以我当时就顺理成章地把施先生作为一个都市作家，和刘呐鸥、穆时英等后来的几位作家表现的方式不同。我记得我当时在那本书里面特别提出施先生对于西洋文学文本的借用和重创，也就是说他把西洋文学文本拿来以后变成他小说里面自己的文体，施先生用他自己的方式把它表现出来。

我现在作自我批评，有点对不起施先生，因为我写得太浅薄了。当时在美国研究都市文化的理论书不算多，本雅明的全集刚刚出现，我才开始看，像大卫·哈维（David Harvey）的东西也没出来，整个都市文化的现代性的东西我接触得也不多。所以我当时就很囫囵吞枣地把本雅明那些学说硬套在《上海摩登》里面，当我在套用的时候，就发现一个很大的问题，就是上海并不是巴黎，20世纪30年代的上海虽然有法租界，可是并不像本雅明所描写的波德莱尔那个抒情诗人的巴黎，背后是一个资本主义的问题。那么这一问题就引起一系列理论问题，我在施先生小说里不能够找到答案。用另一种说法就是在20世纪80年代末期，我所接触到的关于都市文化的理论和资料里面，似乎很难和上海的都市文化完全接轨，虽然可以借用，但很难接轨。我犯了一个疏忽就是，反而忘记了施先生小说文本本身的文学性，也就是说我把它当成都市生活的某一种反映，或者某一种投射，而没有仔细分析他的各种文本。所以我今天要做的反而是一个细微的工作：找到他的一两个文本，再做一个仔细的分析，借此来补救我写施先生那一章的不足。

所以这个题目也会越讲越小。为什么这么说呢？因为我当时在研究的时候，也接触了施先生的几位朋友，从这几位朋友口中才知道施先生在"文革"时期曾受到相当大的苦。因为鲁迅文章里提到了，有点批评，施先生忍了很多年。另外，大家知道不多的是，施先生的小说受到当时几位左翼批评家的严厉批评，特别是他写的《魔道》和《夜叉》，所以我今天偏偏讲这两篇。对于这两篇，楼适夷先生晚年的时候就懊悔自己当时不应该这么批评，这是后话。当年楼先生曾写过一篇很严厉的文章，说施先生是走旁门左道，而不能够回归一种普罗式的、写实主义的东西。所以20世纪80年代初刚刚发现新感觉派的时候，大家都有点半信半疑，总觉得新感觉派很颓废，不敢正面肯定这些作家作品的艺术价值。结果施先生也被这个名词连累进去了，有理说不清。他再三跟我讲他不是新感觉派，那么他是什么派呢？我就说："施先生，现在有几位作家发现你是中国现代主义文学的老祖宗。"他说："什么是现代主义，我从来不用这个名词。"那么我说："你不是办了个杂志叫作《现代》吗？"可是我后来发现，《现代》杂志的法文翻译不是modernism，不是modern，也不是modernity，而是法文 les contemporains，就是当代人、同代人的意思。他当时最喜欢讲的名词，当时我觉得很熟悉就没有问下去，就是avant-guard，大陆翻作"先锋"，台湾翻作"前卫"，我以为avant-guard只是艺术上的名词，对于小说上的avant-guard我当时脑子里也没想清楚，然后他就说了句很惊人的话，他说20世纪30年代艺术上的avant-guard才是真正的左翼。不是写实主义那些东西，不是楼适夷他们所标榜的东西，其实那是落伍的。我对这句话的理解，就是在一个广义的欧洲现代主义的领域里面，当时有各种前卫的、先锋的作品，他们希望用一种很新的很先进的形式来描写现代社会急剧的变化，什么超现实主义啦，表现主义啦，象征主义啦，主义多得不得了。施先生不赞成用这么多主义，所以我就问他，你怎么界定你自己的作品呢？他后来跟我讲了三个词，全部是英文，非常有名了：第一个是grotesque，就是怪诞；第二个是erotic，就是色情；第三个词就是fantastic，就是幻想。

这三个词没有一个和现实主义有关系，因为当我们想到现实主义的时候想到的是其他的字眼。而他特别注重前面两个词，就是grotesque（怪诞）和erotic（色情）。我当时就问他，新感觉派也有这个，刘呐鸥不是翻过一本书叫《色情文化》吗？他说我说的色情和刘呐鸥说的色情不是一回事，我后来也没有追问。很可惜的是他当时提了施尼茨勒的一本小说，我记下来了，自己没有看，这篇小说大概是中篇，叫作《决斗》（*Leutnant Gustl*，1901），各位在施先生的译文集里可以找到。我在陆灏的书店里买到了这本书，是英文版，而施尼茨勒的原文版是德文，所以显然施先生看的是英文版。我们知道他在震旦学的是法文，他的英文和法文都不错，不过我不知道他懂得德文，也许他不懂得。不过不管怎么说，他可能看的是英文版。他收集的资料里面，其实不止施尼茨勒，还有其他人，他们都是属于英美以外欧洲国家，包括德奥的作家，基本是德语作家。所以这就勾起我的一个想法，就是现代主义不止是英美，也不止是法国，可能得把奥地利放进去，一定要把奥国、维也纳这个东西放进去。慢慢地我就开始加以研究，这方面我受到一本书很大的影响，就是卡尔·休斯克（Carl Schorske）写的《世纪末的维也纳》（*Fin-de-siècle Vienna: Politics and Culture*）。看他的书里讨论施尼茨勒和其他一些作家，然后再回头把它放到中国文化史的语境里面来看，现在还继续在做这个工作。因为我发现维也纳几位有名的世纪末作家，每个人写的小说都很长，我到现在还没看完，所以我今天暂时不讲那一段。

我讲这些为的是证明什么呢？就是说，我们在美国研究一个作品的时候，作家的生平完全不管，而是用一种理论来分析文本。可是我觉得在中国的语境里，作家的背景和身世不能不顾，特别像施先生这种情况。他写的不是写实主义的作品，和他个人的经验关系不深，可是他写的那些东西里面，很明显的是借用了一些他所看到的书。而这些书里有中国的古书，更多的是欧洲的文学。他讲得很清楚，比如《魔道》里面，他看的是什么书，这些书都是施先生当时家里有的书。这些书进到了施先生的小说世界里面时，改头换面，起到了什么作用？当时我在写《上海摩登》的时候，对于这个问题只是点到即止，并没深究下去。大概是以《现代》杂志为背景，就是他们引用的书怎么翻译的，怎么进到他们小说里，有的人就开始模仿当时法国所谓新浪漫主义的作品等等。这是一种描述性的东西，不是深入的分析，也不是一种比较文学的方法。所以，事隔那么多年，陈建华先生邀请我到上海交通大学演讲，我才想到将我以前每本书里的缺点，找一个题目带出来。我想用我现在的一种思维方式来重探施先生的小说世界。

可是我今天只能讲两篇短篇小说。在这里又要做一些介绍，施先生的小说写得不算多，但他的作品不能用一种方式来概括。我们不能说施先生写的全部是都市小说，也不能说他写的全部不是写实小说，实际上他什么都有。在国外最有名的，特别是夏志清写的《中国现代小说史》里面最推崇的是《将军底头》，那是一个古典故事的东西，像《将军底头》《阿褴公主》和《鸠摩罗什》这些。现在有的西方学者专门研究他的历史小说，也有人研究他小说里面乡土的一面。他早期的两三本小说集里面都是讲乡下，像他居住的苏州，他比较熟悉。小桥流水，我们一看就知道是江南水乡，里面有各种乡下人的故事。然后呢就有人开始研究，像研究《梅雨之夕》跟上海的关系。可是有一样东西最吸引我的，又一直没办法发挥的就是他的《魔道》。他的小说怎样追求一种神怪的、魔力的东西，为什么施先生要追求这个东西？这个问题让我困惑了很久，记得有一次到杜克大学演讲，见到理论大师杰姆逊（Fredric Jameson），我就大言不惭地开始讲施先生的小说，讲完之后，杰姆逊就说《魔道》有意思，问我怎么不多讲一点。原来他也认为《魔道》有意思，我也会这样觉得，为什么都觉得有意思？所以我这次来，就想不如重新看一看当时的《上海摩登》是怎么讲的，我在这本书里因为要把都市文化和施先生的《魔道》这些小说放到一起，所以找了一本建筑学上的理论书来套用，这本书叫作 The Architectural Uncanny（《建筑之诡异》），就是都市的荒诞，是普林斯顿的一位建筑理论家叫作维特勒（Anthony Vidler），他后来到 UCLA（加州大学洛杉矶分校）去教书，写了好几本书，那本书是他的第一本。他基本上就把弗洛伊德一个叫作 uncanny 的理论拓展到一个都市文化的领域里面。所谓 uncanny 来自德文，意思是指和家脱节，或者说失落、疏离。维特勒就把这一理论放到都市文化的领域里，就是说人在都市里面平常看起来很熟悉的东西会突然变得不熟悉，于是产生了各种疏离感，细节我不记得了。我说刚刚好，就套用到施先生的小说里面来。我记得分析了一点《凶宅》，就是讲一个英国人死掉了，当然里面也提到一点刘呐鸥的东西。可是这次重读文本的时候，我发现几乎全错了，我受那个理论的影响太大。不能说是全错，是大错，我当时很多东西都没仔细看，我看的是那本书，而不是弗洛伊德自己写的文章。直到几年前我在香港中文大学教书的时候才把它拿出来看，看了以后忘记了，这次再看，发现里面说的和 *The Architectural Uncanny* 里说的完全不是一回事，所以我暂时把这个放在后面，我们先来重新看看施先生的《魔道》到底讲的是什么。

《魔道》讲"我"坐火车到了一个小城，后来到了乡村。在火车上呢，碰到一个老妇人，长得有点怪怪的，干瘦的一个老妇人。这个老妇人坐在那里，旁边没有坐。于是他就开始种种幻想，觉得老妇人一直盯着他，于是就越想越觉得怪。最后呢他就下了车，到了一个朋友家里，他似乎觉得老妇人的阴影一直跟着他。他朋友住在乡下一个漂亮的地方，老妇人的阴影使他产生了各式各样的幻想，最后朋友的妻子变成一种色欲的化身，他觉得这位妻子要和他做爱，要和他接吻，所以就变得越来越神经质。最后他从乡下回来，到了住的一个旅馆还是公寓的地方，然后就要去看电影，结果票卖完了，买最后那张票的就是那个老妇人。于是他又到咖啡馆，喝黑啤酒，喝的时候就想到老妇人黑色的面孔，整个怪诞式的阴影一直跟着他，最后他收到一个电报说他三岁的女儿死了。这样一个故事，如果从写实主义小说的立场写，是完全没有道理的。这个人的来龙去脉没有交代，这个人的心理背景没有交代，这个故事的情节也不紧凑。这个老妇人上到火车上，最后也没有交代。一个写实主义的小说，最后一定要把这些，比如大家都知道的福尔摩斯小说，要把这个讲得清清楚楚。福尔摩斯里面有鬼，最后要说这个鬼是假的。而《魔道》里面完全没有解释，所以无怪乎当时人觉得奇怪，觉得施先生走火入魔了。因为当时没有人写过这样的小说。我当时很可惜没有问他："你当时写《魔道》的时候是怎么构思的？"我们讨论《魔道》的时候，我就记得他说："《魔道》这篇给我引来大祸，后来我也不得不乖乖地不写小说了。"我在书里的推测就是，他后来之所以会放弃写小说，转而开始文学研究，恐怕和这个有关系。他受了非常大的打击，他觉得这种实验没有人欣赏。现在时隔这么多年，我再欣赏，也没有用了。施先生可能一笑置之，他的时代已经过去了。

不过我们重新审视这个小说的时候，若以一个很粗浅的世界视野来看，如我之前所讲的，第一个是翻译，第二个是流通，第三个原则是原来的文本在它当地的文化系统里有它的价值，然后翻译到另一个文化系统里面也有它的价值，变成另外的文化或文学的一部分。像这个例子就是，施先生看了这些西书，到了他的小说里面，改变它的形状，变成它的养料，最后发展出施先生自己的小说来。他怎么改变，这中间要如何取舍，这反而是我比较关心的问题。我在研究林琴南的时候曾经说过，哈葛德是一个二流作家，书里面有很多惊险镜头，语言很差。但是到了林琴南笔下，却写得非常好，文言文铿然有声，使我们看得惊心动魄。同样一个道理，施先生能将他看到的乱七八糟的书的营养摆到他的小说里面，而且点明它们是什么书，最后创造出一个文本出来，而这个文本是一个严肃的文本，不是一个通俗流行的文本，是一个属于 avant-guard 式的实验性的文本。

我们来看他怎么写。如果是一个新式的实验性的小说，那么放在前景的应该是语言，那我们就看他叙事的语言是怎么回事。第一个他用的是"我"，"我"正坐在车厢里怀疑对座的老妇人，就把这个情景很荒谬地摆在那里。没有说"我"喝茶，就是怀疑着一个老妇人，说是怀疑，不如说是恐怖较为恰当些，因为怀疑同时产生恐怖，继续这么走下去，把这个黑影介绍进来了。这里面当谈"我"的时候就有"我和你说过没有，我旁边的座位是空的"这样一句话，这个"你"是谁呢？是读者。所以后来作者这个"你"就变成和自己说话，主人公在和自己说，或是和那个阴魂说话。所以慢慢从第一人称进到了意识流。意识流这个文笔，我想在国内第一个应用的就是这几位：一种是穆时英式的意识流，他是叙事式的意识流；一种就是施蛰存的意识流，他当时知道意识流这样一个名词，而且他用的时候很刻意地要营造一种意识流的句子和句子间的结构方式，不过他原本是什么呢？就是《决斗》。所以各位如果研究施蛰存的话，不妨把那篇小说，他的翻译看一看。这本小说怎么写的呢？就是写个上尉或中尉，约好了要和人决斗。当时世纪末在维也纳，贵族之间的一个风气就是男人为了某个荣誉要决斗。这是贵族的特产，决斗的风气一直到 20 世纪 20 年代才完。他约好了要和一个人去决斗，早上起来往那边走的时候，意识流就开始了。今天决斗我会不会死啦，我的一生怎么样怎么样啦，碰到个行人，这个人怎么盯着我看啦，整个行文就是这么写的。最后有没有决斗我都忘了，好像没有。反正整个故事都是从"我"的个人的主观的立场，完全是从个人的眼睛里、心里面找出来的东西，就这么一直看。《魔道》里同样是这个写法，就是从坐上车开始一路就这么讲，完全没有对话。写实小说的话就会旁边找些人和他对话。那么继续写，写到第二页的时候，他有几个字就明显地标出来了。一个词就是"怪诞"，我想施先生写怪诞的时候他心里面一定就是 grotesque。然后他讲怪诞的时候呢，就和妖怪的老妇人放到一起，里面说妖怪的老妇人是不喝茶的，因为茶房拿来了茶，而妖怪的老妇人只喝水。于是他就臆想，如果喝了茶她的魔法就破了。用写实主义的角度写，就是这个人已经有点发疯了，开始胡思乱想。他说，这是"我"从那本旧书里好像看过的，所以当他做解释的时候，他担心读者不懂，所以希望通过书本来衬托，来向读者做解释。他就想到西洋的妖怪老妇人是骑了扫把在飞行，可是他又说了《聊斋志异》里也有鬼啊，有个月下喷水的黄脸老妇人的幻象浮上"我"的记忆等等，一路写下去。所以这里面我所谓这种文本的切入、介入就进入到他的小说里面来了。

然后，另外一个很惊人的现象就是，小说里面他看的书大部分都是西书，不是中文书，而且他把英文的名字都标出来，没有翻译。有的是翻译的，比如说《波斯宗教诗歌》，另外就是《信誉犯罪档案》，这个我没找到，《英诗残珍》，这个容易找，就是当时的英诗集锦之类的书。最重要的有一本书是叫作 *The Romance of Sorcery*，就是《妖术奇谈》。还有个重要的作家勒·法努（Le Fanu），是爱尔兰人。他写了很多怪诞小说，其中有一个故事，就是 *Carmilla*。故事主要是说月夜下古堡里发生很奇怪的事情，白天很熟悉的东西，到晚上怪怪的感觉就出来了，这就是 uncanny。里面有一个女的变成吸血鬼，然后半夜到另一个女的床上想吸她的血。勒·法努的小说里把吸血鬼的形象带到日常生活里面，在这种古堡里面把它带出来了。那么勒·法努的小说在西方文学里，一般是把它叫作 Gothic fiction，就是哥特式小说。哥特一词来自建筑，就是一种 17、18 世纪仿古式的一种建筑，高高的尖顶，鬼的形象等，他就把这个放在他的小说里面。主人翁住的地方往往有这种哥特式的尖顶或哥特式的古堡，人进去后很阴暗，于是楼上，特别是屋顶上就发生事情了。所以后来有人就说哥特式的传统从休·沃尔波尔（Hugh Walpole）早期的小说到安·拉德克利夫（Ann Radcliffe），一直到大家比较熟悉的勃朗特（Bronte）三姐妹，《呼啸山庄》里面的山庄虽然不是哥特式的古堡，但也是一个湖边很凄凉的地方，那里面本来就闹鬼，是一对爱人的故事，爱得死去活来，后来都死掉了。还有就是《简·爱》，她认识了罗切斯特，罗的前妻发疯了关在楼上，半夜里面在鬼叫，那一段你们看电影都会看到。随后美国早期的女性理论家就把这些编成一本书，叫作 Madwoman in the Attic（《阁楼上的疯女人》），从那里就可以看出来女性怎样受到压抑。当然也有人认为女性所代表的一种 eroticism（色情主义），一种对于男人具威胁性的色情。

当然施先生所用的还没到这个阶段，他当时对女性主义还没什么兴趣。他想营造一种怪诞的气氛，那么从哪里找呢？中国只有《聊斋志异》和《阅微草堂笔记》之类的。我最近看了《阅微草堂笔记》，和《聊斋志异》差得太远。可是《聊斋志异》里的鬼，狐仙比较多，也有各式各样的鬼，如何把这些鬼和人物的心理连在一起？因为施先生当时已经知道弗洛伊德，他和我谈过好几次。那么如何将弗洛伊德所说的心理病，压抑也好，发狂也好，联系在一起？这个也许是都市小说的一个方面，至少在施尼茨勒的小说里施先生得到很多启示。因为施尼茨勒典型的小说比如说《阿尔赛小姐》就是讲这个：表面上中产阶级男人道貌岸然，女士温文尔雅，可是缺钱用，就一定要去借钱，因为她爸爸负债，于是就要找个有钱人，可是她不愿意卖身。于是这个女儿就到别墅里面去见那个喜欢她的男人，男人说和他上床就可以解决这笔钱，这个女人马上就发疯了。发疯的时候所有衣服脱光了，从楼梯上走下来。其他绅士淑女们正在开派对，发现这个就不知道怎么办。这个故事就是这样，女性在受到压抑的时候，一个中产阶级的女性，在熟悉的环境里面受到压迫的时候开始发生心理问题。施尼茨勒没有读过弗洛伊德，但弗洛伊德知道施尼茨勒，看了他的小说之后大为赞叹，说自己的学说在他的小说里面都已经表现出来了。等会要讲的 uncanny，也要提到施尼茨勒。所以中国第一位发现施尼茨勒的心理描写的是施先生。后来还有人翻译过他的喜剧，和他的小说很不一样。大家可能看过他的喜剧改编的电影，大多是讲都市里的 A 爱上 B，B 爱上 C 的爱情轮流转，讽刺的爱情，可他的小说就是讲这个东西，所以弗洛伊德特别喜欢。维也纳的都市文化发展到一定程度的时候，原来得到的破产了，可是表面上为了门面不好意思暴露出来，才会发生 repression（压抑），这个就是弗洛伊德特别提出来的。勒·法努是个例子，另外，他还提到其他类似的作品。刚刚讲到 Gothic 总是和神怪联系在一起，而 erotic 总是和神话联系在一起。那么 Gothic，grotesque 这种恐怖式的冠脉，背后是不是有色情的成分呢？绝对有。色情的背后是不是有这种荒诞的成分呢？绝对有。而两者加在一起背后是什么呢？是死亡。这是一种典型西方式的颓废，不可能复活，一定是死亡。所以这个小说里面我本来以为主人公会死亡，跳楼死亡，但最后是他的小孩子死了，莫名其妙，总之一定要有个死亡的东西。

　　Gothic romance（哥特式传奇）这个文类在外国大盛，非常流行，就变成通俗小说了。后来就把爱伦·坡的小说啦，勒·法努的啦，甚至有人把神话故事全部摆到了 romance 里，总之就是 romance 变成通俗小说的文类了，而失去了它们本来有神话意义的传奇了。原来的传奇是和哥特有关系的，这些书我猜施先生是没有看过的。这些东西刚刚触及的时候，我没有注意，因为我对鬼啊什么的不感兴趣，事隔几十年，我现在对鬼的兴趣特别大。我这次回香港中文大学要看《聊斋志异》，对这本书迷得不得了。我现在为什么对鬼的兴趣那么大？有施先生的影响。中国文化受儒家文化的影响大了以后呢，儒家不是说"敬鬼神而远之"嘛，人性的荒诞的一面，神秘的一面，弗洛伊德所说的uncanny 的一面，比较不受重视。中国的小说里面，早期还很多，如魏晋南北朝时期的志怪啦，唐传奇啦，再比如鲁迅喜欢的干宝的《搜神记》啦，所以我可能也部分受到鲁迅的影响，因为《故事新编》里有一半都是讲这个东西的。后来我就想，文学的创造力从哪里来？就是你如果写一个小说，你的思路是否可以完全从儒家的里面来？应该不够。因为小说往往是唱反调的，往往你这边说仁义礼教，他那边描写颓废，它和礼教的道德之间有相当大的距离，特别是用弗洛伊德的方式来讲，被压抑的东西就会出来。文学的形式、叙述的形式是把人所压抑的东西，或黑暗的东西，或荒诞的东西带出来，你用道貌岸然的方式是带不出来的。所以这里面就给施先生一个契机，这个契机就是，一定要超越现实主义，这是个非常大的挑战，因为五四时期以来的传统就是19 世纪的写实主义，他们所介绍的作品，特别是短篇小说，都是写实主义的，什么莫泊桑的小说，英国的小说，还有后来20 世纪30 年代大盛的巴尔扎克的小说都是写实主义，当然还有左拉。另外一些比较浪漫的如罗曼·罗兰的东西，像施先生所喜欢的绝无仅有，我猜当时没有人明白他在看的是什么。所以呢，他一定要把这些书介绍进来。还有一本书叫 The Romance of Sorcery，这本书我后来查了，也是通俗小说。原来是写傅满洲小说系列的萨克斯·儒默（Sax Rohmer）写的，也是神仙鬼怪的故事。所以他能把欧洲的这些资料，不算是很高的，也可以说是参差不齐的，都吸收到他的小说中，创造了一个荒诞的气氛。那么这个气氛怎么来的？这是施先生自己的了。如果我们要以大都会的文化生活为背景的话，那我的错误就在于太受 The Architectural Uncanny 这本书的影响，我觉得应该倒过来讲：上海当时的都市文化还不足以满足施先生的思考和想法。他是有独创力的，和刘呐鸥、穆时英那几个朋友不一样，他不喜欢去舞场，他最喜欢的除了喝咖啡就是逛书店、看电影。所以他常常说带着几个人逛书店，在四马路，一大堆书，于是他就买了中文书英文书，然后就喝咖啡或看电影，他很喜欢看电影。于是这些书就进到他的小说里面，他就喜欢挑那些怪诞的东西。我记得他和我大谈爱伦·坡，他非常喜欢他的小说。更有意思的是，他很喜欢虐待狂的作者：萨德。后来我到美国去，他问我能不能把英文版的小说买来给他看，当时我在美国到处找不着，现在到处都有。我后来还找到了寄给他。他喜欢看这种东西，而不是狄更斯。当时他就有点孤僻，可能觉得相当寂寞。我看他写的这些小说，懂的人也不太多。而这些作品毕竟是为中国读者写的，他整个的故事模式，不是从乡下到都市，因为五四时期的大部分小说都是从乡下到都市的模式，如果有都市的话，比如曹禺的《日出》、茅盾的《虹》，都是年轻人或喜欢文艺的人从四川或什么乡下坐轮船到上海来，巴金的很多小说也是这样，和他个人经历很相似。如果五四的写实主义小说写乡下的话，就会表现乡下的农民受苦受罪，把农民变成中国封建文化的代表，比方说祥林嫂就是个典型。然后知识分子的叙述者和乡下人的关系是什么，各人不同。鲁迅是反省式的，有的人是社会批判式的，还有的人把乡村美化，比如曹禺《日出》里面，原来她的男朋友想让她跟着他回去，她不回去，然后就日落了。这是非常熟悉的模式，施先生反其道而行，都市的生活他是熟悉的，他的家、咖啡馆、巴黎大戏院，这些是熟悉的。但是坐了火车，一切都不熟悉了。到乡下朋友家里就发狂了，于是各种东西变成了幻象。他后面三分之二是他的幻想，全部是意识流的手法写出来的。最后回到都市，原来熟悉的东西开始变化了。比如说喝咖啡的时候喝了黑啤酒，马上变化了。他去看电影买不到票，票被黑衣女人买到了，直到最后遭了灾难。这个故事在中国当时典型的城乡模式里，基本是乡下生活的那个基调里，是一种变奏，就是都市人到乡下。这样的城乡模式，我们怎么来把它放到《上海摩登》或施蛰存的小说里面呢？这反而是我现在花时间构思的一个问题。

我一个基本的构思就是：中国传统文学里面，写都市生活的反而是写实小说，像"三言"里写杭州；而写神话的都以乡下为背景，比如唐传奇，甚至于《聊斋志异》，至少在书斋里面，书斋不一定在城里。因此中国山水画的这样一个基调，进入到现代语境里面一定会改变的。怎么改变？第一种就是五四式的意识形态的改变，就是乡下是好的，是纯洁的，或者乡下是黑暗的，我们要去拯救它。它把道德的意味摆进去了，让我们去警醒。另外一种就是像施先生这样，把乡下的意象变成神话，变成很荒诞的东西。这是很大胆的，别人看了就说中国鱼米之乡怎么变成这个样子。他一不做二不休，另一篇讲得更厉害，就是《夜叉》。

如果说《魔道》是从都市到乡下，那《夜叉》基本上是在乡下。这个故事更为弗洛伊德化，就是叙述者去看他的朋友，朋友把他的表妹介绍给他，结果发现他发疯了，在医院里。于是他来交代一下自己是怎么发疯的。原来他在乡下度过一个周末，在月下散步的时候碰到一个夜叉。夜叉的典故从印度来，是一个佛教典故，后来进入中国文学里面，有各式各样的夜叉，母夜叉，男夜叉，女夜叉等。关于夜叉的一个解释是：夜叉有好有坏，有一点就是会咬人的。所以我觉得中国的夜叉可以和西方的 vampire（吸血鬼）做个对比，中国没有吸血鬼，那是现代名词。古代也没人用，唐传奇里面没有吸血鬼。道家里面也有很多鬼，那是采阳补阴似的，狐狸精更不用说了。吸血鬼是西方创造的东西，我想施先生就把这个摆进去了。他把中国的农村用一种田园抒情的方式写下来了，月下、散步、古潭、古塔，这个"我"已经要发疯了，结果发现白衣女郎。白衣女郎可能是夜叉，那么他说夜叉要吃他，所以就要抓她，结果就跑到一个土庙里面，听到有人叫，就看到黑影逃出去，然后他就看到夜叉现形了，于是就把她掐死了。后来知道那是一个乡下女人，一对男女在幽会，他就把一个女人误杀了。回来之后他就发疯了，觉得那个女人一直跟着他。他最后说他快不行了。叙事者决定不把自己的表妹介绍给他了，这个人已经没有希望了。就这么一个故事。

那么这故事也是一个变奏，是乡村和城市的一个变奏。把夜叉的形象用一种半西化的形象表现出来。如果把这两篇故事放到一起，再来阅读弗洛伊德的"The Uncanny"这篇文章的话，我就有不同的体会。我第一次知道这个名词是从那本书出来的，各位可能很少有人读过这篇文章，我这次再读，发现它从头到尾讲的都是文学，几乎没有像弗洛伊德讲的心理学个案，譬如他讲梦啦，讲 sexuality（性），他只有一两本书是讲文化的，比如 *Totem and Taboo*（《图腾与禁忌》）。这篇文章里面从头到尾用的都是文学的例子，而文学里面最重要的例子就是霍夫曼写的 *The Sand Man*（《沙人》）。这个故事是一个童话故事，很可怕的。故事讲的是一个孩子年轻的时候，他妈妈就跟他说：

"你要乖乖的，不乖的话会有个沙人来把你的眼睛挖掉，他用沙放到你的眼睛里，你的眼睛就爆出来，他就把眼睛带走了。"然后那个小孩子那天晚上看到他爸爸和别人吵架，他以为另外那个男的就是沙人，他想救救不了，后来他爸爸就死了，那个男人就失踪了，所以他一生都在追逐这个人。后来他到一个小城里面，买了一个望远镜，用望远镜看到对面有个魔术师，手下有个极漂亮的女性木偶，那个木偶叫作Olympia，他就爱上了木偶，可魔术师和沙人在吵架，于是沙人就把眼睛拿走了。这个男孩就更发疯了，他那时已不是个孩子，要结婚了，后来没结。他最后到塔上去玩的时候，发现自己发疯了，他发现那个沙人在下面，于是他就往下一跳，就死了。这是一个很凄惨的故事，就是讲一个人少年时被压抑的感觉，人越来越发狂，最后到了死亡。弗洛伊德用了各种例子，最有意思的一点就是他找了大量的字典来证明他所谓的uncanny是什么意思，从德文到英文到法文到西班牙文，就是说在一个很熟悉的家的环境里面，有的东西往往是不该出来的，温暖的环境里面是不该出来的，比如应该是一个桌子、一个椅子、一个火炉，而压抑的阴暗面出来就变成神仙鬼怪了。譬如他说看了一个小说里面的故事，故事里的人饭桌上画了一条鳄鱼，结果半夜里这鳄鱼就跑出来要吃他了，差不多这个意思。可能格林童话里有这种故事。就是说神仙鬼怪、阴森怪诞的东西，是从日常生活的物质环境中跑出来的。而这种跑出来的东西，根据弗洛伊德的说法，所代表的是压抑的性欲。比如那个眼睛被拿走，男孩为什么这么怕呢？用弗洛伊德的说法就是，他怕被阉割，因为眼睛代表他的男性生殖器。于是他就认为神话里的uncanny所代表的最终的源头是人类原始，经由婴儿所涵盖的那种被压抑的原始的恐惧，而这种恐惧慢慢发出来后和现实产生了冲突。这种恐惧感变成各种各样的形象，特别是这种怪诞的形象就出来了。

这是弗洛伊德的基本理论，当然他说得更仔细。可是我觉得弗洛伊德的问题是，他整个的理论根本没有科学性，他基本是从文学里面找很多 inside（卓见）的东西。可是他用文学来解释心理学却没有把文学的味道讲出来，因为他毕竟不是研究文学的。我们将施先生的东西放进来，是不是说施先生是为了心理学而写了这些小说呢？我认为并不尽然。我们很容易跌到另外一个陷阱，就是施先生喜欢欧洲现代主义，喜欢怪诞，于是就把这些东西摆进来，就创作了这些东西，不伦不类，我觉得不尽然，因为如果真是这样，那就真的不伦不类了，我们看起来也就没有什么味道了。

所以我又觉得施先生的小说值得看，正是因为他把这些恐怖的东西加上了一层中国传统文化诗词歌赋，造成他自己文体里的 enchantment（着魅），他自己的魔力，一种文字的魔力。中国山水是很美的，半夜里很丑，变成怪诞，但他讲的话里说倪云林的画、唐寅的画。他说唐寅的画里有鬼在，那是故意吓你的。可我们心目中倪云林的画是很美的，唐伯虎的画更不用说了。因为我们心目中的绘画，山啊水啊是很恬静的，苏东坡的《赤壁赋》等，不可能有神仙鬼怪在里面的。所以神仙鬼怪是后面加上去的，可是加在我们的阅读习惯里面的同时，我们并没有失去对于中国传统文化本身的美感的记忆。施先生就把这个东西带进来，特别是《夜叉》里面，我没有时间详细讲。他写的一个人在乡下走的那几段，他是用散文把它写出来的，他用的典故，特别是月下那段散步的景色，完全是唐诗的味道。当然我们不能说他写得如何好，因为在语言上，他可能写得也是蛮快的。但基本上，他是希望把中国传统的意境改头换面放在他的现代小说里面。那么这一点点线索，如果把它和他早期写中国江南小镇的一些小说连在一起看，可以得到另一幅画面，就是说：他的写实小说讲的是一种田园式的生活，里面有些人物，比如一个打渔的，叫长庆啦，比如一个凤阳姑娘啦，这些人表面上是很美的，淳朴的，城市人去追求她们就发生问题了。那个凤阳姑娘就是，城里人很喜欢她，她是马戏团里的一个小女孩，他越来越喜欢她就跟着她走了，就这么一个故事。就是说，田园里面，甚至是鬼也好，它的阴魂不散也好，它有一种美，那种美把失落的都市人吸进去，进入新的境界。这个问题我讲得还不是很清楚，过一个月到台湾清华（大学）去讲这个问题，就是中国田园小说里面的鬼是什么？它的幽灵是什么？是如何呈现的？和施先生的鬼怪式的幽灵，刚好成一个对比。譬如说，师陀的《果园城记》里面就有一个可爱的水鬼，在月下和大家一起划船，一点都不可怕，大家都说那是一个水鬼。这个来源从哪里来呢？当然是《楚辞》，在屈原那里，山鬼啊，湘君啊。它里面也有很多神话的东西。所以中国的田园式的东西里面蕴含着很多的姿韵在里面。你怎么把文学上、美学上的东西放在一个现代小说范畴里，这才是施先生给他自己的一个挑战。可惜当时人懂的不多，我们现在呢也有点迟了。

当代中国文化的现代性和后现代性 *

　　1985 年秋天，美国教授弗雷德里克·杰姆逊（Fredric Jameson）在北京大学举行了为期四个月的演讲，这些演讲后来辑成《后现代主义与文化理论》一书，北京大学出版社最近又再版了这本书。"后现代"，或者说"后现代主义"（postmodernism）这个名词，据我所知就是杰姆逊教授最早介绍到中国来的。在当时来说，此举相当大胆，因为他 20 世纪 80 年代初才开始从单篇文章中提出了他的后现代理论，而他的那本"大书"《后现代主义——后期资本主义的逻辑》，就是访问北大后问世的。换言之，他第一次向世人介绍自己的后现代理论和文化理论，是在北京大学。我想这对于北大是一个相当大的荣誉。最近我又重读这本书，仍然觉得受益良多。

　　来北大之前，我又买了一本杰姆逊教授最新出版的论文集——*The Cultural Turn*（Verso，1998），译成中文名为《文化转向》，意即当代整个文化批评和文化理论的文化转向。书中收录了他写于 1983 年到 1998 年的 8 篇论文，1983 年那篇经典性的论文《后现代主义和消费社会》也在其中。这本书受到美国各个学界的重视，我从前的同事，现

*　本文是作者 1999 年 5 月 26 日在北京大学为文科学生所做的演讲，由程瑛记录整理。

任加州大学洛杉矶分校历史系教授，也是马克思主义者，安德森（Perry Anderson），本来要为这本书作序，结果却越写越长，竟至成书，名为 *The Origins of Postmodernity*（Verso, 1998），即《后现代性的来源》。以介绍杰姆逊入手，安德森把整个西方后现代主义的来龙去脉都展现出来。据安德森说，这个名词最早见于西班牙文坛，后来在 1950 年左右，中国革命刚刚成功时，有一位美国诗人查尔斯·奥森（Charles Orson）提出了一个主张：20 世纪的上半叶是现代，下半叶就是后现代；后现代的动力不是西方，而是第三世界，特别是中国的革命。这样说来，中国与西方后现代的起源可能还有一层关系。

当然，另一个重要观点是杰姆逊教授在其北大的演讲中提出的，他认为所谓文化上的现代和后现代，是和整个西方经济历史的发展相关的。所谓现代主义是文学、艺术上的名词，而现代性是较为广义的文化历史上的名词。他把这个时期定在 1880 年左右到 1930 年左右；而他认为后现代阶段是从 1960 年前后开始的。这是他的一种历史分期法。现代性和后现代性有非常大的区别，因为现代性所表现的是资本主义盛期的状况，他引用了列宁的名言：资本主义发展到了极端，就是帝国主义。也就是说资本主义的资本开始向世界发展，这种发展到了最极端之时，变成了垄断资本主义，而文学艺术表现的就是所谓"highmodernism"，即高潮现代主义。可是到了第二次世界大战以后，整个西方世界在文化方面有了非常大的变动。杰姆逊受一位重要的比利时学者欧内斯特·曼德尔（Ernest Mandel）的影响，写了一本叫作 *Late Capitalism*（《后期资本主义》）的书，认为后期资本主义和盛期资本主义有很大的不同，因为后期资本主义逐渐地跨国化、国际化乃至现在所说的全球化，而全球性的资本主义近几年来最大的发展就是全盘的金融化,所谓金融化就是把抽象的钱在世界各地运转。在他看来,这种抽象的金融化倾向给西方文化带来了非常大的转变,后现代的文化即所谓电动器械、电脑,以及资讯的高速流通,其中最重要的是媒体,特别是视觉媒体,已影响到所有人的生活,他认为,20世纪五六十年代电视的发明为全世界带来了巨大的影响,电视的普及使整个人类生活视觉化。彩色电视机所表现出的形象完全是虚假的,是模拟式的。当然他用的不是"假"这个词,而是援引了法国理论家波德里亚的一个词:simulacrum,意即"模拟的假相"。"假相"事实上在人们的生活中变成了真相,真实的生活反而被抽掉了,生活中展现的正是这种"假相",或称"模拟像"。所以说电视的视觉影响对于整个人类生活产生了极大的冲击力。另一个现象就是所谓高级文化和普通文化的融合。

当时现代主义所揭示的几个重要的立足点都已经被打破了。比如,在思想上现代性所标榜的是个体的建立,是一种理性,是对于前途的乐观。杰姆逊教授认为这些在后现代时期都已经改了。而最主要的是现代主义所谓"个体"问题在语言上遭到了后现代主义理论的彻底消解。现代主义所说的作家个人的视野,作家的天才,作家作品本身的震撼力,作家用自己的语言建立并借以作用于读者的自己的世界等等一系列重要的论点,全部都被后现代主义理论推翻。在这种情形下,他认为在后现代中没有所谓"独创性"这回事;假若说后现代具有独创性的话,那就是"复制",所有的东西都是按原本复制出来的。电影就是一个最大的复制品,你并不知道原本是什么;电视中的形象也是一连串的复制品;甚至包括他自己的理论,他也认为是复制品。这些复制品在全球各地不断地发展、衍生,其结果是一般人对于文化的态度发生了改变：从欣赏转为消费。所以说现在我们处身的时代就是文化大规模的复制、生产和大规模消费的时代。后现代理论中提到的已经不是一个个人阅读或创作的行为，而是一种集体的大众性消费行为。他认为这些都是资本主义发展所产生的影响。

以上是我对杰姆逊教授的理论所做的简略介绍。我是把杰姆逊的理论放在他个人思想发展的心路历程、他所处的境遇以及西方文化思想史的境遇之中来看待的。我认为杰姆逊教授最了不起的一点就是，他自己并不是非常热衷于后现代主义，可是他基于马克思主义的立场，在看出了世界文化的转变之后，拒绝对这种现象作道德式的批判。也就是说，他并不扮演上帝的角色，置身于这个世界之外作出评判，如果是这样，他未免把自己抬得太高了。而另一方面，他认为历史还是向前走的，可是将来的世界会是何种景象？未来资本主义会发展到什么程度？后现代主义以后又将如何？他最近非常困扰的就是日本学者福山提出的所谓"历史终结"的问题。福山认为，历史发展到这个时候，资本主义全面征服世界，民主逐渐征服世界以前的历史到此已是尽头，已经无路可走。对于这种观点杰姆逊在某种意义上是同意的，但是他又认为照此发展下去，对于整个人类并无益处。而他又不愿扮演先知或领袖的角色，他始终困扰在自己所建立的这个理论系统之中，在其中对耳闻目睹的"假相"的文化作不停歇的探讨。他探讨的面越来越广，甚至于从他原来的专业法国文学理论一直探讨到文学作品、艺术、建筑（特别是洛杉矶的那家旅馆），最近又开始探讨美国好莱坞的电影。他在这本书中提到，现在的意象世界已发展到这样一种程度：看电影已经不注重情节，因为一切情节不过是为打斗和特技镜头作铺垫而已，人们只注目于所谓"镜头的精华"，这是视觉文化发展到极致的表现。

于是他说：看样子，电影的预告片要比电影本身还重要，因为预告片是在短短两三分钟里把电影中的精华镜头剪接起来。他说这番话时，美国的《星球大战》续集即将上映，我这次来北大之前，在报纸上看到人们争相观看这部电影的预告片。许多人花费七八美元去看一场名不见经传的电影，就是为了能一睹随片附映的《星球大战》的预告片。当然，有一点是杰姆逊没有完全料到的，《星球大战》上映之后人们依然是排着长龙观看。我们据此可以看出，杰姆逊教授的真知灼见是相当了不起的。无论是高调的东西，还是低调的东西，他都非常认真地加以研讨，并进行理论上的批判。

杰姆逊教授今天如果在场他一定会说，他的这个理论还是在西方的立场上提出的。但是由于他相信资本主义的发展是全球性的，那么他将不得不承认，中国和亚洲其他地区将来必然会发展为后现代性的社会，这是不可避免的。只要你相信这种潮流，你就不能否认中国会进入这个世界性的潮流。问题就在于，中国现在的文化是否已经进入了杰姆逊所说的后现代阶段。一些令人困扰的问题随之产生。如果我有机会与杰姆逊教授对话，我将重新提出现代性的问题。现代性与后现代性是否具有直线般的关联，有了前者的产生，就必然有后者的出现？其中是否有错综复杂的可能性？就杰姆逊的理论来看，西方的发展非常明显，到1960年左右由现代向后现代转变。而中国在这方面与西方情况迥异，中国的现代性我认为是从20世纪初期开始的，是一种知识性的理论附加于在其影响之下产生的对于民族国家的想象，然后变成都市文化和对于现代生活的想象。然而事实上这种现代性的建构并未完成，这是大家的共识。没有完成的原因在于革命与战乱，而革命是否可以当作是现代性的延伸呢？是否可以当作中国民族国家建构的一种延伸呢？一般的学者包括中国学者都持赞成态度。这意味着中国从 20 世纪初，到中国革命成功，甚至直到四个现代化，基本上走的都是所谓"现代性的延展"的历程。其中必然有与西方不同的成分，但是在广义上还是一种现代性的计划。这个"大故事"好像还没有说完，可是恰恰是在改革开放之初，中国正进入繁荣阶段之时，杰姆逊教授突然提出我们现在要讲后现代理论了。后现代和现代的关系是怎样的呢？是否后现代可以继承现代性计划所未能完成的那些步骤呢？我们可以看出一些征象，比如中国都市文化的复苏，中国民族国家的模式过去未能做完的现在似乎又重新做下去，诸如此类。另外一方面，就杰姆逊的理论来说，现今所谓的"后"至少有两层意义：第一层意义是时间上的先后；第二层意义是后现代在质和量上与现代性是有冲突的，是不同的，甚至是对抗性的，如我前面提到的后现代对于主体性的摧毁等。这样看来，中国目前的状态就比较复杂了。

由于杰姆逊教授的影响，一些学者最近一起出了一本论文集，美国的学术杂志 *Boundary II*（《界限 2 号》）为此刊出专号，1997 年秋出版，编者是张旭东与土耳其学者阿里夫·德里克（Arif Dirlik）。其中收录的论文作者除张旭东之外，有王宁、卢晓鹏、刘康、陈晓明、戴锦华、唐小兵，还有两位台湾地区学者廖炳惠、廖朝阳和一位美国女性学者文棣（Wendy Larson）。这几位学者基本上都以为正是因为中国的发展与西方迥异，中国才更适于探讨后现代性的问题。因为中国的现代性本身就与西方不同，所以它的遗产也和西方不同，他们认为中国的后现代性所代表的是对后期社会主义或者是革命以后的现象所表现的一些行为和模式。他们提出各式各样的论点来证明事实上后现代性不仅仅是一个抽象的理论名词，而且可以发挥很大的作用，这种作用可以从两个方面进行解释：一方面是作为一个理论名词，它可以对现实发生的现象作最恰当的解释，如果没有这套理论，就无法描述这一些现象；另一方面的作用，一个好的理论可以带动一系列社会文化现象。这批学者认为，在这两个层次上中国的后现代性都可以成立。而谈及中国后现代性的内容，他们则各说各话。总的来讲，无论你是否愿意，"后现代性"已经被用来概括中国目前的现象了。

下面是我对于这几位学者的一个"后设"的评论。我自己不愿意参加这场争论，因为我不是学理论的，就采用了鲁迅先生"冷眼旁观"的方式。我仅从他们的文中尝试解释一下，为什么后现代理论在今天的中国争论得如此激烈。正如安德森在他的书中所说，现代和后现代理论在全世界争论得最热烈的地方就是中国。以中国占全球四分之一的人口而论，其影响非常广大。我认为，这些学者非常自然地接受了后现代理论，而他们之所以如此，是因为中国自从解放以来，在文学研究方面已经作了一些很固定的分期，即近代、现代和当代。所有学过中国文学史的人都知道，近代是从鸦片战争到五四运动，现代是五四到革命成功，当代就是 1949 年以后。而 1976 年"文化大革命"结束以后，又有许多新名词出现，如新时期文艺学、新状态等。由于中国近四五十年历史的影响，中国的学者对于当代特别重视。这与美国正相反，我做学生时根本没有中国现代、当代文学这回事，大家都学古典文学。当然，目前美国学界的这种状况也颇有改观。而中国学者之所以重视当代是有其原因的，我们仅以 20 世纪 90 年代来说，它代表了这四五十年来整个历史潮流的积淀，包括历史的潮流、民族国家的潮流、现代性文化的潮流等等。这些东西都摆在这里，用什么样的理论才能够将所有这些潮流进行描述，并使之表现出来呢？他们很自然就想到后现代性的理论。另一方面，中国目前公开的政策是要与世界挂钩，甚至要进入世界。这个历程是从梁启超开始的，梁启超在1899年的《夏威夷游记》中特别说他自己要做一个世界人，他在心目中所画的地图，就是将自己的足迹从广东画到中国，画到日本，画到夏威夷，画到美国，最后画到整个世界。这是一个非常明显的过程，而现在整个中国的国策是变成世界的一部分，也就是进入所谓全球的系统。这种情况之下，只有后现代适于描述中国所处的状态，因为后现代标榜的是一种世界"大杂烩"的状态，各种现象平平地摆放在这里，其整个空间的构想又是全球性的。非常有意思的是，大陆学者对于后现代在理论上争得非常厉害，但是并不"玩理论"，这一点与大陆的学者正相反。大陆的学者对于后现代理论早在二十年以前就已进行介绍，而且每个人都很善于引经据典地"玩理论"，诸如女权理论、拉康理论、后殖民理论等，其争论仅局限于学界，并不认为会对大陆的学者社会造成什么影响；而中国的学者则非常严肃，认为理论上的争论就代表了对中国文化的发言权，甚至有人说后现代理论也有所谓"文化霸权"这回事，要争得话语上的霸权、理论上的霸权，要比别人表述得更强有力，要在争论中把自己的一套理论表述得更有知识，进而获得更大的权力。非常有意思的是，这样一种心态更证明了中国所谓现代性并没有完结。从五四开始到现代，中国知识分子始终认为自己可以影响社会，五四对于知识分子的定义就是从启蒙的立场来影响社会，当时的启蒙是理性的，是从西方的启蒙主义背景出发的；后现代的理论则倒过来，反对启蒙主义，但仍旧认为可以借助西方各方面的知识来影响中国社会。换言之，它在思想内容上改变了很多，但在思想模式上仍不脱现代主义的影子。现代主义所标榜的是个人的重要性、知识的重要性、知识对于社会的影响力，西方的后现代理论学者并不认为学者的言论本身可以改变整个社会，杰姆逊自己就认为他的理论好像商品，是可以出售的，虽然其影响力非常大，但他并不认为这些理论可以影响社会、改变社会。另外一点非常有意思的就是，这些大陆学者非常热烈地在学理上进行争辩的同时，他们所用的话语实际上逐渐与一般华语区大众的用语拉开了距离。我的例子就是《读书》杂志，各位看《读书》时会发现，有的语言，比如我的语言，比较好懂；然而有的语言，包括张旭东的语言，就比较难懂，因为其背后是大量的西方术语。这些文章试图用非常抽象的语言来解释中国现实发生的巨大变化，那么此时语言与现实是否产生了矛盾？当然，从后现代理论来说，这个矛盾是显而易见的，因为所谓后现代的语言都是一些符指的语言，而非能指的语言。它们互为 signifier，互相指涉，但并未指涉现实，因为他们不承认有所谓真正的现实，只承认有现象、镜像或假相。在这种情况下，我认为在中国存在两种危机：一种是语言的危机，这方面目前尚未受到重视；另一种是贫富的危机，许多学者已经注意到这一点，有钱的人越来越有钱，没钱的人、失业的人则越来越穷，这个问题是后现代，包括杰姆逊自己所无法解决的。有人批评杰姆逊说，他是一个马克思主义者，但他没有提到阶级问题和政治问题，他所讲的都是经济基础和上层建筑，而没有提及阶级分化。在这种情况下，一个非常有意思的现象开始在中国发生：理论先行还是现实先行。如果你是一个理论家，自然会说理论先行，没有理论不可能对现实有所理解；可如果你不是理论家，就会发现中国的现实变化太快，是任何理论都无法跟上的。这时，作为学院中的理论家，我们所扮演的是怎样一个角色？

　　说到这里，我要突然作一个转向，从理论层次转向我个人比较有兴趣的文化生产这一层次。我想用一些具体的例子来展现目前中国海峡两岸暨香港的文化现象，我们可以探讨这些现象对我们有何启示意义，甚至可以用来检验理论。杰姆逊在其理论中提到一个重要观点：后现代文化的一个主要表现就是怀旧，他用的词是 nostalgia，可能不能译为"怀旧"，因为所谓的"旧"是相对于现在的旧，而不是真的旧。从他的理论上说，所谓怀旧并不是真的对过去有兴趣，而是想模拟表现现代人的某种心态，因而采用了怀旧的方式来满足这种心态。换言之，怀旧也是一种商品。我从戴锦华的一篇文章里得到很大的启发，其中写到，中国从 1995 年到现在，有各种形式的怀旧出现，并列举了许多现象。但其中没有提到的一点是"老照片"。"老照片"的意义是什么？我觉得"老照片"就是一种形象，就是后现代理论所说的意象，在这个意义上它们应该是假的了，因为它们是一种 simulacrum，是一种拟设的东西。那么老照片本身与它所拍摄的内容又有什么关系呢？就我所见的几本老照片杂志，我认为许多人是借老照片来回忆自己的过去。这种回忆我们是否应当作假相来看待呢？它们究竟是真的还是假的？杰姆逊所举的例子多是电影，如 *American Graffiti*（《美国风情画》）等，而中国人却更偏爱照片。显而易见，在美国，电影早已取代照片；而照片则与印刷文化比较接近，与文字媒体相关，照片下总要有文字说明，我个人比较喜欢照片。老照片在这个时候出现，具有非常独特的意义。或许每个人都会说，它们是与回忆和历史有关的，而这就牵涉到我们目前对回忆和历史作何解释。最简单的说法就是这么多年以来，历史都是国家民族的历史，即所谓"大叙事"；而当大叙事走到尽头时，就要用老照片来代表个人回忆，或某一个集体、家庭的回忆，用这种办法来对抗国家、民族的大叙事。另一方面，每个人的回忆事实上又是不太准确的，有时看到一张照片，也许已经不记得是在何时何地与何人拍摄的，此时就会产生一种幻想，假想当时的情形，于是这种回忆也就打了折扣。同时，在官方的大叙事中，有些照片中的人物是或隐或现的，有时出现，有时又被抹掉。历史与回忆有许多相通之处，想记得时就记得，想忘却时就忘却。不只是一种呈现，也是一种再塑造，是一种创造性的行为。所以《老照片》的出版，人们对于老照片的观赏，都是自我心理的投射，或者说是想象和创造。

目前不只是山东出版的《老照片》，整个上海似乎也都在怀旧。去年我到上海时，曾见到一家叫作"1930年"的咖啡店，各式各样的旧器物陈列其中，走进去仿如置身20世纪30年代的上海社会。怀旧物品中最重要的就是所谓"月份牌"，这种东西上海20世纪二三十年代开始制造，起初是烟草公司、药房等为做广告赠送顾客的。在20世纪80年代的香港已经有人重新出售这种月份牌。80年代末，有两位香港学者在台湾出了两册非常有意思的书，就叫《老月份牌》，把收集到的月份牌重新印刷出版。老月份牌这几年在中国大陆也是随处可见，特别是在上海。为什么在这么多可供怀旧的东西中，月份牌如此受人欢迎？我想，月份牌与时间有关，它表示的是一种过去的时间，是当时人的时间观念，而这种时间观念是把中国传统的农历与西历混在一起的。当时的上海文化也借月份牌表现出来，尤其是月份牌上的画像和商品。我手头有一本现在上海的公司（西门子制造工程有限公司）送给客户的月份牌，是把原来的老月份牌复制、缩小、编辑而成的。这份新月份牌上还写着："记载您流失的时光，唤起您珍贵的回忆。"并在其中每一页都加上一句话："时光倒流七十年。"反映出直线性的时间观念和现代性的投射。其中的日历与 20 世纪 30 年代的相同，也有农历和西历，但农历只简单标出季节。这套新月份牌还附有说明文字，讲解每一幅的图画和产品，而其中对于美国、英国和日本的药房均不作政治批评，上海政治上的殖民历史完全被忽略。

我们可以发现，在日常生活里，对于上海的怀旧情怀中已经出现了这样的"复复制品"，原来已是复制品，现在又加以复制。这些附加的解释，即 inscription，代表的是现在的意义。赠送这套月份牌的公司或是其设计者是否真正对 20 世纪 30 年代的上海有兴趣呢？我想这很难说，至少没有我有兴趣：我花费十年时间写了一本关于 20 世纪 30 年代上海的书，而这套月份牌事实上只是商品。从这个层次上来讲，上海的月份牌具有商品的意义，可以印证杰姆逊的学说；但是从另一个角度来说，又牵涉到一个较大的问题：是不是从这里可以表现出中国的历史对于一般老百姓来说已经没有意义了？在美国后现代理论中最重要的观点之一就是历史的平面化、深度削平，美国是一个历史很短的国家，一般年青人对于历史的概念也不过是越战时期，根本没有想过 19 世纪美国是怎么样的。因此有论者说，历史一方面是被造出来的，一方面则已经失去其延展性。在中国目前的情况下，对于历史是否有类似的看法呢？我觉得不一定。我发现中国人的话语甚至顺口溜中关于日子的口语很多，在其生成结构中，似乎时间可以往回推转，历史通过各种方式在自己的记忆中表现出来。而在美国的后现代理论中，历史只是一个名词而已，就是杰姆逊所说的商品式的、重新建造出来的东西。在美国的大学中，"上古史"课程几乎没人选修，学生们认为与现实相差太远。所有生活的意义都集中在所谓现时，如果讲历史就要从现在的立场出发，符合现在的需要。我觉得在中国这样一个历史悠久的国家里，文化有一个重要的特色，就是其历史感。这种历史感是不是在今天才第一次接受挑战、面临危机，还是说中国的历史感不会受到太大的影响，中国人自有办法重新探讨历史感，这个问题我不想作出解答，只是在这里提出。

我现在要举的例子是上海作家王安忆的长篇小说《长恨歌》，可以说代表了她自己的一种怀旧情绪。王安忆不过四十多岁，但在近年来的作品中，她不断塑造着旧日的上海，这个上海并非为她所亲历，只存在于她的想象之中。问题就是一位上海作家何以不停地塑造假相的上海？如果说是为上海的过去增光的话，她笔下的上海并不是一个光辉灿烂的上海，并不是一个高楼大厦的上海。在这部小说的第一章里，她用密密麻麻的文字，浓墨重彩地勾画出上海的弄堂世界。我先前讲到，上海的世界一面是大马路、外滩，一面就是弄堂。她为什么要从弄堂的角度来勾画老上海，这是非常有趣的。在这部小说中，她把弄堂的世界用非常诗意的文字描述出来。第一章有五个小节："弄堂""流言""闺阁""鸽子"，直到最后一节"王琦瑶"才把女主角带进来。从文学立场讲，她显然受到张爱玲的影响，张爱玲的小说就是弄堂世界，而弄堂世界中最重要的就是女人们叽叽喳喳的讲话，即"流言"。但是如果更加仔细地审视这部小说的语言，就会发现其中多多少少带有感伤的意味。为什么一位生活舒适、备受文坛重视、具有国际知名度的作家会对上海抱有感伤的情绪呢？这里引用其中一段文字，可以与茅盾《子夜》的开头一段作对照。《子夜》开头描述的是日落时分，汽车从外白渡桥驰来，沿途所见的现代化事物的震撼，即茅盾用"light、heat、power"三个英文字所代表的东西。而王安忆对于上海的描写是这样的：

现在，太阳从连绵的屋瓦上喷薄而出，金光四溅的。鸽子出巢了，翅膀白光白亮。高楼就像海上的浮标，很多动静起来了，形成海的低啸。还有尘埃也起来了，烟雾腾腾。多么的骚动不安，有多少事端在迅速酝酿着成因和结果，已经有激越的情绪在穿行不止了。门窗都推开了，真是密密匝匝，有隔宿的陈旧的空气流出来了，交汇在一起。阳光变得浑浊了，天也有些暗，尘埃的飞舞慢了下来。空气中有一种纠缠不清在生长，它抑制了激情，早晨的新鲜沉郁了，心底的冲动平息了，但事端在继续积累着成因，种瓜得瓜，种豆得豆。太阳在空中踱着它日常的道路，移动着光和影，一切动静和尘埃都已进入常态，日复一日，年复一年。所有的浪漫都平息了，天高云淡，鸽群也没了影。

这段文字出现在第四节的最后，是一段抒情的文字，描写的是上海普通的一天，但是所有的意象中完全没有类似好莱坞电影中那种浓的、艳的、光亮的东西，也没有什么生气，充斥其间的是浑浊的空气和烟雾。她用这种基调描写王琦瑶的生活世界——阴暗的上海弄堂。我们不禁要问，她为什么要用这种办法来怀旧？是不是说以前的时代都是阴暗的时代，正好像五四作家所认为的，过去都是黑暗，未来都是光明？事实上，王安忆却正相反，她描述的是早晨日出的景象，但没多久天色就阴暗起来，于是人的激情也就慢慢归于平淡。我把这种抒情手法看作一个寓言，其中蕴含的是对于时间的比较深层的探讨。如果说是回忆的话，就脱离不了对时间的掌握和控制，最简单的办法就是像我刚才所举的例子："时光倒流七十年"，一句话就解决了。

但是更深一层的意思就是像王安忆这种写法，她创造出一个世界，让你感受到时间的悲剧感，或者说是时间的反思和寓言作用。

我认为王安忆是中国作家中具有世纪末情绪的少数几个人之一。世纪末这个名词源于西方，我曾经问过许多中国朋友，似乎没有谁对世纪末有感触。因为世纪观念是西方的观念，源于基督教的终结之感。20世纪末，西方无论是学者还是普通人都认为世纪到了尽头，可能会有事情发生。但是中国没有。另外在艺术上世纪末所代表的是一种批判和颠覆，如19世纪末西方的艺术，所代表的正是对西方19世纪现代性的批判和颠覆。如果说19世纪物质文明所呈现出来的是一种物质世界，是一种中产阶级布尔乔亚式的虚伪世界的话，那么世纪末的西方绘画、音乐和文学往往用世纪末的感觉作出对直线前进的时间观念的对抗。比如通常认为时间是向前越走越远、越走越好的，这时反而会因为时间不能倒流而产生迷惘和感伤，这种感觉实际上是反现代性的，但又与现代性化为一体，是一体的两面，用张爱玲的话来说就是"苍凉"。张爱玲是中国20世纪40年代极少几位具有世纪末感觉的作家之一，她的世纪末是因为中国的大革命要来临了，中国将面临巨大的改变。所以她在小说中创造了一种世纪末的神话，在她的世界中时间总是不对头的，别人用的是夏令时间，她家里的时钟慢了两个小时，如《倾城之恋》的开头就是这样；别人的家具是新式的，她家里的家具是老式的；甚至还用窗帘、老照片等烘托出一个世纪末的世界。再往上推的话，《红楼梦》也是一种世纪末，它意味着几千年来中国的文明已经走到尽头了。我认为《长恨歌》提出了一种世纪末的看法，也可以说是对于现代和后现代如何交接的问题从创作提出的一个插入点。王安忆不是一位理论家，她也没有责任来作理论上的探讨。但是她一本接一本地写出这样的书，试图把她心目中的老上海重新呈现出来，而呈现的目的是为引出种世纪末的感觉。这种世纪末和福山的"历史终结"正相反。福山的"历史终结"是全盘胜，而王安忆则是觉得整个世界已经走到了尽头。

无独有偶，台湾有位女作家朱天文，与王安忆年龄相仿。朱天文的一篇短篇小说题目就叫《世纪末的华丽》，内容讲述一位25岁的模特儿，叫作米亚，整个故事从头到尾都是描述她的衣饰，衣饰的牌子，从中文到日文到意大利文，一应俱全。小说结尾这样写道："年老色衰，米亚有好手艺足以养活。湖泊幽邃无底洞之蓝告诉她，有一天男人用理论与制度建立起的世界会倒塌，她将以嗅觉和颜色的记忆存活，从这里并予之重建。"❶这与王安忆的小说可以说是异曲同工，它用另外一种办法来制造另一种世纪末的感觉。我曾当面问她为何要用中国作家很少用到的"世纪末"一词，什么叫作"世纪末的华丽"？她说是因为她看到了19世纪维也纳的绘画，譬如克林姆特（Gustav Klimnt）就用这种感觉来描写，写着写着，她的台北就变成了寓言的台北，不是一个真实的台北。她创造出来的是一个世纪末的意象，在其中台北就好像是全世界的城市合成的城邦。小说中有这样一句话："这才是她的乡土。台北米兰巴黎伦敦东京纽约结成的城市邦联，她生活其中，习其礼俗，游其艺技，润其风华，成其大器。"她整个的世界中根本没有国家存在。同时，她的世界完全是表面的、浮华的，没有任何内心的感觉。在所谓世纪末的灿烂中，我们感受到的是一种空虚。之所以空虚，是因为小说中没有时间感，没有历史感（只有几个日子被标出：解严、民进党成立等，这些对于台湾的读者很重要）。我们可以看出，

---

❶ 朱天文：《世纪末的华丽》，台北：三三书坊，1990年，第192页。

这部小说创造出一个非常独特的世界，可以说是一个后现代的世界，因为整个小说就是一个意象，从头到尾都是各种各样的颜色、各种衣饰的华丽状貌。读完全篇，你多少会有一些感伤。后来我问她最喜欢看的西方作品是什么，她说是列维·施特劳斯的结构主义人类学著作《亚热带的伤感》，因为能从中得到共鸣。在她最新的长篇小说中，直接引用了列维·施特劳斯这本书。这部长篇小说一开始，就是一种世纪末式的对于整个时代的审视和反问：

> 这是颓废的年代，这是寓言的年代，我与它牢牢地绑在一起，沉到最低最低了。我以我赤裸之身作为人界所可能接受最败沦德行的底限。在我之上从黑暗到光亮，人欲纵横，色相驰骋；在我之下，除了深渊，还是深渊。

这段文字看起来有点像鲁迅的散文诗，又有点佛经的意味。整个小说所创造的世界，具有另一种全球性。小说描写的主人公是同性恋，他的一个朋友在东京生命垂危，他正在回忆与朋友交往的情形。其中涉及从台北到东京、到美国、到意大利，直至欧洲等等。这部小说题为《荒人手记》，"手记"是一个日本式的名称，基本上类似陀斯妥耶夫斯基的《地下室手记》。这部小说几乎没有什么对话和情节，全部是一系列的日记，充满种种感触和感伤。作者用这样的文字勾画出一个世纪末的感官世界。"感官"也可以说是"色相"，既是"色"，又是"空"。小说的语言非常浮华浓丽，但是到最后却只落得一场空。

以上所列举的小说恰好出自海峡两岸两位女作家的手笔，有异曲同工之妙。为什么女作家会有这种感触，而在男作家中却比较少见呢？

这是一个非常值得思考的问题。在台湾，张大春也是一位后现代作家，他玩各式各样后现代的游戏，但是却没有这种感触。

最后我还要提出一部电影作例子，希望各位能够将理论与文本重新审视，从中得出自己的结论。这部电影就是香港导演王家卫执导的《春光乍泄》，影片的主人公是一对同性恋。当然我们可以说港台作家之所以对同性恋题材如此感兴趣，是受了后现代理论的影响，因为后现代理论非常关注的一点就是性别问题，尤其是少数受压迫的性别问题，即有色人种和同性恋。这个故事表面上看来是一个同性恋的故事，实际上它是另外一种寓言。影片一开始是两个男人在床上做爱，之后我们发现他们是在阿根廷。他们失落在阿根廷，离离合合，吵吵闹闹。一个出卖身体谋生，一个在酒店做招待。其中一个因不堪争吵而出走，另一个非常失落，到阿根廷最著名的大瀑布去玩，后来结识了来自台湾的青年。影片结束时，他已回到台北，在夜市上吃宵夜，他说，只要我想找回我的朋友，我就一定能找到。

这个故事其实是一个寓言，之所以将地点选择在阿根廷，也许可以作多种解释。但是我发现这部影片的背景音乐全部选用探戈曲调，而音乐在全片中扮演了非常重要的角色。比音乐更重要的是影片中黑白与彩色两种效果的混用，镜头的运用千变万化，使人感到整个影片的气氛是由影像所营造出来的。这恰好印证了杰姆逊的说法。这是一个影像挂帅的社会，我们的生活就是由各种影像组成。从影迷或电影研究者的视角观察，你会发现其中一些镜头和调度方式有模仿痕迹，港台的许多导演都有引用其他导演作品的习惯。而就我看来，其影像背后带动的是一种情绪，不只是同性恋的情绪，不只是身体肉欲的情绪，还有深深的失落和对于时间观念的无可奈何。在影片中主人公反复叨念的一句话就是"从头来过"，可是他们自己也知道这是不可能的，时间不可能倒流。正如米兰·昆德拉在《生命中不能承受之轻》中所提到的关于时间轻重的讨论。王家卫运用了一种非常独特的手法：表面上是极为商品化的摄影技巧，拼命使用各种形象，甚至玩弄彩色与黑白之间的关系。我曾经试图借片中的彩色或黑白镜头把整个故事情节的起伏连接起来，但是发觉连不上；我又试图把彩色或黑白镜头与人物的感情联系起来，也是徒劳。后来我想，也许这部电影本意并不在此，如果我们能够用黑白或是彩色区分、连贯故事情节、人物感情，那么我们就重新堕入传统的欣赏习惯之中。王家卫电影的挑战性就在于他把种种后现代主义的手法全部呈现在我们面前，然而它们所带动的情感又不见得是所谓后现代理论中提出的东西，后现代理论已经不注重所谓"真情"。但是片中两个男人的感情也并非完全是虚假的，值得注意的是如何用后现代的形象带出真的感情。我个人觉得这种感情是与香港密切相关的，片中对白用广东话，而且内容与1997有关。在后现代的年代中，人失落于异邦，你可以用"失落""异化"等等理论名词来概括，但是我觉得这种感情还是与现实中部分生活在香港的人们直接相关。换言之，真情可能已经被肢解了，此时我们不可能写出完美的"大团圆"的故事，但是就在已被肢解的片断中，还是可以表现出一点真情的存在。

在这些例子之后，我想可以总结如下：我们现在生活在所谓后现代的文化之中，是不是每个人都必须成为理论家？是不是只有身处理论世界才能探讨后现代文化的意义？在中国一贯是理论挂帅，但是我并不认为理论可以使每个人的问题得到解决。理论就好像上帝的《圣经》一样，有人认为只有从《圣经》中才能得到解决的方案，如果你笃信上帝的话当然可以，同理，如果你相信理论的话当然也可以。但是我觉得目前后现代文化对于我们每个人的影响渗透于日常生活的方方面面，时空的变化是如此之快，理论已无法概括，我们已无法应付。近来，有一些理论家已经开始关注日常生活的研究，比如戴锦华教授，她在最近几篇文章中写到有关广场、怀旧等内容，是真正面对了在变化的社会中日常生活所呈现出的新的时间、空间的感觉。可是对于像你我这样的人来说，又应该采取怎样的态度？我用了前面的一大串资料所要提出的其实是一种态度的问题、心态的问题、感触的问题，甚至是感觉的问题。而这些东西是目前后现代理论中从未提及的。这些东西听起来似乎不够理性，不够深沉，也不够系统化，可是我们所面临的后现代文化的刺激正是那种支离破碎、转瞬即逝的刺激，能够与这些刺激作出妥协或对抗的，反而恰恰是自己瞬间的感触、瞬间的态度。这些稍纵即逝的东西，你将如何抓住它们，并得以理解或是分析？我认为只有在感受之中才能重新找回自己的主体，虽然后现代性已经把主体推翻瓦解，但是我们总还有一日三餐，总还有例如看电影、听音乐之类的活动，包括杰姆逊自己在内。我们生活在媒体刺激下的社会之中，应当如何对这个社会作出反应和回响？

　　我的结尾似乎又回到了老生常谈。最后我将与大家分享我个人的一个例子。我曾在香港作过六个月的短期讲学，或许是因为我的演讲比较受欢迎，临别时学生们每人送我一份礼物。我发现每一位女同学送给我的礼物都是相同的：日本电视连续剧的 VCD，诸如《悠长假期》（*Long Vacation*）、《恋爱世纪》（*Love Generation*）、《一百零一次求婚》（*101st Marriage Proposal*）之类。在香港几乎每个年轻人都会看这些连续剧，在日本、韩国也是如此。这些连续剧完全是商品，当字幕开始的时候，所有赞助公司的名称或是标志也都堂皇登场，而整个电视剧的拍摄方法类似广告。这些故事都是有模式可循的，当看到一部电视剧的开头时，它的结局你已经可以预料。有趣的是，这些故事无一例外都制造出一种"真情的假相"。比如《一百零一次求婚》，讲述的是一个"癞蛤蟆想吃天鹅肉"的故事，一个老丑的日本男人最终在电视剧的第二十集向美丽的女主角求婚成功，这是一种完全温情主义的结局。我想，所谓肥皂剧本来就是温情主义的，就是骗人的。但是日本的肥皂剧与美国的不同，美国的肥皂剧恰恰印证了杰姆逊的说法，它们展现的是金钱和金钱带来的颓败，如《达拉斯》等；而日本肥皂剧中，主人公大多是并不富裕的中产阶级，女性能弹一手好钢琴，男女主人公总是充满真情。也许我们可以说在日本这样变化急剧的社会中，日本人也有一点怀旧，这些电视剧就是为了弥补现实世界中无法把握永恒感情的缺憾而故意制造出的假相，以冗长的数十集的形式让人们获得某种满足。为什么这样的东西在香港如此受人欢迎？因为香港的生活节奏非常快，而香港几乎所有的女性都爱看这种日本电视剧。从现代主义的立场来说，这也许是一件糟糕的事，但这是后现代文化的产物，它们像卡拉 OK 一样，在美国是绝对不会流行的，这一点很难解释。

当我们身处所谓后现代社会之中，理论上讲绝对无法避免全球性资本主义的影响，但是在日常生活中，我们却可以感受到某种哪怕是极微小、片面，甚至于瞬间即逝的真实感，我想，也许正是因为抓住了这些真实感我们才最终得以生存下去。

重构人文学科和人文素养

我曾经提出"人文今朝"这个口号，内中含有一个只有今朝的危机感：我认为在全球化的"现代性"影响下，我们的生活和思维模式似乎只有一个"今天"和"现时"，而且（至少在西方）唯"我"独尊，处处以个人的享乐为生命意义的出发点和终极目标，很容易流入"今朝有酒今朝醉"的心态，明天是不是会更好？谁管它呢？世界变化太快，管它也没有用。

在这种心态作祟鼓动之下，我们的心胸和视野变得更狭小了，形成了另一个悖论：网上提供的信息愈多，我们所得到的真正知识性的智慧愈少，人变成了受感官欲望支使的动物，而这种欲望，基本是一种"物欲"——对"物"的崇拜和享用，而这种"拜物欲"的背后当然是资本主义的市场消费。

这一切都成了日常生活的自然形态，似乎很少有人会反省一下到底在这种环境中我们变成了什么样的"人"。现在如果谈"人的价值"之类的话，恐怕在座的都会觉得这是老生常谈，即使是我这个"老生"，如今也很少谈这类的题目。我不能不反思，作为一个人文学科的学者和一个人文主义者，在这个消费至上的商业社会究竟有何意义？

其实，大家都知道，人文学科早已被"边缘化"了，表面上看不出来，各大学照样有各种人文科系，香港大学文学院下面还有数个学院，包括人文学院；香港中文大学的文学院下有十多个科系，洋洋大观。然而，比起商学院、法学院和其他专业学院来，还是小巫见大巫！

当然，最近又开始推行所谓"通识教育"，如火如荼，有人识之为"通识通识，通通不识"，原因就是把这种人文基础的"博雅教育"（liberal education）当作"常识"或"自我增值"来灌输，这也是全球化资讯发达后的必然影响。

其实人文教育的目的不是增加知识，而是用知识和理智性的思考教我们如何做人和面对社会，思考的方式不是靠几个简单的方程式和数字可以做到的。我甚至可以进一步说，既然人是复杂的动物，其禀性也很复杂：理智、感情、想象、幻想、创意、抽象思维、潜意识的欲望、身体感官的各种感觉和刺激……无所不包，所以学院里才有这么多不同的科系来研究人的行为和现象，这就是人文学科，在欧洲又叫"人文科学"。显然，它和"社会科学"密切相关，而且互动。所以我一直认为，人文学科本来就应该是"跨学科"的，它和自然科学不一样，因为人不能被分解成几块，分解开了反而失去人的意义。然而，今日大学的专业化趋势——这也是现代性合理化的必然结果——也使得人文学科支离破碎，很少人做整合的工作，甚至连跨学科的对话也很罕见。专业化的结果必会导致人文学科的边缘化和凋零。

反观中国和西方的传统，并非如此。中国的儒家传统一向以"人文"为中心，所谓人文，简单地说，就是做人的道理，它是和"天文"——大自然的理则——相对称的。所以儒家的"人学"也就是"仁学"，是把个人放在一个广义（二人以上）的范畴来审视和教诲的"文化"，就是由人文出发的"教化"，由内及外，自宋儒之后又提炼成一套"正心、诚意、修身、齐家、治国、平天下"的内外连环的大道理。用现代香港人常用的英语来说，就是一个"scheme"，一套教学计划，内容则始自孔子的"六艺"——礼、乐、射、御、书、数，目的是把"君子"训练成一个文武全才。但"六艺"居首的还是礼乐，其后的才是"数"学、计算之学。和现代学院制度比较起来，轻重自明。

这样的人文传统一直到晚清民初，在19世纪之末，晚清各学人志士倡导采用新式大学章程，王国维等人依然把人文之学放在前面，如哲学、史学、文学等，然后再加上新的学科，如心理学、社会学、经济学等。严复受进化论的影响，提出"哲学"类的各种分科，指的并非纯粹哲学，而是经济和社会学等实用学科，又称之为"群学"，但并没有放弃传统的经学。这在余英时先生的长文《试论中国人文研究的再出发》中论述得十分详细。余先生苦口婆心，认为中国经历一百多年的模仿西方之后，应该以中国历史和文化传统为主体再出发，重新建构中国文化的现代意义。

我十分佩服余先生的学养，也支持他的主张，但我还是要顾及现在香港西化已深的专业人士，他们早已视中国文化传统为"异物"，或与之疏离。所以我必须也要理清西方的人文传统。好在金耀基先生写过一本名著《大学之理念》，在书中，他把西方的大学传统讲得也很清楚。他说西方的现代大学模式源自19世纪中叶英国纽曼大主教（Cardinal Newman）的理想：大学教育就是博雅教育，是训练学生的"人格"（character formation）；到了19世纪末德国的洪堡大学成立时，又加入了学术研究的成分。虽然大学成了国家教育和文化的一部分，但它还是相对独立的。哲学家雅斯贝尔斯（Karl Jaspers）认为：大学是一个知识的社群，是独立的，不受政府或其他势力管制，而这个知识社群有资格如此，则靠它的人文素质和教育。到了 20 世纪 60 年代，美国加州大学系统的校长寇尔（Clark Kerr）才提出所谓 multiversity（综合大学）的概念，把大学作为社会的缩影和知识生产的温床，于是才形成现在的大学模式：科系应有尽有，各自分工，而自然科学和社会科学也逐渐凌驾于人文学科之上。

这个美国大学模式，时至今日，也受到严厉的批判，比尔·雷丁斯（Bill Readings）那本 *The University in Ruins*（《废墟中的大学》）足以为代表。他认为现在的大学早已和传统脱节，失去了文化的指涉系统和自我评估，一切以"优越"（excellence）为依归，"优越"的意义和价值又是什么？各大学争排名，竞争激烈，犹如资本市场，而大学的经营也和企业无异。在这种"学店"官僚系统、操作系统之中，"人文学科"又有何意义可言？最多不过是生产的论文数量和被引用的次数而已。在这种环境中，又如何作人文研究的再出发？

其实，欧洲的人文传统和教育方式并非如此，"humanities"这个字本来源自 human，拉丁文中有一系列字眼如 humano，humanitas 都与"人"有关，西方人文主义的传统是一个"世俗"（secular）的传统，是文艺复兴以后的产物。中古也有人文传统，但属于宗教范围之内，在中古时期，神学、医学和文学（当时叫作"修辞学"）三足鼎立，18 世纪启蒙运动之后，神学被哲学所取代，医学扩展到自然科学，而文学又和历史文化混在一起，变成了人文科学，后来又加上法律。妙的是此中独缺社会科学，其实社会科学早已和人文科学熔为一炉，至今法国和德国的社会学还有强烈的人文科学成分，从韦伯（Max Weber）到波迪奥（Pierre Bourdieu），更不必提哲学家如德希达（Jacques Derrida）和福柯（Michel Foucault）了，他们都是横跨文史哲，还有语言学，都是"跨学科"的大师。反观美国的"multiversity"训练出来的学者，虽不乏名家，鲜有可以与之匹敌的大师，我想来想去，只想到一位马克思主义大师杰姆逊（Frederic Jameson），然而他还是20世纪60年代前在哈佛大学的法文系受训练的。

再回头看20世纪中国的人文传统变迁，我们很自然地会想到五四新文化运动。五四时期的知识分子虽然表面上反传统，胡适还提倡"全盘西化"（他后来觉得不妥，又澄清了这个口号，其实指的是中学的"世界化"），注重科学，但骨子里并没有抛弃人文精神，只不过把中国的人文传统灌以新的科学意义。这在周作人的长文《人的文学》中有进一步的说明。他支持人文价值，但用了大量西方科学——包括生物学、遗传学、社会学——作为例证。周作人的长兄鲁迅在其早期发表的文章和小说中，则从西方浪漫主义和他的老师章太炎的学说中演练出一套独特的个人主义哲学。依然是以人为本位的，此处当然不能详论。好在研究鲁迅的学者络绎不绝，以鲁迅为题的著述更是车载斗量，不必我再多饶舌了。

我要特别指出的是，五四时期的"个性解放"之说和以西方19世纪的人道主义为基础写出来的大量小说，不到20年就受到严厉的批判。从延安时代到新中国成立初期，不少作家和学者都试图在这个集体的框架中为人文主义请命，但基本没有成功。

从20世纪50年代到"文革"时期，人文主义被"整"了二十多年，一直到改革开放时期才又重新抬头。然而，经济上的改革步骤太快了，不到十数年就席卷整个社会。到了20世纪90年代初，人文主义又再次受到压抑，这一次不是政治而是经济和市场的扩大。为了钱，不少知识分子"下海"，投入商界，于是在1994年引起所谓"人文精神失落"

的讨论。此外还有来自西方的一波新的文化理论，诸如"后现代"和"后殖民"，当然还有大众文化和消费主义。所以北京大学的张颐武说："人文精神也只有被放置于当下的语境中，与大众文化或后现代后殖民理论一致，经受反思和追问。"这一来问题就更大了，因为恰是这一个"后现代"的理论潮流，早已把西方的人文主义打得体无完肤，不成"人"形。如果用学术理论的语言来说，我们当今所面临的问题正是：在"后现代"的语境中是否还有人文论述的可能性？经过大批后现代理论洗礼之后，还有"人性"或"人文"可言吗？

这个问题不是无的放矢，英国的著名理论家伊格尔顿（Terry Eagleton）最近写过一本书——《理论之后》（*After Theory*），此书的前半部讨论各种当代理论的缺失，后半部则提出几个理论无法解决的大问题，如伦理、暴力、死亡、生态等，言下之意似乎有重返人文传统的意思，但这又谈何容易？在此我不得不从所谓的西方"后现代"理论中追本溯源一番。福柯有一个著名的说法，就是"作者已死"。简言之，就是人作为一个"作者"和"开创者"，其实只不过是一种"话语"（discourse）的建构而已，换言之，人并不是与生俱来就有人性的；儒家"人性本善"的说法，全被当今文化理论家批判为"本质主义"（essentialism）。

福柯还发表了一个重要演讲，题曰："什么是启蒙？"他把"启蒙"和"人文主义"观念肢解，认为不同的时代有不同的人文主义，有时还是相互矛盾的；启蒙也并不是歌颂人类理性的伟大，恰恰相反，福柯认为人并没有什么高超的理性，我们只有在不断被话语肢解而反思的过程中才能表现某种"英雄"态度。总而言之，人之所以为人，并非是本质的或先验性的，而要靠后天的努力。这套说法被福柯的徒子徒孙视为"反人文主义"的规范。但我认为福柯并非反对人性，而是把人性的演变画出另一个系谱。他晚期在法兰西学院的一系列演讲课程中反而有点"复古"，从另一个层次进入古希腊对于个人身心修养的探讨，似乎又回到某一种的"人文"传统之中了。

福柯的历史理论影响更大，又被视为对于历史的连续性的致命打击，至少对于历史的绝对真实存疑。我认为这并不见得是件坏事，它反而让我们重视"现时"的意义，"现时"和"过去"的关系并非"由古至今"一以贯之，而是断裂的，用福柯的话说，研究历史就像考古学家挖掘埋藏在地下的碎片一样，我们必须把这些碎片拼凑起来，才能发现其意义。福柯从这些支离破碎的历史文本中发现的大多是知识和权力的关系。

我从另外一位德国哲学家本雅明的著作中得到的启迪更多，他对于"过去"有一套特别的看法，在那篇短短的《历史哲学论纲》（*Theses on the Philosophy of History*）中，他说："过去像是一个瞬间即逝的闪烁意象，只在认识它的那一刻被抓住，而后就永远不见了"，那短暂的一刻就是"现时"。他又说："现时作为一个弥赛亚时间的模式，就是把人类整个历史变成了一个巨大的节缩，正像是在宇宙中人类历史的地位一样。"这种说法有点玄，甚至有点神秘，高不可测，但不管他怎么说，他对于"现时"却赋予极大的意义，我们也可以说：现时是由无数个过去的碎片集结而成的，我们如不正视现时的意义，那么现时也会瞬间变成过去，消失得无影无踪。所以我也重视现时。

我想提出的一个粗浅的人文方法，就是把福柯和本雅明的说法连结起来，赋予我们所在的"此时此刻"以新的意义，而不是无聊地把它"消费"掉，这种意义是需要自我不停地建构的。我们不必把远古作为起点，而是反过来自今探古，凸显过去某一个"时辰"或"时代"和现在的相关性。有时我也会把 20 世纪的世纪末和一百年前 19 世纪的世纪末来比较，或把现今、晚清和晚明三个时代并置来看；上两个"世纪末"影射的就是我们所处的世纪初，这是一种竖向的宏观法。另一种方法是横向的，把一个时间点——譬如一百年前的 1909 年——作为一个坐标点，来横看世界各国文化，就在这一年，中国的北京和上海发生了什么？维也纳发生了什么？还有巴黎、伦敦、纽约。我用城市作为连接点是有所指的，因为"现代性"的故事都发生在城市，特别是大都市。

我的人文思想的第三个来源是 2003 年才过世的文学评论家萨义德（Edward Said），他是一个彻头彻尾的人文主义者，也是一个支持巴勒斯坦独立的政治家，他以一个来自第三世界的流亡分子身份进入美国的学术殿堂，著书立说。我对他十分尊敬。他在去世前不久写的一本书《人文主义与民主批评》中说："人文主义是人类意志和主体性所创立的形式和成就，它既不是系统，也不是非人的力量如市场或无意识（可以左右），不论你如何相信后者这两种力量的操作。"我觉得最后一句话，语带讥讽，指的当然是资本主义的市场经济和弗洛伊德影响下的非人性和非理性的无意识。萨义德坚信人的主体性和独创性，因为历史是人造出来的，在这一方面，他是 17 世纪末 18 世纪初的意大利历史学家维柯（Giambattista Vico）的信徒。

萨义德认为：人文学科本来就是世俗性的，而非源自上帝或宗教，它是人类活动的产物，更是人类意志表达的结晶；人文主义也是开放的，是由多种声音和话语集结而成的学问，不是"一言堂"或一成不变的老古董。萨义德终身热爱古典音乐，所以他又从巴哈的作品中悟出一套"对位"（counterpoint）的方法，把不同的声音对等起来，表现出互动的张力、冲突与和声，换言之，这也是一套彻头彻尾的比较方法。

我在以上这几位大师著作的陶冶之下，也悟出些许自己研究的方法，总结一句话，就是偶合式的"接枝"（英文叫作 reconnecting），但我的接枝方式已经不是自古至今一条线的持续方式，而是从"现时"出发的一种"跳接"，竖向和横向并用：竖向非但可以"接古"，更可以"借古"，其意义皆反照到现在。我可以把某一个过去的时辰特别引出来，像招魂一样，以便和今日今时相比，或像植物接枝一样，把今古接在一起，生出一个"混杂物"，总之都会使今日今时更有意义，因为"今天"是由无数个"昨天"结成的。堆在一起，不见得有条理井然的次序，必须以今日今时的感受来厘清，所以我说是"以古照今"。至于横向的连接，则是一种跨国家、跨文化和跨学科领域的"对位"法，也是一种多声体的对话，是由多元思考和比较得来的方法，这个方法当然得自萨义德，但我还加上一个"变奏"：有时候，这些"对位"式的比较背后并不见得有一个预设的目的，而是无心插柳式的"偶合"，历史上的某个时辰（譬如 1909 年）不见得重要，但经过今日对照或跨文化的横向比较后，可能显示料想不到的意义。用意大利小说家艾柯（Umberto Eco）的话说，就叫作"serendipity"（无意中的发现或偶合）。他举了一个著名的例子：哥伦布本来想到中国，却发现了美洲新大陆，我有时想的或研究的也是中国的论题，却不自觉地发现了多个不同的新世界，有时真的是声"东"击"西"，误打误撞，其实这样，其乐也无穷。且让我讲两个和人文有关的"接枝"故事，也是最近个人研究的过程中无意中的发现。

第一个故事是关于白璧德（Irving Babbitt）的。

最近收到一封学术会议的邀请信，来自哈佛大学的王德威教授和哈佛大学出版社的林赛水（Lindsay Waters）先生，信中说：2000 年 7 月出版的《投资者日报》（*Investor's Business Daily*）有一则消息提到了中国内地的"白璧德热"——这个保守主义的学者到底是谁？我脑中依稀还有点印象，他原是哈佛大学法文系的一位教授，至今连林赛水先生也遗忘了。原来白璧德还训练出一批中国留学生，包括吴宓、梅光迪和梁实秋。吴宓和梅光迪回国后办了一个著名的杂志《学衡》，以"新人文主义"的立场反对五四运动，批评"新文化"人士不懂得尊重传统，反而是白璧德更尊崇孔子和儒学，并从中西人文传统出发打造他的"新人文主义"，以此来反对杜威的教育哲学。杜威来过中国，是名人，白璧德一直被打入冷宫，直到今天。据一位当代中国学者的研究，白璧德的保守哲学原来也是针对当时美国的金融危机，20 世纪 30 年美国经济的不景气使人道德失落，忘记人性之本，所以白璧德要重振人学。在学术上他最反对的是卢梭（Rousseau）和浪漫主义，他认为卢梭的思想是一切祸乱之源，使伦理道德失序（disorder），所以要鞭挞之；然而卢梭正是现代革命之父，对中国革命思想——特别是五四时代的个性解放——产生巨大影响，所以白璧德在中国现代的激进思潮中愈显得保守。哈佛开这个名为"人文国际"会议，又把这位保守大师的"阴魂"请回来了，目的不再是纪念他，更不是支持他的保守主义，而是由当今中国对他的论述而起。我们不禁要问：为什么事隔半个多世纪以后，风水轮流转，又从激进回归保守，或是物极必反，中国人突然又发现自己传统的伟大，进而对这个洋人也发生兴趣？

我知道这个会议的真正目的是重探人文主义，提出的问题正是：全球化之后是否有人文主义复兴的可能？会议的议题以中国为主，欲把西方人文主义的版图扩展得更大，从文艺复兴发现的希腊罗马，经由意大利、西班牙和葡萄牙一直传到亚洲，在这个文化旅行中也带来了新的发明——火药和印刷术。但西方人文主义到了另一个文化国土，必然变质，这才是值得探讨的对象。林赛水也引用了本雅明的名言："每一个时代必须把传统从令人窒息的传统主义中挣脱开来。"那么当年的《学衡》杂志做的是否是同样的事？不见得吧。他们的老师白璧德也不见得会这么做。我觉得本雅明的话一语中的，这恰是我们当今该做的人文研究项目之一，"传统"不是死的老古董，它是活的，它就活在我们日常生活之中，而且不断"变形"。我猜赴会的华人学者（海峡两岸的皆有）不见得从这个方面去重探白璧德，也不见得会研究"人们走上人文之路后会怎么样"。

我觉得这一个偶合事件应该让我们反思：人文传统早已在华人文化中根深蒂固，除之不去，现在应该做的不是将之"保守化"（如白璧德），变成绝对价值，反而应该用萨义德的方法将之多元化，"多声化"，作为一种从"工具理性"所造成的过度合理化和官僚化的社会牢笼中自求解放的动力。今天重探白璧德的目的也在于此，是从今天的环境来反思的，不是一味盲从他的保守主义。

我的另一个"接枝"故事比较复杂，连接点至少有两三个，也是最近我从阅读中无意得来的。

为了准备这一系列的论讲，我参阅了不少书，其中一本就是萨义德的《人文主义与民主批评》。我阅读时，发现他处处提到一个奇怪的名字：Giambattista Vico（维柯）。这个名字我好像在哪里看到过：多年前我曾买过一本书，是柏林（Isaiah Berlin）所写的，薄薄纸面本，名叫 *Vico and Herder*，这是我第一次听到这两个怪名字——前者是 18 世纪初，后者是 19 世纪末的历史学家，内容如何我则不得而知，因为买了没有看。此次从萨义德书中又发现这个名字，但和上次相遇至少也有二三十年了吧。这次倒是一鼓作气，连带把维柯的这本大作 *The New Science*（原名是 *Scienza Nuovd*）也买了下来，也是纸面本，立即翻阅，但不得其门而入。又突然想到：这本《新科学》，不是也有中译本吗？译者正是鼎鼎大名的中国美学大师朱光潜。朱先生曾在港大读过书，多年后港大又授给他荣誉博士学位，所以和港大渊源很深。他也曾在香港中文大学小住过，担任"钱宾四先生学术文化讲座"的讲者，时在 1983 年。妙的是就在上个月，我突然收到香港中文大学出版社赠送的一本小书，就是朱先生演讲稿的重印本《维柯的〈新科学〉及其对中西美学的影响》，我大喜过望，这不就是偶合吗？我从未想到研究朱光潜，然而这次偶合的机会令我不得不重溯人文主义在当代中国的一个悲剧。

原来朱光潜花了将近五年的功夫，在他有生的最后五年把这本译文完成了，但所根据的却是英译本（和我买的译本不同），因为他自称不懂意大利文。不懂？他不是把意大利美学家克罗齐（Benedetto Croce）介绍到中国来的第一人？而且就因为他当年是克罗齐的"弟子"，使他的后半生"背黑锅"，因为克罗齐的美学（所谓审美的"本能"说）是一种极端的"唯心主义"。所以朱先生在 20 世纪 50 年代率先自我批评，在官方授意之下，这个自我批评又引起了一场为期数年的美学大论战，批评朱先生最烈的有两位：一是蔡仪，一个庸俗又机械化的官方美学家，另一个就是 20 世纪 80 年代后独领风骚的李泽厚。

这段美学论坛上的恩怨，大概没有人记得了，年轻一辈的学者似乎也没有人研究（数年前浸会大学的文洁华教授编了一本论文集《朱光潜与当代中国美学》，但可惜没有讨论那次论战），我还是有点好奇，为什么朱先生在他的晚年穷毕生精力翻译这一本意大利的"古书"？

维柯的《新科学》的重要性，我在萨义德的书中有所体会，原来他最尊崇的德国学者奥尔巴赫（Erich Auerbach）就是维柯的德文译者，说不定他的旷世名著 *Mimesis*（《模拟》）也受到维柯的启发？萨义德从奥尔巴赫发现维柯，朱光潜却从克罗齐发现维柯——原来克罗齐也是研究维柯的《新科学》的，这双边的继承关系引起我极大的兴趣，既是横向又是纵向的连接，为什么没有人文学者细加研究（中国研究朱光潜的专家还是单边的，完全忽略了奥尔巴赫—萨义德这条线）？如把这两线加在一起，就可以重溯一条中西人文主义的比较系谱。

且让我们先窥视一下维柯的这本书到底讲的是什么。英文本前页有张怪图（朱先生的译本中照样复制出来）：据维柯自己的解说，此图的右上角"登上天体中地球（即自然界）上面的，头角长着翅膀的那位妇人就是玄学女神"，朱先生在脚注中说明"玄学女神即代表《新科学》的作者维柯本人"，这一个"主观"的注解使我吓了一跳，难道就是作者本人吗？这位作者的地位何其崇高伟大，竟然站在地球之上，而她的"心"竟和天神相通，因为图中左上角"含一双观察的眼睛的那个放光辉的三角，就是天神现出他的意旨形状"。图的左下方还站着一个老人的雕像，那就是荷马，其他象征式物件很多，不能一一解释了。真是妙哉！看这幅图就像看《推背图》一样，玄机重重，需要"解码"，而维柯就是这个解码人。看了这本书的序论和第一卷，再参看朱先生译出的该书英文译者伯金（Bergin）和菲什（Fisch）的序言以及朱先生在香港中文大学的演讲稿，我们才大略有一个轮廓，原来此书最重要的主题就是：历史是人创造出来的,也只有人可以解释。这句话现在读来像是老生常谈,但我们不要忘记,维柯生在一个神权甚张、上帝并未消失的世界。他信仰天主教的神，却反对当时新兴的一派哲学家，特别是笛卡尔（Descartes），笛卡尔认为自己创造了一个"客观"的数学／科学系统，可以解释宇宙一切，而维柯却认为：自然界的科学知识应该留给上帝，但人创出来的世界则必须由人来解释，这个解释方法是什么？就是现在所说的人文和社会学科，维柯所谓的"新科学"就是指对于自然界以外的人的世界——包括历史、法律制度，甚至远古时期的神话——"仍可以有科学的认识，因为这个民政世界是由我们自己的人类心灵各种变化中就可以找到。不仅如此，这样一种科学在完整方面比起物理学还较强，在真实程度方面比起数学还较强"。这当然是对我们这些人文学科的学者的一大鼓励。

朱先生在他中大的演讲词中对于维柯的《新科学》解释得更详细，并在这本中大重印的小书中特别把《新科学》第三卷（"发现真正的荷马"）和结论篇放在附录。原来荷马代表的是远古人类的诗性智慧，"荷马并不是希腊的某一个人，而是希腊各族民间神话故事说唱人的总代表或原始诗人想象性的典型人物"。维柯又说：人类的历史经过三个阶段：神、英雄和人。而"每一个时代的语文又和当时的一切文物典章制度相应，从每一个时代的语文可以推测到当时所特有的文物典章制度和习俗"。原来这就是萨义德推崇奥尔巴赫"语言训诂学"（philology）的真正原因。我参看这三本书，边看边悟，悟出很多道理来，但时间有限，不能在此详述了。

起初有一件事我不得其解：到底朱先生翻译此书要证明什么？维柯的伟大？此书方法的正确？还是有其他原因？我悟出的一个可能性就是朱光潜要用维柯来证明人文主义并非全是主观或唯心的；维柯的《新科学》用的也是客观的"科学"方法，只不过他把人的世界扩大了，甚至凌驾于自然世界，十分崇高，所以朱先生故意把那个"玄学女神"说成是维柯本人。而在中国的美学研究领域中这个关键人物就是朱光潜自己——维柯和朱光潜都是站在客观的自然世界之上来解释一切的。"玄学"用以翻译 metaphysical，我认为并不太妥当（原意应该是在"物界"或"physical"之上），它和人的历史一脉相承。但更直接的原因是朱先生要在美学大辩论之后为自己平反，再次证明他的说法是对的，也就是心和物、主观和客观是"辩证统一而互相因依"，并非把"唯心"和"唯物"视为两极，非此即彼，甚至把"唯物"误解为自然界。其实李泽厚和蔡仪的论点背后是康德和黑格尔（当然也要加以批判），三家共同的出发点都是马克思主义，在那种语境中，朱光潜势必要重释马克思主义，并把马克思主义和维柯拉上关系。

在这一方面——马克思主义的美学——我认为朱光潜的贡献远远超过他的两个对手，因为他翻译了马克思的《1844年经济学哲学手稿》（又称《巴黎手稿》），这是马克思从人的"异化"事实得到的一种"人文"式的诠释，由此推演出一套美学。朱光潜又发现：原来马克思自己十分尊重维柯，而且在一篇文章中引用了维柯的这本书。所以认为"维柯是接近马克思主义的"。朱先生在全文最后说了一句话："我们都是人而却否定人在创造和改造世界中所起的作用，能说这就是马克思主义吗？"真是语重心长。朱先生逝世于1986年，距今也有三十多年，中国已发生史无前例的社会和经济大变迁，唯物和唯心之辩似乎已经没有意义；先生花了那么多年的工夫，却得到一个意想不到的结果，那就是他用这本大书再次肯定了人文主义。这位现代中国的"玄学女神"以他的切身实践，为我们从西方取得一部伟大的人文经典，也以此照亮了半个世纪前中国思想界的混沌。

朱先生在他的译本中，特别把《维柯自传》也译了出来，置于书后附录。这个自传是维柯用第三人称的方式写的，其实就是一部"心路历程"的记录，用第三人称，显得更客观，也和笛卡尔故意用第一人称的自我叙述恰成对比。可惜的是朱先生没有用维柯的方式写一本《朱光潜自传》，但至少我们在他的译本和脚注中探测到他的心声。维柯何其有幸，他的《新科学》在中国也有一个传人。

讲到此处，我的目的不全在学术——试问多少学者愿意用考证训诂的方式写一本大书？我们也无法像维柯一样，从远古一直写到中古，把这个西方人文历史分成一千多条规则。所以我说我们只能以跳跃的方式抓住几个时空连接点，探讨下去。至于我个人，已经没有精力写大书了——在朱先生在天之灵面前实在惭愧——而只能"误打误撞"地作"小研究"，也就是多看几本书并找寻其"互文"关系，也自得其乐，愿在此与各位共享。

编后记

季　进

若干年前，王德威曾为李欧梵编过一本《现代性的追求》，传播甚广，从此以后，"现代性"与中国现代文学紧紧勾连，成为论说中国现代文学最重要的维度之一。后来我也曾为李欧梵老师编过一本《中国现代文学与现代性十讲》，试图呈现他在中国现代文学与文化研究方面的不同面向。这次有机会再为李欧梵老师选编文选，编入了近年新作及少量旧作，仍然不避重复，冠以《现代性的想象》之名，实在是想彰显李欧梵一以贯之的"现代性"的内在理路和复杂意涵。

20世纪70年代末，李欧梵受命为《剑桥中国史》撰写关于"现代文学"的内容，提出"追求现代性"的观念。这一概念，原本用来指涉1895年以来直至1927年中国文坛的总体取向，考察一个世代里面文人知识分子如何苦心孤诣地介入历史和现实，写出他们的富强与民主之梦。这里所说的"现代性"的内涵，远比今天我们所玩弄的各色"现代"理论，以及经此表现出来的对技巧或立意"新潮""前卫"的迷恋，来得沉重百倍。"现代"和"现实"固然在中文的语境里，总也包含一丝对立的意味，但究其极，两者的牵连是何其紧密。我们今天习惯于为"现代性"加上种种前缀和修辞，如"性别""翻译""另类"等等，以表明其多变的面向，可是殊不知，我们视为陈旧的"现实主义"

或曰"写实主义"，才是李欧梵发展他"现代观"的重要资源。

晚清流行"耳闻目睹"式的写作，过去的意见，多指认这样的"写实"不出对社会黑幕的再现和揭示，但李欧梵却从莫雷蒂的"史诗"理念里汲取灵感，认为"现实世界"或可以翻转为"世界现实"。晚清小说渐积而变，不仅借镜师法外国小说，而且更直接成为世界知识环流中的重要一环。"翻译"自然是个中推手。李欧梵既关心林纾、包天笑、恽铁樵这样的译者在处理具体文学文本上的作为，同时也在意这些译作所形塑、召唤的新的文学类型，乃至由此类型所模塑的情感结构，在一个转变时代里的价值和作用。清季小说以道德上的艰难抉择为重要的表现内容，而女子又是个中的主角，这样的模式，也许还带有传统闺怨的假面，但更大的因缘恐怕是维多利亚时期的小说对女性道德世界和家庭生活的呈现。"情生驿动"，由此可见一斑。

晚清社会和思想的另一大现实，对李欧梵来说，或许是由科幻，或曰科学、理想小说这一文类来铸就的。全新的题材，以及科学背后所负载的启蒙、救亡的观念，自然是研究者所不能忘却的。但是，科学小说，同其他一切的西洋文学一样，其来有自，衍生它的语境里面充斥各种野蛮、殖民的意识，同样形成一种现实。面对这种现实，晚清的译者如何做出他们的改造，以及这样的改造又如何与时俱变，才是李欧梵念兹在兹的问题。在讨论《梦游二十一世纪》时，他和日本学者就特别注意到荷兰小说如何穿梭在中、日、英不同的语境和历史时段里，勾勒出那段有趣而多变的文本世界之旅。在这个意义上，"世界文学"作为一个复数，或许首先是指同一文本含有的不同文化形态的翻译？

科学小说所提供的思考界面，如果再做延伸，不妨还是回到现实本身。现代科技带来物质条件的更新，而更新的物质条件，又反过来为小说的发展，乃至广义的文学现实，提供了现代的支撑。在李欧梵这里，"想象的共同体"和"公共领域"，便是两个最重要的见证。报纸杂志所构筑起来的文化空间，使得各种声音有了对话、交流的可能。尤其是身处在不同时空中的人们，借助文字及其物质形态，而得以建立一种基于"想象风貌"的一体意识，并在这个人为的时空中，呼唤立国、建国的冲动，见证"物"之价值。

报刊小说的流行，必然是在声光化电的城市里面进行的。五四知识人固然对乡村世界抱有执念，但是，令这种执念可以落足的，归根结底还是都市空间及其文化环境。面对乡土世界，无论是哀怜，抑或颓废，这样的情绪，都因为有了都市的对照或容受，方能成其大。颓废者，不仅意味着节奏上断裂和脱节，同时，也是对此断裂的持续迷恋，甚至唯美化再现。表面看来，新感觉派追新逐异、放浪无形，让"颓废"变成一种"恶趣味"，但是，李欧梵却要指正，这样的颓废里面，恰恰有一个乡村世界渐行渐远的倒影，于是诡异的、恐怖的世界在诸如施蛰存的作品中魂兮归来、徘徊不已。换言之，这种"非家"的意识，毋宁不是由颓废所发出的一种反思。

当人人纵论现实主义如何直抵人心，写出社会乱象之际，李欧梵祭出浪漫主义的法典，认为"大我"的有志一同之下，不妨仍有个体生命的气息；而在左翼文学试图清算资本主义的种种，并以精神上的无上追求来鼓动民气的浪潮里，李欧梵看出，物质环境及其要素从来都不能从这种功能性的论述中被轻易排除，因而有必要重画一幅充满新文化史意味的物质地图。他从历史入文学，由微观微物查考现代，每每以游动的、边缘的姿态出击，勾画出现代中国"怪诞""着魅"

的心灵图谱和历史现实，指出现实的形象是何其多变，而现代的意涵其来路又何其多元。这种不愿立定一尊而标举主流的做法，显示了他对人文主义传统无尽的追索和思考。

在李欧梵看来，无论是现代，还是后现代，人文素养从来不止于对听说读写能力的指认，更是我们对各种各样的声音、现实的同情和尊重，懂得用知识和理性来思考人之为人的问题。他提出以"偶合"的观念来重新理解历史，以及历史进程中"人"的所在。他将"时间伦理"的问题提上台面，鼓励我们用更为开放的思路来思考古今的"接枝"、中外的"对位"，乃至所有概念范畴的"变奏"。一言以蔽之，"现代性的追求"，不是要求一个根本、一个现实，而是各式各样的"现实""时代"和"属性"的交响。

是为记。

2018 年 11 月 20 日

图书在版编目（CIP）数据

现代性的想象：从晚清到当下 / 李欧梵著；季进
编 . —— 杭州：浙江大学出版社，2019.4
ISBN 978-7-308-19042-8

Ⅰ . ①现… Ⅱ . ①李… ①季… Ⅲ . ①中国文学-现
代文学-文学评论-文集 Ⅳ . ①I206.6-53

中国版本图书馆CIP数据核字（2019）第052614号

现代性的想象：从晚清到当下

李欧梵　著　季　进　编

责任编辑	罗人智　李嘉慧
文字编辑	闻晓虹
责任校对	杨利军　张振华
封面设计	黄晓意
出版发行	浙江大学出版社
	（杭州市天目山路148号　邮政编码 310007）
	（网址：http://www.zjupress.com）
排　　版	杭州林智广告有限公司
印　　刷	浙江海虹彩色印务有限公司
开　　本	880mm × 1230mm　1/32
印　　张	10.875
字　　数	250千
版 印 次	2019年4月第1版　2019年4月第1次印刷
书　　号	ISBN 978-7-308-19042-8
定　　价	58.00元